EU AVISEI

Megan
Maxwell

EU AVISEI

Tradução
Sandra Martha Dolinsky

essência

Título original: *Te lo dije*

Preparação: Barbara Parente
Revisão: Elisa Martins e Laura Folgueira
Diagramação: Futura
Capa: adaptada do projeto original de departamento de arte Editorial Planeta
Imagens de capa: Shutterstock

Dados Internacionais de Catalogação na Publicação (CIP)
Angélica Ilacqua CRB-8/7057

Maxwell, Megan
Eu avisei / Megan Maxwell ; tradução de Sandra Martha Dolinsky. – São Paulo: Planeta, 2019.
288 p.

ISBN: 978-85-422-1820-6
Título original: Te lo dije

1. Ficção espanhola I. Título II. Dolinsky, Sandra Martha

19-2242 CDD 863

2019

Editora Planeta do Brasil Ltda.
Rua Bela Cintra 986, 4º andar – Consolação
São Paulo – SP – 01415-002
www.planetadelivros.com.br
faleconosco@editoraplaneta.com.br

1

— Padre Francisco, padre Francisco... — Margarita quase gritou com seu eterno sorriso. — A que horas podemos vir para decorar a catedral?

— Quando quiserem, senhora — disse o padre, sem se alterar.

— Mamãe, por favor! — resmungou Victoria depressa, mandando-a se calar.

— Margarita, querida — interveio Mônica, futura sogra da garota —, a empresa que está organizando o casamento vai cuidar de tudo.

— Quando minha filha Piluca se casou com o duque de Morealto na deslumbrante igreja dos Jerônimos — contou Cuca Costa de Linaza, muito amiga de Mônica —, fizeram um arranjo floral lindíssimo, com tulipas frescas trazidas especialmente da Holanda.

— Nossa! — exclamou Margarita, mãe de Victoria, que não sabia como lidar com aquela grã-fina. — Para que foram até a Holanda, se temos flores tão lindas aqui na Espanha? — E, antes que sua filha pudesse dizer qualquer coisa, murmurou: — Se um dia quiserem flores das boas, a cigana do meu bairro tem de tudo, sem precisar ir até a Holanda.

— Tenho certeza disso — disse Mônica, incomodada com a vulgaridade daquela mulher. — Mas repito: as flores do casamento serão lindas.

— Não duvido, amiga! — replicou Margarita, insistindo no assunto e ganhando um olhar de censura da filha. — Mas, como mãe da noiva, quero saber que flores são.

Na verdade, ela também não estava tão interessada, mas, se aquela metida achava que ia fazê-la se calar, estava muito enganada!

— Mamãe, já chega! — pediu Victoria, revirando os olhos.

Por que sua mãe não podia morder a língua? Estava expondo-a ao ridículo.

— Victoria, querida — alardeou sua sogra com petulância —, quero que você saiba que os responsáveis pela preparação do casamento são os mesmos que organizaram o da filha do ex-chefe de governo.

— Você é um amor, Mônica. Sempre tão atenciosa — respondeu ela, esperando que com essa resposta sua mãe se desse por vencida e pudessem encerrar o assunto das flores.

Mas não...

— Margarita — insistiu Mônica, cravando nela seus frios olhos claros, tão iguais aos de seu filho que pareciam provir da mesma pedra de Netuno —, eu sou uma mulher muito exigente, e para o casamento de meu filho quero o melhor, não importa o preço!

Ela olhou para as amigas, que assentiram, e prosseguiu:

— Quero que meus mil e cem convidados, gente ilustre, recordem o casamento de Carlos como um evento maravilhoso. Você não quer o mesmo para seus quinze convidados?

Nessas palavras havia mais veneno que nas glândulas urticantes de uma família de cobras do deserto.

— É claro, amiga! — replicou Margarita, sem se acovardar.

Mas ficou incrédula diante da pouca educação daquela idiota, e o que mais queria nesse momento era enfiar-lhe na bunda um dos candelabros do altar.

Contudo, olhando para a filha e percebendo que estava constrangida com sua presença, disfarçou com dignidade a sensação de inferioridade que aquelas imbecis a faziam sentir, e preferiu não dizer mais nada.

— Os organizadores sabem muito bem que esta é a catedral de La Almudena — acrescentou Mônica com maldade —, e não uma igreja de periferia.

Para Margarita, estava difícil demais ficar calada.

— Não me diga! Que discriminação!

Aquilo estava começando a se parecer demais com seu pior pesadelo, pensou Victoria, com as têmporas palpitando como um coração automático. Precisava de um minuto, só um minuto.

— Com licença um instante, preciso atender o celular — interrompeu-as, apertando os lábios e se dirigindo a uma portinha lateral.

— Eu também tenho que fazer uma ligação urgente — desculpou-se sua amiga Beth com um sorriso estudado, e saiu atrás dela.

Quando a alcançou, encontrou-a hiperventilando.

— Isto é um pesadelo! — A noiva arfou, abrindo sua bolsa Gucci. Precisava de um cigarro. — Qual é o jogo de minha mãe? Santo Deus, por que não se cala?!

— Calma, ela só está dando sua opinião — sussurrou a amiga.

— Minha mãe está aqui por culpa de Susana, a imbecil da minha secretária — bufou Victoria, irada. — Quando voltar, vou mandá-la para o olho da rua. O olho da rua!

— Respire e ouça-me — disse Beth, que só de pensar em ter uma mãe tão vulgar quanto Margarita empalideceu de horror. — Amanhã é seu grande dia. O dia que estamos planejando há um ano! Pense em como vai ficar *cool* e linda com os dois vestidos maravilhosos que Manuel Pertegaz criou para você.

Mas o rosto de Victoria refletia seu atordoamento.

— Amanhã tudo vai dar errado. Eu sei! Eu intuo.

— Não diga bobagens. Você vai estar tão fantástica que ninguém vai notar certas pessoas. E quando Charly a vir, não vai conseguir afastar os olhos do bichinho de pelúcia preferido dele.

Bichinho de pelúcia, pelucinha, era assim que Charly a chamava na intimidade. Poucas pessoas sabiam, e Beth era uma delas.

A primeira vez que Victoria e Charly se encontraram fora em uma famosa loja de bonecas situada na Gran Vía madrilense. Beth e ela estavam comprando um bichinho de pelúcia enorme para Luana, uma amiga. Para Charly, fora amor à primeira vista, e ele a perseguira dia e noite, até que conseguira marcar de sair com ela.

— Espero que você tenha razão — assentiu Victoria, aceitando o abraço da amiga. — Obrigada, Beth. Você é maravilhosa. Sempre sabe do que eu preciso.

E era verdade. Ao contrário do resto do mundo, Beth a entendia. Elas haviam se conhecido em um jantar da empresa, sete anos antes e, desde então, eram amigas íntimas.

Naquela época, Victoria estava muito sozinha. Beth era dez anos mais velha que ela, além de irmã do diretor da empresa onde trabalhava – coisa que, de certa forma, resolvera a vida dela; para que negar? Essa mulher poderosa passara a ser sua protetora, e a moldara a sua imagem e semelhança; mostrara-lhe um mundo mais seleto e luxuoso, que ela jamais esperara conhecer. Com o tempo, quando os sócios da empresa lhe ofereceram uma oportunidade – incitados por Beth –, Victoria fora esperta e a aproveitara.

— Amiga é para essas coisas — respondeu Beth, enquanto do alto de seus saltos observava Charly estacionar seu conversível vermelho em cima da calçada e se aproximar. — Não é mesmo, querido?

— Bom dia, meninas — cumprimentou-as aquele homem lindo.

— Charly! — exclamou Victoria, livrando-se do abraço da amiga e sorrindo para seu noivo lindo e metrossexual.

— Que foi, meu bichinho de pelúcia? — perguntou ele depois de um beijo casto.

— Sua sogra está ali dentro — disse Beth antes que Victoria pudesse responder.

— Entendo — assentiu ele, franzindo o cenho e ajeitando o colarinho da camisa. — Vou entrando, antes que mamãe tenha um ataque.

E, depois de dirigir um breve sorriso a Victoria, entrou pela porta da catedral. Ele nunca gostara da mãe de sua futura esposa, e tinha certeza de que Mônica também não.

De fato, assim que entrou na catedral, Charly as encontrou perto do altar cochichando sobre a decoração da igreja. Aproximou-se com seu sorriso mais limpo.

— Olá, mamãe. — Deu um beijo no rosto da mãe e lançou um olhar frio, mas educado, a Margarita. — Algum problema, querida sogra?

— Nenhum, querido genro — respondeu ela com a mesma frieza, fitando seus gelados olhos azuis.

Não se suportavam. Os dois sabiam e procuravam deixar isso bem claro em seus poucos encontros. Margarita tinha certeza de que Charly tentava afastá-la de Victoria, mas ela não estava disposta a permitir isso. Era sua filha, e ela a adorava, apesar de seus constantes desaforos.

— Carlos — murmurou Mônica enquanto Beth se aproximava com seu vestido Armani, sexy e espetacular —, sua sogra está preocupada porque tem dúvidas de que a empresa que está organizando o casamento vá decorar bem a igreja.

— Querida sogra — respondeu Charly, aproximando-se —, preocupe-se apenas em chegar sóbria amanhã às cinco em ponto, que do resto cuido eu.

Depois de trocar com ele um olhar de ódio durante alguns segundos, Margarita se voltou para o padre Francisco. Precisava de um pouco de gentileza, nem que fosse só um olhar.

Na rua, Victoria tentava acalmar sua ansiedade fumando um cigarro. A presença da mãe na catedral a deixava insegura. O que estaria passando pela cabeça da sogra?

Apoiou-se na parede e pensou em como teria sido fácil se Charly não houvesse se deixado enrolar pela mãe, ou seja, sua finíssima sogra. Seu casamento deveria ter sido íntimo. Mas não! No fim, aquilo havia se transformado em uma ostentação de mil cento e quinze convidados!

Mônica, sua sogra, havia se encarregado de que o pedido de sua mão fosse publicado nas colunas sociais, em especial na revista *Hola!* – justamente isso havia feito com que sua mãe e algumas vizinhas da vida toda soubessem de seu casamento.

— Ora, ora... Minha irmãzinha pecando como os simples mortais.

Ao ouvir essa voz, Victoria ficou ainda mais tensa. Sua irmã! A especialista em causar problemas havia acabado de aparecer. Só teve que levantar o olhar para encontrar o sorriso sarcástico de Bárbara, que se aproximava junto com o amigo delas, Víctor.

— Não acredito — Victoria quase gritou ao ver a indumentária da irmã. — Que ideia é essa de aparecer vestida assim?

— Eu avisei! — advertiu Víctor.

Dando um beijo em Victoria, situou-se entre ambas.

— Sim. E eu disse que minha irmã estaria de coque alto bem puxado e terninho escuro de grife — respondeu Bárbara, pegando os cinco euros que Víctor lhe entregou.

— Vocês adoram me irritar, não é? — replicou Victória, olhando para eles com cara de poucos amigos.

— Sim, adoramos ver como essa veia do seu pescoço incha — confessou Víctor, sorridente.

Faz tempo que não a vejo, e você continua chata igual, querida irmã, pensou Bárbara, aproximando para lhe dar um beijo. Mas Victoria se mexeu, a mão de Bárbara bateu no cigarro sem querer, fazendo-o cair na blusa de seda bege.

— Por Deus, Bárbara! — gritou Victoria ao ver a queimadura. — Você estragou uma blusa Carolina Herrera.

— Sua imbecil! — respondeu a irmã, indignada. — E eu queimei a mão. Mas, claro, sua caríssima blusa de grife é mais importante, não é, metida insensível?! — gritou Bárbara, sem se importar com as pessoas que passavam pela rua.

— Pronto! — suspirou Víctor, que sabia o que ia acontecer. — Vai começar a luta.

— Prefiro ser como sou a ser uma fracassada aspirante a escritora como você — replicou Victoria, notando as olheiras escuras da irmã.

— Você é uma bruxa!

— Futura senhora bruxa, para você! — retrucou Victoria com altivez. — E, a propósito, como se atreve a aparecer no ensaio do meu casamento de calça jeans e camiseta onde se lê "Colega, salve as baleias"?

— Porque eu sabia que nem você nem o imbecil do seu noivo iam gostar — afirmou Bárbara, ácida.

— Estúpida!

— Metida de merda!

— Meninas, meninas, por favor! — interveio Víctor, tentando impor a paz. — Já chega! Não pode ser a vida inteira igual.

— Você tem razão — assentiu Bárbara. E, olhando com dureza para a irmã, disse: — Eu vou embora desta comédia absurda. Mas, antes, vou lhe dizer uma coisa, *miss* vencedora. Se estou aqui, é porque mamãe me pediu. Não porque eu quisesse saber de você ou de sua nova família.

Ao perceber a amargura na voz da irmã, Victoria entendeu que havia se excedido. Ela sabia, mas era incapaz de voltar atrás.

— O que está acontecendo aqui? — perguntou Margarita, que, ao ouvir as vozes, havia corrido para a porta da catedral seguida por Charly e Beth. — Ora, chegaram meus outros dois tesouros! — E, sentindo-se mais segura, olhou para o genro arrogante: — Vou avisar sua mãe. Tenho certeza de que ela vai adorar conhecê-los.

Com um sorriso desafiador, antes que alguém pudesse se mexer, Margarita desapareceu de novo dentro da catedral.

— Que dissimulada! — disse Charly com desdém depois de olhar de cima a baixo aqueles dois.

— Se eu soltar por esta boquinha o que acho da sua — replicou Bárbara —, pode ter certeza de que vai se arrepender.

— Acho que é melhor irmos embora — murmurou Víctor, aproximando-se da amiga, que, apesar da aparente tranquilidade, tremia.

Haviam se passado quase dois anos desde o último desafortunado encontro das duas, mas ainda lhe doía recordar como Victoria havia negado ajuda a sua mãe quando esta chegara ao limite de seu vício.

— Ah, Barbie, Barbie... Algum dia você vai aprender bons modos? — disse Beth, aproximando-se de Victoria, que observava a cena em silêncio. — Se continuar assim, vai conseguir ser mais vulgar que sua mãe. Você já tem cheiro de coisa barata.

— Sua filha da puta! — insultou-a Víctor com desprezo.

— Já chega! — gritou Victoria.

Mas ninguém lhe deu ouvidos.

— Se não se importa, sanguessuga recauchutada — retrucou Bárbara, que não suportava nenhum deles, e muito menos Beth —, meu nome é Bárbara. E se não quiser experimentar meus modos de periferia, nunca mais mencione minha mãe, ou juro que vai engolir esses seus dentes de coelho. — A seguir, voltou-se para a irmã e disse: — Tenho vergonha de você. Como pode permitir que falem assim da mamãe?

Nesse instante, ouviram-se vozes de mulher, e Víctor, que não queria que Margarita soubesse o que estava acontecendo, foi o primeiro a reagir.

— Marga, você está lindíssima! — exclamou, correndo para dar-lhe um beijo. — Muito mais que linda. Esse vestido fica ótimo em você. Parece uma artista.

— Obrigada, meu querido — disse ela, ostentando seu novo vestido da C&A.

Apesar de seus cinquenta e cinco anos e de não ter tido uma vida muito fácil, Margarita Zúñiga era uma mulher bonita e atraente.

— Olá, mami — cumprimentou Bárbara, mordendo a língua.

Odiava essa gente, mas, gostando ou não, aquele convencido ia ser seu cunhado.

Então, a passo lento e entre sussurros, o grupo heterogêneo de convidados entrou na catedral para o ensaio daquilo que seria, nas palavras de Mônica, o "casamento mais bonito do ano".

2

Depois de ligar para o escritório e berrar com Susana, Victoria parou um táxi. A caminho do hotel, enquanto escutava a mãe falando com Víctor sobre sua nova cabeleireira, observava disfarçadamente a irmã. Ela havia cortado o cabelo e estava mais magra. Além disso, estava com olheiras.

Bárbara olhava pela janela, alheia a tudo. Odiava ter que prosseguir com aquela farsa, mas era incapaz de deixar a mãe sozinha em um momento como esse.

Quando o táxi parou em frente ao hotel AC Santo Mauro, Victoria foi a primeira a descer.

— Mamãe, por favor — disse, sem o menor tato —, prometa que não vai pedir ao garçom uma sacola para levar as sobras; e que vai ter cuidado com a bebida.

— É claro, filha — respondeu Margarita, segurando-se em Víctor.

Ele, ao ouvir isso, sorriu. Ainda se lembrava da última vez que haviam ido juntos a um casamento: Margarita teve lagostim congelado para um mês.

— Mamãe não bebe faz mais de um ano, estúpida! — bufou Bárbara, incomodada pelo comentário.

Mas imediatamente notou que a mãe lhe pedia calma com o olhar.

— Assim espero — suspirou Victoria sem olhar para elas. — De qualquer maneira, tentem não dizer nem fazer nada que possa me comprometer.

— E você, não esqueça que, embora sejamos da periferia, temos educação, irmãzinha — replicou Bárbara, afastando-se dela.

Impassível, Victoria entrou no hotel com passo firme, mas, de súbito, sentiu a pele se arrepiar. O que seus chefes e os colegas de *paddle* de Charly estavam fazendo ali?

Como pôde, abriu um sorriso maravilhoso, pouco antes que as mãos de Álex, um conhecido de seu noivo, a pegassem e a levassem dali.

— Aceitam um canapé? — ofereceu um garçom aos recém-chegados. — Senhora Villacieros e senhor Martínez?

Víctor olhou para o garçom. Essa cara...

— Ora, vizinho! — Foi Bárbara quem por fim o reconheceu. — Que está fazendo aqui?

E então, Víctor percebeu: aquele rapaz que estava servindo canapés em uma bandeja de prata era o vizinho gato do prédio de Bárbara.

— Alberto — balbuciou Víctor. — Não sabia que você trabalhava aqui.

— Estou há seis meses — respondeu o rapaz, enquanto indicava a Margarita onde ficava o banheiro. — E vocês, o que estão fazendo em um lugar como este com a nata de Madrid?

— Que idiota — respondeu Bárbara, deixando-o desconcertado.

— Garçom! — gritou Beth nesse momento, aproximando-se, mais esticada que couro de cuíca. — Faça o favor de me trazer agora mesmo um Dry Martini, sem azeitona.

— Agora mesmo, senhora — respondeu o rapaz.

E, deixando a bandeja em uma mesa próxima, afastou-se.

— Onde será que ela estacionou a vassoura? — murmurou Bárbara, apontando para Beth.

— Aposto que nem estaciona — retrucou Víctor, caindo na risada. — Deve dobrá-la e enfiá-la no cu. Só assim para ficar tão rígida.

Mas a risada se congelou em seu rosto quando, pouco depois, viram que Beth e Victoria estavam dando bronca em Alberto.

— Sou alérgica ao ácido linoleico das azeitonas! — vociferou Beth com altivez. — E se, por distração de um garçom incompetente como você, eu houvesse dado um gole dessa taça, agora mesmo estaria no pronto-socorro.

— Você devia prestar mais atenção em seu trabalho — concordou Victoria. — Não esqueça que trabalha no hotel Santo Mauro, e não em uma lanchonete de beira de estrada. Se não estiver capacitado para saber o que é uma azeitona, peça demissão. Entendido?

— Sim, senhora. Sinto muito, senhora — desculpou-se Alberto pela enésima vez.

E a um sinal do *maître*, desapareceu. Nesse momento, Víctor, preocupado, aproveitou para ir atrás dele.

Uma vez que entraram na cozinha, Alberto abriu a porta de uma salinha e, depois de fechá-la, frustrado, deu dois socos em uma mesa. Víctor, sabendo como ele se sentia, tocou-lhe o ombro e sugeriu que se sentasse. O rapaz começou a xingar aqueles grã-finos.

— Malditas víboras! — reclamou, tirando o colete de garçom e acendendo um cigarro. — Como diz minha avó: "Deus as cria e elas se juntam".

— Sua avó tem razão — assentiu Víctor, sem conseguir parar de olhar para o tanquinho que se marcava por baixo da camiseta de Alberto.

— E sabe o melhor de tudo? — prosseguiu o garçom, irritado. — Que a idiota da morena não tem nem a mais remota ideia de que a outra víbora e o imbecil do seu noivo têm uma suíte privada no hotel, e que se encontram nela com bastante frequência.

Ao ouvir isso, Víctor ficou de cabelos em pé.

Ih, vai dar confusão!, pensou, esquecendo o abdome definido de Alberto.

Ainda alucinada por causa do comportamento estúpido da irmã, Bárbara pegou uma taça de vinho e ficou observando o absurdo mundo de vencedores que Victoria frequentava: roupas de grife, relógios caros, carros de luxo... Ostentação e mais ostentação.

— Estou em choque, Víctor! — disse quando o amigo se juntou a ela. — Esses bregas estão vestidos como a banda Los Happiness.

— Tenho um babado forte.

Apesar da excitação, Víctor falou em voz baixa, olhando para os dois lados.

— Quando eu contar, você não vai acreditar.

— Se vai me dizer que os peitos daquela loura são falsos, eu já sei — respondeu ela, sem notar o nervosismo do amigo. — Pelo amor de Deus, parecem duas laranjas!

— Bárbara, escute. Alberto me contou que...

— Que lugar mais interessante! — interrompeu-os Margarita, aproximando-se.

— É, mamãe — retrucou Bárbara. — É como estar no museu dos horrores.

E antes que um dos dois pudesse dizer qualquer coisa, Margarita pegou um cinzeiro de porcelana com o logotipo do hotel e o guardou na bolsa.

— Mamãe! — exclamou a filha.

— Filha, são lindíssimos... Além do mais, eles têm um monte.

— Esse abajur, Marga, ficaria lindo no hall — debochou Víctor.

— Maldição! Eu vim com a bolsa pequena — disse ela, marota.

— Quer saber de uma coisa, mamãe? Tem razão. Eles têm muitos, pegue dois para mim também.

— Com licença — pigarreou alguém atrás deles, deixando-os petrificados. — Minha encantadora futura nora acabou de me revelar que vocês são a família dela.

Caralho, caralho, fomos pegos, pensou Bárbara antes de responder.

— Exato — assentiu, cobrindo a mãe.

— Mamãe — disse Victoria, de braços dados com o homem que havia falado com eles. — Quero lhe apresentar meu futuro sogro, pai de Charly. Senhor Juan Montefinos de Jerez, dono deste hotel e de muitos outros.

O cavalheiro impecavelmente vestido diante deles era um homem grisalho de estatura mediana e um sorriso bonachão que deixou Margarita impressionada.

— É um prazer conhecê-lo, senhor Montefinos — cumprimentou ela com gentileza.

— Por favor, pode me chamar de Juan! — pediu ele, dando-lhe uma piscadinha.

— Está bem — assentiu Margarita, pestanejando de tal maneira que Victoria quase engasgou. — Juan, quero aproveitar a oportunidade e lhe dizer que este hotel é lindo.

— Obrigado, Marga. Posso chamá-la assim? — perguntou ele baixando a voz, enquanto a mãe de Victoria assentia, sob o olhar atento das filhas. — De todos os que possuo, este é meu hotel preferido. Sempre me pareceu que, como algumas mulheres, tem um encanto especial.

Marga está flertando com ele?, surpreendeu-se Víctor.

— Alguns amigos que vieram para Madrid — comentou Víctor, para parecer interessado — ficaram encantados com o hotel.

— Fico feliz de ouvir isso, rapaz — respondeu Juan, ainda com os olhos fixos em Margarita, que se esforçava para fechar uma bolsa que parecia prestes a explodir. — Tentamos oferecer o melhor serviço a nossa clientela. Nos últimos meses, incluímos conexão wi-fi nos quartos, frigobar gratuito, serviço de mordomo, além de um *maître* e um *sommelier* excepcionais.

— Contratar Philippe L'Isidre-Brac como *sommelier* foi maravilhoso — acrescentou Victoria segundos antes de Cuca, amiga de sua sogra, a pegar pela cintura e a levar.

Por que todos me levam?, pensou ela, frustrada.

— Juan — disse Margarita —, correndo o risco de parecer inculta, o que é um "mosseliê"?

— Mamãe! — exclamou Bárbara, virando a cabeça para se certificar de que Victoria não a havia escutado.

Mas seus olhos se cravaram em seu futuro cunhado e no homem que estava com ele. Por que se olhavam daquele jeito?

— Era justamente isso que eu queria lhe contar — murmurou Víctor, dando-lhe um discreto empurrão. — Parece que o machão do Charly tem mais penas que um edredom nórdico.

— Querida Marga — prosseguiu Juan, alheio ao que Víctor e Bárbara estavam falando. — *Sommelier* é o profissional responsável por comprar o vinho para nosso restaurante e sugerir a nossa clientela qual beber com cada prato.

Bárbara não podia acreditar. Charly era gay? Impossível! Sua irmã havia se tornado metida e tola, mas cega e idiota também?

Instantes depois, o *maître* indicou-lhes que já podiam ir para o salão.

Séria, de onde estava, Victoria observava enquanto sua irmã e Víctor se sentavam a uma das mesas laterais. E seu coração quase parou quando viu o sogro, depois de trocar umas palavras com o *maître*, dirigir-se a eles acompanhado de sua mãe, que se sentou ao lado dele, toda sorridente.

O almoço começou tranquilamente. Charly se sentou entre sua adorada mãe e Juan, e Victoria, entre este e Margarita, que não paravam de conversar, rir e fazer gracinhas. Mas, quando achava que tudo estava sob controle, ficou em choque ao ver que, estimulado por Mônica, o pai do noivo chamava o *sommelier* e lhe pedia diversos vinhos para que Margarita os degustasse. Horrorizada, Victoria observou a sogra, que desviou o olhar com uma frieza digna de Cruela Cruel. Por que estava fazendo isso? Por acaso não sabia do problema de sua mãe com bebida?

Margarita, que podia ser humilde, mas não tonta, sorriu diante da má intenção de sua futura consogra.

Que bruxa!, pensou. E dando umas palmadinhas na mão da filha para tranquilizá-la, surpreendeu-a quando confessou abertamente a Juan que não podia beber vinho porque era alcoólatra em reabilitação. Assentindo, ele a incentivou a prosseguir com sua reabilitação, chamou de novo o *sommelier* e, diante da raiva de Mônica, disse-lhe, sem mais explicações, que não levasse os vinhos.

Em sua mesa, Bárbara e Víctor observavam com orgulho Margarita recusar aquilo que anos atrás teria sido sua perdição. E então, focando de novo os olhos em Charly, viram, incrédulos, como ele sorria em direção a Beth e seu acompanhante, o homem a quem minutos antes lançava estranhos olhares.

— Pelo amor de Deus! — exclamou Víctor em voz baixa. — Estão fazendo um *ménage* na frente de todos. Olham-se com mais desejo que vergonha.

— Não posso acreditar! O engomadinho gosta de carne e peixe.

— Sim, mas tenho que reconhecer que esse peixe é muito mais que fresco — disse Víctor, observando o louro de um metro e oitenta, forte e musculoso.

— Você acha que a tonta da minha irmã sabe? — perguntou Bárbara, vendo Victoria conversar com o sogro sem se dar conta daquele flerte sujo.

— Acho que ela não faz ideia — respondeu Víctor, espetando com o garfo um bocado de salada de lagosta com guacamole. — Lembra o que aconteceu quando ela soube que Luis pegava a filha da padeira?

— Pobre rapaz! — exclamou ela esboçando um sorriso. — Acho que ela o deixou eunuco pelo resto da vida.

— Vicky está tão absorta em seu trabalho e em provar a si mesma que é um deles que não vê mais nada.

E dando uma cotovelada na amiga para captar sua atenção, Víctor apontou:

— Ali vão a recauchutada e o peixe fresco.

Nesse momento, um garçom lhes perguntou se haviam acabado e, quando assentiram, pôs diante deles um segundo prato muito requintado.

— O que é isto? — perguntou Víctor.

— Está escrito atum vermelho com toucinho ibérico ao perfume de alecrim.

— Santo Deus, que cara boa! — disse Víctor, com água na boca.

— Melhor do que o que eu estou olhando, pode ter certeza!

Incrédulos, viram que Charly, levantando-se da mesa, desaparecia pela mesma porta pela qual haviam saído a recauchutada e o peixe fresco.

Então, Bárbara deixou seu guardanapo disfarçadamente e se levantou, seguida de Víctor. E, como dois fantasmas, eles também saíram pela porta, e se encontraram nos banheiros.

Uma vez confirmado o que ambos intuíam, saíram por onde haviam entrado.

— Puta que os pariu! — exclamou Bárbara, incrédula, depois de jogar em um carrinho de limpeza dois pares de calças que havia furtado no banheiro. — Mas como podem ter a pouca-vergonha de ficar ali dentro transando como coelhos? Os três!

— Pelo amor de Deus — suspirou Víctor, acalorado. — Que vergonha!

— Por que eu tinha que descobrir, e não minha irmã? — bufou ela ao ver, de longe, Victoria sorrir enquanto comia. — Como vou permitir que se case amanhã sabendo que ele é um mentiroso? Não posso. Não posso me calar.

— Barbiloca — disse Víctor com afeto —, Victoria vai nos odiar pelo resto da vida.

— Prefiro que ela me odeie a que continue sendo enganada — replicou ela, decidida.

E então, abrindo sorrisos falsos, eles foram até Margarita, que assim que os viu intuiu problemas.

— Marga, querida — sussurrou Víctor, apressado —, precisamos de você.

Sem perguntar nada, a mulher se levantou. A seguir, Bárbara se agachou ao lado da irmã.

— Vicky — disse —, pode me acompanhar um instante? Tenho que lhe mostrar algo importante.

— Agora? — sibilou Victoria, cravando na irmã um olhar assassino.

— Sim, agora — assentiu Bárbara.

E olhando para Mônica, mãe de Charly, acrescentou:

— Venha também, vai adorar a surpresa.

Sorrindo com falsidade, Victoria se levantou.

— Pelo bem de vocês, espero que o que vão nos mostrar seja importante — sentenciou, seguindo-os junto com a mãe, a sogra e as insuportáveis amigas desta. — Porque, senão, juro que vão me pagar.

— Vai ser impagável — murmurou Bárbara.

E, entrando no banheiro, deu um pontapé em uma das portas de vidro, que se estraçalhou. Voltando-se e evitando olhar nos olhos arregalados das outras, inquiriu:

— Acha que isto é importante?

Ciente do escândalo e da situação comprometedora em que seu filho se encontrava – ajoelhado no meio daqueles dois –, Mônica quase desmaiou. Margarita e Víctor a seguraram, já que suas amigas estavam alucinadas demais presenciando a cena.

Não havia a menor dúvida de que aqueles três haviam sido pegos em flagrante.

— Belo *yoko geri* — disse Víctor, felicitando a amiga, e com um gesto indicando-lhe que olhasse a seus pés.

— Para alguma coisa tem que servir dar aula de caratê — disse Bárbara sorrindo, ao olhar para o chão e reconhecer o fino vestido de Beth.

Aproveitando a confusão do momento, agachou-se e disfarçadamente fez uma bola com a seda.

— Não se mexa! — gritou Beth, escondendo-se atrás do "peixe fresco", que, vermelho como um tomate, olhava para a cara de todos tentando cobrir as partes com as mãos.

— Maldição... Mas quem... — exclamou Charly.

Mas não terminou a frase ao ver a quantidade de olhos que os observavam.

— Carlos! — choramingou Mônica ao ver o filho naquele estado. — Mas, filho... o que você está fazendo?

— Se quiser, eu explico — debochou Bárbara.

— Bendito seja Deus! — persignou-se Marga ao ver aquilo.

Incrédulo, sem mal se mexer, Charly cravou um olhar gelado em Victoria, que estava pálida como cera.

— Meu bichinho de pelúcia... — disse, paralisado diante de tanta gente. — Desculpe. Dê-me a oportunidade de explicar.

— Mas que pouca-vergonha — disse Víctor.

Disfarçadamente, pegou o vestido de seda que Bárbara lhe passou escondido. E, a seguir, saiu do banheiro.

— Pelo amor de Deus! — gritou Beth, envergonhada. — Querem parar de nos olhar com essas caras? Onde está meu vestido?

— Ah, Beth, Beth... — disse Bárbara. — Quando vai aprender a se comportar? Se continuar assim, todos vão descobrir o que você é.

— Não vou permitir que...

— Você, sua vadia, cale-se! — vociferou Victoria, cravando seus olhos escuros em Beth.

— Victoria! — gritou a sogra. — Olhe o vocabulário!

— Ei, fofinha — intercedeu Marga, dirigindo-se àquela mulher repugnante —, calada!

— Eu a considerava minha amiga. Como pôde fazer isso comigo? — disse Victoria.

E voltando-se para Charly, seus olhos brilharam com mais fúria e dor.

— E você... você... você é...

Não conseguiu dizer mais nada. Tremia toda. A situação era tão de folhetim barato que por um momento Victoria pensou que estava sonhando. Mas não, não estava. Aquilo estava acontecendo de verdade. Aqueles ali eram Charly, Beth e Álex. Estavam nus diante dela e não sabiam o que dizer.

— Isto não pode sair daqui! — berrou Mônica, tentando fechar a porta de entrada do banheiro.

Mas foi impossível. Margarita não a deixava.

— Ninguém pode saber! Feche a porta!

— Sabe de uma coisa, dona Afetada? — replicou Margarita. — Neste momento, você não deveria se preocupar com isso. Deveria se preocupar com os sentimentos de seu filho e minha filha. As pessoas que digam o que quiserem.

— E o que você sabe?! Você é ralé da periferia — provocou a outra com desprezo, bem no instante em que Víctor entrava de novo.

Ele havia jogado o vestido de Beth no mesmo carrinho de limpeza em que minutos antes Bárbara jogara as calças dos outros dois.

— Mônica! — vociferou Juan, que até esse momento se mantivera discretamente em segundo plano. — Acho que não é necessário ser tão desagradável.

— Ouça, senhora — interveio Víctor, disposto a soltar a língua. — Nada de ofender. Senão, vamos ofender também.

— Cale-se, Juan! É meu filho — replicou Mônica, exasperada.

E então, voltando-se para Margarita, acrescentou:

— Desde quando uma bêbada, um cabeleireiro de periferia e uma sanguessuga sem rumo vão me dizer o que devo dizer ou pensar?

— Vá à merda, dona! — explodiu Bárbara.

E sentindo a raiva dominá-la, gritou:

— Se alguém tornar a insultar minha mãe, juro que sou capaz de qualquer coisa!

— Fique calma, querida — murmurou Margarita. — Não ofende quem quer, e sim quem pode.

— Mas eu posso — rosnou Mônica, atraindo o olhar de Victoria. — Sua filha saiu de casa farta de suas bebedeiras.

— Vou arrancar o coque dessa gorda! — gritou Víctor.

— Cale-se, veado! — vociferou Charly.

— Quem é mais veado aqui? — disse Margarita, olhando-o com ódio. — Aquele que se mostra como é ou o que nega, chama os outros de "veado" e na intimidade fica de quatro diante de um louraço?

— A propósito, Charly — disse Víctor, olhando-o —, caso não tenha entendido, é você.

— Quem pensam que são para falar assim conosco? — gritou Mônica.

— São minha família, acha pouco? — interveio Victoria por fim, com a veia do pescoço prestes a explodir.

Ela ainda tinha muito que dizer a sua sogra. De dentro dela aflorava algo que havia esquecido fazia muito tempo.

— Goste ou não, eles são minha família. E a partir deste instante eu agradeceria se escolhesse muito bem suas palavras e seus modos quando se dirigir a qualquer um deles. Porque lhe informo, caso não saiba, que posso ser tão daninha quanto você. — E apontando para Beth, que a olhava horrorizada, concluiu: — Não esqueça que eu tive uma professora maravilhosa.

— Viva a mãe que a pariu! — gritou Víctor, emocionado.

— Viva minha irmã e sua veia no pescoço! — aplaudiu Bárbara.

— Que bico de ouro tem minha menininha — disse Margarita, orgulhosa.

E ganhou um tímido sorriso de sua filha mais velha.

— E quanto a você, Charly — prosseguiu Victoria com firmeza —, a partir deste momento, não temos mais nada para conversar. O casamento está cancelado.

— Como?! Não pode ser! Impossível! — gritou Mônica, histérica.

Charly se levantou do chão com um pulo, deixando seus atributos expostos, para satisfação das amigas de sua mãe.

— Meu bichinho de pelúcia, espere! — chamou, enquanto procurava sua roupa.

Onde estava?

— Não faça isso comigo. Não me deixe assim. Precisamos conversar. Eu preciso falar. Bichinho de pelúcia, por favor...

— Charly. Não sou mais seu bichinho de pelúcia, e repito: não tenho mais nada para falar com você — sentenciou Victoria.

E, aceitando a mão de Víctor, saiu do banheiro.

— Meu Deus, que vergonha! — gemeu Mônica, horrorizada. — O casamento... O que vou dizer aos convidados? O que podemos fazer?

— Eu recomendaria que começasse a ligar para seus mil e cem convidados, amiga — respondeu Margarita com o celular na mão. — E fique tranquila, dos meus quinze cuido eu.

— Tudo isso é culpa sua e desse maricas! — berrou Charly, dirigindo-se a Bárbara. — Vocês são os culpados de tudo, ralé de merda!

— Você acredita mesmo nisso? — disse Bárbara.

A seguir, aproximou-se dele, pegou-lhe os testículos, diante da surpresa de todos, e, torcendo-os com evidente prazer, sussurrou no ouvido de Charly, que empalidecia de dor:

— Se tornar a se aproximar de minha irmã, nem que seja para perguntar a hora, juro que vou arrancá-los e fazer um par de brincos com eles.

— Alguém chame a polícia! — gritou Beth, assustada.

Mas ninguém se mexeu.

— Ei, seu veado, viu como ficou bonito na foto? — debochou Margarita, mostrando-lhe seu celular e sorrindo. — Serei clara e concisa: se lhe ocorrer tramar alguma coisa contra algum dos meus filhos, amanhã você vai ser notícia.

E, dizendo isso, pegou a mão de Bárbara e saíram do banheiro.

— Juan, pelo amor de Deus, faça alguma coisa! — gritou Mônica. — Não fique aí olhando como um paspalho!

— Não, querida — replicou ele antes de sair atrás de Margarita e Bárbara. — É seu filho, não esqueça.

3

Com o desconcerto ainda estampado no rosto, Victoria saiu do hotel de mãos dadas com o amigo Víctor. Segundos depois, Bárbara e sua mãe os seguiam.

— Esperem um segundo, por favor — chamou Juan, indo atrás deles. — Eu vou levá-los para casa.

— Não, Juan. Eu agradeço, mas é melhor não — respondeu Victoria, notando que Bárbara e Víctor já se adiantavam para chamar um táxi.

— Lamento demais tudo que aconteceu — murmurou ele, pegando as mãos de Victoria com carinho. — Não sei o que lhe dizer. Estou tão confuso que...

— Pode deixar, Juan — retrucou Margarita. E, endurecendo a voz, acrescentou: — O melhor que podemos fazer neste momento é ir embora daqui.

— Eu entendo. É claro que entendo — assentiu ele.

Parecia tão confuso, tão perdido, que Margarita sentiu vontade de niná-lo.

— Não sei como me desculpar pelo que aconteceu. É tão vergonhoso que...

— Você não tem que se desculpar por nada. Você é uma das melhores pessoas que conheci em minha vida — murmurou Victoria.

E dando-lhe um abraço, disse, caminhando até sua irmã:

— Obrigada por tudo, Juan, mas agora preciso ir embora.

— Marga — chamou ele.

A mulher se voltou para ele.

— Não esqueça que estou aqui para o que for preciso. Por favor, lembre-se disso.

— Obrigada, Juan, vou me lembrar.

E depois de sorrir para ele, entrou no táxi, onde já a esperavam suas filhas.

Se eu ganhasse um diamante a cada desgosto que a vida me dá, seria multimilionária, pensou Victoria olhando pela janela.

Humilhação. Desconcerto. Incredulidade. Todas essas palavras complicadas passavam pela mente de Victoria enquanto se dirigia a sua casa acompanhada por sua família.

— Vicky, minha querida — murmurou sua mãe, sem deixar de olhar para ela. — Você mora aqui?

— Sim, mamãe — assentiu Victoria, atordoada. Tudo era confuso ao seu redor. — Eu moro aqui.

O táxi havia parado diante de um dos arranha-céus de Madrid, conhecido como Torre de Valência. Ficava no cruzamento da Menéndez Pelayo com a O'Donnell, ruas movimentadas, cheias de vida e de negócios.

Diante do arranha-céu erguia-se o parque do Retiro, um dos orgulhos de Madrid. Um parque cigano, considerado o grande pulmão verde do centro da cidade, onde natureza, esporte e lazer se mesclavam em perfeita harmonia.

— Mãe do céu! — exclamou Víctor, incrédulo. — Você mora na Torre de Valência! Que glamour, menina!

— Desde quando? — perguntou Bárbara, pegando o troco que o taxista lhe entregava.

— Há cerca de um ano e meio — respondeu Victoria, sem olhar para eles enquanto caminhava para a porta que o porteiro mantinha aberta. Ao ver que não a seguiam, voltou-se para eles.

— Não vão subir?

Ao ouvir isso, os três saíram andando atrás dela.

Sem nem olhar para ele, Victoria passou pelo porteiro, que cumprimentou os recém-chegados com um sorriso amável. Ela introduziu uma chave no elevador acarpetado e subiram até o décimo andar em silêncio. Quando as portas do elevador se abriram e Victoria saiu, os outros três observaram com curiosidade o hall salmão. Não tinha nada a ver com os dos seus apartamentos, que aos sábados cheiravam a ensopado e aos domingos, a linguiça frita.

Alheia ao modo como seus acompanhantes se olhavam, Victoria pegou uma chave e abriu a única porta do elegante hall. Depois de acender as lâmpadas halógenas do vestíbulo, ela digitou um código de segurança em um pequeno painel à direita.

— Caralho, Vicky, que demais! — assobiou Víctor, consumidor nato de revistas de decoração. — Pelo visto, você gosta do estilo minimalista.

Imperava a ordem no espaçoso apartamento. As portas eram de vidro temperado. As paredes, revestidas de tons degradê, onde cores como bege e verde, somadas ao branco, davam uma sensação de harmonia e serenidade.

A sala era funcional. Pouco mobiliário, tons de verde nos biombos japoneses e poltronas de fino couro marrom.

— Sim, Víctor. Gosto do estilo minimalista. Ordem é muito importante para mim — assentiu Victoria, olhando para ele. — Com licença um instante. Vou trocar de roupa e mostrar o apartamento a vocês.

— Boa ideia — disse Bárbara.

E, assim que a irmã desapareceu por uma das portas, murmurou:

— Ei, vocês dois, dou três segundos para que desapareçam daqui!

— Mas Vicky disse para ficarmos — reclamou Margarita, que estava curiosa para ver mais.

— Você acha que é o melhor momento para conhecer a casa? Mamãe, pelo amor de Deus! Ela acabou de cancelar o casamento!

— Tem razão, querida. Mas vamos ficar e lhe fazer companhia.

— Marga — murmurou Víctor —, acho que devíamos deixá-las sozinhas. Bárbara tem razão. Outra hora visitaremos a casa.

— Tudo bem, eu me rendo — assentiu a mulher, e imediatamente se dirigiu à porta.

— Se há alguém que pode gritar com Victoria — disse o jovem —, é Bárbara.

— Não briguem, meu amor. Dê-lhe isto — disse Margarita, tirando um cinzeiro da bolsa.

Mas ao ver a cara da filha e de Víctor, retificou:

— Têm razão, é melhor eu ficar com isto.

Depois de fechar a porta de entrada com cuidado, Bárbara voltou à sala. Nesse instante, seu celular começou a vibrar. Ela leu a mensagem e decidiu desligar o telefone. Não estava a fim de responder.

Tanta ordem e tanta limpeza davam uma sensação de pouca vida, de pouco uso. Enquanto observava, Bárbara se surpreendeu por não ver nem uma única foto ou algum detalhe pessoal de Victoria. Aquela sala moderna era fria e impessoal, embora reinassem o design, as grifes e a tecnologia de ponta. Televisor Loewe de quarenta polegadas com reprodutor de DVD e som surround. Telefone Bang & Olufsen. Aparelho de som Sony.

— Onde estão mamãe e Víctor? — perguntou Victoria, saindo de um dos quartos.

— Foram para casa — respondeu Bárbara.

Sua irmã havia tirado a maquiagem e desmanchado o coque. Assim, ficava muito mais bonita.

— Quer beber alguma coisa?

— Uma cerveja cairia bem.

— Cruzcampo, light ou sem álcool? — ofereceu Victoria, indo para a cozinha.

— Não brinque, Vicky! Não posso acreditar que você não tem uma cervejinha normal — disse Bárbara.

E indo atrás da irmã exclamou, enquanto Victoria abria a geladeira de inox:

— Mãe do céu, que cozinha! Surpreenda-me: o que mais você tem para me oferecer?

— Coca-Cola Zero. Coca-Cola Light. Pepsi Diet. Nestea sem açúcar e tônica light.

— Mas que merda de bebidas são essas? — replicou Bárbara.

Não, as pessoas normais não bebiam tudo aquilo. Decidiu fazê-la recordar o sabor de uma Mahou.

— Venha comigo. Vamos achar um lugar onde possamos comprar bebida e comida decentes.

Sem vontade de discutir, Victoria pegou sua bolsa Tous e as chaves do apartamento. Desceram e entraram em um Vips, onde Victoria preferiu se calar ao ver o que a irmã estava comprando. Só tranqueira! Depois de pagar, saíram do estabelecimento com dois packs de cerveja Mahou cinco-estrelas, um saco de batatas fritas, duas pizzas de quatro queijos congeladas e um pote gigante de sorvete de chocolate.

De novo no apartamento, Victoria acendeu um cigarro enquanto a irmã, ainda impressionada com a cozinha, colocava as pizzas no forno.

— É melhor fazer só uma — disse Victoria. — Eu não como porcaria. Tem muita gordura e nenhum nutriente.

— Mas é uma delícia, apesar das calorias — contra-atacou Bárbara, colocando uma Mahou geladinha diante do rosto da irmã.

Victoria olhou, mas não a pegou.

— Essa merda tem efeitos negativos sobre a saúde, sabia?

— Se o efeito negativo é que vou ficar como você se não beber, estou horrorizada!

— Pode rir, mas comer porcaria significa aumento de peso, colesterol alto, digestão difícil, vício e mudança do paladar.

— Você adorava Whopper com queijo, batata frita, anéis de cebola e os sanduíches de lula da Plaza Mayor. O que aconteceu com você?

— Bárbara, já faz tempo que eu decidi viver mais e melhor comendo comida saudável — respondeu, afastando a cerveja que a irmã pusera a sua frente.

— Vicky, você vai curtir mais a vida se a viver e a saborear.

Bárbara não estava disposta a se deixar convencer, de modo que aproximou de novo a cerveja.

Você está me provocando, irmãzinha, pensou Victoria, mas replicou:

— Não vou gritar nem discutir, e também não vou tomar essa cerveja.

— Eu também não vou discutir — anunciou Bárbara, e deu um gole. — Mas garanto que você vai beber essa cerveja. E do gargalo.

O momento temido por Victoria havia chegado. Ela odiava o fato de sua irmã mais nova saber aplainar o caminho e depois entrar matando. Mas não, desta vez não pretendia fazer o jogo dela. Victoria tinha um autocontrole excelente e não ia permitir que desmoronasse com uma simples cerveja.

No entanto, Bárbara conseguiu.

— Muito bem, o que está esperando?! — exclamou Victoria. — Estou louca para escutar alguma das suas frases antológicas e proletárias.

Ao ver que a irmã se apoiava no balcão com parcimônia, acrescentou:

— Está se divertindo, não é, Barbie? Adorou me ver humilhada na frente de todo mundo! Oh, Meu Deus, como você vai dormir bem esta noite! Sua irmã metida, por fim, sofreu um belo golpe, não é?!

— Eu avisei, meu bichinho de pelúcia — retrucou Bárbara, com raiva ao ouvir Victoria a chamar de Barbie.

— O quê?! — gritou a irmã com voz trêmula.

— Eu avisei. Eu disse que aquele convencido não era bom para você. Que aquela vadia recauchutada que acha que tem vinte e cinco anos era uma víbora e uma bruxa das piores. Que mamãe se deixaria humilhar por você, e...

Mas Bárbara não pôde continuar. A dor nos olhos da irmã fez com que se aproximasse e a abraçasse.

Victoria, arrasada, agarrou-se a ela, e com aprumo escutou como Víctor e Bárbara haviam descoberto as aventuras de Charly. Alberto, garçom do hotel e vizinho de Bárbara, havia lhes contado. O resto havia surgido sozinho.

— Obrigada por ficar aqui comigo — disse Victoria.

— Sempre estivemos ao seu lado — retrucou Bárbara, pensando em Víctor e sua mãe. — Mas fale com mamãe. Ela precisa disso. É cabeça-dura como você, e não demonstra seu sofrimento.

— Eu também preciso falar com ela.

No passado, haviam sido boas amigas, apesar de serem mãe e filha.

— Bárbara, desculpe-me por ter sido meio chata com você às vezes.

— Meio? — repetiu Bárbara. — Eu diria que seu nível de chatice é constante. Mas, lamento, garota, comigo você não vai praticar. Eu a ignoro quando fica assim!

— Você é incrível — disse Victoria.

— Você me ensinou a ser assim, Vicky — respondeu Bárbara.

No fundo, desejava encontrar aquela irmã que um dia Victoria havia sido.

— Você me ensinou a passar maquiagem, a namorar, a dançar *sevillanas*, a andar de bicicleta. Até a pôr meu primeiro absorvente. Você sempre foi divertida e espontânea. Mas quando mamãe...

— Desculpe — sussurrou Victoria, envergonhada. — Isso nunca mais vai acontecer.

— Claro... eu não vou permitir — sentenciou Bárbara. — A partir de agora, vou controlar todos os seus relacionamentos.

— Não quero mais saber de homens. E se algum deles inventar de me chamar por algum apelido, juro que vou lhe jogar na cabeça o que tiver na mão.

Bárbara riu diante deste último comentário. A seguir, olhou para seu relógio e sugeriu:

— Que tal irmos para minha casa? Preciso sair com Óscar.

— Quem é Óscar?

— Seu sobrinho e meu cachorro. É uma belezura.

— Esqueça. Eu nunca me dei bem com cachorros e crianças.

— Óscar é diferente, pode acreditar. Quando o conhecer, você vai entender.

Uma hora depois, ao volante de seu Audi TT cupê prata, Victoria chegou com a irmã ao bairro Aluche. Passaram na frente da casa de sua mãe, mas decidiram não parar: voltar ao bairro era como voltar à cidadezinha natal. Só faltava o cartaz dizendo "Bem-vindo, senhor Marshall". Se as vizinhas a pegassem, estaria perdida de tanto beijo; ainda mais tendo curso superior.

— Ora — disse Victoria ao estacionar em frente ao parque de Aluche. — Parece que certas coisas nunca mudam.

— As festas do bairro são sagradas — respondeu Bárbara, pegando-a pelo braço. — Venha. Moro no último andar, e não tem elevador!

E, dando-lhe um tapa na bunda, murmurou:

— Vai lhe fazer bem um pouco de exercício para essa bunda.

— Sua idiota!

— Se não for indiscrição, que manequim você usa?

— Não é da sua conta! — exclamou Victoria.

Mas, antes que pudesse reagir, sua irmã puxou o cós de sua calça, soltando-o logo em seguida.

— Muito bem, 44 — disse Bárbara, e começou a subir os degraus de dois em dois. — Não é para me gabar, mas eu, assídua consumidora de tranqueira, uso 42.

Enquanto Bárbara tirava suas chaves da calça, Victoria observava o edifício capenga. Era parecido ao de sua infância, no qual as paredes descascadas, os velhos degraus e o cheiro de umidade em pleno mês de junho eram o habitual.

De súbito, a luz se apagou. Ao acendê-la, Bárbara disse:

— Vicky, este é seu sobrinho, Óscar. O que acha?

Que coisa mais horrorosa!, pensou a irmã.

Óscar devia ser mestiço de mastim com pastor-alemão e sabe-se mais o quê. Tinha umas patas muito compridas, uma cabeça peluda e um corpo magro demais e cheio de cicatrizes. Era o cachorro mais disforme e feio que ela já havia visto na vida.

— É lindo! — mentiu Victoria.

A criatura horrível a fitava.

— Mas que mentirosa! Como pode dizer isso?

— E o que eu deveria dizer?

— A verdade. Foi o que combinamos, não foi?

— Muito bem, direi a verdade.

E, apontando para o animal, que a observava sentado a sua frente, Victoria respondeu:

— É a coisa mais feia que já vi na vida. Nada nele é bonito! Não tem nenhum estilo nem raça determinada. É feio, muito feio!

O animal soltou um gemido e se levantou.

— Óscar — chamou-o Bárbara.

Ao ouvir sua voz, o cachorro olhou para ela.

— Sua tia é meio metida, mas, meu amor, não ligue para ela. Você é lindo! — E voltando-se para a irmã. — Ande, entre.

O apartamento de Bárbara era pequeno; devia ter pouco mais de cinquenta metros quadrados, mas era bonito e limpo. Victoria teve que reconhecer que a mistura de cores e móveis, tanto da Ikea quanto rústicos, era perfeita.

Enquanto Bárbara pegava umas cervejas geladas em sua pequena cozinha, Victoria olhava com curiosidade ao redor. Parou diante de uma mesinha cheia de papéis e um velho PC.

— Essas páginas soltas são ideias para o romance que vou começar sobre a Escócia — explicou Bárbara. — E esse outro monte é o que acabei de acabar.

— Continua mandando os originais às editoras?

— É claro! Além disso, há um mês terminei um curso on-line sobre obras românticas e aprendi muito.

— Fico admirada por você não desistir — disse Victoria, olhando para Bárbara. — Se eu tivesse sido rejeitada tantas vezes quanto você foi, acho que já teria me rendido.

— Duvido. Você é como eu: continuaria tentando. Você sabe, não é o melhor que publica, e sim aquele que tem mais sorte ou que vai para a cama com o editor mais rico — afirmou Bárbara.

Algumas horas e várias cervejas depois, tendo se atualizado sobre a vida uma da outra, as irmãs se divertiam na sala vendo velhas fotos.

— Quero fazer um brinde — riu Bárbara, levantando sua lata. — Um brinde ao dia em que um editor bonito e rico vai me descobrir e, além de me fazer feliz na cama, vai fazer com que meus livros vendam como água.

— Um brinde aos seus livros. Hic! — soluçou Victoria. — E que você se divirta muito na cama.

— Agora você. É sua vez.

— Um brinde a Charly, que vai se ferrar — disse Victoria com um olhar cintilante.

— Perfeito! — gargalhou Bárbara.

— Santo Deus, olhe nossa cara! — exclamou Victoria, apontando para uma foto.

E bebeu outro gole de cerveja. Do copo, claro.

— Quando foi isso?

— No casamento de Lucía, filha da dona Antonia. Lembra?

— Ah, sim. Aquela que dava uma de decente, mas transava com metade do bairro.

— Meu Deus, Vicky, que memória!

— Em meu trabalho, isso é necessário. Hic! Tem notícias de Pili?

— Ficou viúva. Manolo morreu em um acidente de trânsito.

— Não me "dxiiga"... — murmurou Victoria, sentindo a língua meio grossa.

— Mas ela ainda mora aqui, com os três filhos. Que, aliás, são uns gatos.

— Bom — comentou Victoria, apontando para Óscar —, se tiverem a beleza dele, duvido.

— Espere. Óscar não gosta de remexer em seu passado, mas vou lhe mostrar uma coisinha — disse Bárbara, levantando-se para pegar uma pasta cinza em um velho console. — Leia e depois me diga o que acha.

Com um sorriso, Victoria abriu a pasta.

Era da Associação dos Amigos dos Animais. A primeira foto que ela viu fez seu sorriso se apagar. Era Óscar. O relatório dizia que ele havia sido encontrado em uma estrada depois de ser brutalmente maltratado. Sua coleira estava praticamente incrustada no pescoço, o que fazia pensar que a haviam colocado quando ele ainda era um filhote e nunca a haviam aumentado. Por isso, com o passar do tempo, ele fora sufocando. Estava com uma anemia seriíssima, desidratado, desnutrido e coberto de carrapatos. Quando o pessoal da associação se aproximara dele, ele se urinara de medo; achava que iam bater nele. Contudo, depois da primeira palavra de carinho, ele balançara o rabo, agradecido. Seu estado era grave, mas com alimento, medicação e carinho, muito carinho, ele conseguira. Posteriormente, havia sido adotado por Bárbara Villacieros Zúñiga. Havia perdido o medo e era feliz com ela.

— Não posso acreditar... — murmurou Victoria, com os olhos marejados. — Como pode ter acontecido tudo isso com ele?

— Bem-vinda ao mundo real, irmãzinha.

— Sinto muito, Óscar — sussurrou Victoria, agachando-se ao lado dele. — Sabe de uma coisa? Você é muito bonito. Hic! Mais que muito, muito, muito bonito.

— Ele sabe — explicou Bárbara.

Notando que a irmã estava bêbada, ela se levantou e estendeu-lhe a mão:

— Vamos, levante daí, palhaça.

— Ei — disse Victoria, ainda sentada no chão. — Isso é um pé de maconha?

— Sim — assentiu Bárbara, orgulhosa. — Viu como está linda?

— Lembra quando fumávamos baseados? Hic! — disse Victoria.

Morrendo de rir, Bárbara ia responder quando o telefone a interrompeu. Caiu na secretária eletrônica, e a voz de um desconhecido fez Victoria olhar para a irmã com a sobrancelha erguida.

"Olá, meu bichinho. Precisamos conversar. Por que você não atende o celular? Estou com saudade, meu bichinho. Ligue para mim. Não seja malvada. Eu te amo."

— Vá se ferrar, João! — gritou Bárbara depois de escutar a mensagem.

— Quem é João? — inquiriu Victoria.

— Ninguém — respondeu ela.

Imediatamente Victoria arrastou Bárbara para o chão.

— *Meu bichinho?!* Ele a chamou de meu bichinho — debochou Victoria. — Você riu porque meu apelido era bichinho de pelúcia e, no fim, o seu é bichinho.

E então as duas começaram a rir como não riam havia muito tempo.

4

Quatro meses depois, tendo conseguido sobreviver ao caos do cancelamento de seu casamento, Victoria ainda ostentava a glamorosa aliança de noivado no dedo. Na noite anterior, ela não havia conseguido dormir, de modo que se levantou decidida a tomar um banho relaxante e ir cedo para o trabalho.

Transformando seus desejos em realidade, ela entrou na ducha multifuncional criada por Jochen Schmiddem para a Duravit, onde, sentada em uma espécie de espreguiçadeira, curtiu a água pressurizada e a sauna a vapor, acompanhada por aromaterapia e musicoterapia.

— Vá se ferrar, Charly! — disse, decidida, tirando a aliança exclusiva Chanel de ouro branco e diamantes.

Os dias em que era um orgulho ostentá-la haviam sido enterrados, de modo que, depois de sair da ducha e vestir um terninho escuro Adolfo Domínguez, Victoria colocou o anel em um envelope cor de osso e o fechou, ao mesmo tempo fechando seu coração. Ela estava decidida a não o ver nunca mais, e o entregaria ao porteiro quando saísse para o escritório.

Nesta manhã, o céu cinza de Madrid parecia acompanhar seu humor. As mudanças sofridas por pouco não a derrotaram. Mas não. Victoria Villacieros Zúñiga era uma mulher forte e não se permitiria ser derrotada.

Estava absorta em seus pensamentos quando tocou o telefone. Deixou que caísse na secretária eletrônica, pois não estava a fim de falar com ninguém. Contudo, ao ouvir a voz da irmã, pegou o fone.

— Já era hora, linda! — suspirou Bárbara. — Ontem à noite liguei para você. Por que não atendeu?

— Estava no chuveiro — respondeu Victoria secamente.

— Que mentirosa! — exclamou Bárbara, acariciando a cabeça peluda de seu cachorro. — Era melhor dizer que não estava a fim de atender!

— Bárbara, estou com pressa — replicou Victoria.

Consultando a hora em seu relógio Cartier, acrescentou, afastando o cabelo do rosto:

— Não esqueça que algumas pessoas trabalham. Estava saindo para a agência. O que você quer?

— Nossa, como você é desagradável! Só queria saber como você estava e bater papo.

— Estou bem, obrigada. Algo mais?

Mas não era verdade. Victoria estava arrasada. Arrasada e irritada, muito irritada. Dois dos seus colaboradores haviam voltado da Escócia sem o contrato assinado que ela precisava apresentar na reunião daquela manhã. E isso a deixava muito irritada.

— Sabe de uma coisa, Vicky?

— O quê?!

— Você tem razão: não é possível que sejamos irmãs! — disse Bárbara, recordando a conversa delas de noites atrás. — Acho que você devia falar com mamãe para que ela revele quem é seu pai. Porque eu tenho os olhos de mamãe e sou o clone de papai. Portanto, Vicky, acho que você devia começar a se preocupar!

— Bárbara, hoje não é o melhor dia para escutar bobagens. E, por favor, eu agradeceria se me chamasse por meu nome, que é Victoria.

— Não encha o saco, Vicky! — A irmã gargalhou.

— Barbie, Barbie... — provocou Victoria com maldade. — Não me provoque...

Ela sabia que Bárbara odiava esse apelido.

— Sua bruxa! Sabe do que vou chamá-la?

— Não se atreva!

— Bichinho de pelúcia! Pelucinha! — debochou Bárbara.

— Cale-se, bichinho! — grunhiu Victoria, incomodada com a gargalhada da irmã.

— Como você é grossa, Vicky! Não dá para acreditar que ainda não percebeu que, em mim, você não manda. E, por mais que isso a contrarie, eu sou sua impossível, embora mais que provável, irmã. Não uma das suas pobres marionetes submissas, que se mijam de medo quando você, a divina, ergue a voz. E quer saber?

— Tchau, Bárbara! — interrompeu-a Victoria, e desligou.

Não a aguentava mais.

Enquanto grunhia como um dogue canário, foi até sua sala minimalista, organizada e espaçosa. Abriu uma gaveta, pegou um cigarro e o acendeu. Ao dar a primeira tragada com prazer, ouviu o telefone tocar de novo. Era sua irmã outra vez. Que chata! E como não estava a fim de escutar mais bobagens, diminuiu o volume da secretária eletrônica. Esquecendo-se da irmã, foi para a cozinha.

Precisava de um café. Triplo!

Abriu a enorme geladeira inteligente de inox, que reagiu com um tom musical. A tela *touch* indicava a necessidade de comprar leite de soja. Victoria pensou em deixar um bilhete para Miroska, sua empregada romena. Mas, depois de lembrar o medo – para não dizer pânico – que aquela mulher tinha da inofensiva geladeira, e sua desastrosa última compra virtual, decidiu pedir a Susana. Afinal de contas, ela era sua secretária!

Terminado o café, depois de consultar alguns e-mails no notebook, foi para a agência, pronta para consertar o que aqueles idiotas haviam estragado na viagem à Escócia.

De sua mesa, Susana, a secretária de Victoria, podia ouvir as vozes na sala de reunião. O dia não ia ser fácil.

Nervosa e inquieta, ela observava sua chefe através dos vidros. O cenho franzido de Victoria e o jeito como mexia as mãos não indicavam coisa boa. Fazia semanas que Susana tentava encontrar o momento propício para falar com ela, mas não fora possível. Victoria nunca havia sido uma mulher acessível, mas, depois de cancelar o casamento, e agora, depois daquela reunião, seria menos ainda.

De soslaio, Susana observou Luis, o bonitão do escritório, sair da sala de reunião com o rosto contraído e se dirigir a ela. Ele e Chema eram os responsáveis pelo fracasso do contrato com o escocês.

— Preciso de fotocópias urgentes. A nazista está insuportável, não sei como você a aguenta.

Esse era Luis, um arrasa-corações de trinta e quatro anos com um sorriso descarado que enlouquecia as mulheres do escritório, exceto ela e sua chefe, que não lhe davam a mínima.

Todas as manhãs, quando se encontravam na máquina de café, Luis nem sequer olhava para Susana. Ela era invisível para ele. Contudo, quando precisava de alguma coisa de Victoria, desmanchava-se em gentilezas.

Todos sabiam que Beth, amiga de Victoria, havia acossado o rapaz até levá-lo para a cama, coisa que o havia ajudado a chegar até a equipe da chefe, que nunca o havia aceitado de bom grado.

O outro que estava trancado na sala de reunião com Victoria era seu colega, Chema. Era um sujeito trabalhador, afável e tímido, de quarenta e cinco anos, calvo, de óculos, apaixonado por sua mulher e seus filhos. Em várias ocasiões, Susana e Chema haviam trocado confidências, e em uma delas ele havia lhe confessado que sua mulher havia sofrido um acidente de trânsito e estava presa a uma cadeira de rodas.

Naquele dia, Chema lhe dissera também que devia centenas de favores a Luis, que aquele metido tinha um coração incrível e que, graças a sua ajuda, seus filhos e sua mulher estavam conseguindo seguir em frente. A partir desse momento, Luis, o Metido, havia se transformado para Susana em Luis, o Vou Lhe Dar Uma Chance.

— Calma, Luis. Não é para tanto — sussurrou ela, sem muita convicção, enquanto pegava os papéis para tirar as cópias.

— Aquela vadia! — sibilou ele, irritado, servindo-se um copo de água no bebedouro.

Mas não notou que a causadora de sua raiva seguia em direção a eles nesse instante.

— Sshhh... cale a boca — disse Susana disfarçadamente.

Mas foi inútil.

— Não é para menos que o noivo a largou um dia antes do casamento — continuou praguejando. — Pobre homem! Aguentar um bicho venenoso desses não deve ser muito agradável. Aposto que a nazista é sádica. Vadia! Eu não ficaria surpreso se ela tivesse no armário um chicote e uma mordaça de couro.

— Susana — disse Victoria com as faces vermelhas de raiva —, tire três cópias destes documentos.

E, voltando-se para Luis, acrescentou:

— Assim que acabar a reunião, passe por minha sala. Nós dois temos que conversar.

Amaldiçoando sua boca enorme, e sabendo o que significava "temos que conversar", Luis olhou brevemente para Susana e voltou à reunião.

Alterada, Victoria entrou em sua sala e, depois de trancar a porta, respirou fundo para conter as lágrimas. Como podiam falar dela de um modo tão depreciativo? Vadia? Nazista? Será que não percebiam a importância daquele contrato?

Susana, que digerira mal o confronto de Luis com sua chefe, bateu na porta da sala de Victoria, com medo, assim que terminou de tirar cópias dos documentos. A seguir, entrou e fechou a porta atrás de si.

— Aqui estão. Três cópias do contrato, como pediu — disse Susana com os nervos à flor da pele, enquanto Victoria observava a tela de seu notebook. — A compra que me pediu para fazer será entregue em sua casa hoje à tarde. Precisa de mais alguma coisa?

— Por enquanto, acho que não — respondeu Victoria, sem olhar para Susana. — Mas não vá almoçar. Talvez a reunião se estenda além do esperado, graças a esses inúteis.

— Eu... preciso falar com a senhora.

— É importante?

— Sim.

— Se vai pedir aumento de salário, pode esquecer. Não é o momento — rosnou Victoria.

— Não tem nada a ver com isso — suspirou Susana, torcendo as mãos.

— Dona Villacieros — interrompeu-as um jovem auxiliar da empresa, abrindo a porta de supetão. — O senhor Aguirre mandou avisar que a estão esperando na sala de reunião.

— Você não sabe bater na porta? — repreendeu-o Victoria com aspereza.

— Sim, senhora — murmurou o rapaz, olhando de soslaio para Susana.

— Pois então, da próxima vez que entrar aqui, bata, ou sofrerá as consequências! Entendeu?

— Sim, senhora — assentiu o auxiliar, e desapareceu imediatamente.

— Com relação ao meu assunto...

— Quando acabar a reunião, se eu tiver tempo, conversaremos — disse Victoria, sem olhar para Susana, como era de costume.

Na sala de reunião, a tensão entre os associados, os clientes e os publicitários crescia cada vez mais. Os péssimos resultados obtidos por Luis e Chema depois da viagem à Escócia caíam como uma pedra sobre Victoria, que agora era responsável perante seus superiores. A crise mundial estava começando a se notar nas contas da RCH Publicidade. As famosas firmas dos melhores lugares do mundo tentavam baratear seus custos sem sacrificar a originalidade.

Como chefe do departamento de publicidade, Victoria contava em sua carteira de clientes com as firmas mais importantes. Depois de batalhar com várias empresas, também havia conseguido a conta da TAG Veluer, uma famosa companhia, bem estabelecida, de relógios de luxo. Ela estava ansiosa para filmar sua última criação, um *spot* espetacular para televisão.

— Victoria — disse Giorgio Proxy, diretor da TAG Veluer e amigo dela, assim que ela apareceu.

Ele não era homem de perder tempo, e sempre ia direto ao ponto.

— Nós contávamos com resultados rápidos e satisfatórios. Em nossa primeira reunião, você disse que não haveria nenhum problema na contratação do castelo.

— Tem razão, Giorgio — desculpou-se ela. — Mas o motivo por não termos alugado as dependências do castelo de Eilean Donan para o *spot* não foi porque...

— Não importa o motivo! — vociferou Philippo Schirtufedo, presidente da marca de relógios caros. — Quero começar a preparar a campanha de verão já!

— Desculpe, senhor, mas essas coisas às vezes podem atrasar por motivos que... — interveio Chema com voz apagada.

Só conseguiu ganhar um olhar de censura de Victoria.

— O dinheiro que eu lhes pago pela campanha é suficiente para não ter que esperar — sibilou Schirtufedo.

Ele não tinha muito mais a acrescentar, de modo que se levantou, fechando o paletó justo.

— Eu confiei no profissionalismo de vocês, senhores.

— Não tenha dúvidas de que somos profissionais — intercedeu um jovem que havia permanecido em silêncio durante toda a reunião. Gregorio, irmão de Beth. — A única coisa que podemos fazer é nos desculpar e...

— Uma simples desculpa não adianta nada.

— Philippo — murmurou Giorgio, diretor da firma —, desse jeito não vamos conseguir resolver nada.

— Eu lhes peço que nos desculpem — disse outra associada presente à reunião, com um sorriso nervoso, tentando acalmá-lo. — A senhorita Villacieros teve problemas pessoais há alguns meses, e sua equipe fez todo o possível para localizar o proprietário do castelo...

Ao ouvi-la, Victoria a fulminou com o olhar. Por que diabos teve que dizer isso?

— Eu não contratei a equipe dela — grunhiu Philippo. — Eu contratei a senhorita Villacieros, e ela é a responsável.

— Desculpe, senhor — começou Luis ao ver o olhar incrédulo de sua chefe.

Os dois nunca haviam se apreciado, mas ele não podia permitir que ela arcasse com a culpa.

— Se fizer a gentileza de me escutar um instante, eu...

— Cale-se! — vociferou o homem, e olhou para Victoria, que o observava impassível. — O cancelamento de seu casamento não tem por que interferir em meus negócios. De modo que comece a trabalhar e deixe de frescura!

— Como é? — disse Victoria.

E quando já estava prestes a gritar, sentiu Luis pegar sua mão e negar com a cabeça.

O jovem estava tentando ser gentil, mas Victoria afastou a mão com um puxão.

— Philippo — interveio Giorgio, sabendo que aquilo ia acabar mal. — Acho melhor parar de falar.

— Eu vou me calar apenas pelo apreço que tenho a meu bom amigo Juan Montefinos — berrou Schirtufedo. — Só direi, antes de ir, que ou me demonstra sua competência antes de dois meses, ou vou tirar minha conta de vocês.

— Não se preocupe — assentiu depressa a associada, saindo atrás dele. — Eu prometo que em breve receberá notícias nossas.

Todos ficaram em silêncio, esperando que alguém quebrasse a tensão que pairava na sala.

— Victoria — disse Giorgio antes de sair por onde segundos antes havia saído o presidente de sua empresa —, tente conseguir esse contrato quanto antes. Para nós, é importante rodar o *spot* nesse castelo.

— Não se preocupe, Giorgio — respondeu ela, esboçando um sorriso. — Eu prometo que vou conseguir.

Quando os clientes abandonaram a sala de reunião, Victoria se sentou de novo. Suas pernas tremiam. Aquilo era a última coisa que esperava: sua vida pessoal na boca de todos.

Ao vê-la tão nervosa, Chema levou-lhe um copo de água, que ela pegou, mas não agradeceu.

— Não podemos perder essa conta! — sibilou Gregorio, diretor da agência.

A reunião havia sido um desastre.

— A TAG Veluer é uma empresa forte no mercado, e suas campanhas são milionárias. Temos que reagir agora!

— É inacreditável — disse a associada que havia acompanhado os dois clientes até a saída e que acabava de entrar na sala de reunião com a contrariedade estampada no rosto. — Victoria, o que está acontecendo? Pode me explicar o que aconteceu, por que o contrato do castelo de Eilean Donan não foi assinado?

— Pode me explicar você por que foi falar dos meus problemas pessoais em uma reunião de trabalho? — respondeu Victoria com raiva.

— Precisávamos sair do atoleiro de algum jeito — replicou a associada com secura, totalmente alheia à dor refletida nos olhos de Victoria. — Estou esperando que me diga o que aconteceu com o contrato.

— Que Luis e Chema expliquem. Eles são responsáveis por todo este caos.

— Eu garanto que fizemos todo o possível — disse Luis olhando para a mulher, que sorriu, diante da incredulidade de Victoria. — Foi impossível falar com o conde proprietário do castelo. Desde o início, ele se negou e limitou-se a se esquivar de nós. Foi impossível.

— Nada é impossível para a RCH Publicidade — asseverou Gregorio. — É parte do nosso lema.

— Se não conseguirmos esse contrato, cabeças vão rolar — sentenciou outro associado.

— Eu garanto, senhor, que tentamos tudo — declarou Luis.

— Se me permitem, eu duvido — retrucou Victoria.

A partir desse momento, a troca de acusações e censuras deu lugar a uma grande discussão. Victoria não estava disposta a arcar com as consequências daquela gestão desastrosa e seus resultados, e os associados não queriam perder tempo e dinheiro. De modo que, depois de mais de quatro horas de reunião, Victoria não teve alternativa a não ser anunciar em voz alta, para se fazer ouvir acima das vozes acaloradas:

— Eu vou. Vou me organizar, e depois de amanhã, no máximo, estarei na Escócia. Vou tentar resolver esse problema. Na pior das hipóteses, terei dois meses para convencer o proprietário.

— Sábia decisão, Victoria — disse Gregorio.

A seguir, ele levantou-se, acompanhado dos outros dois associados, e todos saíram da sala, deixando-a sozinha com Luis e Chema.

— Eu não trabalho com medíocres — Victoria os repreendeu assim que os outros desapareceram. — Não quero mais vocês em minha equipe. Os dois estão despedidos.

— Mas... — Chema tentou se explicar de novo, assustado.

— Não vou repetir.

— Por favor... — gaguejou Chema, já desesperado, enquanto Luis observava fixamente sua chefe. — Você não pode fazer isso comigo. Eu tenho três filhos pequenos para criar, e preciso deste emprego. Mande-me para outro departamento. Pode me rebaixar, mas, por favor, não me demita.

— Três pirralhos? — riu Victoria, incrédula.

— Por favor, eu suplico.

— Tenho coisas mais importantes para fazer, Chema, não me incomode com seus choramingos — sibilou ela, enquanto recolhia todos os seus papéis sem lhe dar ouvidos.

— Por favor, senhorita Villacieros — insistiu o homem. — Eu suplico, não me deixe na rua. Este emprego é a única coisa que tenho.

— Seja humana, pelo amor de Deus! — disse Luis, atraindo o olhar de Victoria. — E desça uma vez na vida desse seu pedestal de ouro!

— Como se atreve a falar assim comigo? — replicou ela.

— Cale-se, Luis — interveio Chema.

Ele conhecia seu colega melhor que ninguém, e sabia que sob aquela aparência escondia-se um coração de ouro.

— Como se atreve a nos menosprezar desse jeito? — explodiu Luis, farto de humilhações.

Se já estava despedido, não tinha nada a perder.

— Posso até entender que esteja decepcionada com nossa gestão. Nós também estamos. Mas não pode dizer que não trabalhamos, pois isso é mentira.

— Ah, sem dúvida! — assentiu Victoria com ironia.

— Você me demitiu, tudo bem — concordou o homem. — Tenho certeza de que, por pior que seja o cargo que eu encontre em outra agência, nunca será tão humilhante quanto trabalhar para você. Mas, por favor, escute Chema. Ele precisa deste maldito emprego. A família depende dele. Será que você não tem coração?

Nos últimos meses, Victoria havia ouvido palavras parecidas como essas em diversas ocasiões. Sua própria irmã, Bárbara, em suas conversas intermináveis, havia lhe perguntado várias vezes se não tinha coração.

— Entendo que me queira longe — prosseguiu Luis. — Você me odeia porque sua amiga Beth me ajudou a conseguir este emprego. Mas, diga-me, como você conseguiu o seu?

— Enfiando-me na cama dela que não foi! — gritou Victoria.

— Eu também não — replicou ele. — Foi ela quem se enfiou na minha. E se o que a deixou de mau humor foi o que me ouviu dizer a sua secretária, é bom que saiba que aquelas palavras são as mais suaves que se ouvem nesta agência quando falam de você. Pode agradecer por ter uma secretária discreta como ela, porque, se fosse qualquer uma das outras harpias, você seria o bobo da corte da empresa. E agora, já me dou por dispensado.

— Estou com pressa — anunciou ela.

A seguir, olhou disfarçadamente para Chema. Ele parecia desesperado. Ela apertou os papéis contra o peito e acrescentou antes de sair:

— Por enquanto, até que eu volte da Escócia, vocês continuam. Quando eu voltar, conversaremos.

Ao sair da sala de reunião, deu de cara com um enorme buquê de rosas vermelhas. Mas, fazendo um sinal seco a Susana, que significava "Agora não!", entrou em sua sala. Precisava de paz e de um cigarro, por isso, entrou em seu banheiro privado, decorado por Mariscal, e acendeu o cigarro com cuidado para que o detector de fumaça não a delatasse.

Ficou ali por alguns minutos, vazia e pensativa. A seguir, retocou a maquiagem e saiu, sentando-se em sua glamorosa poltrona de couro branco. Tirou os sapatos, que a estavam matando. Mas a paz durou pouco. Batidas na porta a fizeram se calçar de novo. Era Susana com o buquê.

— O que foi agora?! Acho que disse que não queria ser incomodada.

— Desculpe, dona Villacieros — disse a secretária, reprimindo a náusea.

Ela sabia que não era um bom momento, mas... quando era para sua chefe?

— Sua irmã ligou, e o senhor Carlos Montefinos de Jerez também. E entregaram este buquê...

Quando ele ia parar? Já haviam se passado quatro meses desde o acontecido e, apesar das constantes negativas de Victoria de voltar, Charly insistia. O coração de Victoria acalentava sentimentos contraditórios. Alguns dias, ela o odiava com toda a sua alma pela traição, e outros, desejava estar em seus braços. Diariamente recebia dois buquês de flores frescas com um cartão; um em casa e outro no escritório. Isso, além dos problemas de trabalho e as censuras de Bárbara para que não voltasse com o engomadinho, estava acabando com sua pouca paciência.

— Pode deixar o buquê aí — disse por fim.

Em seguida, ao ver que Susana estava pálida, acrescentou:

— E vá comer alguma coisa. Sua cara está péssima.

— Quer que lhe traga algo?

— Não, obrigada. Quando voltar, procure um voo para Edimburgo e um hotel. Também preciso que encontre o telefone da assistente ou secretária do conde Colum McKenna. Preciso marcar uma reunião. Portanto, não demore muito e, quando voltar, não me passe nenhuma ligação.

Ao ver que a moça levava a mão à boca, inquiriu:

— O que foi agora, Susana?

— Dona Villacieros, sei que não é o melhor momento, mas preciso falar com a senhora...

— Isso mesmo — replicou Victoria, apoiando a cabeça no encosto da cadeira —, não é o melhor dia para isso. Não pode esperar eu voltar da Escócia?

— Não, dona Villacieros — disse Susana, quase desmaiando. — Não posso esperar.

— Perfeito — disse Victoria com resignação, olhando-a com cara de poucos amigos. — Muito bem, o que é?

— Bom... O caso é que... eu...

— Estou com pressa, meu tempo vale ouro, Susana!

— Estou grávida de quatro meses e meio.

Dizer isso em voz alta foi como uma pequena libertação para ela. Susana sabia que a notícia não agradaria a sua chefe, mas não podia continuar escondendo. Não obstante, o grito que Victoria soltou fez seu estômago se revirar ainda mais.

— O quê?! — gritou ela, levantando-se. — Você está grávida?

— Lamento — murmurou Susana, torcendo as mãos.

Victoria olhava incrédula para a moça. Ela tinha apenas vinte e cinco anos e já estava grávida. Que maneira de estragar sua vida!

— Dona Villacieros, estou comentando porque meu contrato acaba daqui a três meses. Eu moro sozinha e preciso deste emprego, e...

— Você pretende que eu renove seu contrato? Ah, não! Nem pensar! — vociferou Victoria.

Susana levou de novo a mão à boca e seus olhos se encheram de lágrimas.

— Não me venha agora com choro. O que vocês todos estão pensando? — acrescentou, pensando na irmã, em Chema e Luis. — Que eu faço caridade?

— Eu prometo que nunca faltarei, mesmo tendo o bebê.

— Pode se esquecer de trabalhar para mim — berrou Victoria com crueldade. — Eu não gosto de crianças, e menos ainda de ter uma secretária que não se dedique cem por cento ao trabalho. Seus dias comigo estão contados. E, agora, saia da minha sala e cumpra suas obrigações, antes que eu me arrependa e a demita hoje mesmo.

Atormentada, Susana deu meia-volta. Sentia o vômito subir-lhe à garganta... Por sorte, teve tempo de pegar rapidamente um dos vasos, tirar as flores e vomitar dentro dele.

Atônita diante do que acabava de contemplar, e sem uma gota de piedade, Victoria a expulsou da sala com maus modos, e Susana desmaiou.

Luis e Chema correram para ajudá-la. Victoria havia ficado paralisada. Luis, preocupado, pegou Susana no colo e a levou à sala de reunião, enquanto Chema corria para pegar um copo de água.

Incapaz de segui-los, Victoria voltou para sua mesa. Eles cuidariam da garota. Depois de um tempo, pela porta entreaberta de sua sala viu sua secretária, pálida, voltar ao trabalho.

Susana não se surpreendeu quando Chema apareceu com um sanduíche e uma Coca-Cola, mas sim quando Luis lhe levou um café. A jovem lhe agradeceu com um sorriso agradável. A seguir, ele disse que a levaria para casa.

Ao presenciar a camaradagem que existia entre seus funcionários, o duro coração de Victoria se ressentiu. Ninguém, com exceção de sua secretária chata, havia se preocupado com ela nos dias posteriores ao cancelamento de seu casamento.

Sem poder mais observar a cena, ela se levantou e bateu a porta.

A caminho da casa da mãe, Victoria se olhou no retrovisor. Margarita havia ligado para lhe dizer que estava preocupada com Bárbara. Alguma coisa estava acontecendo com ela.

Com paciência, ela dirigiu seu maravilhoso Audi pelo longo túnel do passeio de Extremadura até chegar ao bairro Aluche. Uma vez lá, procurou onde estacionar, e se alegrou ao ver que bem em frente ao edifício de sua mãe havia uma vaga.

— Bendito seja Deus! Se não é nossa Vicky! — ouviu alguém dizer atrás dela enquanto fechava o carro.

— Olá, dona Antonia — cumprimentou Victoria.

Era uma de suas vizinhas da vida toda, que agora apertava suas bochechas como fazia quando Victoria era pequena.

Dona Antonia era muito popular no bairro. Jogava tarô, lia borras de café e mãos. Seu salão rosa era um dos mais movimentados e conhecidos da área.

— Dê-me dois beijos, minha linda. — E, pegando-a pelo braço, acrescentou, sem lhe dar opção: — Sua mãe está na quitanda de Goyo. Venha para casa falar com Jesús e comigo. Vamos tomar um café com bolo enquanto ela não chega. Como você está?

— Bem, bem — assentiu Victoria, contrariada.

A última coisa que queria era visitar vizinhas.

O salãozinho rosa de dona Antonia era o mesmo de sempre. Os anos haviam se passado para todos, mas não para aquele lugar. Ao entrar, os olhos de Victoria foram diretamente para uma urna que a mulher mantinha em cima de uma mesinha. Era a urna de seu Jesús, e durante anos havia sido objeto de curiosidade de todos, em especial das crianças. Seu Jesús, o carinhoso marido de Antonia, quando morrera, havia sido cremado; mas, em vez de guardá-lo em um nicho ou espalhar suas cinzas ao vento, a mulher havia decidido deixá-lo consigo.

Depois de se sentar diante da mesinha marrom do salão, enquanto dona Antonia preparava o café, Victoria observava o lugar que tão bem recordava sua infância.

— Sua mãe me contou o que aconteceu com seu casamento — disse a mulher, aproximando-se com uma bandeja de café e bolo.

Ao ouvir isso, Victoria ficou tensa. Ia matar a mãe. Por que não podia ficar calada?

— Ouça, Vicky — prosseguiu a vizinha, servindo-lhe o café. — Não fico feliz com o que lhe aconteceu, mas, querida, aquele insignificante não a merecia! Você vale muito, e quem a fizer se apaixonar tem que fazer por merecer.

— Sim... — assentiu Victoria, pegando a xícara que a mulher lhe oferecia.

Depois de um tempo ouvindo dona Antonia pondo-a a par das fofocas do bairro, Victoria olhou para seu relógio.

— Minha mãe já deve estar em casa — comentou.

— Posso ler a borra do seu café? — perguntou a mulher, apesar de já ter pegado a xícara.

Victoria nunca havia acreditado nessas coisas. Considerava-as uma bobagem. Mas sempre pensara que sua vizinha tinha que ganhar a vida de alguma maneira.

— Minha querida, a borra está dizendo que você sofreu por amor. Estou vendo que você é uma vencedora na vida profissional, mas talvez seja exigente demais, e isso a faz perder amizades. Você precisa relaxar, Vicky. Não se vive só para trabalhar.

— Dona Antonia, eu trabalho com publicidade — respondeu Victoria, pensando que sua mãe já devia tê-la deixado a par de tudo —, e nessa área não existem muitas amizades.

— Pretende viajar?

— Não — mentiu Victoria.

Como ela poderia saber?

— Vejo uma viagem ao passado que vai mudar sua vida. — E, dando-lhe uma cotovelada suave, sussurrou: — E também vejo um relacionamento meio inquietante com um taurino, que vai acabar preenchendo seu coração. Qual é seu signo, minha querida?

— Peixes — respondeu Victoria, resignada.

— Bendito seja Deus, minha filha! — suspirou a mulher. — Esse taurino se sentirá terrivelmente atraído por sua energia pisciana. O começo vai ser difícil, mas, no fim, vocês não poderão viver separados.

Dona Antonia se aproximou mais e baixou a voz:

— Os homens taurinos costumam ser muito sensuais. Meu Jesús, que em paz descanse, era taurino.

— Ah, que bom — suspirou Victoria, entediada.

— Ah... — exclamou dona Antonia, com um sorriso maroto. — Esse taurino a fará muito feliz na cama. Você conhece alguém da realeza?

— Não, por quê? — perguntou Victoria, ajeitando o paletó de seu terninho caríssimo, incrédula diante das sandices que estava ouvindo.

— As borras não mentem, Vicky — respondeu dona Antonia com um meio sorriso.

E então, soltou a xícara e disse, pegando a mão de Victoria:

— Deixe-me ver uma coisinha.

— Eu não acredito nessas coisas...

— Você tem umas mãos cônicas muito bonitas, querida.

Dona Antonia sorriu ao ver que ela se dava por vencida.

— As linhas da palma da mão revelam muitas coisas. Mas, não se preocupe, só vou olhar o que disser respeito ao amor. Suas linhas são bem definidas. Você teve, ou terá, três grandes amores. Esta terceira linha tão acentuada e, aliás, manchada de café — disse dona Antonia misteriosamente, fazendo Victoria prestar atenção —, será sua grande paixão. Aqui está. Seu taurino! Um amor profundo e duradouro. Ah, Vicky! Aqui há duas lindas linhas que, sem dúvida alguma, serão dois lindos filhos.

Victoria sentiu seu sangue gelar. Filhos? Impossível. Filhos não faziam parte da programação de sua vida. Eles davam problemas, faziam sujeira e eram um fardo. De modo que retirou a mão e se levantou, sem reparar no sorriso da vizinha.

— Dona Antonia, obrigada pelo café, mas agora preciso ir. Com certeza minha mãe já chegou — disse Victoria, caminhando para a porta. — Foi um prazer vê-la.

— Jesús e eu também gostamos de vê-la, Vicky — disse a mulher, sorrindo. — Mesmo que não acredite nessas coisas, deixe-me dizer: não tenha medo do futuro. Ele vai lhe trazer mais coisas boas do que você pensa. E, por último, permita que lhe dê um conselho: deixe-se amar.

— Até logo — despediu-se Victoria.

E saiu correndo. Não queria escutar mais nada.

Embora lhe fosse difícil reconhecer, ela gostava de entrar na casa de sua infância. Conhecia todos os cantinhos daquele lugar como a palma de sua mão.

Sentar-se na poltrona verde, mil vezes forrada, de certa maneira lhe proporcionava tranquilidade.

Depois do cancelamento de seu casamento, o relacionamento com sua família havia começado a ser de novo o que era antes. As três mulheres sempre discutiam, mas tinham Víctor para selar a paz.

Acendendo um cigarro, Victoria observava a mãe mexer na cozinha. Mal lhe havia falado sobre sua viagem à Escócia.

— Mamãe, você mudou o cabelo?

— Sim, querida. Foi ideia do Víctor — respondeu, mexendo no cabelo toda coquete. — Ele cortou meu cabelo como o da Diane Lane em *Noites de tormenta*. Gostou?

— Sim. Está até mais jovem.

— Obrigada, querida. É o que dizem.

— Dizem? — perguntou Victoria, levantando uma sobrancelha.

— Ah, você sabe, as vizinhas. Goyo, da quitanda. Mônica, da casa de frango. A propósito, você viu esse filme?

— Qual?

— *Noites de tormenta*. Víctor e eu fomos ver no domingo. É o último do Richard Gere. Ah, Deus, que homem! E Diane Lane...

— Não, mamãe. Não tenho muito tempo para ver filmes.

— É lindo! Você tem que ver. Víctor e eu choramos como Madalenas arrependidas. Mas o Gere e a Lane estão lindíssimos.

Victoria, que estava com o cigarro na mão, olhou ao redor procurando algo.

— Mamãe, onde há um cinzeiro?

— Tome este — disse Margarita, entregando-lhe um.

— Mamãe! Quantos cinzeiros você pegou do hotel Santo Mauro?

— Acho que cinco — respondeu ela. E, sorrindo, disse: — Um era para você, mas Víctor e Bárbara acharam que não era boa ideia.

— Acharam bem — concordou Victoria, olhando para o cinzeiro.

Nesse momento, abriu-se a porta da rua. Eram Bárbara, Víctor e Óscar. O cachorro entrou alegremente e cumprimentou Marga, mas, quando quis se aproximar de Victoria, ela o enxotou. O animal ficou olhando para ela; parecia triste por ser rejeitado.

E daí, pensou ela. *É só um cachorro.*

— Diane Lane, dá para sentir o cheiro de sua sopa lá da portaria! — gritou Víctor.

E olhou para suas amigas pedindo opinião:

— Não está igualzinha a ela?

— Ô — brincou Bárbara, dando um beijo na mãe. — Mas esta não é Diane Lane?

Ouvindo os risos, Victoria sorriu. Sentira falta deles, e mais do que estivera disposta a reconhecer. Mas ainda era difícil para ela chegar a eles.

— Vão lavar as mãos, vamos jantar — anunciou Margarita.

E, olhando para o cachorro enorme, murmurou:

— Óscar, venha comigo. Guardei o osso do ensopado de sábado para você.

Bárbara esboçou um sorriso. A relação de sua mãe com Óscar era magnífica. Porém, não podia dizer o mesmo de Victoria, que continuava rejeitando o animal.

— Isso aí — disse Víctor a caminho do banheiro — é imitação ou é um Adolfo Domínguez de verdade?

— Mas que absurdo! — respondeu Bárbara, deixando sua bolsa em cima da poltrona verde. — É claro que é de verdade. Não esqueça que é da Divina.

— Ei, o que há com você? — inquiriu Victoria, olhando para a irmã.

— Nada.

— Nada de bom — gritou Víctor do banheiro.

— Cale a boca, linguarudo!

— Eu sabia que alguma coisa estava acontecendo — replicou Margarita com os quatro pratos na mão. — Eu sou sua mãe.

— Marga, você pegou toalhas do hotel também? — perguntou Víctor, pegando uma do banheiro.

Ao ouvir isso, a mulher corou. As toalhas! Ela não havia dito nada às filhas.

— Tudo bem! — assentiu, soltando os pratos e voltando para a cozinha. — Estavam tão novinhas que não pude resistir.

— Mamãe! — reclamaram as filhas em uníssono.

— Vamos, vamos — urgiu Marga, para mudar de assunto. — Sentem-se que a sopa vai esfriar.

Enquanto a mulher servia a sopa, Víctor observava as feições taciturnas de Bárbara. Ela não estava bem, e para fazê-la sorrir, com seu habitual senso de humor, soltou uma bomba, para horror de Victoria:

— Acho que alguém muito glamorosa que está sentada aqui hoje esteve no salãozinho rosa de dona Antonia.

Victoria lhe lançou seu olhar de doberman prestes a atacar. Por que ele tinha que tocar nesse assunto?

Ao ver que sua mãe parava de servir a sopa e a observava à espera de que ela contasse sobre aquilo, teve que dar uma explicação.

— Tudo bem, eu fui lá. A mulher me disse que você estava na quitanda de Goyo e me convidou a ir a sua casa até que você chegasse.

— Falou com Jesús? — debochou Víctor, fazendo Bárbara rir.

— O que você acha?! — replicou Victoria, séria.

— E por que não comentou nada? — censurou-a Margarita.

— Eu sei por quê — retrucou Bárbara, que adorava provocar a irmã. — Porque teria que lhe dizer também que vai conhecer um taurino e que você vai ser avó de duas crianças.

— Bendito seja Deus! — gritou Marga, quase derrubando a sopa. — Você está grávida, querida? Ah, que lindo!

— Não, mamãe — negou Victoria categoricamente, enquanto fulminava a irmã com o olhar. — Não estou grávida. Só me faltava isso!

— Pelo visto — continuou Víctor —, as borras de café disseram que em uma viagem ela vai conhecer o amor de sua vida, e talvez seja da realeza.

— Sim, claro — debochou Bárbara, diante da cara de cão raivoso da irmã. — E será conhecida no mundo inteiro.

— Prefiro não dizer por que razão *você* seria conhecida no mundo inteiro — provocou Victoria.

— Querida, antes você me disse que ia viajar, não é?

— Sim, mamãe. Mas não...

— E também — exclamou Marga, sobressaltando a todos — que tem que se encontrar com um... duque?

— Duque? — gritou Víctor, levantando-se de um pulo. — Você tem que contratar o Duque? Nosso Duque? Aquele morenaço delícia que toda quinta-feira me faz perder o sono?

— Ah, Deus... — suspirou Bárbara, diante da cara de incredulidade de Victoria —, esse Miguel Ángel Silvestre é um gato. Para qual anúncio você precisa contratá-lo?

— Como termina a série? — gritou Víctor. — Ele se casa com Catalina ou morre?

— Diga que acabam juntos — interveio Margarita ao recordar *Sin tetas no hay paraíso*. — Juntos e felizes em um chalezinho, com cachorros e filhos.

— Duvido, Marga — disse Víctor. — Acho que querem matá-lo.

— Caraca, Vicky! — aplaudiu Bárbara. — Você tem que me trazer uma foto autografada de Duque.

Victoria praguejou por dentro. Por que eles sempre entendiam tudo ao contrário?

— Vejamos — esclareceu, recostando-se na cadeira. — Não vou contratar Duque, vou me encontrar com um conde.

— Dá no mesmo — riu Víctor. — Se for gostoso como o outro, serve.

— Mamãe — prosseguiu Victoria —, vou para a Escócia porque tenho que me encontrar com um imbecil, que ao que parece é conde, não duque, para que assine um contrato nos autorizando a rodar um *spot* no castelo de Eilean Donan.

— Você disse Eilean Donan? — exclamou Bárbara, largando a colher. — Aquele do filme *Os imortais* e dos livros medievais que eu leio? Bem, que nós líamos.

— Sim.

— O do filme do James Bond *O mundo não é o bastante*? — perguntou Víctor, incrédulo.

— Sim, esse mesmo — assentiu Victoria, revirando os olhos.

— Mãe do céu, que legal! — acrescentou Bárbara. — Diga que eu posso ir junto.

— Não.

— Por favor, por favor, Vicky — rogou ela.

— Já disse que não.

Só lhe faltava ter a irmã lá enchendo o saco.

— Vou a trabalho, não a lazer.

— Você é uma chata, para não dizer coisa pior, sabia? — grunhiu Bárbara.

— Sim, minha linda — respondeu Victoria. — Você não me deixa esquecer isso toda vez que me vê.

— A veia do pescoço a delata, minha rainha — disse Víctor, sorrindo.

— Não comecem — interveio Margarita.

Suas filhas eram especialistas em discutir.

— É que essa esnobe me tira do sério — disse Bárbara. E, apontando para a irmã, acrescentou: — Não quero que você pague minha viagem. Eu tenho meu dinheiro! Não preciso de sua ajuda para viajar, sua estúpida! Nem preciso de você para andar por lá. Não esqueça que sou tão bilíngue quanto você, imbecil!

— Bárbara — replicou Victoria muito séria —, se me insultar de novo, você vai ver.

— Vicky, você podia fazer esse favor — insistiu Víctor. — Seria ótimo para o novo livro dela.

— Já disse que não! Não é o momento adequado. Preciso me concentrar cem por cento para atingir meu propósito — vociferou Victoria, ganhando um olhar duro da irmã.

— Você é mais superficial que uma poça d'água — disse Bárbara.

— De que castelo vocês estão falando? — interrompeu Margarita.

— Mami, lembra do filme *O melhor amigo da noiva*?

— Não, acho que não vi — respondeu Marga, em dúvida.

— Viu sim, mamãe. É aquele com o doutor Derek Shepherd, de *Grey's Anatomy*.

— Ah... sim. Aquele em que ele percebe que está apaixonado pela moreninha quando ela vai se casar com um escocês louro e grandalhão, não é?

— Exato, Diane Lane! — exclamou Víctor, fazendo-a sorrir.

— Mami — insistiu Bárbara —, seria ótimo eu visitar esse lugar. Eu poderia coletar informações para meu livro. Mas a idiota da sua filha não quer que eu vá com ela.

— Mas, Vicky, minha querida — murmurou Margarita —, se você vai, o que custa levar sua irmã junto?

— É uma viagem de negócios, mamãe. Ela só incomodaria.

— Está me chamando de mosca-varejeira? — vociferou Bárbara.

— Ah, Deus — suspirou Victoria, irritada. — Será que você não entende que é uma viagem de trabalho?

— Vá à merda! — rosnou Bárbara.

— Vá na frente, para eu não me perder — respondeu a irmã.

A seguir, o silêncio tomou conta da sala. Bárbara e Victoria se desafiavam com o olhar. A mãe delas entendia a posição das duas, mas não queria ser parcial. Porque, não importava o que fizesse, estaria errado.

— Patrick Dempsey — disse por fim Víctor, para quebrar o gelo. — É o nome daquele gato doutor Shepherd. Que olhos!

— Se é para falar de olhos bonitos, tem os do meu Paul Newman — sussurrou Margarita.

E então fez um biquinho e começou a chorar.

— Mamãe, por favor — reclamou Bárbara, revirando os olhos. — De novo, não!

Margarita era fã incondicional de Paul Newman, o ator americano com os olhos azuis mais enigmáticos do cinema, e desde o dia em que soubera de sua morte, devido a um câncer de pulmão, não parava de chorar. Quando pequenas, Victoria e Bárbara haviam sido testemunhas de como sua mãe suspirava pelos filmes de Newman. Seu preferido era *Gata em teto de zinco quente*, com Elizabeth Taylor. Era tanta sua fascinação pelo ator que em cima do televisor, ao lado das fotos de suas filhas, havia uma de Paul Newman.

— Aiiii, como é chorona minha Diane Lane! — exclamou Víctor, levantando-se para abraçá-la.

Ele adorava Margarita.

— Por favor, mamãe, não chore por bobagens — suspirou Victoria, dando-lhe umas palmadinhas nas costas.

— Vou embora — disse Bárbara de súbito.

E, antes que alguém pudesse dizer qualquer coisa, pegou sua bolsa e saiu pela porta, deixando até Óscar surpreso.

— Mas que bicho a mordeu agora? — perguntou Victoria.

— Ela não está bem — informou Víctor.

— É por causa do João, não é? — perguntou Margarita, levantando-se.

Vendo que Víctor assentia, abriu a porta da rua e saiu atrás da filha.

— Ela me disse que terminaram há alguns meses — disse Victoria com estranheza.

Em todo aquele tempo, ela nunca havia falado com detalhes sobre João com a irmã; mas a última informação que tinha era que o assunto estava encerrado.

— Sim. Mas há vinte dias o imbecil apareceu na porta da casa dela e... bem... você pode imaginar.

— O que é que eu tenho que imaginar?

— Ela lhe deu outra chance — respondeu Víctor com um trejeito. — Mais uma, além de todas as que já lhe deu até agora. Só que na semana passada Bárbara descobriu que João é casado e acabou de ser pai.

— Como é que é?!

— Ouça, Bárbara vai me matar por eu ter aberto a boca.

— Eu é que vou matá-lo se não me contar.

— Caralho, Vicky! Ela está mal. Tentou deixá-lo em centenas de ocasiões, mas não sei o que esse sujeito tem que sempre consegue fazê-la voltar.

— Achei que Bárbara fosse mais esperta que isso — murmurou Victoria, furiosa.

Se o idiota do João estivesse a sua frente, ela é quem lhe teria apertado aquilo que tinha entre as pernas.

— Ela é — defendeu-a Víctor —, mas esse sujeito, com suas palavras doces e seu sorriso de comercial de pasta de dente, sabe como manipulá-la. Cá entre nós: Bárbara precisa se afastar desse imbecil antes que ele estrague a vida dela. E, Vicky, você pode ajudar. Leve-a para a Escócia. O imbecil não poderá encontrá-la lá. Vai ser como uma lufada de ar fresco na vida dela. Bárbara precisa disso.

Nesse momento, abriu-se a porta da rua. Era Margarita.

— Não a vi — anunciou, preocupada, acariciando a cabeça de Óscar. — Essa menina me preocupa demais. Esse João não é boa companhia. Não gosto dele.

— Marga, eu contei a Vicky a verdade sobre esse sujeito.

— Mamãe, por que você não me contou?

— Bárbara não queria — declarou a mãe, sentando-se ao seu lado. — Ela disse que você já tem problemas suficientes, não precisa de mais.

— Mas é uma tonta! — murmurou Victoria.

Ela adorava a irmã, embora a tirasse do sério.

A porta se abriu de novo. Era Bárbara. Óscar correu para lamber-lhe o rosto.

— Bem — disse, indecisa, olhando para a família —, peço desculpas por ter saído daquele jeito, mas é que...

— Bárbara — interrompeu-a Victoria, surpreendendo a todos. — Ainda quer ir comigo à Escócia?

5

O avião da Iberia com destino a Edimburgo decolou pontualmente às 8h20. Sentada em sua poltrona confortável, Victoria amaldiçoava o momento de fraqueza que havia tido com sua irmã. Desde que havia entrado no avião e visto que iam se sentar na classe executiva, Bárbara não havia parado de reclamar:

— Que esnobismo, pelo amor de Deus! E é uma viagem de menos de três horas.

— Comissária — chamou Victoria.

Precisava beber alguma coisa. Não aguentava mais a irmã.

— Traga-me um suco ou uma Coca-Cola Zero.

— Se não se importar de esperar um instantinho... — disse a comissária gentilmente. — Já começaremos a servir as bebidas.

— Sim, eu me importo de esperar — rosnou Victoria, diante do espanto da irmã. — Traga-me a bebida já!

Sem dizer mais nada, a mulher deu meia-volta e se dirigiu com tranquilidade à cabine.

— Vicky, pelo amor de Deus! — reclamou Bárbara. — A coitada só pediu para você esperar um segundinho.

— Eu pago a passagem de classe executiva para não ter que esperar.

Dois minutos depois, a comissária apareceu com dois sucos de laranja e uns sanduichinhos. Com um falso sorriso, entregou-os e se afastou.

— Você poderia ter agradecido — disse Bárbara.

— Por quê? — disse a irmã, sem tirar os olhos do jornal. — É o trabalho dela.

Durante o resto da viagem, Victoria se distraiu com uns documentos. Precisava dominar tudo que se referisse ao contrato antes da reunião que milagrosamente havia conseguido marcar com o conde. Entediada, Bárbara se levantou e, ao ir em direção ao banheiro, viu na classe econômica Tomás e Marie, os veterinários que, como ela, colaboravam com várias instituições de animais. Ao vê-la, eles pediram que se sentasse na poltrona livre ao lado deles, de modo que Bárbara só voltou para junto da irmã quando o avião ia aterrissar.

Depois de pegar as malas e de o motorista as ter colocado na limusine, Victoria notou, séria, que Bárbara continuava falando com aqueles mochileiros. Queria ir embora do aeroporto, mas a irmã não parecia ter pressa.

— É verdade que isto era um aeroporto militar antes? — disse Bárbara, surpresa.

— Sim — respondeu Marie, que tinha família escocesa. — Meus avós ainda o chamam de aeródromo de Turnhouse. A propósito, até quando vocês vão ficar?

— Não sei. Tudo depende do trabalho de minha irmã.

— Todos os anos nós chegamos em 1º de outubro — disse Tomás — e voltamos para a Espanha depois do Halloween.

— Amanhã é dia de São Lucas, santo de meu avô — disse Marie. — Mas também o chamam de Sour Cakes Day.

— Por quê? — perguntou Bárbara, divertida.

— Porque, pelo visto, em Rutherglen, comiam bolo com creme azedo — explicou Tomás. — Vocês sabem, coisa de escocês.

— Se estiverem aqui no Halloween, liguem para nós — propôs Marie, anotando seu telefone em um pedaço de papel. — É uma festa muito divertida.

— Desculpem — interveio Victoria, deixando evidente seu desagrado —, mas estou com pressa. O carro está esperando.

A diferença entre sua indumentária e a dos outros três era abismal. Enquanto ela usava um terninho escuro Chanel, um casaco comprido de couro Yves Saint Laurent, óculos Prada, botinhas Moschino e um coque alto, os outros estavam de jeans, jaqueta e mochila.

— Para onde vocês vão? — perguntou Bárbara.

Ganhou um olhar rude da irmã, o que não passou despercebido a Tomás.

— Parque de Holyrood. E vocês?

— Acho que para o hotel Glasshouse.

— O Boutique Hotel The Glasshouse! — assobiou Marie, impressionada. — Nossa, que luxo! Esse lugar é demais. Fica em Greenside Place.

— Você conhece? — interessou-se Bárbara.

— Sim. Fica perto da casa de meus avós.

— Ouçam — disse Bárbara alegremente —, venham conosco. Nós levamos vocês.

— Não é possível. Estou com pressa, e não podemos ficar parando pelo caminho — disse Victoria, deixando a irmã de boca aberta.

Como podia ser tão grossa?

O motorista esperava com a porta aberta.

— Não se preocupe — respondeu Tomás.

E, pegando as mochilas, acrescentou:

— Vamos pegar o ônibus. Até logo.

Bárbara observou enquanto os amigos iam embora. Não era justo. Sua irmã não era justa.

— Sabia que você é muito desagradável?

— Está afirmando ou perguntando? — retrucou Victoria, entrando no carrão.

— Estou narrando — respondeu Bárbara, irritada.

Assim que o motorista arrancou, começaram a discutir. E assim continuavam quando o veículo parou diante do hotel Glasshouse. Bárbara desceu atrás de Victoria reprimindo a vontade de estrangulá-la. Ela era insuportável!

Contudo, ficou sem palavras ao contemplar o estabelecimento. Cento e cinquenta anos atrás, a fachada do Glasshouse havia sido a da igreja de Lady Glenorchy. O dono soubera combinar com elegância a fachada antiga da igreja com uma moderna estrutura de aço e vidro, obtendo, assim, um elegante e refinado conjunto contemporâneo no qual se fundiam o passado e o futuro.

— É impressionante, não é? — comentou Victoria ao ver a cara da irmã.

— Sim, de enlouquecer! — assentiu Bárbara, sentindo a chuva no rosto.

— Vamos entrar — disse Victoria, começando a andar.

O motorista, ainda tonto de tanta discussão, abriu o porta-malas. Um garoto ia carregar as malas.

— Esta chuva escocesa horrorosa vai estragar minhas botinhas.

— Meu Deus! — exclamou Bárbara, parando para cravar o olhar em um sujeito que gargalhava diante do que outro estava contando. — E depois dizem que monumentos não andam.

— O que você está dizendo?

— O ruivo — murmurou Bárbara, percorrendo com a vista, sem nenhum pudor, o corpo daquele homem meio desalinhado. — Imagine-o vestindo uma sainha de *highlander* sobre um cavalo negro. Mãe do céu!

— Mas do que você está falando? — perguntou Victoria, olhando para dois homens enormes que, apesar do frio, estavam de polo de manga curta com a insígnia do hotel. — Esses bregas? Aff... que vulgaridade. São trabalhadores. Veja só a pinta deles.

— Realmente, menina — disse Bárbara, despertando de seu sonho escocês —, quem a ouve falar vai pensar que você descende dos Bourbon. Você é uma Villacieros Zúñiga, descendente de simples, mas honrados, trabalhadores. Não de príncipes.

— Desculpe, minha linda, mas o fato de eu descender de trabalhadores não significa que tenha que olhar só para eles — replicou Victoria, preocupada com suas botinhas. — Além do mais, esses dois são horrorosos.

— Você tem um gosto péssimo, irmãzinha.

E, apontando de novo para os homens, que agora olhavam para elas, Bárbara acrescentou, depois de pestanejar para o ruivo:

— Você viu que dois monumentos?

Sua irmã voltou o olhar para eles de um jeito rude e encontrou os olhos do mais alto, que, descaradamente, ficou observando-a fixamente enquanto continuava rindo de algo muito divertido que o outro devia estar contando.

— Que grossos! — murmurou ao se sentir objeto de seus risos.

Nesse momento, o carregador do hotel, na pressa de atendê-las, escorregou, caiu de bruços diante delas e ficou imóvel debaixo da chuva. Rapidamente o motorista e Bárbara foram ajudá-lo, enquanto Victoria corria para se proteger da chuva. Segundos depois, vários funcionários do hotel cuidavam do rapaz, que parecia estar recuperando a consciência.

— Pobrezinho — murmurou Bárbara, encharcada, ao encontrar a irmã no vestíbulo. — Que tombo! Vai ter que levar pontos na testa.

— Por mim, podem costurar-lhe o corpo todo — respondeu Victoria, de mau humor.

A seguir, olhou para a moça da recepção e gritou em um inglês perfeito:

— Recepcionista, faça o favor de mandar algum dos seus colegas buscarem nossa bagagem! Continua debaixo da chuva.

— Um segundo, senhora — disse a garota, enquanto atendia outros clientes. — Assim que eles voltarem, irão buscá-la.

— Por que temos que esperar? — insistiu ela, deixando Bárbara boquiaberta. — Você não pode ir? Minha mala é Versace e, se estragar, vou pedir indenização ao hotel.

— Lamento, senhora — repetiu a moça. — Não posso abandonar a recepção. Desculpe.

— Vicky, não fique assim — murmurou Bárbara, envergonhada. — Eu vou buscá-las.

— Nem pense em sair daqui! — grunhiu Victoria, severa.

— O que está havendo, Cindy? — perguntou uma voz profunda às costas de Victoria e Bárbara.

— Esta senhora quer que alguém pegue a bagagem delas — respondeu a recepcionista, assustada —, mas não há ninguém disponível agora.

O homem que havia perguntado com um sotaque escocês aveludado era o mesmo que segundos antes tinha olhado fixamente para Victoria; o grandalhão que gargalhava com o outro. Ambos estavam ali.

— Bando de ineptos — berrou Victoria.

E, ao ver na camiseta deles o logotipo do Glasshouse, disse:

— Vocês são do hotel, não é?

— Posso dizer que sim — respondeu o ruivo, dando uma piscadinha para Bárbara, que corou.

— Sim. Somos do hotel — assentiu o mais alto, jogando o cabelo molhado para trás enquanto observava com curiosidade a morena com cara de brava.

— Pois, então, façam o favor de ir buscar nossa bagagem imediatamente, se não quiserem ter graves problemas — ordenou Victoria, com a veia do pescoço prestes a explodir.

Ao ouvi-la, os dois homens se entreolharam e caíram na risada, deixando-a pasma. *Mas que descarados*, pensou Victoria, enquanto a recepcionista passava por todas as cores do arco-íris.

— Desculpe, senhora — respondeu o mais alto, que parecia estar com pressa —, mas estamos de férias até segunda-feira.

— Inacreditável! — vociferou Victoria, cada vez mais irritada.

Olhou para a recepcionista e exigiu:

— Chame imediatamente o gerente do hotel. Quero falar com ele!

— Senhora, ele...

— Fique tranquila, Cindy — disse com tranquilidade o sujeito alto à moça assustada. — Não precisa avisá-lo. Eu mesmo vou buscar as malas desta hóspede tão gentil.

E, voltando-se para o amigo, disse algo em gaélico que Victoria não entendeu. Mas entendeu a ironia no rosto do outro.

Estúpidos!, pensou.

— Pelo seu bem — disse ela com raiva, afastando uma mecha de cabelo do rosto —, espero que vá buscar minha mala Versace imediatamente, se não quiser estar desempregado amanhã.

— Vicky — censurou-a Bárbara em espanhol. — Você está passando dos limites.

— Ouça, senhora... — começou o ruivo.

— Senhorita! — corrigiu ela com altivez.

— Muito bem — assentiu o homem pacientemente. — Eu ia dizer, senhorita, que a pegaremos com prazer, mas...

— A senhorita está me dizendo — interrompeu o mais alto, cravando seus olhos verdes nela — que vai me mandar para o olho da rua se eu não pegar sua mala, sendo que nem sequer estou em horário de trabalho?

— Eu sou amiga íntima do conde Colum McKenna — mentiu Victoria, aproximando-se dele de forma intimidante, com as mãos nos quadris.

E cravando seus olhos pretos rasgados nos dele, sentenciou:

— Posso lhe garantir que no momento em que eu lhe contar o acontecido, você e seu amiguinho vão sair daqui em um piscar de olhos, estúpido!

— Robert — disse ele, voltando-se para o colega —, se não quisermos ter problemas, é melhor você ir buscar a mala desta senhorita.

— Tudo bem — assentiu o amigo.

Mas quando ia sair, voltou-se:

— Mas por que você não me acompanha?

— Estou encharcado, homem — escusou-se o alto, deixando Victoria boquiaberta.

— Eu também — respondeu o outro, que tentou não rir ao ver a cara divertida de Bárbara. — E você sabe que eu me resfrio com facilidade.

— É verdade — concordou o alto, coçando a cabeça. — Mas a mala desta senhorita é Versace.

— E a mochila? — perguntou o ruivo, irônico, enquanto saíam.

— A mochila é do mercadinho do meu bairro — respondeu Bárbara, ganhando mais um olhar de censura de Victoria.

Aqueles dois são muito engraçados, pensou Bárbara. Como sua irmã não percebia?

— Esses sujeitos não são normais! — murmurou Victoria, quase explodindo.

— Calma, Vicky — tranquilizou-a Bárbara. E, apontando para seu pescoço, acrescentou: — Sua veia vai explodir.

Incrédula diante de tudo aquilo, Victoria os observava sair do hotel. Nesse instante, seu celular vibrou na bolsa.

Charly. Era só o que faltava!

Praguejando, rejeitou a ligação enquanto olhava aqueles escoceses estúpidos que iam até a bagagem com uma calma que corroía as entranhas de Victoria, e começavam a discutir debaixo do temporal. Pelo que parecia, os dois queriam levar a mochila pequena de Bárbara, não a enorme mala Versace.

— Não fique brava, Vicky, eles são muito engraçados — disse a irmã.

— São imbecis, isso é o que são! — bufou Victoria, recusando outra ligação de Charly.

Os escoceses voltaram para o vestíbulo como se tivessem acabado de sair do chuveiro.

— Sua mochila — indicou o ruivo a Bárbara, todo gentil.

Ao que parecia, chamava-se Robert.

— Obrigada — respondeu ela com um sorriso.

— Aqui está, senhorita, sua mala Versace — disse o alto, soltando-a diante de Victoria.

A seguir, dirigiu-se à recepcionista para lhe perguntar em um tom carinhoso:

— Cindy, minha linda, as senhoritas já fizeram o check-in?

— Não, ainda não.

— Por favor — disse comicamente o alto, que se chamava Niall —, podem fazer a gentileza de verificar sua reserva?

— É claro — sibilou Victoria.

E empurrando-o e fazendo-o recuar, gritou:

— Você deve ser o palhaço do hotel, certo?

— Conclusão acertada, senhorita — disse ele com desprezo.

A seguir, olhou-a de cima a baixo e pensou: *Que mulher desagradável!*

— Saia do caminho, estúpido! — bufou Victoria, farta de ouvi-lo dizer a palavra "senhorita" daquela forma. — Amanhã você estará na rua.

Bárbara já estava no limite. Será que a irmã não percebia que ela mesma estava provocando aquele comportamento? Decidida a fazer alguma coisa, falou em espanhol para que eles não a entendessem:

— Vicky, que história é essa de que amanhã ele estará na rua? Você não pode fazer isso. As pessoas precisam trabalhar para comer. Você não percebe como trata todo mundo? Esse homem só está lhe respondendo nos mesmos termos em que você fala com ele. Até com mais educação. Por enquanto ele não a insultou. Ao contrário de você.

— Quando disse "homem", estava se referindo a isto? — replicou ela, apontando para Niall, que estava encharcado até os ossos. — Sabe de uma coisa, Bárbara? Para dizer essas bobagens, é melhor ficar de boca fechada. Senão, garanto que no fim eu e você acabaremos discutindo.

— Você é uma amargurada e uma verdadeira bruxa. Adora pisar nas pessoas pelo simples fato de se achar mais que todo mundo. Mas você não é mais que uma... uma...

— Se eu lhe disser o que você é, não vai gostar... — retrucou Victoria, sorrindo com maldade.

— Ui! Que medo! Diga, se tem coragem — respondeu Bárbara, liberando sua petulância da periferia.

Robert, Niall e Cindy as observavam, incrédulos. O que havia acontecido? Por que estavam discutindo?

Farta com os modos da irmã, Bárbara acabou explodindo e disse tudo e mais um pouco. Aquela metida se achava a rainha do mundo, por acaso?

Para Victoria, o dia ia de mau a pior. A tensão da viagem, as constantes ligações de Charly, as queixas da irmã e o teatro daqueles trogloditas haviam acabado com sua pouquíssima paciência.

— O que está acontecendo com essas duas? — perguntou Robert, aproximando-se de Niall.

— Não sei — respondeu o amigo com sinceridade, sem entender nada de nada. — Mas, pelo jeito de mexer as mãos, parecem italianas ou espanholas.

— A de cabelo mais claro parece gentil — disse Robert, enquanto observava Bárbara levantar os braços — e é corajosa, por enfrentar a outra. Mas a morena, nossa, a morena...

— A morena é insuportável — disse Niall com desprezo.

Ele via Victoria gesticular como uma histérica na frente da irmã.

— Essa é a mulher mais mal-educada, prepotente e estúpida que já conheci na vida. Gente desprezível assim arranca até o sangue das pessoas e as deixa sem nada.

De repente, depois de um grito de Victoria, Bárbara se calou. Durante alguns segundos, as irmãs se desafiaram com o olhar, até que Bárbara, muito irritada, agachou-se, pegou sua mochila e saiu do hotel sem olhar para trás.

Diante da explosão da irmã, vendo-a parada debaixo da chuva, Victoria foi até ela para tentar fazê-la mudar de ideia. O que estava fazendo? Por que sempre se comportava assim com as pessoas que a amavam?

— Bárbara, espere.

— Vá à merda. Você está molhando suas botinhas Moschino.

— Bárbara, por favor.

— Você é a pessoa... — disse com raiva, voltando-se para a irmã — é a pessoa mais insensível, egoísta e estúpida que já conheci na vida. Nunca, e repito, nunca, eu seria capaz de lhe dizer coisas tão dolorosas como você diz para mim. E eu poderia, você sabe; mas não tenho nem sua maldade nem sua verborreia para ferir. Por acaso você acha que a vida é fácil para mim, estúpida insensível? Por acaso acha que ser a irmã perdedora de Victoria Villacieros Zúñiga é simples?

Com a chuva escorrendo por seu rosto, Bárbara começou a chorar e acrescentou:

— Você tem razão, maldição! Você, mamãe e Víctor têm razão. Sou a maldita amante de João. Uma mulher que vive de mentiras e que fica com as migalhas que aquele inominável lhe dá. Por acaso você acha que isso me faz feliz?

— Não. Não a faz feliz — respondeu Victoria, sentindo-se a pior irmã do mundo.

Como pudera lhe dizer aquilo?

— Eu o amo e o odeio ao mesmo tempo — soluçou Bárbara, sentindo seu coração se partir ao meio. — Você pode não acreditar, mas eu tentei terminar com ele centenas de vezes. Mas eu... eu...

Não pôde prosseguir, pois o pranto a dominou. E, ao ver os braços abertos da irmã, não hesitou e correu para eles.

— Ssshhh, não chore — suplicou Victoria, dolorida. — Por favor, perdoe-me.

— Você sabe que está perdoada. Mas eu odeio sua falta de sensibilidade, seu egoísmo. Além de você, existem milhões de pessoas no mundo que lutam para viver, sem ter a sorte profissional que você teve.

— Eu sei. Você tem razão. Só posso prometer que vou tentar mudar — declarou Victoria; e acrescentou, tentando fazê-la sorrir: — E juro que esse mequetrefe do João nunca mais vai fazê-la sofrer, senão eu é que vou esmagar a masculinidade dele.

— O nome é "pau", Vicky — retrucou Bárbara com um sorriso, sentindo a água escorrer por seu rosto. — Até para falar algo assim você encontra palavras complicadas. Diga "pau"!

— Para que vou falar se você sabe a que estou me referindo?

— Porque eu preciso ouvir minha irmã, aquela Vicky que chamava as coisas pelo nome. Não essa Victoria exigente que usa bebidas e palavras *light*.

— Ok, tudo bem.

E, olhando para a irmã, sem se preocupar em absoluto com suas botinhas que continuavam se molhando, disse, torcendo um pouco a boca:

— Eu prometo, Bárbara, que, se aquele filho da mãe do João voltar a incomodar você, vou torcer o pau dele de tal maneira que nem a puta da mãe dele vai reconhecê-lo quando eu acabar.

— Essa é minha Vicky! — gargalhou Bárbara, fazendo a irmã rir também. — Sim, sim! Essa é minha Vicky!

Como testemunhas oculares, Robert e Niall as observavam pelo vidro do hotel. Aquelas duas loucas que minutos antes gritavam uma com a outra agora estavam morrendo de rir debaixo de um temporal que mal lhes permitia respirar.

— Vamos entrar, Vicky — murmurou Bárbara ao ver que alguns curiosos as observavam. — Estou encharcada até a calcinha. Por hoje, já fizemos bastante papelão.

— Tem razão — concordou Victoria. E, olhando para o hotel, disse: — Só espero que o palhaço fique caladinho, senão vou ter que lhe torcer o... pau!

Rindo de novo, entraram no vestíbulo com passo seguro e pararam em frente ao balcão da recepção. Cindy as olhou com cara de susto.

— Tenho uma reserva em nome de Victoria Villacieros Zúñiga.

— Certo — assentiu a moça, cujo pulso tremia. — Por favor, preencha esta ficha — indicou, entregando-lhe uma pequena pasta.

E imediatamente desapareceu dentro de uma salinha.

— É impressão minha ou essa mulher está fugindo de nós? — disse Victoria.

— Não me surpreende — respondeu Bárbara, tremendo de frio —, com o que aprontamos... No dia em que formos embora do hotel, vão dar uma festa.

Sorrindo, sem olhar para trás, Victoria tornou a afastar o cabelo do rosto. Sentia os olhos do palhaço a observando a uma distância prudencial – coisa que agradeceu. Não estava a fim de discutir, e não queria pensar em sua aparência nesse momento. Ainda bem que sua maquiagem era à prova d'água!

Quando foi pegar a caneta para preencher o formulário, percebeu que não conseguiria. Estava com tanto frio, e tão encharcada, que não conseguia segurá-la por mais de dois segundos. De soslaio, olhou para Bárbara. Pensou em lhe pedir ajuda, mas, ao ver como ela também tremia, notou que estavam na mesma situação.

— Se me permite, eu posso ajudá-la.

Era o palhaço. Por que tinha que ser ele?

Contudo, depois de olhar de novo para a irmã, Victoria decidiu aceitar a oferta. Entregou-lhe a caneta e os papéis encharcados, e ele começou a preenchê-los com os dados que ela ia ditando.

Estranhamente atraído, como um ímã, por aquela mulher terrível, de súbito Niall se encontrou oferecendo-lhe ajuda, sem saber por quê. Como era mais alto, podia observá-la sem ser notado. Ela não olhou para ele nem uma única vez. Só respondia com voz neutra e cansada. Aquela louca estava com o cabelo encharcado, embaraçado e colado no rosto. E, apesar de parecer um pintinho molhado, o encanto que viu nela o fascinou. Não era uma mulher deslumbrante, dessas que faziam o trânsito parar, ou que passavam por sua cama. Era diferente. Sua pele lhe lembrava a cor de pêssegos maduros. Sua boca, sem chegar a ser sensual, era atraente. Mas seu olhar desafiador e seus olhos pretos intensos o atraíam. Uma intensidade que o deixou excitado. Uma intensidade que ele gostaria de experimentar...

Uma vez preenchido o formulário, Niall o deixou em cima do balcão e, sem dizer nada, afastou-se com Robert, que o esperava conversando com outros funcionários.

— Você poderia ter lhe agradecido — sussurrou Bárbara, trêmula.

— Ele não me deu tempo — desculpou-se Victoria.

Ao ver Cindy sair da sala, murmurou:

— Pelo amor de Deus, liberem o quarto agora. Precisamos trocar de roupa com urgência.

— E um chuveiro quentinho, por favor!

— Senhorita Villacieros — disse a garota. — Não sei como lhe dizer, mas o check-in do hotel é às duas horas da tarde.

— Como?! — gritaram ambas em uníssono.

— Estão acabando de limpar a suíte que reservaram — desculpou-se Cindy.

— Está me dizendo que temos que esperar aqui, encharcadas e geladas, durante uma hora e meia? — vociferou Victoria, notando seu sangue começar de novo a bombear com força na veia de seu pescoço.

— Caralho! — reclamou Bárbara. E, depois de olhar ao redor, perguntou: — Onde está a câmera oculta?

— Lamento, mas...

— Não, não lamente — grunhiu Victoria. — Dê um jeito!

— O que está acontecendo, Cindy? — perguntou de novo a voz de Niall.

De soslaio, Victoria viu de novo aqueles ombros enormes atrás delas.

Que inconvenientes!

— Era só o que me faltava — resmungou.

— O quarto só pode ser liberado às duas horas — explicou a recepcionista.

— Mas não vê que precisamos tomar um banho quente e trocar de roupa? — reclamou Bárbara.

— Sim, senhorita — assentiu Robert. — Tem toda a razão.

— Podemos ajudá-las — disse Niall, apoiado no balcão.

— Como? — perguntou Bárbara, diante da passividade da irmã.

— Se essa senhorita espanhola — disse Niall, conseguindo fazer Victoria olhar para ele — pedir desculpas por seus maus modos e seus insultos, e prometer não contar nada do que aconteceu ao conde McKenna, podemos fazê-las entrar no quarto em poucos minutos.

— Mas que grosseria... — murmurou Victoria, dando-lhe as costas.

— Vicky, controle a veia...

— Esta é a coisa mais surrealista que já me aconteceu na vida. Eu juro, Bárbara.

— Não duvido, minha filha, não duvido — concordou a irmã, olhando para Niall.

— E agora esse palhaço pretende que eu lhe peça desculpas. Nem pensar!

— Vamos, Robert — disse Niall, dando meia-volta. — Elas que congelem! A senhorita prefere esperar até as duas horas.

— Não! — gritou Bárbara, pegando o braço de Robert. — Estamos com frio e precisamos de um banho quente.

— Niall, espere! — gritou Robert, começando a falar em gaélico. — Pare de dar uma de durão e faça o favor de permitir que elas tomem banho e troquem de roupa. Não seja cabeça-dura. Se elas se resfriarem, vamos nos sentir culpados.

— Essa bruxa malvada e seu mau gênio não vão me vencer. Ou ela pede desculpas, ou não vou mexer um dedo por elas.

— Poderiam falar em inglês? — reclamou Victoria.

Odiava não saber do que estavam falando.

— Desculpe — disse Robert, dirigindo-se a ela. — Já pensou melhor?

— Já! Prefiro morrer — respondeu Victoria, muito digna.

— Eu não tenho muita paciência — informou Niall com arrogância. — Meu tempo vale ouro, senhorita!

— Vicky, caralho! — reclamou Bárbara em espanhol. — Desça do salto para que possamos nos aquecer. — E, apontando para os dois que esperavam diante delas, acrescentou: — Não vê que eles só precisam que você alimente o ego de macho deles?

— Odeio alimentar a autoestima de sujeitos como esses.

— Se não se importam — reclamou Niall desta vez —, poderiam falar em inglês?

— Tudo bem — assentiu Bárbara. E, olhando para Robert com um sorriso, disse: — Só fizemos o mesmo que vocês. Falamos uma com a outra.

— Entendo — concordou ele com um sorriso bobo que fez Niall lhe dar um empurrão para fazê-lo ficar esperto.

— Ouça, senhor — disse Bárbara dirigindo-se a Niall, batendo os dentes. — Minha irmã e eu lhes pedimos desculpas por tudo. E não se preocupe, ela não dirá nada ao conde.

— Ela é quem tem que dizer isso — disse Niall, taciturno.

Ninguém ganhava daquele cabeça-dura.

— Vicky, caralho! — exclamou Bárbara. — Estou morrendo de frio!

— Tudo bem — concordou Victoria por fim, mas pela irmã. — Eu lhes peço desculpas.

— Diga por quê — disse Niall, irritado.

— Peço desculpas por meus insultos e meu mau gênio.

— Falta uma coisa — interveio Niall de novo.

Victoria fechava os punhos e estava quase explodindo.

— Tem que nos prometer que não vai contar nada sobre o que aconteceu ao conde McKenna. Precisamos deste emprego.

— Eu prometo que não direi nada ao conde — concluiu Victoria, olhando-o com ódio. — Algo mais?

— Não, senhorita espanhola — sibilou Niall, e deu meia-volta. — Nada mais. Aproveite suas férias na Escócia.

Sem tirar os olhos dele, Victoria observou enquanto aquele neandertal desaparecia pelo vestíbulo.

— Veja só como anda; parece o dono do hotel! — disse.

Poucos segundos depois, os dois homens voltaram em companhia de um rapaz, que as cumprimentou e pôs suas malas no carrinho do hotel.

— Juro que se ele voltar a se dirigir a mim arranco sua cabeça — rosnou Victoria.

— Calma — disse Bárbara, sorridente. — Acho que ele não tem vontade nenhuma disso.

Diferentemente do sorriso bobo que Robert dirigia a Bárbara, Niall nem sequer olhou para Victoria quando passou ao seu lado. E a indiferença dele a incomodou. Ninguém jamais a havia tratado daquele jeito.

— Senhoritas — chamou Cindy, com as faces novamente coradas. — Se puderem fazer a gentileza, o carregador as acompanhará até sua suíte.

— Obrigada — respondeu Bárbara.

E, depois de trocar um sorriso com Robert, foi atrás da irmã.

Sem olhar para trás, com a altivez de uma rainha, Victoria entrou no elevador. Sentia o olhar que a seguia e tinha ciência da trilha de água que ambas iam deixando atrás de si. Que situação vergonhosa!

— Acho que nós também merecemos um bom banho — gargalhou Robert ao ver a irritação do amigo.

— Sabe de uma coisa? — retrucou Niall. — Acho que ninguém explicou a essa Miss Versace que quem ri por último ri melhor.

Poucos minutos depois, o elevador parou no terceiro andar. O carregador levou a bagagem para dentro de uma suíte impressionante e se retirou.

A reunião com o conde McKenna estava programada para as cinco da tarde. Milagrosamente, Victoria havia conseguido marcá-la de Madrid e quase pulara de alegria. Ainda faltava uma hora e meia para o encontro. Usando um elegante terninho champanhe Armani, Victoria estava revisando uns documentos, enquanto Bárbara, ainda com o macio roupão do hotel, sentada na cama folheava uma revista.

— Depois do banho quentinho e do sanduíche de frango delicioso que nos trouxeram, acho que vou tirar um cochilo enquanto você vai à reunião.

— Acho ótimo. Quem dera eu pudesse fazer o mesmo. Estou caindo de sono.

De repente, umas batidas na porta chamaram-lhe a atenção.

— Você pediu serviço de quarto? — perguntou Bárbara.

— Não. Eu, não.

Quando abriu a porta, Victoria viu no hall o carregador que horas antes as havia acompanhado até a suíte. O rapaz lhe entregou um bilhete e foi embora.

— De quem é? — perguntou Bárbara com curiosidade.

— Droga! — bufou a irmã depois de ler o papel.

— Que foi?

— O conde cancelou a reunião.

— Não me diga! Por quê?

— Não sei, não diz no bilhete — grunhiu Victoria, amassando o papel e jogando-o na lixeira. — Transferiu-a para segunda-feira. No castelo de Eilean Donan.

— Que emoção! — gritou Bárbara. — Eilean Donan!

— Sim, superemocionante! — resmungou Victoria, abrindo o notebook. — Agora, vou ter que arranjar um motorista que nos leve até lá. Se bem que tenho certeza de que o hotel dispõe desse serviço.

— Para que precisamos de um motorista? Vai ser mais emocionante alugar um carro e chegar lá com a ajuda de um mapa.

— Como você é antiga — suspirou Victoria, e pegou um aparelho na bolsa de seu notebook. — Sabe o que é um GPS, Bárbara?

— Você acha que eu vivo na pré-história? Claro que eu sei o que é! — replicou ela.

Tirando-o das mãos de Victoria, acrescentou:

— Está vendo? Para que um motorista, se você trouxe todos os seus brinquedinhos?

— Para não nos perdermos, por exemplo?

— Agora a antiga é você. Eu achei que GPS servia para ninguém se perder.

— Sim, Bárbara — assentiu Victoria, digitando algo em seu notebook —, mas eu prefiro ir olhando a paisagem, e não dirigindo.

— Eu posso dirigir. Carro é igual em todos os lugares. Freio, embreagem, acelerador e volante. Nada mais.

— Você? — disse Victoria. — Não, querida. Eu quero chegar sã e salva.

— Sua vadia, se trombamos daquele jeito bobo — replicou Bárbara, recordando o incidente — foi porque Paco, aquele bruto, vomitou em você e, quando você se afastou, me empurrou!

Ao ver que a irmã sorria, insistiu:

— Vamos, Vicky, anime-se. Vamos alugar um carrinho. Vai ser nossa pequena aventura. Não acha que vai ser emocionante?

A alegria que Victoria viu nos olhos de Bárbara por fim a convenceu. Além do mais, negar poderia ser motivo de uma nova discussão.

— Bárbara, você acha mesmo que poderíamos chegar sãs e salvas a Eilean Donan sem nos metermos em nenhum problema?

— Mas claro! — sorriu ela ao ver seu desejo realizado. — Com a ajuda deste maravilhoso GPS e com tempo, nada é impossível!

— Tudo bem, vou procurar um carro para alugar — assentiu Victoria, enquanto Bárbara a apertava com um abraço carinhoso. — Mas não pretendo entrar em um utilitário qualquer. Temos que passar uma boa imagem.

— Nossa, como você é metida, pelo amor de Deus!

— Não se trata de ser metida — esclareceu Victoria, entrando em um site de uma locadora de veículos de luxo —, e sim de vender a imagem da empresa.

— Tudo bem.

Era inútil contrariá-la.

Uma hora depois, Victoria fechou seu notebook. Havia alugado um veículo no site do hotel. Na segunda-feira, às sete da manhã, haveria um carro esperando-as na porta.

— Temos dois dias para passear por Edimburgo — comentou Bárbara, ainda impressionada com a suíte luxuosa.

Tudo era elegante, e caro, coisa a que ela não estava acostumada.

— O que acha de amanhã, sábado, irmos fazer compras e visitar Mary King's Close?

— O que é isso? — perguntou Victoria.

— É uma cidade velha, tenebrosa e subterrânea que foi fechada há séculos, quando a peste negra chegou a Edimburgo. Permaneceu fechada até 2003, quando a abriram para que as pessoas pudessem percorrer suas ruelas labirínticas e ver suas casas, e imaginar o sofrimento e a dor que essa pobre gente devia ter sentido. Dizem, inclusive, que há fantasmas lá.

— Sabe de uma coisa? — disse Victoria, perplexa diante dos gostos da irmã. — Prefiro ir fazer compras. Hoje à noite vamos ver na internet que lojas há por aqui.

— Com certeza vamos encontrar alguma Zara ou H&M.

— Como? — murmurou Victoria.

— Ah, claro... esqueci que você não veste nada que não seja exclusivo.

— Não tenha dúvidas, Barbiloca! — replicou com um sorriso.

— Tudo bem, eu me rendo. Vai ser legal andarmos juntas.

Aquela garota não tinha jeito...

— Bárbara — disse Victoria enquanto tirava as botinhas Gucci e o terninho Armani. — Acho muito legal tudo isso que você está dizendo, mas preciso localizar o conde e conseguir esse maldito contrato.

— É assim tão importante?

— Sim. A agência precisa dele — respondeu Victoria, deitando-se na cama.

— E você, precisa de quê?

— Desse contrato.

— Pois eu acho que você precisa se divertir um pouco.

— Não. O que preciso é descansar — retrucou Victoria, aconchegando-se na cama.

— Uma vez na vida, e que não sirva de precedente, concordo com você — disse Bárbara, bocejando e se deitando ao lado de Victoria.

A viagem de madrugada, o dia chuvoso e tudo que havia acontecido estavam começando a pesar, de modo que, se aconchegando como quando eram crianças, cobriram-se com a manta de lã xadrez do hotel e adormeceram.

Passadas algumas horas, um som seco e repetitivo fez Victoria deixar os braços de Morfeu e voltar à realidade.

Seu celular estava tocando. Era um número desconhecido.

— Victoria Villacieros. Quem fala?

— Posso saber por que não me ligaram? — gritou Margarita, irritada.

Fazia horas que esperava que suas filhas ligassem.

— Caramba, mamãe! — exclamou Victoria, enquanto chacoalhava a irmã, que abriu um olho só e olhou para ela. — Tivemos vários problemas ao chegar aqui, e esquecemos.

— Vocês podiam pensar um pouquinho em mim, não acham?

— Ora, mamãe — continuou Victoria, sentando-se na cama e pondo a ligação no viva-voz, para que a irmã participasse da conversa. — Não fique assim.

— Olá, mami — cumprimentou Bárbara.

— Vocês vão me matar de desgosto! Olá, filha.

— Mamãe, por favor, não seja exagerada.

— Como está meu gordinho? — perguntou Bárbara para mudar de assunto. — Está se comportando direito?

— Melhor que vocês, sem dúvida.

Margarita olhou para Óscar, que corria atrás de uma bola pelo parque de Aluche.

— Não se preocupe, seu gordo está como um rei com Víctor e comigo.

— Mamãe — disse Victoria, ao se dar conta de um detalhe —, em sua ligação apareceu número desconhecido. Por quê?

— Não sei, filha. Não faço ideia — respondeu Marga apressadamente. — Bem, meus amores, a ligação é muito cara. Um beijo para vocês duas, e não esqueçam que eu ainda existo. Tchau.

E desligou.

Óscar chegou a Margarita com a bola na boca. Estava exausto, pois havia corrido muito. Com carinho, a mulher acariciou-lhe o pescoço, enquanto uma mão tomava a dela.

— Está tudo bem, meu amor? — perguntou um homem.

— Sim, meu querido — assentiu ela, devolvendo-lhe o celular. — Tudo bem.

Em Edimburgo, a centenas de quilômetros de Madrid, Bárbara e Victoria se entreolharam depois de a ligação ser tão repentinamente cortada.

— É impressão minha ou ela estava estranha? — disse Bárbara, pegando o telefone de sua irmã. — Uau, que celular legal!

— O design é Armani — respondeu Victoria, espreguiçando-se. — Comprei porque gostei do sistema Vibetonz, além de ser compacto e leve. Tem 3G, Bluetooth, USB, câmera de vinte megapixels e entrada para cartão de memória MicroSD.

— Você é uma boa vendedora, mas eu não entendi nada.

— Sobre mamãe — prosseguiu Victoria, tirando o celular das mãos de Bárbara e dirigindo-se ao banheiro —, acho que ela devia sair com as amigas. Não acho bom que fique tanto tempo sozinha.

— Tem razão. Mas você sabe como ela é — comentou Bárbara, entrando no banheiro atrás dela.

— Ei! — protestou Victoria, que já estava sentada no vaso sanitário. — Dá para esperar eu sair?

— Não me encha o saco, Vicky — retrucou Bárbara, pegando sua escova de dente. — Não me venha com vergonha agora. Não vou ver nada que eu já não conheça.

— É só uma questão de privacidade — defendeu-se Victoria.

— Mas que chata — replicou Bárbara.

E começou a escovar os dentes. E, para provocá-la, exclamou, com a boca cheia de pasta:

— Vicky, desde quando você se depila assim? — E agachando-se, para horror da irmã, inquiriu: — Deixou um triangulinho ou só uma faixinha?

— Bárbara! — protestou Victoria, cobrindo-se com pudor.

— Ei — riu Bárbara ao vê-la sair do banheiro precipitadamente —, venha aqui, tonta, quero ver!

O tempo chuvoso escocês convidava a ficar debaixo das cobertas. A tarde não estava melhor que a manhã, e a chuva, incansável, continuava batendo nas janelas sem parar. Depois de vestirem suas calças jeans – a de Victoria, Dolce & Gabbana –, elas decidiram comer alguma coisa no hotel.

— Podíamos ir beber alguma coisa em um pub aqui perto — sugeriu Bárbara. — Assim, conheceríamos o ambiente noturno da Escócia.

— Nem pensar. Não conhecemos o lugar.

— Podemos perguntar na recepção. Com certeza eles sabem indicar algum lugar.

— Hoje é sexta-feira, Bárbara — disse Victoria, retesando-se ao reconhecer o homem que estava sentado no bar conversando com outros dois.

O palhaço e seu amiguinho. Por sorte, eles não as tinham visto.

— Onde quer que seja, haverá um monte de caipiras como esses dois — acrescentou com desprezo, indicando-os com a cabeça.

— Vicky, não seja malvada — retrucou Bárbara, olhando exatamente no momento em que Robert voltava a cabeça. — Você disse caipira? Ora, por favor! Eu os lamberia dos pés à cabeça.

— Mas que vulgaridade!

O que estava acontecendo com sua irmã?, pensou Bárbara. Por que achava que todo o mundo era inferior a ela?

Disfarçadamente, voltou o olhar para os dois homens de costas largas. Haviam trocado de roupa e feito a barba. Estavam gatíssimos. Definitivamente, Victoria, além de cega, tinha um péssimo gosto.

No bar do hotel, Niall e Robert tomavam um uísque na companhia de um terceiro, e conversavam. Logo, sem lhes dar a menor atenção, os três foram embora.

Victoria respirou aliviada ao ver aquele homenzarrão desaparecer.

Quando acabaram de jantar, Bárbara não se deixou convencer e arrastou a irmã até a recepção. Cindy, a assustadiça, não estava, e em seu lugar havia um rapaz que lhes recomendou um pub próximo chamado Maclean.

Na escuridão da noite, Edimburgo oferecia um ambiente tenebroso, mas o pub em questão não ficava muito longe. Assim que abriram a porta verde do Maclean, ficaram surdas com as vozes tonitruantes. Bárbara, sorridente, foi passando pela multidão até encontrar um lugar no balcão, enquanto a irmã, horrorizada, franzia o nariz, tentando não encostar em ninguém.

— O que você vai beber?

— Uma Coca-Cola Zero — respondeu Victoria.

— Até parece — debochou Bárbara e, olhando para o garçom, pediu: — Duas Belhaven.

— Por que pediu cerveja para mim?

— Vicky, pelo amor de Deus. Você viu onde estamos?

— Sim — assentiu Victoria, olhando ao redor. — Em um lugar horrível.

— Ande, princesinha — brincou Bárbara, estendendo-lhe uma caneca enorme. — Tome, cale a boca e siga-me.

Victoria pegou a caneca, espantada. Quantas calorias teria? Não obstante, sem dizer nada, seguiu a irmã sorridente, que parecia estar em seu ambiente.

O Maclean era um pub pequeno que cheirava a ranço e cevada, e em dois cantos havia telas de televisão. Estavam passando um jogo de futebol. *Que horror! Que bando de animais*, pensou Victoria, olhando os clientes que vociferavam e se empurravam a cada passe da bola. Mas sua irmã parecia curtir a gritaria.

— Ora, ora! Hoje de manhã pareciam dois pintinhos molhados, mas estou vendo que, na realidade, são duas moças lindas — comentou um homem, aproximando-se de Bárbara.

Apesar da pouca iluminação do local, ela o reconheceu imediatamente.

— Graças a você e a seu amigo — replicou Bárbara, sem se importar com a expressão de contrariedade da irmã.

— Eu sou Robert — apresentou-se, estendendo a mão.

— Prazer em conhecê-lo, Robert — disse ela. E, aproximando-se mais para não ter que gritar, acrescentou: — Eu sou Bárbara. Essa que está olhando para nós com cara de brava é minha irmã, Victoria. Mas não se preocupe, ela não morde.

— É um prazer, Victoria — sorriu ele, divertido, e estendeu-lhe a mão, que ela não aceitou. — Meu nome é Robert, e sou o...

— Você é o amigo do palhaço — interrompeu-o Victoria.

— Ele prefere que o chamem de Niall — esclareceu, retirando a mão.

Nesse momento, o pub inteiro explodiu em ovação. Um dos times havia marcado um gol. De súbito, ergueu-se uma maré de empurrões e abraços. Sorrindo, Bárbara brindou com os torcedores, enquanto a irmã, horrorizada por vê-la ser abraçada por aqueles sujeitos suados, começou a distribuir tapas a torto e a direito, até que por fim conseguiu que a deixassem em paz. Contudo, justamente quando achou que havia se livrado daqueles inconvenientes, alguém a empurrou e derramou a caneca de cerveja em cima dela.

— Meu Deus, que nojo! — gritou Victoria ao sentir a cerveja molhar até seu sutiã.

— Ora, se não é a senhorita espanhola! — disse uma voz atrás dela, com um forte sotaque escocês.

— Maldição! — vociferou Victoria.

Voltou-se para confirmar suas suspeitas. Era o palhaço.

— Você é cego? Olhe o que fez com minha camiseta Custo.

— Eu? — exclamou Niall, mostrando sua caneca cheia. — Acho que está enganada, linda. Eu valorizo muito minha cerveja para desperdiçá-la.

— Tome estes guardanapos — disse Bárbara, apressada. — Seque-se com eles.

— Você viu o que esses energúmenos fizeram comigo? — gritou Victoria, enojada pelo fedor de cerveja. — Vou para o hotel.

— Está um dilúvio lá fora — informou Niall. — Você vai se afogar antes de chegar.

— Por acaso estou falando com você? — rosnou Victoria.

— Por mim, é como se falasse com as paredes — retrucou Niall, contrariado.

— Cale-se, boquirroto! — disse ela.

Vários torcedores olharam para ela.

— Tenho uma dúvida — inquiriu Niall. — Todas as espanholas têm esse mesmo gênio, ou você não vai com a minha cara?

— Não, não vou com a sua cara — respondeu Victoria, afastando o cabelo do rosto. — Portanto, não fale comigo! Nem encoste em mim!

E ao ver a expressão debochada do escocês e seus olhos observando-a de cima a baixo, berrou:

— Ei, meu traseiro não está no menu!

— Graças aos céus. Seria indigesto — respondeu Niall, divertido.

— Cale-se, seu ignorante! Não quero ouvir sua voz.

— Pelo que vejo, você adora dar ordens — comentou ele.

Contudo, ardia em desejos de deitá-la em seus joelhos e dar-lhe umas palmadas. Qual era o problema com essa mulher?

— Vicky — censurou Bárbara. — Ele só está tentando ser gentil com você.

— Pois eu com ele, não. Será que ele não vê?

Nesse momento, marcaram outro gol. A avalanche humana tornou a engoli-las, mas, desta vez, com o escudo protetor do corpo de Niall, ninguém tocou em Victoria. Contudo, ele não pôde evitar que a cerveja de outro torcedor caísse em cima dela.

— Maldição, outra vez?! — rugiu Victoria.

E fechando os olhos para não ver o sorriso do palhaço, sentiu o líquido escorrer por seu corpo, agora enrijecendo seus mamilos.

— Tome — ofereceu Niall tirando a camisa militar que usava sobre a camiseta e deixando expostos seus braços musculosos. — Vá ao banheiro, tire a camiseta e vista isto.

— Prefiro morrer a vestir isso — replicou Victoria, olhando-o com desprezo.

— Essa mulher é bastante desagradável — sibilou Niall em gaélico para o amigo.

— Vicky — disse Bárbara em espanhol, aproximando-se da irmã. — Qual é o problema? A marca da camisa? Por menos que você goste desse sujeito, ele não tem culpa de derrubarem cerveja em você. Só está tentando ajudá-la. Faça o favor de pegar a maldita camisa e parar de se comportar como uma idiota malcriada.

Impregnada de cerveja, Victoria não pôde negar. Sabia que o modo como agia estava errado, mas o sorriso Colgate daquele sujeito a deixava doente. Pegou a camisa sem delicadeza alguma e, sem olhar para ele, foi em direção ao banheiro. Ali, depois de discutir com a irmã, vestiu a camisa e saiu.

— Não precisa me agradecer — brincou Niall quando ela voltou.

— Você se acha muito engraçado, não é? — retrucou Victoria.

E antes que ele pudesse responder, acrescentou:

— Quando chegar ao hotel, vou mandar lavar sua camisa. Amanhã, estará intacta.

— Não é necessário. Eu não pedi que faça isso.

— Eu sei muito bem o que tenho que fazer.

— Duvido, senhorita — replicou Niall.

E então cravou seus impressionantes olhos verdes nela e acrescentou:

— Nem sei nem me importa se em seu estranho mundo elitista você é feliz, mas aqui, na Escócia, as pessoas procuram agradecer as gentilezas.

Nesse momento apareceu Robert com quatro canecas na mão e as deixou em cima de uma mesinha redonda diante deles.

— Obrigada — disse Bárbara.

— Não há de quê — respondeu ele.

E voltando-se para o amigo:

— Niall, vou apresentá-las a você.

— Não é necessário — grunhiu Victoria, ainda incomodada com a última coisa que havia ouvido da boca do palhaço.

Ela estava soltando fogo pelas ventas; só faltava soltar espuma pela boca.

— Eu sou Bárbara — apresentou-se a irmã, lançando-lhe olhares furtivos. — E essa que olha para você como um doberman é Victoria.

— Bárbara! — protestou ela ao ouvi-la.

— Mas fique tranquilo — acrescentou Robert em gaélico —, acho que ela não morde.

— Prazer em não a conhecer, lady Doberman — cumprimentou Niall com um sorriso sardônico.

Ao ver a expressão de incredulidade dela, o escocês caiu em uma sonora gargalhada. Não podia evitar: aquela espanhola era tão ridícula que, no fundo, era engraçada. Contudo, sua diversão acabou tão rápido quanto começou. Victoria, humilhada e furiosa, pegou uma enorme caneca de cerveja da mesa e, antes que sua irmã a pudesse deter, jogou-a na cara do escocês, que ficou tão encharcado quanto ela momentos antes.

— Vicky, pelo amor de Deus! — gritou Bárbara.

Robert se interpôs entre Niall e Victoria. O duelo estava declarado.

— Por que não ri agora, espertinho? — desafiou ela. — Se me chamar de novo assim, juro que vou arruinar sua vida.

— Calma, Niall — advertiu Robert ao ver o jeito como seu amigo olhava para aquela bruxa.

— Não se meta — murmurou o outro, encharcado de cerveja.

— Isso mesmo! — vociferou Victoria, sem perceber que todo o pub olhava para eles.

Aquilo estava mais divertido que o futebol.

— Não se meta. Não preciso que mentecaptos como você me protejam. Sei me virar sozinha.

— Vicky — protestou Bárbara de novo em espanhol.

Elas eram o centro das atenções.

— Faça o favor de parar de ser besta, porque não vamos ganhar essa.

Mas, ao ver que a irmã nem sequer olhava para ela, murmurou:

— Mamãe vai ficar muito triste quando nos vir no noticiário. Porque receio que, daqui, não sairemos vivas.

Então, Robert se pôs de lado. Conhecia Niall, e sabia que ele nunca machucaria uma mulher. O problema era que não conhecia a espanhola nem sabia até onde ela poderia chegar.

— Escute — disse Robert em um sussurro, dirigindo-se a Bárbara. — Sua irmã é louca?

— Cuidado com o que diz, amigo — advertiu ela, apontando-lhe o dedo.

— Não se preocupe, Robert — disse Niall. — Esse tipo de gente ridícula não me mete medo.

Victoria continuava desafiando-o, furiosa. Nunca havia se deixado assustar por ninguém, e aquele idiota não seria o primeiro.

— Se me chamar de novo por qualquer outro nome que não seja o meu — ameaçou, pegando outra cerveja na mesa —, juro que...

— Sabe de uma coisa, princesinha? — interrompeu ele, aceitando o desafio. — Você é a menos indicada para dizer isso. Você me chamou de palhaço, estúpido e uma infinidade de coisas que não estou a fim de recordar, e...

Mas não pôde terminar a frase. Victoria, irada, derramou outra cerveja nele, o que fez o pub inteiro cair na gargalhada.

— Chega de contemplações — bufou Niall.

Jogando-a sobre o ombro, apesar dos gritos dela, que começou a bater nele sem piedade, saiu do pub em meio a aplausos e vivas, seguido por Bárbara e Robert.

Já na rua, ele a deixou no chão sob a chuva torrencial. Victoria aproveitou a oportunidade para lhe dar um pontapé na canela, fazendo-o praguejar de dor.

— Você merece isso e muito mais — gritou ela ao ver a expressão de dor dele. — Nunca mais ponha suas mãos sujas em mim, senão, juro que...

— Jura o quê? — vociferou ele, diante dos olhos incrédulos do amigo.

Robert nunca o vira se comportar desse jeito com uma mulher. Em circunstâncias normais, já na primeira provocação ele a teria ignorado. Se havia algo que Niall tinha de sobra eram mulheres.

— Vou matá-lo! — rugiu Victoria, colérica, ao vê-lo sorrir.

Ouvindo isso, sem saber muito bem por que, o escocês se aproximou dela com dois passos e, sob o olhar incrédulo de Robert e Bárbara, pegou Victoria pela nuca, puxou-a para si e devorou aqueles lábios insolentes com mais paixão do que pretendia demonstrar.

— Se eu não estivesse vendo, não acreditaria... — murmurou Bárbara.

— Desculpe, mas é que Niall... é muito Niall — esclareceu Robert.

Alheia aos comentários, Victoria lutou para se livrar daquele bruto, mas, pouco a pouco, foi se acalmando, até que ficou bem quieta. Nunca a haviam beijado daquele jeito. E o pior de tudo era que ela estava gostando.

De repente, Niall a soltou com a mesma força com que a havia tomado e cravou seus olhos insolentes nela. Mas Victoria, que nunca se rendia, deu-lhe uma forte joelhada na virilha e o fez se dobrar de dor.

— Eu avisei, maldito escocês! — gritou ela, triunfante.

E olhando para a irmã, que pela primeira vez não disse nada, foram para o hotel.

Ainda surpreso diante do acontecido, Robert ajudou o amigo dolorido a se endireitar. Aquilo havia sido um golpe baixo. Muito, muito baixo.

— Maldita mulher. Você está bem?

— Não se preocupe — murmurou Niall, com cara de dor.

E, enquanto observava aquela bruxa espanhola se afastar debaixo da chuva, disse:

— Repito: quem ri por último ri melhor.

6

Quando Bárbara e Victoria acordaram na manhã de sábado, surpreenderam-se ao ver que fazia um dia lindo, azul. Parecia mentira que havia caído um dilúvio no dia anterior. Decidiram tomar um delicioso café continental no quarto. Depois, Bárbara foi tomar banho enquanto a irmã abria o notebook e dava uma olhada nos jornais digitais.

Duas horas depois, às dez, saíram do hotel para visitar a cidade. Pegaram um táxi que as levou à Princess Street, a rua turística mais visitada de Edimburgo. Ali, centenas de estabelecimentos e centros comerciais abriam suas portas de segunda a sábado, das nove da manhã até as cinco e meia da tarde.

Bárbara se divertiu feito louca entrando e revirando lojinhas, onde encontrou verdadeiras pechinchas. Victoria, horrorizada, negava-se a provar tudo que a irmã sugeria: era tudo porcaria; mais tarde ela faria suas compras.

E fez quando entraram na Jenners, a mais antiga loja de departamentos da Escócia, inaugurada em 1838. Assim que ela entrou, seu rosto mudou. Aquele lugar curioso irradiava distinção e glamour.

Vendo Victoria curtir tanto, Bárbara sorriu. A irmã não tinha jeito!

Mais tarde, esgotadas, com os pés doloridos, decidiram se sentar em um pequeno café. Assim que entraram, o garçom sorriu para elas, gentil.

— Que cara de bobo tem o coitado — disse Victoria ao vê-lo. — Nem sei como trabalha aqui.

— Caralho, Vicky, você tem palavras desagradáveis para todo o mundo.

— E você é uma boca suja. De quatro palavras, três são palavrões.

— Eu não tenho muita classe, mesmo — sentenciou Bárbara, sorrindo.

— É, acho que é verdade.

— Como você mesma disse: *acha*. Mas isso não lhe outorga a verdade — replicou Bárbara.

E olhando-a nos olhos, acrescentou:

— Como ontem à noite. Acho que você passou dos limites com Niall.

— O palhaço? — disse Victoria, levantando uma sobrancelha.

— Ele prefere ser chamado de Niall — recordou —, Robert já disse. E sim, acho que o que você fez foi errado. Muito errado.

— Ele mereceu — disse Victoria, colocando no rosto seus óculos Prada. — Esse sujeito é o ser mais desagradável que já conheci na vida.

— Pois vou lhe dizer, menina, que pelo jeito como você correspondeu ao beijo, juro que não parecia.

— Não diga bobagens — retrucou Victoria.

Ela sabia que era verdade, mas não estava disposta a reconhecer, nem morta.

— Ele me pegou desprevenida, só isso. E se não se importa, prefiro encerrar esse assunto aqui. Não quero mais ouvir falar desse sujeito, nunca mais. Ele é repugnante.

Bárbara decidiu não acrescentar mais nada. Sua irmã tinha uma visão diferente do que acontecera na noite anterior, e Bárbara sabia que, por mais que insistisse em falar do assunto, ela não mudaria de ideia.

Quando acabaram suas bebidas, pegaram um táxi de novo, já que Victoria se recusava a utilizar o transporte público. Desceram na George Street, onde ficavam as grandes empresas do momento, lugar esnobe e *cool* por excelência.

Bárbara olhava boquiaberta os preços das roupas. Como as pessoas podiam pagar aquele dinheirão por uma simples saia? Mas, depois de tentar comentar o assunto com Victoria e ver, mais uma vez, que era impossível, limitou-se a segui-la e a ficar alucinada cada vez que sua irmã entregava seu Visa Gold às vendedoras.

Às sete da noite, voltaram para o hotel. Tomaram um banho e já iam pedir alguma coisa para comer no quarto quando bateram na porta. Era um dos carregadores, que lhes entregou um cartão assinado pelo palhaço e o amigo. Convidavam-nas para jantar.

— Você vai jantar com aqueles caipiras? — perguntou Victoria ao ver a irmã toda contente.

— É claro. E você devia ir também — disse Bárbara, vestindo uma calça jeans. — Depois do que aconteceu ontem à noite, é delicado da parte deles que nos convidem para jantar.

— Eu o convidaria a tomar veneno.

— Vicky, pelo amor de Deus! — gargalhou.

— Tudo bem... mas eu não vou.

Victoria não confiava nem um pouco naqueles dois.

— E continuo pensando que você também não deveria ir. Além do mais, vai cair uma bela tempestade.

— Eu não vou fazer uma excursão. E acho que você devia ser um pouco mais humilde e aceitar as desculpas deles.

— Prefiro morrer! Quanto mais longe desse palhaço arrogante, melhor.

— Talvez vocês tenham começado com o pé errado — disse Bárbara, dando-lhe um beijo —, mas me parece que esse homem é boa gente. Vamos, sua boba, ânimo! Vamos nos divertir. Além do mais, se você não for, o que vou dizer a eles?

— Diga que eu não janto com os amigos do Pato Donald.

— Você é uma bruxa muito mal-humorada — provocou Bárbara em tom de brincadeira, já se dirigindo para a porta. — Vou tentar arranjar uma desculpa. Se quiser alguma coisa, ligue. Estou com o celular.

Quando Bárbara fechou a porta atrás de si, Victoria pegou o telefone de má vontade, pediu uma salada e uma água sem gás e ligou o notebook. Tinha coisas para fazer. Além do mais, por nada neste mundo queria jantar com o homem que estava estragando sua viagem desde o momento em que havia chegado.

Na recepção do hotel, Robert esperava Bárbara. Assim que o viu ali, tão imponente, suas pernas começaram a tremer. Era curioso, mas fazia dois dias que não pensava em João. Isso era bom.

— Fico muito feliz por ter aceitado o convite — admitiu ele, sorridente.

— E eu por tê-lo recebido — acrescentou Bárbara.

E depois de olhar ao redor, perguntou:

— Só nós dois?

— Sim — assentiu ele, apontando para o bar do hotel. — Acho que Niall e sua irmã não se suportam.

— Isso eu não vou discutir — concordou ela, pensando no comentário do Pato Donald.

Antes de sair pela porta do hotel, Robert e Bárbara acenaram para Niall, que se despediu com um movimento de cabeça.

Desta vez, Niall havia resistido a ceder. Não estava disposto a jantar com a bruxa espanhola, embora Robert tivesse insistido. Contudo, ao ver que ela também não havia descido, algo dentro dele se remexeu. Nunca uma mulher o havia rejeitado daquele jeito, e, no fundo, isso o estava roendo por dentro.

Mal havia conseguido pregar o olho. Os olhos escuros da espanhola e aquele beijo o haviam deixado acordado grande parte da noite.

O que estava acontecendo com ele? Será que era masoquista?

Estava mergulhado em seus pensamentos quando Mark, o recepcionista, cumprimentou-o, e a seguir entregou um papel ao garçom. Era o pedido de uma Caesar Salad e uma água sem gás para a suíte da espanhola. Niall sorriu e disse ao garçom, desconcertado, que cuidaria do pedido.

Trinta minutos depois, enquanto Victoria estava concentrada olhando os e-mails em seu notebook moderníssimo, bateram na porta do quarto. Rapidamente ela apagou o cigarro que estava fumando em um copo d'água e, de pijama Armani de seda preta, abriu a porta para que o garçom entrasse com a comida que ela havia pedido um pouco antes. Nem sequer olhou para a cara do homem que saiu e fechou a porta imediatamente.

Depois de responder a vários e-mails, seu estômago lhe recordou que estava com fome, de modo que se dirigiu à mesinha redonda, levantou a tampa da bandeja e encontrou um enorme filé empanado com batatas fritas. Como era possível? Ela havia pedido uma salada.

Contrariada pelo descuido da cozinha, pegou de novo o telefone e, depois de reclamar sem vontade, desligou, esperando que se apressassem a corrigir o erro.

A seguir, olhou pela janela e viu que estava começando a chover e trovejar. Não haviam se passado nem três segundos quando bateram outra vez na porta.

— Nossa! — disse ela, satisfeita. — Foram rápidos.

No entanto, sua alegria durou pouco. Ao abrir a porta, seus olhos se encontraram com os da última pessoa que ela queria ver: o palhaço.

— Que está fazendo aqui? — perguntou, irritada.

— Vim corrigir o erro, senhorita — retrucou ele.

E, antes que ela pudesse dizer qualquer coisa, mostrou-lhe a salada que tinha na mão. O que não disse foi que estava havia mais de vinte minutos esperando no corredor.

Sem responder, Victoria se voltou, sentindo que ele a observava descaradamente. Não obstante, não podia deixar de lhe mostrar que dominava a situação, de modo que apontou para o filé com batatas e disse:

— Pode levar isso. Não foi o que eu pedi.

— Está com uma cara boa — disse Niall, deixando a salada na mesma mesa que o filé. — Não quer experimentar? O cozinheiro tempera a carne de um jeito que lhe dá um sabor muito particular.

— Não quero provar, de modo que agradeceria se o pegasse e saísse do meu quarto quanto antes.

— Tive uma ideia — disse ele. — Já que estou aqui, o que acha de me convidar para jantar?

Ela ficou de boca aberta. Aquele homem não parava de surpreendê-la. *Definitivamente, esse sujeito tem um parafuso a menos*, pensou Victoria, incrédula. Contudo, havia notado como ele estava atraente esta noite, com aquela calça jeans e uma camisa azul.

— Não — respondeu Victoria, indignada com seu atrevimento.

— Vejo que ainda está irritada por causa de ontem — comentou ele. E, aproximando-se, murmurou: — Para ser sincero, cada vez que penso em você, minha virilha dói.

— Se não quiser que doa de novo — replicou Victoria, tremendo por dentro ao sentir a intensidade do olhar dele —, faça o favor de sair agora mesmo do meu quarto. Você é a última pessoa com quem quero estar neste momento.

— Tem certeza? — sorriu ele, ciente do magnetismo que provocava nas mulheres.

Se bem que aquela estava resistindo mais que o habitual. Então, recordou um comentário de Bárbara e acrescentou:

— Ok, tudo bem. Essa sua veia indica que você está dizendo a verdade.

Imediatamente, Victoria cobriu o lado direito do pescoço com a mão. *Maldita veia!* Dirigindo-se à porta, abriu-a e disse em tom nada amigável:

— Ou você sai agora mesmo daqui, ou juro que vai se lembrar de mim pelo resto da vida. Insolente! Quem você pensa que é para entrar em meu quarto desse jeito?

Pelo visto, a jogada não tinha dado certo. Niall acreditara que poderia passar uma noite amistosa com aquela mulher, chegar até a se entenderem, mas era impossível. De modo que pegou o prato de filé e se encaminhou para a porta, mastigando uma batata frita enquanto a observava. Estava linda. Nada de maquiagem, nada de salto alto, nada de artificialidade.

— Eu só estava tentando ser gentil com você — disse ele. — Achei que um bom papo entre nós esclareceria certas coisas. A propósito, não pense que vim para seduzi-la. Você é o tipo de mulher que me faz correr na direção contrária.

— Mas que metido! — gritou Victoria.

E, antes que pudesse acrescentar mais alguma coisa, Niall lhe enfiou uma batata frita na boca e saiu.

Batendo a porta com estrondo, Victoria liberou a adrenalina contida. Como aquele idiota se atrevia a lhe dizer essas coisas? Mas então, furiosa, abriu de novo a porta e saiu ao corredor, onde o viu entrar no elevador. Saiu correndo e, para surpresa dele, entrou na cabine antes que as portas se fechassem.

— Aonde você vai vestida desse jeito? — perguntou o escocês sem poder parar de olhar para ela.

— Registrar uma queixa — esclareceu, de queixo erguido.

Contudo, nesse instante se deu conta de que estava de pijama e meias. Que vergonha!

— Poderia ter feito isso por telefone — sugeriu Niall, maravilhado com o cabelo preto dela.

— Não fale comigo!

— De novo me dando ordens...

Nesse momento, as luzes do elevador se apagaram, a cabine parou de se movimentar e acenderam-se as luzes de emergência.

— O que aconteceu? — perguntou Victoria, alarmada.

— A tempestade — respondeu Niall, passando para o lado dela para apertar vários botões no painel. — Às vezes, tempestades causam problemas no fornecimento elétrico.

— Droga! — resmungou ela, ciente da proximidade do escocês. — Acha que vão demorar muito para perceber que estamos aqui?

— Acho que não — respondeu ele, apoiando-se na parede do elevador.

Cinco minutos depois, Victoria estava soltando fogo pelas ventas. E depois de mais de meia hora ali dentro, Niall começou a pensar em assassiná-la sem piedade.

— Escute aqui — vociferou ele, farto de ouvi-la se lamentar e gritar por ajuda. — Acho que não vão demorar a nos tirar daqui. Portanto, fique calma de uma vez por todas.

— Não fale assim comigo! — disse ela, dando-lhe um tapa que fez com que ele lhe segurasse o pulso.

— Sabe de uma coisa, princesinha? — rosnou ele, com tal ferocidade que Victoria emudeceu pela primeira vez. — Ou você se cala, ou juro que não vai sair viva daqui, porque quem vai matá-la sou eu.

Sentada no chão do elevador, Victoria começou a tiritar. Estava com frio. Seu pijama de seda não esquentava em absoluto. Mas ela preferia morrer congelada a pedir alguma coisa àquele neandertal, que, sentado em frente a ela, olhava-a com o cenho franzido.

O rugido de seu estômago a estava matando. Envergonhada pelo barulho e pelos dentes batendo, ela tentou se concentrar. Nunca havia gostado de lugares fechados, em especial de elevadores, mas tinha que controlar a situação. De modo que levou os joelhos ao peito e, abraçando-os, apoiou a cabeça neles. Quando estava começando a relaxar, o escocês a pegou e a sentou em seu colo.

— O que está fazendo?!

— Tentando aquecê-la — respondeu Niall, suspirando ao intuir suas reclamações de novo. — Mas, se acha que estou tentando seduzi-la, vou deixá-la no chão de novo.

Por alguns segundos, ela hesitou. O que devia fazer? Por um lado, gostava da sensação do calor que ele irradiava, mas, por outro, tê-lo tão perto a incomodava. Porém, passados os primeiros minutos em silêncio, Victoria começou a relaxar.

— Posso ouvir a fera rugindo dentro de você — brincou ele, oferecendo-lhe o prato de filé com batatas. — Coma alguma coisa antes que ela saia e me devore.

Esse comentário a fez sorrir, o que surpreendeu Niall, que esperava um novo ataque de mau humor.

— Isso é uma bomba de calorias — replicou ela. — Dispenso!

— Como quiser — retrucou ele, dando uma mordida no filé. — Só temos isto, e não sei quanto tempo vai demorar para a luz voltar.

— Você vai comer o filé a mordidas?

Contudo, vendo como ele a observava, Victoria balançou a cabeça, pegou um pedaço de filé do prato e fincou os dentes. Momentos depois, diante do olhar divertido do escocês, comeu outro pedaço, e também algumas batatas.

— Está gostoso, não é? — disse ele.

— Hmm — assentiu ela, com um leve sorriso.

Quando acabaram de comer, Niall mudou de posição. Suas pernas estavam formigando, mas não queria tirá-la do colo. Gostava do cheiro daquela mulher, e ainda mais agora, que estava tranquila e até sorria.

— Parece que a fera em seu estômago adormeceu — brincou ele.

Victoria afastou o cabelo do rosto com charme para olhar para ele.

— Parece que sim — concordou.

Estava começando a ficar com calor.

— Na verdade, fico muito nervosa quando estou com fome. Com meu pai era a mesma coisa.

— Essa sua veia é curiosa — comentou ele, olhando extasiado para o pescoço dela. — Reparei nela quando ouvi sua irmã dizer em várias ocasiões: "A veia, Vicky, a veia!".

— A bendita veia... — lamentou ela, sorrindo abertamente. — É herança de minha avó, Consuelo.

— Então, você herdou a fome voraz de seu pai e o mau humor de sua avó Consuelo — brincou Niall, pondo a mão na cabeça dela e massageando-a levemente. — Você tem mais irmãos?

— Não. Só Bárbara e eu; mas Víctor é como um irmão para nós — sussurrou Victoria, sentindo as mãos dele massageando sua cabeça. Que delícia!

— Seu pai deve ficar satisfeito — arriscou ele ao vê-la fechar os olhos.

E sentiu desejo de beijá-la.

— Viver cercado de mulheres é maravilhoso.

— Meu pai morreu há alguns anos — respondeu ela, balançando a cabeça para que ele tirasse a mão.

— Lamento — murmurou Niall.

Sem poder resistir ao magnetismo que sentia por ela, deu-lhe um beijo doce e leve nos lábios.

— Lamento de verdade. Meus pais faleceram também há anos, e sei que a perda de uma pessoa querida é irreparável.

Victoria, comovida, retribuiu o beijo. Em todos os anos que passaram juntos, Charly nunca lhe havia dito nada tão doce, nem demonstrado um sentimento assim.

De repente, surpreendendo Niall como nunca mulher nenhuma havia feito, montou sobre ele e, segurando-lhe as mãos para que não pudesse se mexer, beijou-o de novo. Sentia a paixão se apoderar dela. O que estava acontecendo? Victoria estava tão acostumada a controlar suas emoções com Charly, que era frio, que o fato de se sentir completamente livre e de estar ali trancada no elevador com aquele homem que tanto a atraía estava começando a ser perigoso.

— Mas o que estou fazendo? Não posso continuar. Eu não faço essas coisas — disse de súbito, afastando-se dele.

Mas Niall não permitiu.

— Faça o que tem vontade de fazer — murmurou, segurando-a sobre ele.

Ainda incrédulo por estar com a ferinha em seu colo, não queria acabar com aquele momento sensual.

— Eu não sou de beijar assim homens que não conheço... — murmurou ela, ciente pela primeira vez de como estava sentada e do que era aquilo que pulsava, duro e quente, embaixo dela.

— Sabe uma coisa? — sussurrou Niall, tão excitado que ia explodir.

— Diga.

— A primeira vez que a vi, apesar de sua atitude de bruxa insolente, não pude resistir e a beijei com o olhar.

— Como?

— Quando você estava encharcada como um pintinho e eu a ajudei a fazer o check-in no hotel, eu a beijei com os olhos. Você estava linda.

— Eu estava horrível — murmurou Victoria, aceitando com um sorriso aqueles lábios saborosos que se aproximavam de novo.

Não podia resistir. Não podia dizer não. Estar ali com ele era diferente, era como se...

De repente, as luzes se acenderam e as portas do elevador se abriram.

— Se eu não estivesse vendo, não acreditaria — exclamou Robert ao ver o amigo no chão com aquela mulher em cima.

— Desculpe — disse Bárbara, tão surpresa quanto —, mas Victoria é demais para a cabeça de qualquer um.

Quando a luz se acendeu, Victoria e Niall se olharam nos olhos. A magia acabara. Levantando-se do chão com rapidez, ela se afastou do escocês, que lhe retribuiu o olhar com o cenho franzido.

— O que aconteceu? — perguntou Bárbara, curiosa.

— Estávamos descendo quando a luz acabou — explicou Niall.

— De pijama? — perguntou Bárbara.

— Eu ia registrar uma queixa — justificou-se Victoria, olhando para a irmã.

— Uma queixa? — surpreendeu-se Robert.

— Sim, uma queixa — anuiu Victoria. E, voltando-se para Niall, tornou a acentuar as diferenças que havia entre eles, acrescentando: — Esse zé-ninguém ousou entrar em meu quarto e...

Ela não sabia por que havia dito isso, e a confusão a fez se calar. Niall a observava com seriedade.

— Se quiser, eu mesmo a acompanho para registrar a queixa — ofereceu com dureza. — Tenho certeza de que hoje à noite vai dormir mais tranquila sabendo que um zé-ninguém como eu foi despedido.

— Não... não é necessário — retrucou ela, entrando de novo no elevador. — Vou voltar ao meu quarto. Mas, para o seu bem, esqueça que eu existo, ok?

Ao dizer isso, fagulhas explodiram entre ambos. Mas Niall, abrindo seu sorriso Colgate, retrucou:

— Não tenha dúvidas, princesinha.

Então, Bárbara se despediu de Robert e subiu com a irmã para a suíte.

— Não quero falar sobre isso! Deixe-me dormir — pediu Victoria.

Atormentada, essa noite ela não conseguiu dormir; assim como Niall.

O domingo passou sem nada de especial. Victoria ficou o dia todo irritada e Bárbara teve que aguentar. Dessa vez, Robert não ligou para ela.

Victoria só saiu da suíte em duas ocasiões, uma vez que a ideia de encontrar Niall a deixava horrorizada. O que havia acontecido na noite anterior fora vergonhoso. Ela tinha se comportado como uma qualquer e estava arrependida. Mas não havia como voltar atrás.

7

Na segunda-feira, às sete da manhã, Bárbara e Victoria esperavam na recepção a chegada do carro de aluguel quando esta última viu Niall em companhia de uma das camareiras. Pareciam estar absortos em uma conversa interessante. Quando passou ao lado deles, limitou-se a lhes dar bom-dia e nada mais. Nenhum cumprimento especial. Nem sequer um olhar diferente. Nada. No fundo, Victoria se sentiu contrariada, mas, ao mesmo tempo, também ficou grata. Nesse momento da vida, ela não estava disposta a se envolver com ninguém, e menos ainda com um sujeito como esse.

— Senhoras, o carro acabou de chegar — anunciou Cindy, a recepcionista, com um sorriso gentil.

Bárbara olhou para a rua e ficou sem palavras. Ali fora estava um carro esporte incrível, champanhe.

— Você está brincando, Vicky — disse, apontando para o carro. — Alugou esse conversível para circular pelas Highlands?

— A imagem da empresa é muito importante — respondeu ela, apressando-se a sair do vestíbulo.

Não queria encontrar Niall de novo.

Depois de deixar o notebook, as bolsas e os casacos no estreito banco de trás, ambas se olharam. E, embora Bárbara começasse a rir, Victoria não pôde deixar de praguejar. Como não haviam pensado que ali se dirigia pela esquerda?

— Você vai dizer, toda sorridente: o que vamos fazer agora? — grunhiu Victoria, que não suportava aquele lado risonho da irmã.

— Ora, Vicky, o que quer que façamos? Vamos dirigir. Não deve ser tão difícil.

— Que droga! — rosnou Victoria, dando um pontapé no pneu.

Mas arrependeu-se imediatamente, pois sua botinha Gucci, macia, bateu na borracha dura e machucou seus dedos.

— Mas que tonta! — disse Bárbara ao ver Victoria resmungar e pular perigosamente em um pé só.

— Algum problema, senhoritas? — perguntou Niall, aproximando-se.

Victoria rapidamente recuperou a compostura diante daquele maldito escocês.

— Vocês são absurdos! — vociferou, mal-humorada. — Por que têm que dirigir pela esquerda, sendo que todo o mundo dirige pela direita?

— Eu não saberia responder — disse ele. — A única coisa que posso dizer em minha defesa é que não foi ideia minha.

— Nossa, estou morrendo de rir: ha, ha! — debochou Victoria, fazendo-o sorrir.

Que mulher mal-humorada!

— Aonde estão indo? — perguntou ele, mudando de assunto para deixar claras as diferenças que Victoria tanto se empenhava em destacar.

— Ao castelo de Eilean Donan — respondeu Bárbara.

— É um lugar maravilhoso — comentou ele, sorridente. — Hoje mesmo vou para lá também. Minha família mora lá.

— Que emoção! — rosnou Victoria, sem olhar para ele.

— São quase quatrocentos quilômetros, e com certeza hoje vai chover — comentou Niall, sem se aproximar do carro. — Vocês deviam pegar...

— Não precisamos de seus conselhos — sibilou Victoria, mostrando-lhe seu moderno GPS. — Temos a ajuda necessária para chegar.

— Vicky, pelo amor de Deus! — suspirou Bárbara.

Depois de tanto tempo, continuava não suportando a arrogância da irmã.

— Niall só está tentando ser gentil.

— Não se preocupe, Bárbara — tranquilizou-a ele, dando-lhe uma piscadinha. — De qualquer maneira, se tiverem algum problema...

— Não teremos problema nenhum — respondeu Victoria rapidamente.

E então entrou no carro e arrastou a irmã junto.

— Vamos nos virar sozinhas.

Niall insistiu:

— Eu aconselho que ponham gasolina quanto antes. Os carros de aluguel não costumam vir com o tanque cheio.

— Por acaso acha que somos ignorantes a ponto de não saber isso? — disse Victoria.

O escocês conseguia tirá-la do sério com cada palavra que dizia; coisa que, por outro lado, em se tratando dela, não era muito difícil.

— Eu não disse isso — defendeu-se ele, contrariado.

— Então, guarde seus conselhos para quem os pedir — replicou ela, batendo a porta.

Niall a observou introduzir a chave no contato do Audi TT Cupê. O carro arrancou com suavidade, e Victoria, sem olhar para ele de novo, engatou o carro e desapareceu ao dobrar a esquina.

Enquanto isso, Niall pegava seu celular com um sorriso nos lábios.

— Adam, é Niall — disse, entrando novamente no hotel. — Ligue o localizador do Audi TT. Não sei por que, mas acho que vamos precisar.

Sair de Edimburgo não seria fácil, pois dirigir pela esquerda era um desafio.

Depois de dobrar a esquina do hotel a grande velocidade, cantando pneu, um carro arrancou o espelho retrovisor do Audi, do lado do motorista. Victoria xingou, mas, apesar de tudo, com paciência e seguindo as instruções do GPS, conseguiram chegar à estrada M-90 até Perth, onde abasteceram.

Ao sair do posto, Bárbara insistiu em dirigir e, embora de início Victoria gritasse como uma histérica dizendo que estava arriscando a vida, por fim conseguiu relaxar enquanto a irmã dirigia pela estrada.

Depois de passarem por Pitlochry, o céu se fechou com grandes nuvens cinza e a estrada se estreitou sem motivo aparente. Victoria estava horrorizada, mas Bárbara curtia a aventura. Enormes montanhas começaram a circundá-las, de tal modo que em certos momentos pareciam estar perdidas no filme *Coração valente*. Tudo que as cercava tinha tons verdes e violeta. As árvores e as flores de centenas de cores pareciam viver em perfeita harmonia com as vacas peludas que pastavam tranquilamente nos prados. Após percorrer um longo trecho por aquelas paisagens idílicas, pegaram a A-889. Foi quando Bárbara leu uma placa e exclamou:

— Caralho, Vicky, você viu o que dizia a placa?

— Não — respondeu ela, levantando seus caríssimos óculos Prada pela primeira vez durante todo o dia.

— Aqui é o caminho para o lago Laggan. Mãe do céu, temos que parar! Temos que parar para eu bater umas fotos!

Victoria a olhou de cima a baixo antes de responder.

— Nem pense nisso — retrucou.

E consultou seu relógio. Eram onze da manhã.

— A reunião é daqui a duas horas, e não quero me atrasar. Além do mais, não vê que está chovendo forte?

O biquinho de desgosto que apareceu nos lábios de Bárbara mostrava que ela não estava nem aí para a chuva. Não obstante, continuou dirigindo, mas não parou de resmungar. Mas, quando pegaram a A-82 e viram as indicações para o lago Lochy, não houve jeito de Bárbara usar o bom senso.

— Vicky — disse, e se não estivesse dirigindo, teria posto as mãos na cintura —, não me importa o que você diga. Não parei no lago Laggan para não a ouvir falar, mas vou parar no lago Lochy, queira você ou não. Só um minuto para bater uma foto. Uma foto que será uma recordação única para o resto de minha maldita vida.

Mas sua irmã não olhava para ela. Estava havia alguns segundos tentando identificar algo que voava dentro do carro. Algo que zunia e sobrevoava lentamente perto da cabeça delas. Algo...

— Aaahhh! Não, não... — gritou de súbito, dando tapas ao ar. — Uma vespa! Uma vespa!

Victoria tinha medo de vespas, aranhas, mosquitos, cães, gatos, camelos ou dromedários e de todo o reino animal. Tinha um medo terrível de tudo aquilo que fosse considerado inseto ou animal. Só tolerava as plantas, mas não as carnívoras.

— Calma, calma — disse Bárbara, apesar de ela mesma não estar. — Vou abrir a capota para que saia.

Apertou o botãozinho dourado e imediatamente a capota de lona creme do Audi começou a se abrir. Porém, enquanto a vespa desaparecia, a chuva entrava no veículo.

— Feche a capota! — berrou Victoria, histérica, ao sentir a água. — Estou me molhando. Minha roupa... Ah, meu Deus, meu terninho Versace!

— Caralho, Vicky, caralho! Dê-me um tempo — vociferou Bárbara, apertando o botão da capota, que começou a se fechar muito mais lentamente do que se havia aberto.

Quando chegaram ao lago Lochy caía um dilúvio, mas Bárbara não queria dar o braço a torcer. Apesar dos protestos da irmã, desviou da estrada e adentrou um caminho tortuoso.

— Preste atenção em mim — disse a Victoria quando parou e puxou o freio de mão. — Pegue minha câmera e bata uma foto minha. Só precisa pôr seu dedinho de grife em minha câmera sem marca e fazer clic. Acha que consegue?

— Você está louca?! — protestou Victoria. — Vai ficar encharcada.

— Sim — assentiu Bárbara —, vou ficar encharcada. Vou me molhar. Vou congelar. Mas não importa, porque essa recordação vai ser muito especial para mim.

E então, abriu a porta do Audi morrendo de rir, correu em direção ao lago e, deixando a irmã em choque, começou a posar debaixo do temporal.

Ela é louca, pensou Victoria enquanto batia várias fotos dela de dentro do carro.

— Vamos, Cindy Crawford — gritou por fim. — Entre no carro de uma vez. Estou com pressa.

Sorridente, Bárbara voltou ao veículo, mas, quando foi se sentar atrás do volante, Victoria decidiu:

— Agora eu vou dirigir.

Sem dizer nada, a irmã correu para a outra porta, e, assim que a fechou, Victoria engatou e acelerou de tal maneira que o carro saiu da estrada e afundou no barro.

— Porra! — murmurou Bárbara.

Victoria apertou todos os botões que tinha a seu alcance, mas os pneus patinavam no lodo.

— Não sai do lugar — reclamou.

— Talvez porque você fodeu tudo — sugeriu a irmã, enxugando o rosto.

A seguir, tentou arranjar soluções, mas nenhuma deu certo.

Angustiada, Victoria via os minutos se passarem. Faltava apenas meia hora para a reunião com o conde McKenna, e ali estava ela, sem poder fazer nada, cercada de montanhas, de água e de umas vacas cada vez mais próximas.

— Maldição! — exclamou de repente. — Por que tudo tem que acontecer comigo?

— Lamento, de verdade — disse Bárbara.

— E ainda por cima não tem sinal! — gritou como uma possessa.

Sua irmã a olhou de soslaio.

— Vicky, pense em sua veia e relaxe. Vamos pensar em alguma coisa.

— Vamos pensar em quê? — vociferou Victoria, angustiada. — Em que diabos?

— Amiga — debochou Bárbara —, se você fosse um camarão, com essa cabeça que tem, seria um desperdício. Pelo amor de Deus, que mulher mais negativa!

— Cale-se, pare de falar bobagens!

Farta de ouvir a irmã, Bárbara desceu do carro. Apesar de se encharcar na chuva e se sujar no barro, procurou um pedaço de madeira para pôr debaixo dos pneus e tentar tirar o carro do lodaçal. Contudo, foi inútil, e a única coisa que conseguiu foi se sujar de lama e fazer o veículo atolar ainda mais.

— Acho que só sai daqui de guincho — resignou-se Bárbara, entrando de novo no Audi.

— Claro, o guincho — rosnou Victoria, vendo as vacas peludas se aproximarem cada vez mais. — E como diabos vamos chamar o guincho? Estamos incomunicáveis.

— Não olhe para elas, Vicky — disse Bárbara, sentindo-se meio ridícula vendo as vacas que começavam a cercá-las. — Elas não vão fazer nada. São só vacas! Vacas inofensivas e carinhosas.

— Meu Deus, Meu Deus! Isto não pode estar acontecendo comigo — murmurou Victoria, batendo a cabeça no volante. — Eu preciso desse contrato. Preciso desse contrato...

Uma das vacas escocesas aproximou seu enorme focinho peludo da janela de Victoria. Quando ela levantou o olhar e a viu, jogou-se sobre a irmã e soltou um grito de terror.

— Vicky, pelo amor de Deus, chega! — Bárbara gargalhou ao vê-la enlouquecida. — Vai conseguir me assustar também.

Mas a situação piorou quando a vaca peluda marrom começou a lamber a capota de lona do carro, enfiou primeiro um chifre, e depois, com a boca, começou a puxá-la.

— Está rasgando! — berrou Victoria. — Ai, meu Deus! Ela está comendo a capota. Está rasgando! Vão nos atacar!

Bárbara começou a se preocupar também, mas não com as vacas, e sim por não saber se Victoria havia contratado um seguro adicional para o carro alugado.

— Caralho, Vicky, eu disse que não era boa ideia andar com um maldito conversível. Mas não! Seu desejo de impressionar o cliente a levou a alugar o melhor carro para andar pela Escócia, não é?!

Como Victoria não respondia, Bárbara abriu a porta do carro e saiu, batendo palmas para tentar afastar as vacas, que se assustaram e foram pastar em outro lugar.

Quando entrou de novo, sua irmã parecia estar mais calma; tanto que de novo começou a dar ordens.

— Cale a boca e pegue isto — vociferou, entregando-lhe o celular. — Afaste-se alguns metros e veja se encontra sinal para podermos avisar a polícia.

Com infinita paciência, Bárbara se afastou do carro, mas era inútil: nem seu celular nem o de sua irmã tinham sinal ali.

Para piorar a situação, a mesma vaca de antes voltou e começou a puxar com força a capota. De súbito, ouviu-se um craaaaccccc!, e a lona se rasgou inteira. Victoria começou a uivar como uma possessa.

Bárbara revirou os olhos e saiu correndo para o carro.

— Toque a buzina! — gritou. — Toque a maldita buzina!

Obedecendo à ordem da irmã, Victoria começou a tocar a buzina, enlouquecida. Quando os animais se afastaram um pouco, Bárbara entrou de novo no Audi, encharcada e tiritando.

— Ah, meu Deus! O que podemos fazer? — lamentou Victoria, sentada no carro sem capota enquanto chovia a cântaros. — O que vamos fazer?

— Não faço ideia — respondeu, enxugando com a mão a água que corria como um rio por seu rosto.

— O conde deve estar aborrecido — reclamou Victoria, choramingando. — Já é uma e meia. Está nos esperando há meia hora. Meu Deus, minha roupa está encharcada! E eu estou um trapo!

— Não é para menos. Com a chuva que está caindo em cima de nós...

— E tudo é culpa sua. Tudo!

— Sim, e o buraco na camada de ozônio também — debochou Bárbara. — Espertinha, não esqueça que foi você, você!, que atolou o carro na lama.

— Eu disse para você não desviar. Eu disse.

— Não! — replicou Bárbara, farta de escutá-la. — Você não vai me culpar por isto, porque não estou a fim. Foi culpa sua, só sua. Assuma!

— Não! Maldita vaca, não! — gritou Victoria com desespero, mas não se referia à irmã. — Isso não! Isso não!

Incrédula, Bárbara viu a irmã sair do carro tão depressa que as pontas de suas glamorosas botinhas Gucci se cravaram no barro e a fizeram cair de bruços. Sem poder se conter, soltou uma risada, que Victoria não devia ter ouvido. A vaca estava levando a bolsa com o notebook na boca, e sua irmã, coberta de barro dos pés à cabeça, corria atrás dela.

— Ai, vou ter um troço! — exclamou Bárbara, morrendo de rir. — Quem diria? Por seu notebook supermegafashion você é capaz de enfrentar essa pobre vaca.

— Cale-se, imbecil! — gritou Victoria.

— Imbecil é você — murmurou a irmã, recostando-se no banco.

— Vaca, venha aqui. Devolva meu notebook! — gritava Victoria coberta de barro.

A vaca, assustada com os gritos, começou a correr, mas, cansada de ver uma louca berrando atrás dela, de súbito soltou a bolsa. Que, pela lei de Murphy, caiu no meio de uma poça enorme.

— Não! Não! Meu notebook, não! — gritou Victoria, exasperada.

Então, em seu afã de recuperar a bolsa, enfiou o pé na poça e, ao tirá-lo, saiu com ele descalço. Sem a botinha...

— Maldição, Bárbara! É minha botinha Gucci. Quer fazer o favor de vir aqui e me ajudar?

— Aaaiiii, Vicky, vou ter um troço! — disse a irmã, aproximando-se, dolorida de tanto rir. — Não fique brava, mas este momento é digno de ser imortalizado.

E bateu uma foto com sua câmera sem marca.

Isso foi a gota d'água. Esquecendo sua botinha Gucci, o notebook, as vacas e tudo o mais, Victoria se jogou sobre a irmã e as duas caíram na poça.

— Maldita seja a hora em que a convidei para vir comigo! — berrou Victoria, com raiva.

— Vicky, pare! Não quero bater em você, mas, se continuar assim, não vai ter jeito — gritou Bárbara, imobilizando a irmã enquanto a chuva fazia o barro escorrer pelo corpo das duas.

Por fim, esgotada, Victoria se deu por vencida. Não havia nada que pudesse fazer. Estavam ali, no meio do nada, cobertas de lodo dos pés à cabeça, sem sinal de celular, com o notebook enlameado e o GPS encharcado.

Às cinco da tarde parou de chover, mas estava anoitecendo e elas tiritavam de frio. Durante todo aquele tempo não havia passado ninguém por ali. O que podiam fazer?

— Devíamos tentar chegar a alguma cidade — sugeriu Bárbara.

— Não fale comigo!

— Vicky, pelo amor de Deus... Estou tão encharcada quanto você. Pare de dar uma de idiota.

— Não fale comigo! — gritou, tocando o pé congelado.

Não havia conseguido pegar sua botinha Gucci.

— Você não existe — resmungou Bárbara. — Você é a pessoa mais egocêntrica que já conheci na vida. Nunca está errada, não é? Culpa todo mundo, sem pensar que talvez possa também ter sua parte de culpa.

— Eu avisei para não parar. Disse para seguirmos até nosso destino. Mas não! Você tinha que parar e tirar uma foto ridícula nesse lago horrível.

Nesse momento, um ruído chamou sua atenção. Parecia um motor, de modo que, ao verem luzes se aproximando na distância, rapidamente começaram a pular, mexendo os braços. Era um veículo azul. Sua única oportunidade de sair dali. Ele não podia passar reto.

— Deixe eu falar — disse Bárbara, olhando para a irmã. — Do jeito que você é grossa, corremos o risco de que, seja quem for, vá embora e nos deixe aqui.

— Nada disso. Eu falo.

Uma van azul velha, caindo aos pedaços, parou diante delas com as luzes acesas. Era sua salvação. Quando a porta se abriu, Victoria ficou em choque. Que diabos ele estava fazendo ali?

— Niall! — exclamou Bárbara ao reconhecê-lo. — Graças a Deus nos encontrou.

O escocês sentiu um grande alívio ao vê-las. Fazia horas que procurava por elas; mas isso ele não lhes disse.

— O que estão fazendo aqui? Minha mãe do céu! — debochou ao vê-las naquele estado. — Qual é o problema de vocês duas? Parece que adoram se encharcar todo santo dia!

— E o que você tem com isso, grosso?! — respondeu Victoria com altivez.

— Sua menininha mimada! — enfureceu-se a irmã. — Cale-se! Feche essa matraca!

— Por todos os santos! — murmurou Niall, contendo o riso ao ver o estado em que se encontrava o conversível. — O que fizeram com o carro?

A imagem que o veículo oferecia era deplorável. Não tinha nada a ver com o Audi luxuoso com que haviam saído do hotel nesta mesma manhã. Estava sujo, meio afundado no lodaçal, sem capota e inundado de água. Inacreditável. E elas haviam conseguido fazer isso em poucas horas!

— Olhe — disse Bárbara, sorridente —, se eu contar, você não vai acreditar.

— Vai ser interessante ouvir — retrucou ele, abrindo a porta traseira da van, de onde saiu um border collie.

Bárbara o recebeu com afeto.

— Não! — gritou Victoria ao ver o cachorro. — Não o deixe se aproximar de mim! Não! Não!

— Stoirm — chamou Niall —, venha aqui!

O animal lhe obedeceu, sentando-se ao seu lado, e o escocês notou imediatamente o medo com que Victoria olhava para o cachorro.

— Como nos encontrou? — quis saber Bárbara.

— Foi por acaso — explicou Niall, sem querer se aprofundar muito no assunto. — Quando vou visitar meus avós, costumo parar no lago Lochy.

— Ah, é verdade... — recordou Bárbara. — Você comentou hoje de manhã.

Sem desviar os olhos de Victoria, Niall viu que ela olhava para Stoirm assustada.

— Não tenha medo — disse. — Stoirm é um cachorro bonzinho.

— Se não se importa, prefiro um tratamento mais formal — replicou Victoria.

— Eu mereço! — resmungou ele ao ouvi-la. — Desculpe, senhorita, mas não sou eu quem precisa de ajuda. Lembre-se de que neste momento não estou trabalhando para ninguém. De modo que tenha cuidado, linda, senão, vai ficar aqui.

— Vicky — censurou-a Bárbara —, feche a boca, senão, juro que vou embora com Niall e a deixamos aqui, sua grossa insuportável!

Depois de um silêncio constrangedor, foi Victoria quem falou.

— Estou com frio! Pode nos levar a algum lugar onde possamos chamar um guincho e voltar para o hotel?

— Ah... claro que... não — respondeu Niall. — Lamento, mas não.

— Como?! — exclamou ela, aproximando-se dele.

Nesse momento, ele notou que ela estava mancando.

— Você perdeu uma bota — disse ele, prestes a gargalhar.

O que teria acontecido?

— O que você pretende? — gritou Victoria, encarando-o. — Ir embora com sua van nojenta e nos deixar aqui?

— Minha van nojenta é a única coisa que você tem para sair daqui. Portanto, é melhor que se cale antes que eu entre nela e a deixe aqui à mercê das inclemências do tempo. Dê-me sua bota!

— Nem pense nisso — recusou ela, olhando-o com altivez. — Só tenho uma, e não pretendo dá-la a você.

Cansado daquela mulher, Niall se agachou, jogou-a por cima do ombro e perguntou a Bárbara:

— Poderia fazer a gentileza de tirar a botinha da princesinha?

Abrindo o zíper da botinha, Bárbara a entregou a Niall, e então ele depositou Victoria de novo no chão. No entanto, com a raiva que ela sentia, acabou caindo de bunda na lama.

— Bruto! — berrou. — Juro que você me paga. Estúpido!

Ignorando-a por completo, Niall chamou o cachorro, que depois de cheirar a botinha, começou a latir.

— Busca, Stoirm, busca! — incitou-o.

O animal começou a farejar, e dois minutos depois, enfiando-se em uma poça, apareceu com a botinha na boca e a levou até seu dono, que lhe agradeceu dando-lhe palmadinhas no lombo e um beijo na cabeça.

— Aqui estão suas botas, princesinha — disse Niall, jogando-as sem cuidado para Victoria.

Ainda furiosa, ela as pegou sem dizer uma palavra.

— Vicky — murmurou a irmã —, mamãe lhe deu educação, lembra?

— Não se preocupe, Bárbara — tranquilizou-a Niall.

Ele pegou duas mantas na traseira do veículo e deu uma a ela.

— A partir de agora, se a princesa quiser alguma coisa, vai ter que fazer por merecer. Já estou farto de suas bobagens e maus modos. Você é insuportável, mulher! — acrescentou, dirigindo-se a Victoria.

— Vá esperando, escocês bruto — replicou ela, desafiando-o com o olhar. — Por mim, você pode ir para o inferno.

Mas sentiu-se péssima depois de dizer isso. Ela sabia que seu comportamento estava sendo ridículo, mas às vezes seu próprio caráter a dominava. E essa era uma dessas vezes.

— Muito bem — assentiu Niall, deixando a outra manta no carro. — Vamos, Stoirm; vamos para casa. Logo vai começar a chover de novo.

Imediatamente, o animal pulou e entrou na van. Bárbara hesitou um instante, mas, a um sinal de Niall, sentou-se no banco do passageiro. A única que estava à intempérie era Victoria, que os contemplou, desafiadora.

— Vão me deixar aqui?

— Isso depende de você — respondeu Niall. — Se quiser entrar em minha van nojenta, vai ter que usar as palavras mágicas.

— Nem morta! — retrucou ela.

Bárbara praguejou em voz baixa e Niall apertou o volante com as mãos. Depois de alguns segundos de silêncio, foi ele quem exclamou:

— Estou esperando! E aviso que não vou esperar muito mais.

Victoria os observava em silêncio. Seu rosto refletia toda a raiva que sentia.

— Niall — disse Bárbara em voz baixa ao ouvir o carro arrancar. — Não posso ir e deixá-la aqui sozinha. Minha mãe me mataria, e eu não poderia viver por causa do remorso.

— Fique tranquila — respondeu ele, olhando para Bárbara. — Se ela for esperta, e acho que é, vai reagir a tempo.

Victoria sorriu com autossuficiência. Nunca a deixariam sozinha e desamparada. Mas, ao ver a van começar a andar, sua segurança desapareceu. Teriam coragem de abandoná-la ali, em um lugar cheio de vacas?

— Niall, pare, vou descer! — rogou Bárbara. — Minha irmã é muito cabeça-dura, você não a conhece!

— Sshhh, calada — disse ele, observando pelo espelho retrovisor.

— Droga! — gritou Victoria, jogando uma botinha Gucci na van. — Por favor, pare! POR FAVOR!

Nesse momento, o escocês freou e Bárbara respirou.

— Ainda bem que lhe resta um pouco de bom senso — comentou baixinho.

Niall pediu a Bárbara que ficasse ali e desceu do veículo. Aquela espanhola não o dobraria.

— Eu não vou entrar aí com esse bicho — grunhiu Victoria, voltando ao ataque.

Ao ouvir isso, Niall não sabia se ria ou ligava o carro de novo e ia embora. Aquela mulher era pior que dor de dente. Nunca se rendia.

— Stoirm não vai sair — sentenciou ele, cravando-lhe o olhar. — Se quiser vir conosco, tem duas coisas a fazer. A primeira é usar de novo as palavras mágicas. E a segunda é sentar com Stoirm.

Havia começado a chover de novo, e Victoria estava encharcada até os ossos e gelada.

O olhar sisudo do escocês a fez estremecer. Aqueles olhos verdes e aquela boca carnuda e sinuosa a confundiam. De modo que, afastando o olhar, por fim murmurou:

— Por favor, pode me levar também?

Seu tom de voz, tão diferente do que ela sempre usava, fez Niall amolecer. Aquela mulher era a mesma que o havia beijado e quase aberto seu coração quando estavam presos no elevador. Aquela mulher era quem estava lhe tirando o sono desde o dia em que a conhecera. Ele gostava demais dela, e isso o inquietava.

— É claro que a levarei — assentiu ele com vontade de abraçá-la. — Pode entrar. Stoirm vai adorar ter uma companheira de viagem.

— Ei, Niall, eu troco de lugar com ela — gritou Bárbara. — Vicky tem pavor de animais — explicou, tentando justificar a irmã, que continuava debaixo da chuva.

— Como quiser — concordou ele; e voltou seu olhar para Victoria. — Faça-me um favor, princesinha. Entre aí e fique de boca fechada, se não quiser que a tire voando de minha van nojenta com um pontapé.

A seguir, pegou a botinha no chão e a jogou de novo para Victoria, que teve que se segurar para não jogá-la na cabeça dele.

Quem esse sujeito pensava que era?

Descalça, e com a pouca dignidade que lhe restava, ela contornou a van. Em seguida, abriu a porta, sentou-se e a bateu. Niall jogou uma manta em cima dela. Victoria a pegou para se agasalhar, murmurando um mal audível "obrigada".

Depois de uma viagem curta e tortuosa na van que pulava mais que um canguru, por fim chegaram a uma casa enorme, mas velha, de telhas escuras. Suas janelas de madeira maltratadas pelo vento pareciam desafiar o temporal. De um dos lados via-se um galpão caindo aos pedaços, e, do outro, um frondoso bosque de pinheiros guardava zelosamente a privacidade de duas ou três casinhas. Victoria, que por fim estava aquecida, observava o lugar, horrorizada, enquanto pensava que diabos estava fazendo ali.

Passados alguns segundos, a porta da casa se abriu e uma mulher miúda, de olhos claros, cumprimentou-os à porta.

— Esperem aqui um instante — disse Niall com voz profunda.

Depois de descer do veículo com um sorriso encantador, ele foi até a mulher, que rapidamente o abraçou com carinho.

— Que felicidade vê-lo, meu querido — cumprimentou a anciã de rosto marcado de rugas e olhos doces.

— Olá, vovó — disse Niall, efusivo.

— Por que não me avisou que viria? — censurou-o ela, apontando-lhe o dedo. — Seu avô vai dizer que poderíamos ter aquecido a casa antes de sua chegada, e enchido a geladeira.

— Eu não sabia que viria. Como está o vovô?

— Frágil, mas bem — respondeu ela, sorridente. — Você sabe, lutando como um urso.

— Foi o que imaginei — retrucou Niall.

E, pegando as mãos dela, acrescentou:

— Preciso falar com vocês. Além de Rous, há alguém mais na fazenda?

— Por todos os diabos, Niall! — exclamou a mulher, assustada. — Não vai me dar um desgosto, não é? Não estou com vontade de dar sermão.

— Fique calma, Ona — tranquilizou-a rapidamente.

— Agora só Rous está aqui — disse ela.

E, reparando na van, perguntou:

— Mas, meu querido, quem são essas moças que estão esperando no carro? Trouxe sua namorada?

— Era sobre isso justamente que eu queria falar. — Sorriu ao vê-la tão excitada. — Mas não se emocione, Ona, não tem nada a ver com o que você está pensando.

Niall voltou a cabeça para olhar para a van, e a seguir entrou na casa com a mulher. Precisava da ajuda dela.

Enrolada na manta, Victoria continuava em silêncio.

— Tudo bem, tudo bem... eu assumo todas as culpas que quiser — disse Bárbara. — Se achar melhor, amanhã eu ligo para o conde e lhe conto o que aconteceu.

— Não — respondeu Victoria. — Você já fez o bastante. Portanto, cale-se antes que eu...

Nesse exato momento, a porta da casa se abriu de novo e por ela saiu Niall, a anciã de antes e uma jovem.

— Bárbara — sussurrou Victoria —, não me diga que vamos ficar aqui.

Mas Niall se aproximou delas com um estranho sorriso e abriu a porta de Victoria.

— Bem-vindas ao meu lar, senhoritas.

Victoria estava de queixo caído. Como poderia ficar ali?

Stoirm pulou da parte de trás da van e passou por cima dela, que gritou, assustada.

— Que lugar alucinante! — exclamou Bárbara, enquanto um raio cruzava o céu.

Com cuidado, desceu do veículo e cumprimentou as duas mulheres, que a acompanharam gentilmente até dentro da casa.

— Você pretende dormir na van? — perguntou Niall, dirigindo-se a Victoria.

— Quero voltar para o hotel — disse ela, afundando no banco.

— Acho que isso vai ser impossível por ora — confessou ele.

— Mas eu não posso dormir aí — reclamou ela, sem poder evitar apontar para a casa com desprezo. — Não conheço essas pessoas, não gosto da casa: é velha, e parece suja.

— Desculpe, princesinha — replicou Niall, contrariado. — A fazenda dos meus avós é velha, mas, para seu próprio bem, evite dizer na frente de minha avó que acha que a casa está suja, porque garanto que se o fizer vai se arrepender.

— Eu não pretendo sair daqui.

— Como quiser — concordou ele. E acrescentou, enquanto se afastava: — Tenha uma boa-noite. Ah, e agasalhe-se. Do jeito que está encharcada, não duvido que vá sentir frio.

Victoria o viu sair levando uma malinha de rodinhas azul. Chamou sua atenção o fato de ser Victorinox, uma marca suíça bastante cara. Era muito parecida com uma que ela tinha dado de presente a Charly uma vez. Mas não tinha a menor dúvida de que essa devia ser uma boa imitação de camelô.

Segundos depois, Bárbara saiu da casa e, dando umas batidinhas na janela, pediu-lhe que baixasse o vidro.

— Vicky, que diabos você está esperando para entrar?

— Não pretendo entrar aí.

— Meu Deus, que situação! — exclamou. — Você está encharcada, cheia de barro até as orelhas, com frio e fome. E, ainda assim, vai ficar aí?

— Que parte do "não" você não entendeu? Acaso acha que vou entrar nessa casa horrorosa e confraternizar com essas duas camponesas?

— Você é... você é... — suspirou Bárbara, e saiu andando de novo para a casa. — Vá se danar, sua metida! Congele, enquanto eu fico quentinha, limpa e de barriga cheia.

Ver sua irmã desaparecer deixou Victoria contrariada. E, conforme iam passando os minutos, a noite caía e o motor da van esfriava, começou a hesitar. Será que devia entrar?

Dentro da casa, Bárbara havia tomado banho e trocado de roupa. Ona, a avó de Niall, havia feito de tudo para lhe propiciar uma estadia agradável, e Rous, a moça de aspecto masculino, observava-a muito calada. Em duas ocasiões, Ona tentou sair para buscar Victoria, mas seu neto não a deixou. Se quisesse entrar, ela que batesse na porta.

À meia-noite, o vento era frio e a chuva torrencial. Niall começou a se inquietar. Como aquela mulher podia ser tão teimosa? De modo que, praguejando, saiu e, abrindo a porta da van, pegou Victoria, que estava dormindo. Acordou-a de modo desagradável e a fez andar na frente dele para dentro de casa.

Ela ficou tão estupefata com aquela intromissão em seu sono que, quando quis reagir, o calor da lareira a envolveu e o rosto afável de Ona lhe sorriu enquanto ela lhe estendia um caldinho quente, que Victoria aceitou sem hesitar. Estava congelando.

Ao ver a irmã ali, Bárbara relaxou a olhos vistos. Notando imediatamente que a pobre moça estava esgotada, a anciã lhe disse que a seguisse para lhe mostrar onde poderia dormir. E Bárbara foi atrás dela como uma sonâmbula, louca para se deitar nos lençóis quentinhos.

Na sala, Victoria começou a se aquecer graças ao fogo que ardia na lareira. Disfarçadamente observava Rous, que não parava de olhar pela janela e para Niall, que avivava a lareira jogando lenha com frequência.

— Este mel caseiro vai lhe fazer bem — disse Ona, oferecendo-lhe um pote com uma das mãos e uma colher cheia com a outra.

— Não, obrigada — recusou Victoria. — Não quero.

Em seguida, olhou altiva para Niall, que com olhos graves havia visto a avó deixar a colher e o pote de mel em cima da mesa.

— Você devia tirar esse barro do corpo — disse a anciã, voltando-se para ela. — Pode tomar um banho, se quiser.

— Vocês têm chuveiro? — perguntou ela, incrédula.

— Claro, minha filha — respondeu Ona, sorrindo e segurando o neto para que ele não soltasse nenhum impropério.

A velha pensou que a moça era bonita, apesar da crosta de barro seco que cobria seu corpo.

— Meu nome é Victoria — disse ela em um inglês perfeito, olhando para a mulher.

— Eu sou péssima para nomes, minha filha — confessou Ona. — Minha cabeça, você sabe...

Aos seus oitenta anos, apesar da vitalidade que demonstrava, ela esquecia os nomes, especialmente os que não lhe interessavam. Na realidade, ela não se preocupava com isso, mas era algo que inquietava àqueles que a amavam.

— Não se preocupe, Ona — tranquilizou-a Niall, dando-lhe um beijo carinhoso no rosto. — Eu tenho quarenta e também esqueço. — Voltou-se para Victoria. — Por acaso pensa que ainda tomamos banho uma vez por ano no rio? — provocou, ganhando um olhar acusador da avó.

— Ah... Mas você sabe o que é sabonete? — replicou Victoria para irritá-lo.

— E você, sabe o que é gentileza? — sibilou ele.

— Você é um grosso!

— E você, uma metida insuportável.

— Venha comigo, moça — disse Ona. — Vou lhe dar roupa limpa para que possa tomar banho.

Sem olhar nem responder para Niall, Victoria se levantou e seguiu a idosa. Depois de subir por uma escada estreita de madeira, Ona lhe mostrou o quarto onde dormiria. Posteriormente, foram até um banheiro limpo, digno, mas sem grandes luxos.

— Este sabonete é muito bom — afirmou Ona. — Niall me traz de Edimburgo. Aqui está um roupão limpinho, meias e um par de toalhas. Como dei um pijama para sua irmã, peguei um de Niall para você.

— Não se preocupe — disse Victoria, horrorizada ao ver o que havia em cima do pijama.

— Ah... lamento, mas tenho que lhe emprestar roupa íntima minha. Não é bonita, mas vai servir. Rous usa cueca, acha que fica mais confortável. Precisa de algo mais?

— Não... obrigada.

Ao fechar a porta – que não tinha tranca – e ficar sozinha no banheiro, Victoria olhou ao redor. Tudo era velho, sem marca e usado demais para seu gosto. Ela pegou a calcinha com as pontas dos dedos e a examinou com horror. Por acaso aquela velha achava que ela ia pôr aquela calcinha de cintura alta?

Olhando os potinhos de sabonete, sorriu com maldade: eram do hotel, assim como o roupão.

Vou acabar com você, trombadinha, pensou.

Depois de tirar o terninho sujo e quase chorar ao ver como havia ficado, ela entrou com cuidado debaixo do chuveiro. Não queria encostar em nada. Mas, pouco depois, teve que segurar um suspiro de prazer ao sentir a água quente escorrer por sua pele. Poder tirar o barro seco do cabelo e do corpo era um verdadeiro prazer.

De repente, notou que a porta do banheiro se abria e que alguém entrava, acompanhado por uma rajada de ar frio.

— Está ocupado! — gritou, contrariada.

— Desculpe — disse uma voz masculina fraca. — É só um segundo.

E então, enojada, ouviu alguém vomitar.

O que mais poderia acontecer?

Contudo, ao ouvir a angústia daquele alguém, algumas recordações voltaram a sua mente. Odiava recordar aquilo, de modo que, depois de tirar o sabonete do corpo o mais depressa que pôde, pôs o roupão e, ao abrir a cortina, ficou paralisada. Sentado no chão, ao lado do vaso sanitário, estava um ancião corpulento, de pijama listrado. Respirava com dificuldade.

— Não se preocupe, moça. — O homem arfou. — Prometo por são Fergus que não vou olhar.

Victoria o viu, então, cobrir os olhos com a mão. E, apesar da situação estranha e dramática, esse gesto a fez sorrir timidamente. Passados alguns segundos, o colosso de barba branca tentou se levantar, mas estava pálido e suas mãos, grandes, tremiam tanto que ele não conseguiu. O que será que tinha?

— O senhor está bem? — perguntou Victoria, agachando-se ao seu lado.

— Acho que sim — murmurou o velho, desviando o olhar. — Desculpe, moça, achei que não havia ninguém.

Victoria notou nos olhos daquele homem, então, algo que lhe era conhecido. Aqueles olhos refletiam tristeza, humilhação e dor. Sem pensar duas vezes, agachou-se ao seu lado e o ajudou a se sentar no vaso sanitário. A seguir, pegando uma toalha e molhando-a, passou-a com cuidado pelo rosto do homem. Nesse momento, pela primeira vez ele olhou para ela, e sorriu.

— Desculpe, moça — repetiu. — De verdade, desculpe.

— Não se preocupe, por favor.

Ela gostou do homem. Não sabia por que, mas gostou dele.

— Está melhor? Quer que chame alguém?

— Você é uma das espanholas, não é?

— Sim — assentiu Victoria. — Niall já deve ter lhe informado que tem convidadas. Contudo, agradeceria se não me contasse o que ele disse de mim, e eu evitarei dizer o que penso dele.

— Ele é um bom rapaz — asseverou o ancião, orgulhoso. — Meio cabeça-dura, mas um homem prestativo.

— É seu neto, não é?

— Sim — assentiu o homem, categórico; e, estendendo a mão, acrescentou: — Meu nome é Tom Buttler.

— Muito prazer, senhor — disse ela, apertando-lhe a mão. — Meu nome é Victoria Villacieros.

— Victoria? Que nome imponente — apontou o ancião. — Mas não me chame de senhor, senão me faz parecer velho. Sou marido de Fiona, e só lhe direi uma coisa a respeito de meu neto: não tire conclusões precipitadas ou vai se enganar.

— Bem, pode ficar tranquilo — disse ela. — Espero deixar de vê-lo logo, para não me enganar.

— Eu adoraria continuar esta conversa com você, mas tenho que voltar para o quarto. Se Ona souber que vim ao banheiro sem avisá-la, vai ficar brava.

— Será nosso segredo. Vou ajudá-lo a voltar sem que sua esposa note.

Então, Victoria abriu a porta do banheiro sigilosamente, assomou a cabeça encharcada e, depois de se certificar de que tudo estava tranquilo, pegou o velho corpulento pela cintura, e com passo lento, mas seguro, ambos se dirigiram ao quarto que ficava no fundo do corredor.

Já no quarto quentinho, ela o ajudou a se deitar; depois, observou ao redor com curiosidade. A cama entalhada, com dossel, era uma maravilha. Linda! A grande lareira acesa era contornada de madeira de carvalho lavrada. De um lado uma porta-balcão – agora fechada –, coberta por uma cortina veneziana deslumbrante bordô. Do outro lado da lareira, uma linda estante de livros, uma poltrona também bordô e uma mesinha de leitura davam um toque de distinção ao aposento.

— Tom — disse Victoria, surpresa. — Seu quarto é lindo.

— Obrigado — respondeu o ancião, olhando ao redor. — Tudo que está vendo foi meu Niall que fez para nós.

— Sério? — murmurou Victoria, incrédula, admirando o fino entalhe do dossel.

— Meu neto é um artista — acrescentou Tom com orgulho.

— Sim, de circo — disse Victoria, arrancando um sorriso do idoso.

Ele a olhou com ternura e perguntou:

— Que faz uma mulher como você em terras escocesas?

— Eu vim a trabalho — respondeu ela, ainda observando o quarto.

— Se eu tivesse quarenta anos a menos e você fosse minha esposa, eu não permitiria que viajasse sozinha. E menos ainda para a Escócia.

— Não sou casada, Tom — esclareceu ela. — Sou uma mulher trabalhadora, sem compromisso, e isso me dá direito de escolher aonde quero ir.

— E como é possível que ainda seja solteira? Não entendo os homens de hoje em dia.

— Os tempos mudam, Tom — retrucou Victoria, sem querer se aprofundar no assunto.

— Na Espanha não valorizam uma mulher?

— Eu não saberia responder, de verdade. Na Espanha, como no resto do mundo, uma mulher inteligente, livre e independente assusta.

Nesse momento, ouviram risos e barulho de passos na escada.

— Vou indo — murmurou ela, já indo para a porta —, ou vão acabar descobrindo.

— Victoria, vai voltar para conversar comigo?

— Amanhã vamos embora. Mas prometo que antes de ir, virei me despedir de você.

Quando ficou sozinho no quarto, o velho sorriu. Niall não tinha nada de tonto. Seu neto era mais esperto do que ele pensava.

De novo no banheiro, Victoria se olhou no espelho. Estava horrorosa e, o pior de tudo, não tinha consigo seu creme antirrugas Christian Dior, com ácido ascórbico.

— Meu Deus, que orelhas! — murmurou, afofando o cabelo.

Ia ligar para o hospital Montepríncipe assim que voltasse para a Espanha. O doutor Zurriniaga de Vascongrelos, o cirurgião que havia feito a lipoaspiração nela, precisava fazer-lhe uma otoplastia urgente. Ela odiava suas orelhas.

Farta de ver sua imagem ao natural, pegou a parte de cima do pijama e quase deu um grito ao ver a estampa.

— Tomates! — murmurou, incrédula. — Tenho que pôr um pijama de tomates!

Acostumada a usar maravilhosos pijamas Moschino, DKNY ou Armani, normalmente de seda, aquele pijama de flanela sem marca, cheio de tomates vermelhos, era pior que vestir uma imitação barata de camelô.

— Vou pensar que são tomatinhos-cereja — gemeu. — Isso me fará sentir melhor.

Certa de que aquela era sua única opção, vestiu a parte de cima. Chegava-lhe até a metade das coxas. Servia-lhe de camisola. De tomates-cereja.

— Ah, Meu Deus... Ah, Meu Deus. Nem minha mãe usa isto — sussurrou, escandalizada, pegando com cuidado a enorme calcinha branca de algodão. — Como vou vestir isto?

Contudo, apesar de ranger os dentes, por fim a vestiu. Não podia andar pelo mundo sem calcinha. O problema foi que, assim que a pôs, caiu. Era enorme, assim como a calça. Então, lembrando-se das gambiarras que sua mãe sempre fazia, tirou o elástico de cabelo que estava em seu pulso, fez um *gurruño* – palavra oriunda da cidade de Margarita – com o tecido da calcinha e a prendeu.

Com coragem, depois de contar até quarenta, conseguiu se olhar no espelho. Essa era ela? Estava patética. Quem a visse nesse momento pensaria que era uma verdadeira camponesa, em vez da chefe do departamento de publicidade da prestigiosa agência RCH.

Como havia acabado nessa situação? A imagem de sua irmã surgiu em sua mente. Ela era a culpada de tudo!

Precisava com urgência voltar a Edimburgo para arranjar uma roupa adequada e localizar o conde. O que ele teria pensado daquela desfeita? Se na agência soubessem o que aconteceu, seria o fim de sua carreira.

— Princesinha — disse a voz de Niall batendo na porta. — Falta muito?

— Não — respondeu ela, envergonhada.

Como ia sair desse jeito?

Estava patética com aquele pijama enorme e horroroso de tomates, por mais cereja que fossem. E isso para não falar da calcinha gigantesca.

— Eu gostaria de tomar um banho antes que amanheça. Seria possível?

Aquele escocês insuportável só queria provocá-la. Mas não. Esta noite ele não ia conseguir.

— Se ficar me apressando — respondeu ela, apoiando-se na parede —, talvez consiga tomar banho no Natal de 2020.

— Ah, é assim?! — sibilou Niall.

E, sem pensar duas vezes, abriu a porta de supetão.

— Então, permita-me curtir o espetáculo até chegar 2020. Pelo menos, vou me divertir com o palhaço contratado para o evento.

— Seu neandertal! — disse ela, tentando não gritar para que Tom não a ouvisse. — Saia daqui imediatamente! Sua avó pode aparecer e pensar coisas.

— Não se preocupe — replicou ele, e fechou a porta atrás de si. — Minha avó me conhece, e sabe que você não é meu tipo.

— Deixe-me sair — pediu Victoria, recolhendo sua roupa suja do chão.

— Agora está com pressa? Ou está com medo de ficar sozinha comigo, como outro dia no elevador?

Victoria fingiu não ouvir.

— Onde posso guardar minha roupa? É tudo de grife e vai precisar ir para a lavanderia quando voltarmos a Edimburgo.

Então, quem se fez de surdo foi ele.

— Ora, que curioso... Eu conheço esse pijama de tomates.

Niall pensou que ela estava linda. Sem uma gota de maquiagem, com o cabelo molhado penteado para trás... uma visão muito sexy.

Vista assim, não parecia em absoluto a mulher agressiva que ele havia conhecido.

— Sua avó me emprestou — defendeu-se ela. — E não são simples tomates, são tomates-cereja.

Ele sorriu. Tomates-cereja! Ela era tão metida que precisava catalogar o tipo de tomate do pijama para justificar seu valor.

— Sabe de uma coisa? — disse Niall, dando um passo na direção dela. — Ona me deu esse pijama há anos, de Natal. É meu dever moral lhe informar que não é de grife, apesar de os tomates serem cereja.

— Deixe-me sair — insistiu ela ao perceber a proximidade dele.

— Deixarei quando pagar o aluguel do pijama.

Ao ouvir isso, Victoria quase gritou. Aquele sujeito era um prepotente e um metido. Ela deu um passo para trás para se afastar dele o máximo que pudesse, enquanto Niall notava, divertido, que o rosto dela mudava de cor. Ele gostava quando ela ficava furiosa.

— Ouça, seu homem das cavernas — suspirou ela, querendo matá-lo ali mesmo. — Eu daria tudo para não estar aqui. Daria o que fosse para não usar seu pijama horroroso. Daria o que fosse inclusive por uma escova de dentes, mas...

— Eu daria tudo para que você calasse a boca e me beijasse — interrompeu ele.

Completamente imóvel, Victoria viu o escocês tirar a roupa suja de suas mãos e a puxar para si. Sentia o toque e o sabor dos beijos daquele idiota começarem a fazê-la perder as forças. Ela tentou resistir, mas não conseguiu. Gostava dos beijos dele. Não sabia por que, mas gostava, e isso a assustava.

Alheio aos pensamentos dela, Niall devorava com paixão seus lábios saborosos. Apesar da resistência inicial de Victoria, ele notou que, pouco a pouco, ela começou a mexer a língua com a dele. Sentiu-a mordiscar seu lábio inferior e, soltando um grunhido de satisfação, mordeu o dela. Niall desejava beijá-la desde cedo, quando a vira sair do hotel, e tê-la ali agora, tão linda e indefesa, tornara esse desejo irresistível.

Inclinando-se sobre ela, pegou-a por baixo dos braços, levantou-a e apoiou as costas dela na porta. Victoria o olhava tão extasiada que fez Niall arder de desejo. Segurando-a contra a madeira, enfiou suas mãos fortes por baixo da camisa do pijama. Logo encontrou o excesso de tecido da calcinha, e não pôde reprimir um sorriso, enquanto ela correspondia a seus beijos com verdadeiro ardor.

Em seguida, ele se afastou dela com uma expressão de lobo faminto. Queria continuar seduzindo-a, mas isso só lhe daria mais dores de cabeça. Seu propósito não era esse, de modo que, recuperando o autocontrole, apesar de tê-la diante de si como uma gatinha dócil, preparou-se para um novo ataque.

— Já me dou por satisfeito, princesa.

Victoria arregalou os olhos. "Como?!", quase gritou.

Mas, ao ver o sorriso Colgate dele, entendeu: ele só pretendia humilhá-la. Furiosa, rapidamente recolheu sua roupa do chão, apontou-lhe o dedo e advertiu-o:

— Nunca mais faça isso.

— Por quê? Parecia que você estava gostando — sussurrou ele, divertido. — Meu quarto é o segundo da direita. Se quiser um bom sexo, será um prazer arrumar um lugar para você em minha cama.

Irada como uma leoa que perdeu os filhotes, Victoria ia responder quando notou algo escorregar por suas pernas até cair sobre seus pés.

Ah, meu Deus, que vergonha, pensou ao ver o olhar divertido de Niall e a calcinha horrorosa amontoada a seus pés.

— Nossa, princesinha! — gargalhou ele. — Nunca a calcinha de uma mulher caiu no chão tão rápido diante de um convite para ir a minha cama.

Victoria sentiu-se corar até as orelhas, de raiva e de vergonha.

— Prefiro morrer a ir para a cama com você — bufou, envergonhada.

E, agachando-se, recolheu a calcinha do chão.

Ela se sentia como uma caldeira prestes a explodir, e assim se dirigiu ao dormitório que Ona lhe havia indicado. Por todo o caminho foi perseguida pelas gargalhadas daquele idiota, e só deixou de ouvir quando fechou a porta do quarto. Ali viu a irmã dormindo em uma cama enorme. E, sem querer pensar nem olhar ao redor, pôs de novo a calcinha, fez o *gurruño*, deitou-se e dormiu coberta até as orelhas.

Na manhã seguinte, quando Victoria abriu os olhos, surpreendeu-se ao se encontrar sozinha no quarto. Onde estava Bárbara?

Sentou-se na cama e começou a esfregar os olhos, espantando o sono. Foi quando sentiu algo pastoso e úmido bater em sua mão. Abriu imediatamente os olhos e viu ao seu lado a cabeça peluda de Stoirm, o maldito cachorro de Niall, que ao ouvir seu grito assustado pulou para o chão.

— Fora daqui, sua fera selvagem! — gritou de novo, enquanto o animal a observava sentado aos pés da cama.

— Bom dia, irmãzinha — cumprimentou Bárbara, entrando pela porta.

Então, Stoirm decidiu que estava entediado e aproveitou a oportunidade para sair do quarto.

— Por que gritou?

— Aquela fera... ia me atacar — explicou Victoria, confusa.

— Stoirm? — surpreendeu-se Bárbara. — Esse cachorro é tão tranquilo quanto Óscar. Pelo amor de Deus, Vicky, se você olhasse nos olhos deles, perceberia como são.

No entanto, a expressão de susto e repugnância da irmã dizia que não passava por sua cabeça ver o que havia nas pupilas daqueles monstros peludos e babões.

— Tome — disse Bárbara, dando-se por vencida. — Roupa limpa e seca. Vista-se e desça para tomar o café da manhã. Ona fez umas torradas com manteiga deliciosas.

A jovem usava um enorme macacão de jeans, uma camisa verde e uma blusa de lã vermelha, além de umas galochas azuis.

— Que fantasia é essa? — perguntou Victoria, horrorizada com a aparência da irmã.

— De fazendeira — respondeu Bárbara, sorridente. — Adorei. Estou quentinha e me sinto bem. A propósito, legal seu pijama de tomates. É engraçado!

— São tomates-cereja.

— Se você está dizendo... — debochou Bárbara.

Sua irmã não tinha jeito mesmo.

Horrorizada, Victoria olhou a roupa que Bárbara havia deixado em cima da cama. Depois de ver que era uma saia azul de veludo cotelê, um suéter verde com uns "8" estampados e umas botas de poceiro, inquiriu:

— O que é isto?

— Roupa limpa — respondeu Bárbara.

— De que época?

— Sem dúvida, da Idade Média. — Sua irmã lhe facilitava muito o uso de sarcasmo. — Caralho, Vicky, vista-se e pronto!

— Mas de quem é essa roupa?

— Não sei — respondeu Bárbara. — Ouvi alguma coisa de uma falecida.

— Falecida? Onde está minha roupa? — gritou Victoria, apertando os punhos.

Se sua irmã e os outros achavam que ia vestir aquela porcaria de má qualidade mais velha que Matusalém, estavam enganados.

— Vicky — suspirou Bárbara —, não reclame. Nossa roupa está na máquina, e Ona nos emprestou o que pôde.

— Na máquina? — gritou Victoria ao pensar em seu terninho. — Meu terno Versace e minha camisa Carolina Herrera... estão na máquina de lavar?

— Como diriam os franceses, "exatamã"!

Pulando da cama, sem se importar com a aparência, Victoria saiu em disparada escada abaixo, seguida pela irmã. Não era possível. Ela não podia acreditar que a única roupa que tinha estava dando voltas e mais voltas dentro de uma máquina.

Ela entrou na cozinha sem sequer dar bom-dia e, cravando os olhos na máquina de lavar, pôde ver seu terninho Versace se retorcer em um mar de espuma branca.

— Isto é um pesadelo — gemeu, quase chorando, sem se dar conta de que todos olhavam para ela. — Primeiro o carro, depois o celular. Em seguida, o notebook. Agora o terninho. Que mais posso perder? Que mais pode me acontecer?

— Princesinha — falou Niall, segurando o riso. — Acho que você acabou de perder a calcinha outra vez.

— Outra vez? — repetiu Bárbara.

— Ah, meu Deus! — gritou Victoria, horrorizada.

Agachou-se sem dizer mais nada, pegou-a e a enrolou na mão, para que ninguém mais a visse.

Niall, que tomava o café sentado à mesa ao lado do avô e de dois rapazes, não conseguia parar de gargalhar. Quanto mais desastrosa e irritada Victoria estava, mais linda lhe parecia.

É obvio que alguma coisa em minha cabeça não funciona direito, pensou, parando de rir e se concentrando de novo em seu prato.

— Bom dia, Victoria — cumprimentou Tom, depois de dar uma cotovelada no neto.

Mas ela estava tão furiosa que não o ouviu.

— Bom dia, minha filha — disse Ona com carinho. — Dormiu bem?

— Que ideia foi essa de enfiar meu terninho na máquina de lavar? — berrou Victoria. — Essa roupa tem que ser lavada a seco.

— Ai, meu Deus! Eu não sabia — desculpou-se a anciã.

— Tem ideia de quanto custa? — berrou Victoria de novo.

— Vicky — interveio Bárbara —, chega.

— Mas... mas... Será que aqui todo mundo é maluco? — gritou Victoria, sem dar ouvidos a sua irmã. — Esse terninho custa mil e quinhentos euros, que em libras devem ser mais de mil.

— Por todos os santos! — murmurou Ona, assustada, e desligou a máquina de lavar. — Filha, eu não sabia.

— Fui eu quem disse a Ona que o lavasse — esclareceu Niall, atrás de Victoria.

Soltando fogo pelas ventas, Victoria se voltou para ele e divisou uma sombra de diversão em seus olhos. Qual era o problema com esse homem?

— Moça — interveio Tom—, tenho certeza de que meu neto fez isso sem maldade.

— Vicky — sussurrou Bárbara em espanhol —, controle a veia do pescoço e sua língua de víbora, porque estou temendo o pior. Lembre que essa gente nos abrigou de graça, sem pedir nada em troca.

Mas, infelizmente, essas palavras chegaram tarde, pois Victoria já havia começado a gritar com Niall:

— Você é um maldito... um maldito filho da mãe! Você é torto e prepotente. E juro que antes que eu volte para a Espanha vai pagar por tudo que está fazendo.

— Princesinha, não jure o que nunca vai poder cumprir — replicou Niall, com uma calma impressionante.

Ona olhou para o marido, que com uma expressão divertida não perdia nenhum detalhe do que estava acontecendo entre seu neto e a espanhola.

— Vou esmagá-lo como a um verme — sibilou Victoria.

— Pelo amor de Deus! Que gênio tem essa espanhola — murmurou Tom, dirigindo-se a seu neto.

— Lady Doberman — debochou Niall —, cuidado com seus movimentos, se não quiser nos mostrar seu lindo traseiro.

Com a pouca dignidade que lhe restava, Victoria puxou a camiseta do pijama para baixo e, erguendo o queixo com altivez, saiu da cozinha, onde as gargalhadas prosseguiam. Aquilo havia sido vergonhoso!

No meio da manhã, suas mãos começaram a tremer de tanta fome que sentia. Victoria estava enfiada naquele quarto havia quase três horas. Recusava-se a descer e, evidentemente, a usar a roupa que a esperava em cima da cama. Da janela do quarto, observava Niall sair de casa acompanhado por dois homens e por Bárbara, quando batidas na porta chamaram sua atenção.

— Posso entrar? — perguntou Tom.

— Sim, claro.

— Eu lhe trouxe um copo de leite com biscoitos. Não está com fome, moça?

— Não muito — mentiu Victoria, apressando-se a pegar a bandeja. — Mas lhe agradeço, Tom.

— Ande, ande, coma alguma coisa, ou vai ficar doente — incitou o ancião, sorrindo.

— O leite... é desnatado?

— Não, moça. É leite de vaca, especificamente de minha Geraldine.

— Ah, meu Deus! — exclamou ela, soltando o copo. — Esse leite... passou por controles de higiene e salubridade?

Ao ver a expressão do ancião, Victoria se arrependeu de suas palavras. E, pegando de novo a xícara, deu um gole com satisfação.

— Está uma delícia, Tom. Obrigada.

— Ouça, moça. Ona e eu lamentamos pela roupa, mas não se preocupe: nós vamos pagar.

— Por favor... não, por favor! — alarmou-se ela. — Não vou permitir. Sei que eu me comportei como uma estúpida e, na verdade, eu ia lhe pedir desculpas pelo jeito que fiquei.

— E meu neto...

— Oh, não fale nele! — grunhiu Victoria.

Sem nem perceber, bebeu outro gole de leite, que estava delicioso.

São feitos um para o outro, pensou Tom, sorrindo. Contudo, levantou-se e declarou:

— Moça, meu estômago está dizendo que tenho que ir. Até logo.

— Até logo, Tom — disse ela, sorridente, vendo-o desaparecer.

Às duas da tarde, um cheiro de ensopado de carne começou a chegar até o dormitório, o que fez o estômago de Victoria gritar, ameaçando torturá-la se não o alimentasse. Pegando aquela roupa terrível de maus modos, decidiu se vestir. No entanto, quando viu uma cueca dentro do monte de roupa, sua humilhação cresceu e a jogou na parede. Não poria aquilo de jeito nenhum.

Mas a fome estava aumentando. Rendendo-se, por fim ela tirou a calcinha enorme de Ona e colocou a cueca por baixo do resto da roupa. A seguir, dirigiu-se ao banheiro, onde escovou os dentes com o dedo e fez um rabo de cavalo alto. Olhou-se no espelho e fez um biquinho. Sua pele estava esticada. Precisava do creme firmador Dior para o dia, o contorno dos olhos e sua maquiagem Elizabeth Arden. Contudo, certa de que naquela casa não deviam conhecer nada disso, suspirou e desceu para a cozinha.

— Olá, minha filha — cumprimentou-a Ona ao vê-la entrar. — Acho que os homens não vão demorar muito para chegar para o almoço.

Sem dizer nada, Victoria se sentou. A fome a estava matando, mas não estava disposta a confessar.

— Pelo que vejo, a roupa que lhe arranjamos lhe serviu bem — disse Ona. E então, perguntou: — Está mais calma?

— Sim, senhora — respondeu ela, envergonhada.

— Quanto à roupa... — confessou a anciã —, não foi Niall, fui eu. Eu a vi tão suja que...

— Não se preocupe, senhora. Não tem problema.

— Ah, sim... tem, sim. Ganhar mil libras custa muito esforço e trabalho, filha. Não se preocupe, direi a Niall que quando for à cidade tire essa quantia de minha conta. Eu vou pagar.

Victoria se sentiu mal ao ouvir aquilo de novo. Sem conhecê-la em absoluto, aquela anciã havia aberto as portas de sua casa, e não merecia que ela lhe retribuísse desse modo.

— Senhora...

— Pode me chamar de Ona — sussurrou a idosa, dando-lhe umas palmadinhas nas mãos.

— Ona, eu falei com Tom e lhe disse que não vou aceitar seu dinheiro. Contudo, preciso que aceite minhas desculpas pelo modo como falei com vocês esta manhã. Não tenho justificativa, tenho consciência disso. Mas não sei o que está acontecendo comigo ultimamente que tudo dá errado.

— Por que está dizendo isso, filha? — quis saber a mulher, sentando-se ao seu lado.

— Porque sim. Os dias que passei em Edimburgo foram um desastre total.

Victoria omitiu os episódios com Niall.

— Ontem eu tinha uma reunião com o conde Colum McKenna. Conhece?

— Sim, filha — disse a anciã com um leve sentimento de culpa. — Por estas terras, todo o mundo o conhece.

— Bem, não cheguei à reunião por causa de minha irmã — prosseguiu Victoria, angustiada. — Depois, o maldito carro atolou no barro. As vacas nos atacaram, e perdi todas as minhas ferramentas de trabalho: o celular, o notebook, o GPS...

— As vacas as atacaram? — perguntou Ona, surpresa.

— Sim — assentiu Victoria com um biquinho. — Elas comeram a capota do carro, e...

— Não acredite em nada do que ela diz, Ona — advertiu Niall, entrando na cozinha com Rous e Tom. — Conhecendo-a, tenho certeza de que ela atacou as pobres vacas primeiro.

Victoria ficou tensa dos pés à cabeça ao ouvi-lo. Os sentimentos que haviam começado a aflorar durante a conversa com a anciã a haviam sensibilizado, e sem poder evitar ela abaixou a cabeça em cima da mesa e começou a choramingar.

Séria, Ona brigou com o neto. Mas o sorriso desapareceu imediatamente do rosto dele, atônito diante do que via. A mulher de ferro estava chorando! Queria dizer, então, que... ela tinha coração?

Nesse momento, Bárbara entrou na cozinha com Doug e Set, os dois rapazes que tomaram o café da manhã ali. Ficaram cravados na porta ao ver a cena.

— Vicky — exclamou Bárbara ao ver a irmã —, o que aconteceu?

— Não se preocupe, minha filha — tranquilizou-a Ona. — A tensão do que aconteceu ontem e de ter perdido a reunião com um tal de conde McKenna a venceu.

Ao ouvir esse nome, os outros trocaram olhares disfarçadamente.

— O conde é um bom chefe e tem um senso de humor muito peculiar — debochou Doug, que, assim como Set, estava a par da armação.

— E um cabeça-dura — acrescentou Tom.

— Ontem minha irmã tinha uma reunião de negócios com esse sujeito — esclareceu Bárbara. — Mas, por minha culpa, não conseguiu chegar.

— Olá a todos — cumprimentou Robert, entrando na cozinha, para surpresa de todos.

— Olá, Robert, meu coração — respondeu Ona, feliz por vê-lo.

— Por são Fergus! Meu outro homenzarrão — exclamou Tom, dando-lhe um abraço.

A seguir, olhou para as moças e acrescentou:

— Este é Robert, meu outro neto.

— Vocês são irmãos? — inquiriu Bárbara.

— Ah... não — negou Tom —, mas é como se fossem. Niall é filho de nossa filha Isolda e de Colum... — interrompeu-se, diante do olhar de advertência de Niall; e, limpando a garganta, concluiu: — E Robert é o filho de nossa filha Isabella e de Patrick.

— Ora, ora — disse Robert, para encerrar o assunto. — O que vocês duas estão fazendo aqui?

— Ora, vejo que você está em todas — disse Bárbara, feliz com sua aparição.

— Vocês se conhecem? — disfarçou Tom, diante dos gestos de Ona.

— Sim, vovô — respondeu Robert.

Entusiasmado, o ancião deu uma piscadinha para sua mulher, que lhe ordenou que se calasse. Victoria continuava soluçando.

— Pois, para mim, o conde parece uma boa pessoa — prosseguiu Set.

— Sim — assentiu Doug. — Além de um arrasa-corações.

— Sério? — debochou Niall. — Eu não conhecia essa faceta do chefe.

— Ele adora brownie — disse Rous com timidez.

— De quem estão falando? — inquiriu Robert.

— Do conde McKenna — respondeu Ona.

E ao ver a expressão dele, intuiu que estava tão envolvido na brincadeira quanto Niall.

— Pfff... não diga mais nada — falou Robert, olhando para o primo. — Lembra a última vez que fomos pescar com ele?

— Sim, lembro — assentiu Niall, advertindo-o com o olhar.

Quanto mais coisas Victoria ouvia do tal McKenna, mais se desesperava.

— Tenho que ir — anunciou de repente, enxugando as lágrimas com um lenço que Ona lhe dera. — Preciso voltar para o hotel. Com certeza o conde deixou algum recado para mim. Preciso falar com ele antes que minha empresa fique sabendo.

Então, olhou para Niall:

— Você poderia me levar até a cidade mais próxima?

Ele a olhou também. Sabia que o melhor era afastar-se dela quanto antes, mas um estranho sentimento o fazia retê-la.

— Não. Impossível — respondeu ele, categórico, ganhando um sorriso do avô.

— Mas eu preciso voltar para Edimburgo! — protestou ela.

— Já sabe, princesinha — replicou ele. — Vire-se.

As fagulhas que saltavam entre aqueles dois iam causar um curto-circuito. Todos olhavam para eles, mas ninguém dizia nada. Até que Ona, constrangida, quebrou o silêncio.

— Robert, achei que você só voltaria na sexta.

— Eu também, Ona; eu também — reconheceu ele, sorrindo. — Mas trouxe um bilhete do conde.

— Para mim? — pulou Victoria.

— Não — disse Robert. — Para Niall.

— Para Niall? — exclamou Bárbara.

— Minhas pernas estão tremendo, rapaz — debochou Tom, olhando para Robert. — Preciso sentar.

Victoria estava cada vez mais confusa. O que Niall tinha a ver com o conde?

Sem tirar os olhos dele, viu-o abrir a carta, e, depois de ler umas breves linhas, praguejar em voz alta.

— Que foi, meu querido? — perguntou Ona, reprimindo um desejo de lhe jogar a concha na cabeça.

— Viajou de novo — respondeu ele, servindo-se de um copo de água. — Quer que eu cuide de tudo até que volte.

— Esse conde vive como um príncipe — comentou Tom.

Sem saber do que estavam falando, Victoria se aproximou de Niall e, arrancando-lhe a carta das mãos, leu:

> *Caro Niall:*
>
> *As fábricas de prata no México demandam minha presença. Ficarei fora durante algum tempo. Não sei se será uma semana, um mês ou três dias. De qualquer forma, e como sempre, você fica a cargo de tudo.*
>
> *Saudações,*
>
> *Conde C. N. McKenna*

Depois de olhar para Bárbara e comprovar que a irmã estava tão surpresa quanto ela, Victoria suspirou. Isso não podia estar acontecendo. Aquele idiota com cara de bobo que havia dias estragava sua vida era a única pessoa que podia convencer o conde a assinar o contrato.

— Não posso acreditar... — murmurou. — Você conhece o conde?

— Eles são íntimos — brincou Tom, ganhando um olhar contrariado de sua mulher.

— Eu trabalho para ele — respondeu Niall, afastando-se. Mas ela o seguiu.

— Mas, se bem me lembro, você disse que também o conhecia; que ele era amigo seu, não é?

— Sim, é... — assentiu Victoria, envergonhada.

Não tinha intenção de dizer a verdade.

— Você conhece o conde McKenna, Victoria? — perguntou Tom, incrédulo.

— Sim — repetiu ela, coçando a cabeça. — Digamos que somos velhos amigos.

— Esses jovens estão cada dia mais loucos — resmungou Ona, afastando-se.

— Niall é o braço-direito do conde — apontou Robert. — Quando ele não está, meu primo é o chefe.

Que a Terra me engula!, pensou Victoria.

O sorriso de Niall e seus olhos divertidos confirmavam tudo. Ele se sentia poderoso.

Enquanto devoravam o delicioso ensopado que Ona havia feito, Victoria tentou ser comedida em seus comentários e reprimiu a vontade de tocar no assunto das calorias e das gorduras que o prato continha. Também não disse nada sobre os guardanapos de papel nem sobre a ausência de copos na mesa.

Cada vez que um daqueles trogloditas apoiava a lata de cerveja em cima da mesa e dava um golpe seco para abri-la, ela tinha vontade de gritar, e até de assassiná-los. Eles faziam de propósito, ela sabia. Todas as cervejas eram abertas em seu lado da mesa.

Isto vai me provocar uma úlcera, pensou.

Alheio aos pensamentos de Victoria, Niall parecia contente. Gargalhava com os comentários de sua avó, enquanto Robert curtia a conversa com Bárbara. Ele não olhou para Victoria nem se dirigiu a ela, nem uma única vez. Nesse momento, ele estava com a faca e o queijo na mão, e estava claro que ia se aproveitar da situação.

Apesar dos instintos assassinos que despertavam em Victoria cada vez que ele falava em gaélico para que ela não entendesse, tentou não matá-lo. Se o assassinasse, o contrato nunca seria assinado, e ela não pretendia permitir que isso acontecesse.

Ela era especialista em conseguir o melhor tratamento. Sabia quando tinha que rir com as gracinhas dos clientes para conseguir o que queria. Tinha que ter tato, de modo que, ao acabar de almoçar e ver que Niall ia sair com Set e Doug, ela o deteve.

— Podemos conversar um segundo?

— Não tenho tempo, linda — respondeu ele, passando por ela.

— Niall — insistiu Victoria, pegando-o pelo braço. Isso sim fez com que se detivesse. — Preciso falar com você.

— Niall? — repetiu ele, com estranheza.

Era a primeira vez que ela o chamava pelo nome, e ele gostou de ouvi-lo da boca de Victoria. Contudo, sua própria reação o surpreendeu:

— Parece que me promoveu. Não sou mais o palhaço ou o neandertal. Eu poderia continuar, mas prefiro não, porque estou ficando com vontade de enfiá-la na van e deixá-la onde a encontrei.

Ouvir tudo isso, e especialmente enquanto todos observavam, era bastante humilhante. Victoria o viu desabafar olhando-a nos olhos, e não gostou do que sentiu. Pela primeira vez na vida teve consciência de seu jeito de falar com os outros, e em especial da impotência que os fazia sentir.

— Niall, preciso falar de negócios com você.

— Lamento, princesinha — desculpou-se ele, mal-humorado, e andando. — Eu não falo de negócios. Você vai ter que esperar o conde.

— Tudo bem! — gritou Victoria, perdendo a paciência. — Quando seu chefe vai voltar?

— Não sei. — E voltou-se para olhar para ela. — Talvez em uma semana... duas ou três, no máximo. Ele é um homem responsável. Acho que não ficará muito tempo longe de seus deveres.

— Vou esperá-lo — disse ela, dando meia-volta. — Vou esperá-lo e conversar com ele.

— Acabaram de copular verbalmente? — murmurou Robert, passando ao lado deles.

Niall o olhou com estranheza, mas, ao dirigir o olhar para Victoria e vê-la sair furiosa de novo, sorriu outra vez.

Era masoquista? Não, achava que não. Mas a força que aquela mulher irradiava ao mesmo tempo o fascinava e o irritava tanto que estava começando a não saber o que queria de verdade.

A buzina da van chamou sua atenção. Robert estava se despedindo de Bárbara e entrando no veículo com os rapazes. Niall juntou-se rapidamente a eles. Tinham coisas para fazer.

Rous, que estava à porta, viu Victoria se aproximar.

— O que está olhando? — disse de maus modos.

— Nada — murmurou a moça, desaparecendo imediatamente de sua vista.

Com a veia do pescoço prestes a explodir, Victoria subiu os degraus de dois em dois. Encontrou Ona no andar superior.

— Que foi, minha filha? — perguntou a mulher ao vê-la alterada.

— Ona, não se aborreça pelo que vou lhe dizer, mas às vezes tenho vontade de pegar seu neto e afogá-lo.

— Eu entendo — concordou a mulher. — Às vezes, eu mesma me arrependo de não ter feito isso quando ele era bebê.

Ambas riram.

— Ona! — chamou Rous na cozinha.

— Sim, filha — respondeu a anciã na escada.

— O carteiro já veio?

— Não, ainda não. Mas acho que não vai demorar.

Ao ouvir isso, Victoria sorriu. O carteiro! Ela tinha que ficar alerta. Com um pouco de sorte, talvez aquele homem pudesse tirá-las dali.

Uma hora depois, enquanto conversava com Ona e Bárbara, sentadas na cozinha, chegou o carteiro. Victoria quase gritou de alegria ao vê-lo aparecer de carro: ele poderia tirá-la daquele mundo rural.

— Ona, acha que o carteiro poderia nos levar até a cidade mais próxima? — perguntou Victoria.

— Imagino que sim — respondeu a mulher. — Mas para que você quer ir à cidade?

— Preciso voltar para Edimburgo. Vou esperar o conde lá.

— Não podemos ficar mais alguns dias aqui? — protestou Bárbara.

— Não — bufou Victoria.

— Ah, que pena. — Ona parecia profundamente decepcionada. — Por que quer ir embora tão cedo?

— Porque ela é uma desmancha-prazeres e uma chata — disse Bárbara.

Com um olhar fulminante, Victoria mandou sua irmã se calar e mostrou-lhe o dedo do meio.

— Acho que vocês deviam esperar Niall voltar — disse a anciã.

— Ona, não me leve a mal, mas eu não preciso esperar ninguém — replicou Victoria com seu habitual ar de superioridade.

— Vamos, Vicky. Mais dois dias, mulher — gemeu Bárbara.

— Fique você. Eu preciso voltar para o hotel — explicou Victoria.

E, dirigindo-se à idosa, acrescentou:

— Ona, você se importaria de perguntar ao carteiro se pode me levar?

A mulher olhou-a e assentiu. Sabia que Niall não ia gostar, mas não podiam prender as moças ali contra a vontade delas. De modo que se levantou e saiu.

— Puta que pariu! — protestou Bárbara em espanhol. — Está tão bom aqui! Não entendo por que diabos temos que voltar para o hotel.

— Olhe para mim! — grunhiu Victoria. — Viu minha cara? Viu, não é? Desculpe, irmãzinha, mas não estou a fim de que o conde volte e me encontre assim. Além do mais, preciso de um banho quente de banheira e me afastar desse neandertal, antes que ele acabe com minha paciência e eu cometa um assassinato.

— Sabe de uma coisa, Vicky? — disse a irmã em tom musical. — Acho que você gosta do Niall...

— Ah, sim — assentiu Victoria, incrédula. — E o Pluto e o Pateta irão ao nosso casamento.

— Quem sabe, irmãzinha! Talvez você tenha encontrado seu homem ideal.

— Não vou falar sobre algo que não vale a pena — replicou Victoria, encerrando o assunto.

Ona se aproximava.

Não havia sequer passado um dia inteiro na casa, mas, quando se despediu de Tom e de Ona, Victoria sentiu seu coração se encolher. Haviam combinado que o carteiro levaria Bárbara e ela até a cidade de Dornie, onde pegariam um táxi para voltar a Edimburgo.

— Acho que Niall não vai gostar de ver, quando voltar, que não estão aqui — disse Tom.

— Sinceramente — disse Victoria depois de dar um beijo no ancião —, não me interessa do que seu neto goste ou deixe de gostar.

— Façam uma boa viagem, queridas — desejou Ona.

— Adeus — despediram-se as moças, indo em direção ao veículo do carteiro.

A anciã e seu marido se olharam e, quando concluíram que as garotas já estavam suficientemente longe, Tom disse:

— Essa espanhola, com essa força e essa personalidade, é a mulher ideal para Niall.

— Não comece com seus planos casamenteiros, velho rabugento — advertiu Ona.

Mas, a seguir, olhou-o e perguntou com um sorriso:

— E o que acha da outra para Robert?

— Ambas são maravilhosas! — asseverou ele, emocionado. — Dou graças a Deus por ter me dado vida para conhecê-las.

— Deus lhe deu vida para isso e para muito mais — disse Ona, beijando carinhosamente o marido.

Ao anoitecer, Niall e Robert voltaram cansados à casa de seus avós. Depois de uma dura tarde de trabalho, este havia conseguido convencer o primo a escutar a espanhola e depois deixar que o conde tomasse a decisão. Quanto antes resolvessem o problema, antes ela iria embora. Mas, ao chegar e descobrir que elas haviam partido, sua certeza se dissipou.

— Lamento, rapazes — desculpou-se Ona. — As moças queriam ir, e quem sou eu para retê-las aqui? Além do mais — acrescentou, apontando para Niall —, você lhe disse, de muito mau jeito, que se virasse.

— Poderia ter nos avisado — lamentou Robert, decepcionado.

Saber que Bárbara estava ali alegrara seu dia, embora tivesse atrapalhado sua noite anterior.

— Niall — disse Tom, pegando a mão de sua mulher —, se eu tivesse quarenta anos a menos e minha amada Fiona não existisse, garanto que essa espanhola não me escapava.

— Essa mulher é uma bruxa — afirmou Niall, de mau humor. — Uma tirana sem educação.

— Pois quem diria, filho! — exclamou Ona, olhando para o marido. — Para uma tirana sem educação, a ausência dela o está preocupando demais. De qualquer maneira, ela disse que ficaria em Edimburgo até que o conde voltasse. É só você ir falar com ela, meu querido.

— Sabe de uma coisa, Ona? — falou Niall, pegando as chaves da van. — O problema é que eu ainda não disse minha última palavra.

— Esse é meu garoto! — disse Tom, vendo-o sair.

Ao que parecia, ele estava certo: Niall gostava da espanhola.

8

Quando o taxista parou na porta do hotel, Victoria e Bárbara sorriram de alegria. Por fim haviam chegado!

Depois de pagar o taxista, entraram, tomaram um banho e dormiram felizes, curtindo o luxo e o conforto que o hotel lhes oferecia.

No dia seguinte, acordando mais de quatro da tarde, Victoria começou a fazer o balanço de tudo que havia perdido, enquanto tomavam umas cervejas.

— Preciso com urgência de um notebook e um celular.

— São quase cinco da tarde, Vicky. Acho que não vai conseguir.

— Para isso tenho uma secretária — disse ela, digitando o número de Susana.

A moça rapidamente tomou nota de tudo que sua chefe lhe pedia e garantiu que se encarregaria pessoalmente de que tudo chegasse à Escócia no dia seguinte.

— Que chiqueza! — debochou Bárbara.

— Preciso substituir o que perdi — insistiu Victoria depois de desligar e pegar seu copo de cerveja. — Ainda bem que costumo fazer backup de todos os meus documentos. E ainda bem que a cópia ficou aqui!

— Caramba, Vicky!

— Que foi?

— Hoje à noite tem jogo do Atlético de Madrid contra o Liverpool — recordou Bárbara.

— Que emoção — debochou.

— Não acredito! Você era a maior *colchonera*!

— Isso foi há muito tempo — retrucou Victoria com desinteresse.

— Pare com isso! — replicou a irmã.

E, levando as mãos à cabeça, gritou:

— Você não virou Real Madrid, não é?!

— Isso nunca! — respondeu Victoria ao ver a expressão de terror de Bárbara. — Minha vida pode ter mudado em muitos aspectos, mas papai me ensinou a adorar o Atlético, e isso é inamovível.

— Ufa! Menos mal. Por alguns segundos, temi o pior. O convencido do seu ex era Madrid, não?

— Sim, mas ele nunca soube que eu torcia para o Atlético.

— E o que você fazia? — perguntou Bárbara. — Sofria em silêncio, como quem tem hemorroidas?

— Mais ou menos — respondeu Victoria, gargalhando. — A propósito, foi uma pena que Torres tenha ido para o Liverpool.

— Nossa, que desgosto! Como puderam permitir?

— Poderoso cavalheiro...

— Pois eu tenho certeza de que Torres vai voltar. Acho que ele tem as cores do Atlético gravadas no coração — disse Bárbara, batendo no peito. — Seria demais vê-lo jogar com Agüero, Pernia, Forlán, Perea, Camacho... Nossa... Seria foda!

— Sabe de uma coisa, Bárbara? Eu nunca faria isso com papai — declarou Victoria depois de beber um gole de cerveja.

Seu pai havia sido o maior *colchonero* do mundo. O maior torcedor do Atlético de Madrid.

— Hoje vai jogar no Vicente Calderón. Com certeza ele estaria lá — comentou Bárbara, olhando para a irmã. — Ei, está a fim de assistir?

— Com certeza vão passar na tevê — asseverou Victoria, pegando o controle remoto.

Estava ainda com seu elegante pijama Moschino.

— Por que não vamos ao pub da outra noite? — sugeriu a irmã. — Com certeza lá vai ser mais divertido. Tem mais clima.

— Você quer ser linchada? O Liverpool é um time inglês, querida.

— Sim, mas estamos na Escócia, princesinha — replicou Bárbara.

— Sabe de uma coisa? Faz tempo que não curto um jogo direito — murmurou Victoria.

Durante os anos que havia sido noiva de Charly, nunca lhe havia ocorrido dizer que torcia para o Atlético. Era seu segredo; especialmente quando o time caíra para a segunda divisão.

— Pois já é hora, não acha? — incitou-a Bárbara. — Vamos nos divertir. E, por favor, seja uma torcedora como papai lhe ensinou. Esqueça classe, grife e categorias por algumas horas e curta o espetáculo.

Victoria sorriu. À merda com as convenções!

Ela torcia para o Atlético de Madrid e pretendia curtir aquele jogo. De modo que depois de vestir seu jeans Dolce & Gabbana, uma camiseta branca Moschino e a camisa que dias antes Niall lhe havia emprestado, ela e a irmã se dirigiram ao pub. Essa noite, o ambiente no Mclean era animado; mas, assim que entrou, Victoria já franziu o nariz, pois o local cheirava intensamente a cevada. Em um primeiro momento, sentiram-se meio intimidadas por estar cercadas por todos aqueles escoceses que assistiam ao jogo; mas, quando o Liverpool marcou, aos catorze minutos, e viram que a maioria dos presentes torcia pelo time espanhol, sentiram-se muito mais à vontade.

Respiraram aliviadas ao ver, com o coração apertado, o Liverpool errar um possível gol, e aceitaram umas canecas de Guinness que dois homens perto do balcão lhes ofereceram.

— Não estou gostando do ritmo do jogo — reclamou Bárbara.

— Caramba! — protestou Victoria, que estava começando a ficar meio alta depois de ter bebido três cervejas. — Por que não põem o Agüero? O que ele está fazendo ali sentado?

— Pobre Simão — suspirou Bárbara. — Pelo amor de Deus, não param de infernizá-lo!

Estavam à beira do infarto quando Forlán quase fez um gol, o que fez sorrir os homens que lhes haviam oferecido a cerveja e que as observavam no balcão.

— Árbitro filho da puta! — gritou Bárbara. — Como pode nos dar cartão amarelo?

— Seu jogador mereceu — respondeu um daqueles sujeitos, aproximando-se. — Mereceu, por chutar dentro da área.

— Feche a boca, amigo — disse Victoria, contrariada.

— Tudo bem, espanhola — concordou ele, levantando as mãos. — Tudo bem.

Segundos depois, ele e seu amigo se apresentaram. Eram Quentin Spike e Joseph Lindelt, dois executivos da General Motors que estavam na Escócia a negócios, mas moravam em Londres.

O primeiro tempo do jogo acabou em um a zero para o Liverpool. Victoria aproveitou para ir ao banheiro, pois estava com a bexiga quase explodindo. Depois de se olhar no espelho e ver que parecia uma selvagem, quase sem maquiagem, de jeans e com aquela camisa militar enorme, sorriu. *Se me vissem agora na agência, iam pirar!*, pensou.

Então, sem saber por que, lembrou-se de Niall. Ela teria gostado de ver sua cara nesse momento.

Maldito prepotente, pensou. Mas sentiu uma pequena pontada no coração ao recordar que não tornaria a vê-lo.

Quando voltou, Quentin se aproximou dela. Sentia-se atraído por aquela espanhola, e não queria perder a oportunidade.

Então, começou o segundo tempo do jogo.

— Homem! Graças a Deus! — aplaudiu Bárbara ao ver Agüero em campo. — Ainda bem que Aguirre acordou.

— Não há o que fazer — disse Joseph a Bárbara. — Como time, o Liverpool é superior.

Mas, antes que ela pudesse responder, os ingleses marcaram de novo.

— Viu? Não há o que fazer — disse ele, ganhando um olhar duro das duas irmãs.

Contudo, segundos depois o gol foi anulado, e o pub inteiro começou a pular de alegria.

— Tome, espertinho! — exclamou Bárbara, fazendo um gesto em direção a Joseph.

Então, os quatro caíram na risada. Não importava que não torcessem pelo mesmo time: a noite estava divertida, e Victoria estava curtindo o jogo como havia muito tempo não fazia.

— Aceitam outra caneca de Guinness? — perguntou Quentin.

— Sim — respondeu Victoria. — Na verdade, estou morrendo de sede.

— Eu vou com você — disse Joseph a seu amigo, dando uma piscadinha para Bárbara. — Assim, traremos quatro.

— Atraentes, esses ingleses — disse Bárbara, enquanto ela e a irmã os observavam se afastar em direção ao balcão. — E eu que pensava que eram insossos e descafeinados...

— Eles são agradáveis e corretos — afirmou Victoria, sem parar de ver o jogo. — Uma ótima companhia masculina.

Assim como elas, os dois estavam na Escócia a negócios. Via-se que eram cultos e educados. Quentin era alto, moreno, com uns olhos cor de avelã impressionantes, enquanto o amigo Joseph era mais baixo e tinha uns cílios de matar. Nenhum dos dois era especialmente bonito. Eram sujeitos comuns, mas com aquele toque de cavalheiro de que tanto as mulheres gostavam.

— Viu o sorriso de Quentin? — perguntou Victoria.

— Sim. Igualzinho ao de alguém que você e eu conhecemos.

— Nem ferrando! — retrucou Victoria, com a língua mais solta que o normal. — Não chega nem aos pés. Quentin é um cavalheiro.

— Ai, Vicky, Vicky... A mim, você não engana! — replicou Bárbara, sorrindo ao ver a irmã tentar disfarçar. — Eu não disse a quem se parecia, mas você entendeu. Em quem estava pensando, hein?

— Gooooolllllll! — gritou Victoria, e as duas começaram a gritar e pular, assim como os demais presentes.

Contudo, o gol também foi anulado momentos depois.

— Esse árbitro levou bola! — rosnou Victoria, sem acreditar.

— Caralho, caralho! — exclamou Bárbara, irritada.

Os ingleses voltaram com as cervejas.

— Lamento, garotas — murmurou Quentin ao ver a cara de decepção delas.

— Você! — disse Bárbara, apontando para Joseph, que riu. — Não se atreva a dizer nada ou juro que vou fazê-lo engolir a caneca.

Estavam se divertindo tanto com aqueles dois, e em especial com o jogo, que nem ela nem sua irmã haviam notado que dois pares de olhos contrariados as observavam fazia mais de vinte minutos.

Mais longe, Niall e Robert não podiam acreditar ao vê-las se divertir na companhia daqueles dois.

— Que curioso! — disse Victoria com a voz meio arrastada. — Isto é um trevo?

— Na Escócia, é costume desenhar um trevo na espuma da Guinness — sussurrou Quentin perto do ouvido dela. — Em minha família, dizem que quem surpreende uma mulher com um trevo será abençoado com uma linda noite de paixão.

Ao sentir o hálito de Quentin tão perto, Victoria se encolheu. Estava havia meses em abstinência, sem fazer sexo com ninguém. Com exceção dos beijos de Niall. E como beijava, aquele homem...

Julgando que a expressão dela confirmava sua noite de paixão, Quentin pegou Victoria pela cintura e lhe deu um beijo seco no pescoço que a fez estremecer. Mas não exatamente de prazer.

Bárbara olhou para a irmã, incrédula. Estava bêbada, e era evidente que, se ela passasse a noite com aquele sujeito, no dia seguinte se arrependeria. Portanto, não estava disposta a permitir que isso acontecesse, de modo que, disfarçadamente, gritou, olhando de novo para a tevê para desviar sua atenção.

— Mas que diabos está acontecendo hoje com esses aí? Só perdem bola e estragam jogadas.

— Hoje não é o dia de vocês, espanhola. Deem graças a Deus por Torres estar machucado, senão teríamos metido uns cinco gols — debochou Joseph.

Bárbara notava o modo como o inglês olhava para ela e supôs que, assim como seu amigo, também devia estar querendo algo mais.

— Dê um tempo, descafeinado! — replicou ela, fazendo-o rir. — Vai ver do que o Atlético é capaz. Além do mais, vou lhe dizer uma coisa: se meu Torres está no banco é porque está com o coração machucado. E sabe por quê?

— Não. Diga — disse o sujeito, aproximando-se de Bárbara.

Ela não se afastou. Sabia que aquilo podia acabar em uma noite de sexo, algo divertido e sem complicações.

— Em Madrid, temos um provérbio que diz mais ou menos assim: "De Madrid para o céu, primeiro quem for Atlético". Não esqueça!

— Não vou esquecer — murmurou Joseph, quase lendo o pensamento dela.

A distância, Niall e Robert continuavam de olho nas espanholas, e cada vez mais contrariados diante das demonstrações de intimidade entre elas e os dois sujeitos que as acompanhavam.

— Vamos, Forlán, vamos! — gritou Victoria, de queixo caído vendo o jogador disputar uma bola alta.

E então chegou o momento mais ansiado da noite.

— GOOOOOLLLLL! — exclamaram Bárbara, Victoria e os demais quando Simão bateu Reina em um chute cruzado.

Exultantes de alegria, começaram a pular. O Atlético havia empatado. As pessoas se abraçavam e se felicitavam, e nesse momento Quentin aproveitou para pegar Victoria e beijá-la. No entanto, mal havia tocado os lábios dela quando um puxão os separou.

Que nojo de beijo, pensou ela, tonta, caindo nos braços de outro torcedor. Mas não se passaram nem três segundos e sentiu que os braços que a seguravam não a deixavam respirar. Pestanejando e percebendo a quem pertenciam, ela não sabia o que dizer. Ali estava o palhaço, olhando para ela de novo com seu ar insolente. Niall estava morrendo de ciúme. Passara grande parte da noite observando a alegria exuberante de Victoria e seus flertes com o inglês, e, quando o vira beijando-a, sentira vontade de estrangulá-lo.

Agora que ela estava desconcertada em seus braços, ele capturou sua boca e a devorou sem piedade; até que Victoria conseguiu se soltar e lhe deu um empurrão.

— Solte-me, seu bruto, está me sufocando. O que está fazendo aqui?

— Tenho que falar com você — bufou ele, contrariado. — E você? O que está fazendo deixando esse imbecil pôr as mãos em você?

— Eu não lhe devo satisfações — replicou Victoria, muito digna.

— Você é insuportável! — murmurou Niall.

E sem poder conter seu impulso, tornou a beijá-la. Até que Victoria o afastou de novo. Essa espanhola o estava deixando louco.

— Não torne a me beijar — ordenou ela.

Mas sem muita convicção, pois, na realidade, queria mais. Onde diabos Bárbara havia se metido?

Logo a viu. Alguns passos mais atrás, sua irmãzinha estava beijando Robert como uma possessa. Ele, entregue à paixão, pegou-a no colo e seguiu em direção à saída.

— Quem são esses sujeitos? — perguntou Niall, sério.

Quentin e Joseph os observavam atônitos, mas não se aproximaram. E Niall agradeceu, pois já era suficiente ter que brigar com Victoria.

— Uns amigos — respondeu ela, pensando que a irmã e Robert iam se asfixiar.

— Então, despeça-se de seus amigos — rugiu ele. — Vamos embora!

— Você é idiota ou o quê? — retrucou Victoria, tentando se safar da garra que a segurava. — Solte-me! Eu não vou a lugar nenhum com você

— Ouça — disse ele, puxando-a para si —, você vai sair daqui comigo.

— De jeito nenhum.

Niall olhou para ela, desafiador. Victoria não estava caindo de bêbada, mas seus olhos, suas faces e suas palavras revelavam que havia bebido um pouco demais.

— Estou vendo o jogo de futebol com minha irmã e meus amigos — disse ela, desafiadora. — Portanto, solte-me, palhaço!

— O jogo acabou, e eu não vou sair daqui sem você.

Ao ouvi-lo dizer isso, Victoria estremeceu de cima a baixo. Não sabia por que, mas a voz e a presença daquele homem a faziam perder o controle de sua própria vontade. O toque, o olhar dele a excitavam, estimulavam-na até limites tão insuspeitados que ela estava começando a se assustar. Era tal a luxúria que Niall provocava nela que se ele não houvesse aberto a boca de novo para falar, ela teria pulado em seu pescoço para beijá-lo.

— Ou você sai daqui com seus próprios pés — ameaçou ele com voz rouca —, ou eu a tiro do jeito que você já sabe.

Isso a despertou subitamente de seu sonho.

Adeus, luxúria!

Olá, raiva!

Provocações como aquela a faziam reagir. Victoria não permitia que ninguém falasse desse jeito com ela, e menos ainda aquele sujeito, que já a havia humilhado em várias ocasiões. Nem pensar!

— Tudo bem, princesinha — disse Niall com um sorriso triunfal.

E antes que ela pudesse fazer qualquer coisa, jogou-a por cima do ombro, o que provocou uma nova rodada de aplausos no pub. Isso estava se tornando um ritual já. Horrorizada, Victoria fechou os olhos e não os abriu até que o ar fresco da noite batesse em seu rosto.

— Metido estúpido! — gritou ela, tropeçando quando ele a deixou no chão.

Nesse momento, Victoria se deu conta de quanto havia bebido. Tudo ao seu redor girava.

— Você está bem? — perguntou ele, segurando-a.

Mas ela se soltou com um movimento brusco.

— Estarei bem no dia em que você desaparecer.

Depois de um silêncio constrangedor, Niall cravou o olhar em Victoria, enquanto ela, de boca aberta, observava a irmã e Robert se beijarem na esquina da rua.

— Eu pensei sobre o que você comentou ontem — disse ele, então.

— Pensou? É mesmo? Mas você pensa? — debochou ela.

Mas logo se rendeu e perguntou:

— Tudo bem. O que você pensou?

— Sobre o negócio que você quer propor ao conde.

Ao ouvir isso, Victoria olhou para Niall. Uma luzinha no fim do túnel!

Sim, era justamente isso que ela precisava ouvir, e imediatamente sua mente começou a traçar estratégias. Contudo, havia bebido canecas de Guinness demais, e isso tornava difícil a tarefa.

— Amanhã vou falar com ele — prosseguiu Niall, sem afastar os olhos dela. — Talvez eu consiga saber quanto tempo ele vai ficar fora. Diga-me o que você quer e eu direi a ele.

— Você faria isso por mim? — perguntou ela, surpresa.

— Não faço por você — esclareceu Niall. — Eu simplesmente cuido dos interesses de meu chefe; os interesses do conde.

9

Depois de passar uma noite horrível, com tudo girando, e uma manhã vomitando, às cinco da tarde Victoria desceu ao café do hotel, onde havia marcado com Niall.

— Está dizendo que ele só voltará daqui a três ou quatro semanas? — exclamou Victoria, contrariada ao ouvir as notícias do escocês.

— Se começar a gritar, eu me levanto e vou embora — advertiu ele.

— Tudo bem, tudo bem...

Victoria tentou se acalmar. Schirtufedo, presidente da TAG Veluer, havia lhe dado quase dois meses de prazo. Ainda tinha tempo.

— Este é o contrato?

Niall havia pegado os documentos que descansavam em cima da mesa.

Ela assentiu.

— Preciso desse contrato para rodar um anúncio publicitário.

— Pois eu acho que não vai ser nada fácil — disse ele, revisando as cláusulas.

— Por quê? — perguntou Bárbara, que até esse momento havia permanecido taciturna, sentada ao lado de Robert.

— Vou ser sincero com você — respondeu Niall, deixando o contrato em cima da mesa. — Da última vez que houve filmagens no castelo, aconteceram algumas coisas.

— Coisas? — replicou Victoria. — Que tipo de coisas?

— Houve vários danos ao edifício e a produtora não quis se responsabilizar — disse Robert.

— Isso não é problema. Podemos incluir uma cláusula que garanta o reparo de danos ocorridos durante as filmagens — insistiu ela, anotando isso em um papel.

— Eu vou tentar — declarou Niall, sem muito entusiasmo. — Mas repito que não vai ser fácil. O conde acha que quem trabalha com publicidade e cinema não valoriza as coisas genuínas da vida. Ele acha que vocês usam como se fosse descartável aquilo que as pessoas respeitam e cuidam durante a vida inteira, sem perceber o trabalho, o esforço e o empenho que há por trás. Ele está empenhado em fazer que o castelo de Eilean Donan perdure no tempo. Meu chefe está convencido de que vocês são pessoas superficiais e sem escrúpulos que, para conseguir o que querem, são capazes de vender a alma ao diabo.

— Eu prefiro não dar minha opinião — disse Victoria, ciente da verdade contida naquelas palavras.

— Entendo que não queira opinar — prosseguiu Niall. — Seu trabalho é mexer com a cabeça das pessoas por meio de anúncios consumistas e sexistas, tão falsos quanto a vida que vocês mesmos levam.

— Você está indo longe demais... — cantarolou Bárbara ao ver a expressão da irmã.

— Sejamos sinceros, princesinha — disse Niall, cravando o olhar em Victoria. — Você quer algo que o conde tem, certo?

— Sim — disse ela, sentindo-se acalorada de súbito ao notar os olhos dele fixos nela.

— Então, precisa ser esperta e lhe provar que sabe valorizar o que ele tem e adora. Desse modo, ele poderá valorizar seu empenho e seu trabalho.

Victoria ficou tensa. O que exatamente ele estava propondo? Porque ela não pretendia rastejar para conseguir esse contrato... Ou pretendia?

— Sabe a diferença que existe entre vocês e nós? — interveio Robert.

— Não. Qual é? — desafiou-o Victoria.

— Um momento — intercedeu Bárbara. — Está se referindo ao fato de que nós vivemos na cidade e vocês no campo?

— Mais ou menos — respondeu Niall.

Enquanto isso, divertido, ele observava o jeito como Victoria afastava o cabelo do rosto. Ela estava linda, e queria beijar de novo aqueles lábios tentadores, com a mesma paixão com que os havia beijado na noite anterior.

— A diferença está na formalidade... — respondeu Robert.

— E na humildade e na capacidade de adaptação a qualquer meio — concluiu seu primo.

Bárbara e Victoria se entreolharam.

— Que diabos esses neandertais estão dizendo? — perguntou Bárbara a Victoria em espanhol, reprimindo um desejo de jogar o copo na cabeça deles.

— Nada que preste — retrucou Victoria.

Ela estava ficando com vontade de sair correndo. Contudo, precisava do contrato. Havia prometido a seus clientes e chefes que o conseguiria.

— Sem trapaça, garotas — censurou-as Niall ao ouvi-las falar em espanhol.

— Por acaso você acha que eu não poderia fazer o que você faz? — disse Bárbara, olhando para Robert.

Ele andava esquivo. Ao vê-la de manhã, em vez de recebê-la com um daqueles beijos tórridos da noite anterior, havia se limitado a acenar para ela.

— É claro que não — disse ele, soltando a imaginação.

— Estão tentando me dizer que vocês dois são capazes de fazer o que eu faço, mas que eu não sou capaz de fazer o que vocês fazem? — perguntou Victoria. — Que estupidez!

— Estou provando isso agora mesmo — disse Niall. — Acho que meu comportamento não é diferente do de qualquer outra pessoa que esteja neste instante tranquilamente sentada no hotel.

— Vocês acham que poderiam se comportar igual em nosso meio? No campo?

— Vocês são patéticos — grunhiu Victoria.

— Digo o mesmo — disse Bárbara, gesticulando.

— Sabe de uma coisa, princesinha? — prosseguiu Niall. — Levei vários anos de trabalho para chegar ao lugar que ocupo agora ao lado do conde. Como você pode imaginar, estou acostumado a tratar com personalidades mais importantes que você.

— Não me faça rir — debochou Victoria.

— Apesar de ser uma alta executiva, um tubarão agressivo no mundo publicitário, você seria capaz de ordenhar vacas, cuidar do gado, tocar uma fazenda com as próprias mãos ou valorizar um sorriso? Você, princesinha, seria capaz disso? — disse Niall, sem deixar de olhar para ela.

Não. Acho que não, pensou ela, horrorizada.

— É claro que sim — respondeu Bárbara, dando uma cotovelada na irmã.

— Também não deve ser tão difícil — corroborou Victoria, ciente de que estava mentindo. — Por outro lado, você acha que é fácil criar um slogan para que uma campanha seja líder de vendas? Ou ganhar um prêmio Adwords de publicidade?

— Permita-me que eu ria — debochou Robert.

— Quanto a isso que vocês disseram — interveio Bárbara —, imagino que fazer qualquer coisa dessas é como tudo: a pessoa aprende e pronto.

— Isso mesmo. Sua irmã acabou de achar a solução para que o conde valorize seu trabalho — disse Robert, dirigindo-se a Victoria.

— O que quer dizer? — perguntou ela, meio confusa.

— Prove ao conde que, além de ser uma eficiente publicitária, você é capaz de fazer o que ele tanto aprecia — disse Niall. — Prove que ele pode confiar em você e assinar esse contrato.

Victoria não sabia se ria ou se chorava. Depois de anos trabalhando em publicidade, havia se virado de muitas maneiras diferentes para conseguir fechar contratos. Como a vez da qual precisara contratar o Circuito de Jarama para um anúncio e o promotor insistira que ela tinha que dar uma volta com ele naquela pista na potente Ferrari dele. E ela dera, apesar de ter passado uma semana inteira depois sem querer entrar em nenhum outro carro.

Se Victoria havia conseguido sobreviver àquilo, poderia sobreviver agora também. Com a diferença de que desta vez seriam várias semanas. Mas melhor isso que voltar à Espanha e aparecer diante dos associados com as mãos vazias.

— O que me diz, princesinha? — perguntou Niall ao vê-la tão pensativa.

— Duas coisas que espero que escute bem — respondeu ela, recostando-se em sua cadeira. — Primeiro: nunca mais me beije nem me chame de princesinha. Eu odeio! E segundo: aceito o desafio.

— Que Deus nos proteja! — murmurou Bárbara, fazendo Robert rir.

— Quanto a sua primeira exigência — disse Niall, curtindo do desafio —, lamento, princesinha, mas você não está em condições de exigir nada. Mas, tendo em conta que você não é a mulher dos meus sonhos, e sim dos meus pesadelos, pode ficar tranquila, porque tenho verdadeiras preciosidades loucas para me beijar sem que eu peça. Quanto à segunda questão, quero que saiba que você é corajosa, e isso me agrada.

— Não pretendo agradá-lo, espertinho — replicou Victoria, ciente do que havia aceitado e furiosa pelo que havia ouvido. — Pretendo agradar ao conde.

Naquela noite, Bárbara recebeu um convite de Robert para jantar.

Enquanto ela pulava de alegria, sua irmã tentava disfarçar a decepção. De certo modo, gostava de Niall, embora resistisse, pois tinha certeza de que ele a irritaria de novo uma vez que chegassem à fazenda.

Quando Bárbara saiu e Victoria ficou sozinha no quarto, pôs uma música no aparelho prateado que havia na suíte e ligou para o serviço de quarto para pedir uma salada e uma água sem gás. No entanto, ligou de novo depois de alguns segundos e trocou a água sem gás por uma cerveja. Estava precisando.

Passados quinze minutos, bateram na porta. Era o jantar. Como não estava com muita fome, ela pegou a cerveja e um cigarro e decidiu tomar um banho. Isso a faria relaxar.

Contudo, não relaxou. Ela só conseguia pensar em Niall, em seus olhos e em seu sorriso impertinente.

Saiu do banheiro com o roupão do hotel, abriu a tampa da salada e, para sua surpresa, viu um prato de bife com batatas.

Será que Niall estava por trás desse erro?

Pegou o fone com uma das mãos, enquanto com a outra segurava uma batata frita, e ligou para a recepção para informar o erro.

Quando desligou, olhou-se no espelho. Seu cabelo não estava ruim, e ela ficava sexy de roupão. Dois minutos depois, bateram na porta, e ela sorriu. Ali estava ele.

Victoria abriu a porta com um sorriso sedutor e ficou petrificada ao ver um garçom, que lhe pediu desculpas e trocou o prato. Quando fechou de novo a porta, não sabia o que a havia incomodado mais: se o fato de Niall não ter provocado o erro ou seu desejo absurdo de vê-lo.

Nesse momento, tocou o telefone do quarto.

— Alô?

— Olá, meu bichinho de pelúcia.

Ao ouvir isso, a batata que ela tinha na mão, e que ainda não havia levado à boca, caiu no carpete. Era Charly, seu ex, aquele homem que ela havia relegado a um cantinho de sua mente e que ainda doía recordar.

Recompondo-se com rapidez, respondeu:

— Eu já lhe disse mil vezes que não me chame mais assim. E que me esqueça.

— Eu sei — disse ele com voz tranquila. — Mas sinto sua falta.

— Mas eu não sinto a sua — retrucou Victoria, pegando um cigarro.

Falar com Charly a deixava uma pilha de nervos.

— Quando você vai voltar?

— Não sei. Mas, mesmo que soubesse, não lhe diria. — Sentou-se e acendeu o cigarro. — Mas tanto faz, não é? Já que sua vadia particular o mantém informado.

— Victoria, meu amor — sussurrou Charly. — Nunca mais estive com Beth. Você tem que acreditar. O que aconteceu no hotel foi algo que...

— Chega! — gritou ela, mal-humorada. — Já chega! Não quero mais ouvir suas explicações patéticas. Quando vai aceitar que acabou, que não quero mais saber de você?

— Eu te amo, bichinho de pelúcia — murmurou ele.

Ela ficou magoada. Em todos os anos que estiveram juntos, Victoria podia contar nos dedos de uma das mãos as vezes que Charly lhe havia dito que a amava.

— Não posso evitar, sinto sua falta, preciso de você...

— Não quero ouvir. Adeus.

Quando desligou, seus olhos se encheram de lágrimas. Por que ele não a deixava em paz? Será que não percebia como a machucava?

E então, o telefone tocou de novo. E Victoria gritou, furiosa, ao pegar o aparelho:

— Sabe de uma coisa, Charly? Não quero ouvi-lo. Não quero ouvi-lo. Só quero que me esqueça. Você é um imbecil. Deixe-me em paz! Esqueça que eu existo e que...

— Eeeeiii, Vicky. Vá com calma! — exclamou uma voz do outro lado da linha. — Sou eu, Víctor. Que foi, querida?

— Olá, Víctor.

Com as lágrimas ainda escorrendo por suas faces, ela suspirou, aliviada. Uma voz amiga.

— Pelo que vejo, o cretino do seu ex continua enchendo seu saco.

Victoria não conseguiu responder. Por que estava chorando? Aquilo já estava superado. Já não pensava nele. Mas quando achava estar forte, Charly atacava, e seu lado sentimental a deixava arrasada.

— Vamos, Vicky. Odeio encontrá-la assim e não poder fazer nada — reclamou Víctor, sentindo-se inútil tão longe. — Vamos, querida, respire. Inspire, expire... Inspire... Comigo você pode chorar, gritar e xingar. Sabe disso, não é?

— Sim — sussurrou Victoria, enxugando as lágrimas.

— Agora, seja boazinha e diga a Víctor o que ele fez para você chorar como uma Madalena arrependida, sendo que você é a mulher mais forte que já conheci na vida.

— Você sabe.

— Victoria Villacieros Zúñiga — insistiu ele —, você sabe que não nado na abundância, mas não vou desligar o telefone até saber o que você tem. Agora há pouco falei com Marga e ela me contou uma história rocambolesca sobre vacas, perda de celulares etc.

— É verdade — murmurou Victoria.

Sentia de novo vontade de chorar.

— Tudo que mamãe lhe contou é verdade. Mas amanhã, logo cedo, vão chegar dois celulares e um notebook. A propósito, os números serão os mesmos, diga a ela.

— Estou esperando... — cantarolou ele.

Victoria lhe relatou, então, tintim por tintim, tudo que havia acontecido desde sua chegada à Escócia. Falou de Niall e de Robert, e de sua relação peculiar com eles. E sentiu-se tentada a desligar o telefone ao ouvir as gargalhadas de Víctor enquanto falava das vacas que comeram a capota ou do pijama de tomates-cereja e da calcinha de cintura alta.

— Pelo amor de Deus, Vicky! — exclamou ele, enxugando as lágrimas de tanto rir. — Isso é a coisa mais divertida que você já me contou. E amanhã vocês vão para a fazenda até que o conde chegue?

— Não tenho outra saída. Niall disse que se eu quiser que o conde confie em mim, é a única coisa que posso fazer.

— Bárbara está jantando com Robert agora?

— Sim. Ficará furiosa quando souber que você ligou e não falou com ela. Bárbara queria lhe contar um monte de coisas.

— Eu imagino — comentou Víctor, sorridente. — Ouça, por curiosidade, como é esse neandertal, Niall? É bonito?

— Nhée... — respondeu ela. — Nada do outro mundo.

— Pelo amor de Deus, Vicky! Daqui dá para ver seu nariz crescendo!

Victoria sorriu e tocou a ponta do nariz. Assim como Bárbara, Víctor a conhecia bem, de modo que decidiu se abrir com ele.

— O que eu vou lhe contar é *top secret*, e, se alguém disser que saiu de minha boca, vou negar até a morte, entendeu?

— Juro pelo Menino Jesus!

— Pois bem, Niall é o típico homem no qual eu jamais teria reparado. É alto, corpulento e meio rude às vezes. Deve ter uns quarenta anos e é o braço-direito do conde. Acho que ele gosta de trabalhar no campo, e é muito ligado à família. É fortão, embora não tenha cara de quem vai à academia. Seu cabelo é curto e castanho, com uns fiozinhos brancos que lhe dão personalidade.

— Meu Deus, Vicky, parece interessante!

— Seus olhos são de um verde tão intenso que às vezes parecem me transpassar. — Ela sorriu ao recordá-lo. — Tem uns lábios carnudos e macios, e um sorriso bonito e sedutor. A todo esse coquetel de testosterona exuberante acrescente que é arrogante, prepotente, mandão, exigente, metido e machão, que se vangloria de ter uma enorme lista de mulheres desejando seus beijos e sua atenção.

— Caralho, que delícia!

Quando acabou de descrever Niall, Victoria se deu conta de que ele era o oposto de Charly, um menino mimado que havia crescido entre algodões e cuja mamãe sempre lhe dera tudo mastigado. Ele jamais havia se preocupado com ninguém exceto ele mesmo. Não se incomodava em absoluto de gastar dois mil euros em uma camisa de grife, mas, na hora de colaborar com qualquer causa beneficente, dava duas mil razões para não o fazer. Gostava de bons vinhos, restaurantes caros, design, luxo, carros de alta categoria e férias em ilhas paradisíacas. Definitivamente, Charly e Niall não tinham nada a ver um com o outro.

— Agora entendo suas lágrimas — confessou Víctor. — Você se deu conta de que o que achava que era o homem perfeito durante todos esses anos não chega nem à sola dos sapatos desse neandertal, não é? Por isso estava chorando.

— Pare com isso... Está louco? — disse Victoria.

— Caralho, Vicky. Que pena que ele não é gay! Eu adoraria explorar esses lábios carnudos e esse corpo musculoso graças ao trabalho na fazenda. A propósito, o neandertal da Bárbara é igual?

— Mais ou menos — respondeu ela.

— Você me convenceu. Amanhã mesmo pego o primeiro voo para a Escócia. Com certeza encontro algo igual, mas na versão gay.

Victoria riu e logo mudou de assunto:

— Como está mamãe? Antes, quando falei com ela, parecia estar com pressa.

— Bem — titubeou Víctor. — Nossa Diane Lane particular está bem. Eu diria que maravilhosamente bem.

— O-oh... Conte-me tudo agora mesmo, senão quem vai pegar o primeiro avião de volta a Madrid sou eu. O que está acontecendo?

— Como você é exagerada, Vicky. Está bem. Acho que ela está saindo com alguém. Mas nada sério, não se preocupe.

— Como? Mamãe está saindo com alguém?

— Acho que sim — assentiu ele. — Mas dê-me alguns dias para confirmar. Óscar e eu a estamos seguindo de perto.

— Quero ficar a par de tudo, Víctor — advertiu Victoria, muito séria. — Por favor, vigie-a, porque ela está muito sozinha, e não quero que fique com nenhum sem-vergonha do bairro.

Víctor teve que fazer um esforço para não gargalhar. Marga tinha um gosto excelente, e isso suas filhas não iam negar quando soubessem quem era seu namorado.

— Fique tranquila, Vicky. Óscar e eu cuidamos muito bem dela. A propósito, diga a Bárbara que Óscar está com saudade. E eu estou com saudade de vocês duas.

— Tudo bem, seu bobo. Nós estamos com muita saudade de você. Um beijo, e até logo.

Depois de desligar o telefone, ela tirou o roupão do hotel, pôs seu pijama de seda Armani e se sentou em frente à salada. Contudo, não estava mais com fome, de modo que, cansada, deitou-se na enorme cama *queen size* pensando nas torturas que o novo dia lhe reservaria.

10

No dia seguinte, pela manhã, Victoria contou à irmã sua conversa com Víctor. Horas depois, ainda lembrava a cara de Bárbara quando lhe contara o que o amigo havia insinuado sobre sua mãe. Mas não lhe disse nada acerca da ligação de Charly. Não queria falar sobre isso.

O celular e o notebook haviam chegado da Espanha por entrega expressa. Estava informatizada de novo e sentia-se melhor.

Quando Robert e Niall estacionaram em frente ao hotel para pegá-las e levá-las à casa de Ona, por alguns instantes Victoria quase fugiu. O que ela ia fazer em uma fazenda? Mas, no fim, suspirando e pensando no contrato, dirigiu-se à van com passo seguro, puxando sua mala Versace.

— Bom dia — cumprimentou Niall, taciturno.

— Bom dia — respondeu ela.

Bárbara estava ocupada mexendo a língua dentro da boca de Robert.

Uma vez na estrada, ele e sua irmã encarregaram-se de encher a van com suas risadas e conversas para descontrair.

— Sabe, Vicky? Ontem à noite encontramos Niall e uma das suas amigas em um pub — comentou Bárbara.

Victoria ficou tensa de repente, mas evitou que alguém percebesse. Precisava recordar os motivos pelos quais estava ali, e pronto. O resto não importava.

— Que bom — respondeu.

E viu Niall olhar para ela pelo espelho retrovisor.

— Por que foram embora tão cedo? Sua amiga parecia estar se divertindo — inquiriu Bárbara.

— Tínhamos coisas para fazer — disse Niall, contrariado.

— Não duvido — prosseguiu ela. — Lavinia estava louca para ir para a cama com você. Vicky, você ia ficar maluca. A mulher parecia um polvo.

— Parece que o dia hoje vai ser lindo — disse Robert, tentando mudar de assunto.

— Era uma comissária italiana, não é? — insistiu Bárbara.

— Sim.

Que pentelha essa mulher, pensou Niall. *Igualzinha à irmã.*

— Devia ser uma dessas preciosidades que fazem fila para beijá-lo, não é? — provocou Victoria, contrariada.

— Não tenha dúvida — respondeu ele, sisudo.

Na noite anterior, Niall havia ficado com Lavinia, uma comissária italiana que ligava para ele sempre que estava na Escócia. Ele já estava farto de pensar constantemente em Victoria. Contudo, fora pior a emenda que o soneto. Depois do jantar, encontraram-se com Robert e Bárbara em um pub, e Niall percebera como ela o observava. Não lhe perguntara, mas sabia o que ela estava pensando só de olhar.

Lavinia estava especialmente carinhosa essa noite, mal o deixava respirar. Contrariado, Niall se despedira de Robert e de Bárbara, e ele e a italiana foram para o hotel dela. Então, depois de inventar um imprevisto, Niall saíra em disparada para o Glasshouse. Lá, comprovara que a chave de Victoria não estava na recepção e decidira ir dormir. Precisava descansar.

O resto do caminho até a fazenda transcorreu sem que ninguém fizesse nenhum outro comentário mordaz. Assim que chegaram, os latidos de Stoirm e os aplausos de Ona, Rous e outros trabalhadores encheram o ar.

Santo Deus, meu pesadelo começou, pensou Victoria.

Todos se mostraram felizes por receber as duas espanholas, em especial Tom, que as abraçou com carinho.

Niall levou as malas até o quarto delas; ficariam no mesmo que dias antes. Quando ia sair, deu de cara com Victoria na porta. Fechou-a, apoiou-se nela e ficou olhando para a moça.

— O que está fazendo? — inquiriu ela, deixando o notebook em cima da cama.

— Queria um instante a sós com você.

— Que emoção.

— Só queria lhe dizer que acho que tem muita coragem para fazer o que vai fazer, e que não esqueça que estou aqui para qualquer coisa de que precisar.

— Algo mais?

Insolente, pensou ele.

— Vai ter que trocar de roupa. Com esse salto alto não vai poder andar pela fazenda — disse ele, olhando para os sapatos vermelhos sexy dela.

— Isso é problema meu, não seu, não acha?

— Que foi? — perguntou Niall, dando um passo na direção dela.

— Não foi nada.

— Mentirosa — Niall continuou se aproximando. — Hoje eu não disse nada para que você fique com essa cara de brava comigo. Em nenhum momento me dirigi a você por qualquer nome que não seja o seu. Inclusive, quando foi grossa em referência a minhas amizades, tentei não discutir. Devo pensar que está com ciúme?

— De você? — debochou Victoria. — Antes teria ciúme de uma vaca.

Niall não pôde evitar sorrir. Ela era tão diferente do tipo de mulher que conhecia... Isso era o que o atraía tanto.

— Ouça, neandertal: não estou nem aí para com quem você dorme ou sai. Por que eu teria ciúme? — exclamou ela, levantando os braços ao ver o sorriso Colgate dele.

No entanto, antes que os pudesse abaixar, Niall já estava possuindo sua boca como só ele sabia, e como ela gostava. Sem perceber, baixou as mãos e as pousou com suavidade naquele cabelo sedoso e rebelde que tantas vezes desejara acariciar.

— Ouça, princesinha — sussurrou ele, puxando-lhe a cabeça para trás para olhar em seus olhos. — Fico feliz por não estar com ciúme, porque entre você e eu nunca haverá mais que isto.

— Eu já lhe disse mil vezes para não me beijar — censurou-o Victoria, sem muita convicção. — Por que insiste em fazer isso?

— Hhhmm... Você é irresistível quando fica brava — murmurou Niall, passando a ponta de sua língua quente no pescoço dela. — Adoro ver essa veinha pulsar com fúria.

— Solte-me agora mesmo — murmurou ela, fechando os olhos.

Esse homem a matava.

— Só mais um beijo, linda. Só mais um — implorou ele.

E, pousando os lábios nos dela com delicadeza, curtiram um beijo lento e sedutor, cheio de desejo e altas doses de paixão.

— Ã-ham...

De repente, ouviram alguém limpar a garganta atrás deles, e interromperam precipitadamente o abraço.

Diante deles estavam Ona, Robert, Bárbara, Rous e Tom, que entraram no quarto com sorrisos divertidos, mas não fizeram nenhum comentário a respeito. Niall olhou fugazmente para Victoria e aproveitou para sair do dormitório.

Nessa noite, Ona fez para o jantar uns filés de frango deliciosos acompanhados de verduras. Apesar de, inicialmente, Victoria se negar a comer mais de um filé, estava tão gostoso que no final acabou repetindo. Niall sorriu, encantado por vê-la comer com apetite.

Na manhã seguinte, logo cedo, Ona foi acordar as espanholas.

— Só mais um pouquinho... — resmungou Bárbara, cobrindo-se de novo.

A mulher sentiu dó das garotas. Não compreendia muito bem por que Robert e Niall as haviam levado de novo para a fazenda.

— Mas ainda é de noite... — protestou Victoria, bocejando.

— Vamos, vamos, preguiçosas — disse com carinho. — O trabalho na fazenda começa bem cedo.

A duras penas, Victoria se levantou e se dirigiu ao banheiro como um zumbi. Depois de meia hora, saiu com o creme passado no rosto, os dentes escovados e o cabelo perfeitamente arrumado. Sua irmã ainda continuava na cama.

Então, abriu o armário onde havia guardado sua bagagem na noite anterior e olhou sua roupa. Tinha dois jeans, um Dolce & Gabbana e outro Moschino; um terninho preto Chanel; duas camisetas de manga curta, uma Custo e outra Armani; duas de manga comprida Guru rosa e azul, e a jaqueta Carolina Herrera que havia comprado em Edimburgo, com uma estampa de "8" bege, além do casaco de couro preto Yves Saint Laurent.

Por fim, optou pelo jeans Moschino, a camiseta de manga curta azul Armani e a jaqueta Carolina Herrera. A seguir, olhou os sapatos: botinhas escuras Gucci; sapatos vermelhos Manolo Blahnik; e botas de camurça Versace. Decidiu-se pelas botas.

Fez um rabo de cavalo alto e pegou seus óculos de sol Prada. Quando ficou pronta, foi acordar a irmã, que, ao vê-la já vestida, pulou da cama, desculpando-se por sua preguiça.

Bárbara foi correndo lavar o rosto e, quando voltou para o quarto, olhou-a com estranheza.

— Aonde vai tão elegante?

— Essa é a única roupa esporte que tenho — disse Victoria, passando batom.

Nesse momento, abriu-se a porta. Era Rous, aquela garota desastrosa e masculinizada de sobrancelhas grossas e cabelo duro como arame.

— Que linda! Vai embora?

— Eu disse — debochou Bárbara ao passar pela irmã.

— Isso vai ser um desastre — gemeu Victoria, sentando-se na cama. — Ah, meu Deus! O que estou fazendo aqui? A quem estou tentando enganar?

— Você está muito bonita — consolou-a Rous, aproximando-se. — Mas, se não quiser estragar sua roupa, posso lhe emprestar alguma minha, mesmo que não seja tão bonita quanto a sua.

Prefiro morrer a ficar como você, pensou Victoria. Mas se absteve de dizer.

Ela nunca havia conhecido uma moça tão relaxada quanto Rous. Tinha olhos claros, mas aquelas sobrancelhas grossas, tipo escova de sapatos, eram um absoluto desastre. Seu cabelo era seco, quebradiço e mal cortado. As unhas, ou o que restava delas, pareciam de um caminhoneiro. E tudo isso sem contar seu desastroso jeito de se vestir.

— Não! Não quero deixá-la sem roupa — respondeu Victoria rapidamente. — Eu me viro com minhas coisas.

Quinze minutos depois, desceram para se juntar aos outros. Ona estava mexendo em um fogão a lenha, coisa que Victoria só havia visto em filmes antigos.

Sentados à mesa tomando o café da manhã estavam Tom, Niall, Robert, Set e Doug.

— Já era hora — reclamou Robert ao vê-las. — Vocês vieram para ajudar nas tarefas da fazenda, não para ficar duas horas passando creme na cara.

Bárbara olhou-o fixamente. Estava cansada e morrendo de sono, mal havia se arrumado, e aquele idiota a recebia desse jeito?

— Ouça, rapaz — replicou ela, apontando-lhe o dedo. — Só vou dizer uma vez. Tenha cuidado comigo de manhã, se não quiser ter problemas.

— Por são Fergus! — exclamou Tom.

Set e Doug caíram na gargalhada. As mulheres dali não falavam com tamanho desembaraço, de modo que Robert se levantou, irritado, e saiu sem dizer uma palavra.

— Isso, como os burros. Sai sem se despedir — comentou Bárbara, sarcástica, ao vê-lo sair.

— Aonde vai tão elegante? — perguntou Niall, olhando para Victoria.

Que a terra me engula!, pensou ela.

Era evidente que aquele bruto não ia facilitar sua estadia na fazenda. De modo que tinha duas opções: a) mandá-lo à merda, com o que começaria mal o dia; ou b) fingir-se de boba, com o que ganharia uma úlcera, mas com certeza ele a deixaria em paz. Escolheu a opção b.

— Estou esportiva. Não tenho outra coisa para vestir — disse.

E, pegando uma xícara de leite que Ona lhe ofereceu, perguntou:

— É desnatado ou semi?

A anciã a olhou com estranheza.

— É de vaca — respondeu.

— Vicky, pelo amor de Deus! — murmurou Bárbara em espanhol. — Pegue a maldita xícara e feche a boca.

Fazendo um dos seus sorrisos, Victoria fez o que a irmã lhe dizia e ouviu Ona murmurar enquanto voltava para o fogão:

— Essa roupa não voltará a ser o que era depois de um dia na fazenda.

Niall também a ouviu.

— Certamente Rous lhe emprestaria algo com prazer — propôs ele, tentando não sorrir.

— Não é necessário, vou tomar cuidado — replicou Victoria, olhando o leite com receio.

— Quem avisa amigo é, princesinha — murmurou Niall.

— Tome sua xícara de leite, moça — incitou Tom. — Isso lhe dará a energia necessária para enfrentar uma manada de lobos.

Victoria fechou os olhos e recordou algumas técnicas de tai chi. Precisava relaxar, ou seu gênio feroz irromperia na cozinha de uma hora para outra. Ao abrir de novo os olhos, olhou o relógio.

Eram cinco e meia da manhã. Que diabos fazia acordada a essa hora? Mas, tomando coragem, repetiu para si mesma: *três semanas, no máximo quatro, e contrato assinado*.

— Muito bem — disse Niall, levantando-se e olhando para as garotas. — Amanhã tentem ser pontuais. Já devíamos estar trabalhando, em vez de estar perdendo tempo aqui.

Ona meneou a cabeça ao ver as feições divertidas do marido. Ela não concordava com aquilo, mas pouco podia fazer. Os rapazes haviam decidido assim, e ela só tinha que se calar e observar.

— Vamos! — ordenou Niall, vestindo uma jaqueta marrom.

— Aonde vamos com esse frio? — reclamou Victoria.

— Ao campo. Temos que consertar o cercado dos cavalos e depois dar comida para as vacas — explicou Rous, enfiando um gorro de lã até as orelhas.

Ah, meu Deus, cavalos e vacas... vou morrer!, pensou Victoria, prestes a desmaiar. Contudo, absteve-se de dizer isso em voz alta, e saiu tiritando.

— Viu a pinta da moça para trabalhar no campo? — comentou Tom.

— Cale-se! Não quero falar sobre isso — protestou Ona.

— Ela vai congelar — augurou Tom, gargalhando ao vê-la fugir de Stoirm.

— Se acontecer alguma coisa com ela, vai ser culpa de vocês — sentenciou a mulher, irritada.

Saiu da cozinha e deixou o velho sozinho.

O dia estava feio. Fazia frio, estava chuviscando e ameaçava cair uma grande tempestade. Niall, que dirigia a van de uma maneira um tanto brusca, olhava as garotas pelo retrovisor. Em especial Victoria, que estava em absoluto silêncio e tinha a aparência de quem estava sendo levada ao patíbulo.

Quando o veículo parou, a jovem estava pálida como cera, quase desmaiando. E, apesar de todos perceberem, ninguém disse nada.

— Saiam da van — ordenou Robert, que não parecia estar de muito bom humor. — Não podemos perder mais tempo.

— Hoje você levantou com o pé esquerdo, não é? — replicou Bárbara, contrariada.

Contudo, Robert não respondeu; limitou-se a olhar para ela e ficar em silêncio.

Ao pôr um pé no chão, Victoria sentiu seus saltos afundando no barro; mas, sem dizer nada, seguiu Rous, que andava com naturalidade por aquele lugar.

— Ai, um bicho! Um bicho! — gritou Victoria.

— É só um besouro — tranquilizou-a Rous.

E o pegou para mostrá-lo a ela.

— Não! Não! Afaste isso de mim — gritou Victoria de novo, como uma louca.

— Pare de gritar! — Niall mal podia conter o riso.

— Relaxe, Vicky — intercedeu Bárbara. — Estamos no campo, e é normal que haja insetos.

— Princesinha, para seu próprio bem, é melhor se acostumar com eles; o campo está cheio. Tome. — Niall lhes entregou um par de luvas. — A cerca está meio quebrada, vocês têm que consertá-la. Ali vão encontrar o material e as ferramentas necessárias para esticar e prender os arames. Ponham as luvas e comecem trazendo aquelas estacas — disse ele, apontando para uma árvore. — Vou deixar os rapazes em seus postos e daqui a pouco voltarei para ver como estão indo.

— Vai nos deixar sozinhas... aqui? — perguntou Victoria, tiritando de frio.

Estava com pouca roupa, mas não havia jeito.

— Rous e Stoirm vão ficar com vocês — explicou ele, segurando o riso.

Aquela moça era patética, mas encantadora ao mesmo tempo.

E então, subiu na van e arrancou, deixando-a sem palavras.

— Aposto cem libras que em menos de duas horas estão chorando — disse Doug, gargalhando.

— Eu dobro a aposta — respondeu Set, dando-lhe a mão.

— Eu triplico — disse Robert jovial, observando-as pelo espelho retrovisor.

— Rapazes — interveio Niall, também divertido. — Dobro todas as apostas e digo que hoje à noite vão querer voltar para casa.

Uma vez que a van azul partiu, Rous foi a primeira a falar.

— Acho que devemos dividir o trabalho — disse ela, coçando o pescoço. — Uma vai buscar o arame, outra traz as estacas e a terceira as crava com o martelo.

Então, levou a mão à barriga e disse:

— Preciso ir ao banheiro. Já volto.

— Banheiro? — murmurou Victoria, olhando para ela. — Onde fica o banheiro?

Ao seu redor havia campo, bichos, árvores e bosque. Nada mais. Rous, escondendo-se atrás de uma árvore não muito distante, abaixou o macacão, e diante do olhar incrédulo de Victoria, começou a soltar uns ruídos suspeitos e uns gemidos de esforço.

— Pelo amor de Deus! — exclamou ela, franzindo o nariz. — Isso é a coisa mais nojenta que eu já vi na vida.

— Vicky — comentou Bárbara diante da naturalidade de Rous —, quando a coisa aperta, você sabe... Ou esvazia, ou estoura.

— Bárbara! — censurou Victoria, horrorizada. — Não seja vulgar. E você, cachorro — gritou, olhando para Stoirm —, afaste-se de mim se não quiser problemas.

Depois de Rous terminar seus assuntos e Victoria ter várias crises nervosas por causa dos besouros, as três puseram as mãos à obra.

Passadas duas horas, haviam conseguido cravar seis estacas e pôr vários pedaços de arame, e o céu se abriu e um sol maravilhoso as aqueceu.

Os jeans e a jaqueta de Victoria estavam um lixo, mas o pior eram as botas de camurça. Ona tinha razão: aquela roupa não tornaria a ser o que fora.

Às nove da manhã ainda ninguém tinha dado sinal de vida. Estavam morrendo de sede e fome, e Rous se ofereceu para ir buscar comida. Ela conhecia as terras, então foi, deixando Victoria e Bárbara sozinhas com Stoirm.

— Não sei o que estou fazendo aqui — reclamou Victoria, tirando as luvas. — Ah, meu Deus! Veja minhas bolhas! Minhas mãos precisam de creme com urgência.

— Caralho, Vicky! — exclamou Bárbara, olhando as suas. — As minhas não estão melhores que as suas, mas não sou tão resmungona.

— Fora daqui, cachorro! — gritou Victoria.

De repente, avistaram um veículo que se aproximava e o cachorro começou a latir.

— Bom dia, moças — cumprimentou um homem de aparência afável, descendo do carro. — Estão perdidas?

— Quem dera — murmurou Victoria.

— Não — respondeu Bárbara. — Estamos esperando Rous. Trabalhamos com ela.

— Ora — disse o homem, aproximando-se —, vocês devem ser as garotas que estão na casa de Tom e Ona. É um prazer. Meu nome é Greg. Sou médico de Dornie, Keppoch e Inverinate.

— Prazer. Meu nome é Bárbara — cumprimentou ela, levantando a mão.

Victoria, porém, estava concentrada demais em seu drama pessoal e não lhe deu atenção.

— O que aconteceu? — perguntou o médico ao vê-la olhar as mãos.

— Estou com umas bolhas horríveis que estão me matando — respondeu Victoria, suspirando, tão deprimida que o homem sorriu.

— Isso eu resolvo em um piscar de olhos — disse ele, pegando no carro uma pomada. — Deixe-me ver onde estão essas bolhas. Nossa! — A verdade é que não eram nada pequenas. — Estão acabando com suas mãos.

Primeiro, ele jogou soro nas mãos para limpar as feridas e, depois, aplicou com cuidado a pomada com a ajuda de uma gaze. A seguir, fez o mesmo com as de Bárbara. Quando acabou, olhou-as com um sorriso.

— Fiquem com isto. À noite passem de novo, e vão ver que daqui a dois dias as bolhas terão desaparecido.

— Meu nome é Victoria Villacieros — apresentou-se ela, sorridente. — Obrigada pela ajuda.

Ao dizer isso, Victoria se surpreendeu. Havia acabado de agradecer a alguém!

— É um prazer conhecê-la — respondeu Greg, olhando-a aos olhos. — Mas vocês não são inglesas — disse, claramente interessado na garota. — De onde são?

— Espanha — respondeu ela.

— Nossa, adoro a Espanha! Especialmente a *tortilla* e a *paella*. São uma delícia.

— Bem típico dos turistas — comentou Bárbara ao ouvi-lo.

— Hhhmm — Victoria estava faminta. — Não fale de comida agora, que estamos morrendo de fome.

— É evidente que vocês não são mulheres do campo. O que estão fazendo aqui? — perguntou o médico, curioso.

— É uma longa história — Victoria sabia que não havia como explicá-la —, e meio complicada de contar com a fome que estou.

— Bem, lamento. — O homem se aproximou mais e acrescentou: — Deixe-me ver como está sua mão.

Pegou a mão dela para colocar um curativo e, vendo como era delicada, perguntou-se o que uma mulher como ela estava fazendo consertando um cercado.

Nesse instante, ouviram barulho de motor. Era Niall, que voltava com Rous. Ao ver Greg segurando a mão de Victoria, acelerou.

— Bem — murmurou o médico ao ver a van se aproximar —, acho que as provisões chegaram; acabou-se a fome.

— Ainda bem! — Bárbara já não sabia o que fazer com seu estômago. — Já estava quase comendo um pedaço da cerca.

Descendo da van com um boné na cabeça, Niall se dirigiu a eles com um sorriso falso estampado no rosto.

— Olá, Greg — cumprimentou, colocando-se ao lado de Victoria. — O que faz por aqui?

— Estou a caminho de Keppoch — respondeu ele, sem se afastar um milímetro de onde estava — e, como vê, tive que fazer um atendimento de emergência.

— Foi muito gentil de sua parte — retrucou Niall, nada cortês. — Mas já pode seguir para seu destino.

— Greg foi muito atencioso conosco — protestou Victoria, que não entendia por que aqueles dois estavam se olhando daquele jeito.

— Está ficando tarde — disse o médico por fim, voltando para seu carro. — Foi um prazer conhecê-la, Bárbara.

— Igualmente, Greg. Obrigada por sua gentileza.

— Foi um prazer, Victoria — acrescentou ele com um sorriso que incomodou Niall profundamente. — Talvez tornemos a nos encontrar.

— Com certeza — asseverou ela com malícia. — Conheci poucas pessoas tão educadas quanto você por estes lados.

— Neste fim de semana, um amigo meu vai dar uma festa para comemorar o nascimento de seu filho — disse Greg. — Seria ótimo se vocês fossem.

— Ele não vai se importar que apareçamos em sua casa sem que nos conheça? — perguntou Victoria.

— O'Brien é como se fosse da família — interveio Niall, entregando-lhe sua jaqueta. — Tome, vista, senão vai morrer de frio.

— Vai ser ótimo! — exclamou Bárbara.

— Não quero, estou com calor — disse Victoria, que não estava lhe dando a menor atenção.

Era mais divertido falar da festa.

— Sim, quem sabe iremos.

— Tudo bem — disse Greg, já entrando no carro. — Então, vejo vocês lá. Até logo.

Quando o médico se afastou, Bárbara estava sorrindo. Victoria, por sua vez, pegou uma garrafa de água para beber. Estava morrendo de sede.

— Vocês não vão a essa festa — disse Niall, por fim conseguindo fazer que olhassem para ele.

— Por quê? — inquiriu Victoria, parando de beber.

Ela havia notado como aqueles dois se desafiavam com o olhar e com as palavras. Havia algo entre eles que ela desconhecia, mas não pretendia se preocupar com isso.

— Porque estou dizendo, e pronto — disse Niall, encerrando o assunto.

— Ai, ai, ai — suspirou Bárbara, intuindo o que estava por vir.

— Nem pensar! — retrucou Victoria. — Que negócio é esse de "porque estou dizendo"? Em que mundo você vive, neandertal?

— Eu vivo no mundo real, princesinha. Você está em minhas terras, sob meu comando e meu teto. Não pretendo deixar que o idiota do Greg se meta em meus assuntos.

— Mas do que está falando? — Ela bufou. — Esse homem só nos convidou para uma festa. Eu disse que ficaremos aqui alguns dias, e ele tentou ser gentil conosco. E agora vem você, todo macho, montando uma cena.

Niall olhou para ela, levantando uma sobrancelha.

— Eu disse que não, e não vou discutir — concluiu, dando-lhes as costas.

— Escute aqui, imbecil — disse Victoria, dando-lhe um empurrão para atrair sua atenção. — Eu estou aqui para tentar agradar ao conde, não a você. Não se confunda!

— Sabe de uma coisa? — disse ele, jogando com raiva uma garrafa no chão enquanto entrava na van. — Procure não me irritar muito, senão juro que o conde só vai escutar o que eu quiser. Não esqueça.

E, depois disso, saiu derrapando e deixando a jovem mal-humorada por algo que não entendia.

— Se minha mãe estivesse aqui, com certeza diria: "Esses dois... aí tem coisa!" — murmurou Bárbara.

E foi se sentar no chão com Rous, que já estava comendo.

— Vá para o inferno, Bárbara! — gritou a irmã, afastando-se.

— Pois Ona diria: "Quem tanto briga se deseja" — acrescentou Rous.

Algumas horas depois a van voltou, mas, desta vez, só com Doug e Set. Retornaram para a casa de Ona para jantar, mas Bárbara e Victoria não conseguiram se mexer depois que se deitaram.

11

No sábado seguinte, depois do almoço, quando Niall e Robert saíram, Victoria falou com Ona sobre a festa na casa do tal O'Brien. A anciã, surpresa pelo interesse que as moças demonstravam por ir, falou com Doug, que gentilmente se ofereceu para levá-las.

Às sete da noite, usando os melhores jeans que tinham, Victoria e Bárbara entraram no carro do rapaz.

— Rous — perguntou Bárbara ao ver a moça as observando —, quer vir?

— Não fui convidada.

— Não me surpreende — murmurou Victoria. — Com essa cara, quem vai convidá-la?

— Cale-se, sua bruxa! — censurou-a Bárbara.

Sua irmã se olhava no retrovisor e retocava o batom.

Era verdade que Rous tinha uma aparência nefasta. Nada nela realçava nada. Seu jeito de se vestir era desastroso, os modos vulgares e a aparência sinistra. A impressão que as pessoas tinham ao vê-la era de um bichinho esquivo e assustado.

— Vamos, mulher, ânimo — disse Bárbara, abrindo a porta do carro. — Venha. Com certeza vamos nos divertir.

— Vá, sua boba — insistiu Ona com um sorriso. — Eu vou mais tarde. Tenho certeza de que vai se divertir.

A anciã sabia que Rous era retraída e pouco comunicativa. Mas, desde que as espanholas chegaram ali, notava que havia algo diferente na moça. Pegara-a várias vezes se olhando no espelho, coisa rara nela. E, embora ninguém tivesse notado a mudança, Ona vira que estava até se penteando melhor que antes, tentando dominar seu cabelo crespo.

— Pelo amor de Deus, Bárbara! — reclamou Victoria em espanhol ao ver Rous saindo em direção ao veículo. — Não me diga que a menina do exorcista vai conosco.

— Vicky, por que você não desce e vai voando em sua vassoura?

Por fim arrancaram, e o carro se perdeu entre caminhos agrestes cheios de barro.

Quando chegaram à casa dos O'Brien, Greg, o médico, mostrou-se gratamente surpreso, já que tinha certeza de que as garotas não apareceriam.

Adorando a presença delas, apresentou-lhes Mary e Jonas O'Brien, os felizes pais de Curt, um bebê gordinho de cinco meses.

— Que coisa fofa! — exclamou Bárbara ao vê-lo. — É lindo, cutchi-cutchi...

— E comilão — acrescentou Mary, pegando o bebê no colo. — Não para de comer.

— Está gordinho, mesmo — assentiu Victoria, sem muita emoção.

— Quer segurá-lo? — perguntou Mary.

— Ah, não. Não... — desculpou-se Victoria, meio constrangida. — Não gosto de pegar bebês tão pequenos.

— Eu quero. — Bárbara adorava crianças. — Posso?

— É claro que sim.

Mary passou-lhe o bebê com cuidado.

— É muito bom, você vai ver.

— Vou buscar bebidas — anunciou Greg. — O que vocês querem?

— Cerveja — pediu Bárbara, boba com a criança. — Cutchi-cutchi...

— Vou com você — decidiu Victoria.

Ela não suportava bebês, e menos ainda quando os adultos começavam a falar como bobos, como sua irmã.

Os O'Brien moravam na periferia de Inverinate. Era uma casa passada de pais para filhos e contava com o privilégio de ficar ao lado do lago Duich.

— Que lugar mais lindo, não? — comentou Greg, apontando para as águas tranquilas do lago.

— Sim... — assentiu Victoria —, nada mal.

— Posso lhe fazer uma pergunta?

— Claro.

— Por que você e sua irmã estão trabalhando na fazenda de Tom?

— Bem... — disse ela. — Para resumir toda a confusão que eu poderia lhe contar, digamos que estamos fazendo isso por uma questão de negócios. Mas é tão raro assim ver gente estranha por aqui? — perguntou Victoria, que tenha se sentido o centro das atenções desde que havia chegado.

— Para ser sincero, não é normal ver mulheres como vocês consertando cercados — respondeu Greg, quando começaram a se ouvir as primeiras gaitas.

— Nisso eu lhe dou razão. Não é normal, não...

Duas horas depois, Bárbara e Victoria estavam dançando com Greg e um amigo, ao som das canções daquelas terras, quando, de súbito, Bárbara tocou o braço da irmã.

— O-oh — disse, apontando para a janela com um sorriso. — Acho que a cavalaria chegou.

Ao seguir o olhar da irmã, Victoria viu Niall, Ona e Robert descendo da van azul, e Rous correndo para eles. Ao vê-los entrar, Jonas O'Brien apertou a mão dos homens com carinho e deu um beijo no rosto de Ona. Poucos segundos depois, os olhos divertidos de Victoria encontraram os de Niall, que a contemplou, sisudo.

— Niall e você são namorados? — perguntou Greg, ao ver aquela troca de olhares.

Como ele está bonito, pensara ela ao vê-lo entrar com uma calça jeans escura, uma camisa branca e uma jaqueta de couro caramelo. Querendo ou não reconhecer, aquele sujeito tinha estilo. Mas essas palavras jamais sairiam de sua boca.

— Rá! — respondeu Victoria, afastando os olhos do neandertal. — Bem que aquele bruto gostaria.

— Bruto? — repetiu o médico, divertido.

Se havia algo que Greg sabia era que Niall não tinha nada de bruto. A inimizade dos dois se originara anos atrás por causa de uma mulher, esposa de Robert. Desde então, a rivalidade entre ambos era evidente. Não se suportavam, mas tentavam se respeitar. Mesmo sendo parentes, tentavam evitar que seus caminhos se cruzassem. Mas no dia em que Greg visitara Tom e soubera que havia duas estrangeiras hospedadas na fazenda, a curiosidade fora mais forte e, apesar da rivalidade existente, Ona lhe contara o segredo do neto.

— Ah, sim — murmurou Victoria, com despeito —, ele é o sujeito mais irritante que já conheci na vida. Que ninguém nos ouça, mas não vejo a hora de não precisar olhar para a cara dele nunca mais. É arrogante, estúpido... um prepotente que precisa que alguém lhe abaixe a crista.

— Cada vez entendo menos — comentou Greg.

— Nem tente entender — aconselhou ela. — É impossível!

A música acabou, e a seguir tocou outra mais rápida. Victoria e Bárbara tinham intenção de descansar, mas aqueles escoceses animados não lhes permitiram.

— Boa noite, Niall — cumprimentou Greg, aproximando-se.

— O que você quer? — perguntou ele, apertando os punhos.

— Tranquilizá-lo. Apesar de que ela me disse que está livre.

Ao ouvir isso, Niall se voltou para o médico com cara de poucos amigos, mas Robert se interpôs entre ambos.

— Podemos ter uma festa em paz? — disse. E, apontando o dedo para Greg, acrescentou: — Faça o favor de não encher o saco, se não quiser que encham o seu, certo?

A seguir, voltou-se para Niall.

— E você, mude essa cara, porque aqui ninguém pertence a ninguém, certo?

— Vou buscar outra cerveja — respondeu o primo, afastando-se.

Niall não se aproximou de Victoria em nenhum momento, mas se surpreendeu ao ver que todos conheciam o segredo que supostamente deviam guardar. Ficou brincando com algumas das moças que revoavam ao seu redor enquanto disfarçadamente observava Victoria, que parecia se divertir com Greg e seus cultos amigos ingleses. Niall sabia que aquela mulher resmungona e malcriada não era para ele. Muitas coisas de sua personalidade o tiravam do sério. Porém, não entendia por que sentia uma atração tão forte por ela.

Por sua vez, Victoria se divertia conversando com Greg. Mas alguma coisa a fazia procurar Niall com o olhar mais vezes do que desejaria. Tinha que reconhecer que ele era um homem atraente, e intuía que as outras mulheres pensavam o mesmo. Ainda mais quando viu que uma daquelas jovens se jogava sobre ele toda carinhosa, coisa que a deixou irritada.

À meia-noite, as mulheres mais velhas, Ona entre elas, começaram a juntar os jovens solteiros em pares para dançar uma antiga música celta; era um rito familiar que se repetia cada vez que se celebrava o nascimento de uma nova vida. As mulheres observavam os casais dançando e, quando a música acabava, escolhiam aqueles que, segundo elas, teriam um futuro feliz. Marotas, as idosas comandadas por Ona juntaram Niall com Victoria e Robert com Bárbara.

— Ona, não quero dançar com ele — protestou Victoria.

— Mas tem que dançar, minha filha — respondeu a anciã, divertida.

— Você sabe que eu não acredito nessas coisas — disse Niall, que tentava se manter longe de tudo aquilo.

— Não importa, meu querido — disse Ona. — Seu avô e eu acreditamos.

Em seguida, começou a música.

Niall teve que pegar Victoria pela cintura, e ela suspirou, contrariada, ao apoiar as mãos nos largos ombros dele. Sem se dirigirem a palavra, sem nem sequer se olharem, começaram a se movimentar ao compasso da canção. Pouco a pouco, graças à doçura da música, a rigidez do corpo dos dois foi se dissipando, e se aproximaram como ímãs. Sem entender por que, Victoria subiu lentamente as mãos até o pescoço dele, e Niall aproveitou, então, para apertá-la contra si, atraindo-a pela cintura.

Nesse instante, Victoria começou a sentir um frio na barriga pelo hálito quente de Niall em seu pescoço. Fechou os olhos, descontraída, e apoiou a testa nos ombros do grandalhão. Ele, ao perceber a respiração suave dela, que lhe fazia cócegas através da camisa, sentiu todos os pelos de seu corpo se arrepiarem. E, esquecendo onde estavam, começou a acariciar as costas de Victoria com suavidade.

Victoria, que estava curtindo aquele mágico momento, deixou escapar um gemido que fez Niall sorrir.

— Fique tranquila, princesa — sussurrou ele bem perto do pescoço dela. — Ninguém ouviu.

— Hã? — disse ela, confusa diante daquela voz sensual. — Ninguém ouviu o quê?

— Deixe para lá — retrucou ele, enrijecendo o tom e se afastando dela. — Graças a Deus esta maldita dança já acabou.

Contudo, não havia acabado. Ao que parecia, aquilo havia sido só o início de uma doce tortura. Por unanimidade, as idosas decidiram que o melhor casal fora o formado pelos dois, de modo que tiveram que dar sequência ao ritual.

— O que tenho que fazer agora? — perguntou Victoria.

— Vovó, eu não vou continuar com essa bobagem — protestou Niall.

Bárbara e Robert não puderam evitar gargalhar quando viram Ona piscar para eles com um sorriso maroto. E, entregando a Niall uma caixinha azul, disse:

— Escutem um instante — pediu a anciã. — Agora você, Niall, tem que lhe dar um presente em sinal de sua boa intenção, e você, Victoria, evidentemente, tem que aceitar.

— Isso é ridículo! — resmungou Victoria, ameaçando se afastar. — Eu nunca gostei dessas bobagens.

— Vamos, Vicky — debochou Bárbara —, pare de resmungar e curta o momento.

— A tradição é essa — disse a anciã. — Agora, vão refrescar um pouco a garganta. Quando chegar a hora, eu os avisarei.

— Essa vovó! — brincou Robert ao ver o primo tão contrariado. — Eu nunca a havia visto fazer papel de bruxa. — E, aproximando-se de Niall, acrescentou, sussurrando: — Deve ser contagioso.

Pegando uma cerveja no balde de gelo, Niall a abriu com um golpe seco. Gostando ou não, tinha que reconhecer que a ferocidade que Victoria demonstrava se transformava em doçura e sensualidade quando estava entre seus braços, e que preferia ser ele a abraçá-la, e não aquele idiota do Greg ou algum dos seus amigos.

Meia hora depois, as velhas reuniram todos os presentes diante da fogueira. Como era o costume, deviam realizar o segundo passo do ritual: Victoria e Niall, mais contrariados que outra coisa, ficaram parados diante de todo o mundo sem saber o que dizer. A situação era tão ridícula que por fim o escocês decidiu falar.

— Princesinha, siga meu jogo.

— Hã? — murmurou Victoria, confusa.

— Bem, amigos, graças a minha adorada avó e suas comparsas — disse Niall, fazendo as velhas rirem —, vou ter que fazer isto, gostando ou não.

E voltando-se para Victoria, que, horrorizada, não sabia para onde olhar, declarou, pegando-lhe a mão:

— Cumprindo uma tradição familiar, eu lhe entrego este presente em sinal de minha intenção. Abra e dê-me o que há aí dentro.

— Agora? — perguntou ela, envergonhada.

— Se quiser que isto acabe logo, quanto antes abrir, melhor — sibilou ele.

Depois de olhar para Bárbara, que curtia, emocionada, aquela bobagem, Victoria abriu a caixinha azul. Desconcertada, pegou duas argolinhas procedentes de latas de Coca-Cola. Com cuidado, como se fosse algo muito frágil, ela as entregou a ele.

— Victoria — disse Niall, pegando-lhe a mão. — Promete, diante de todos os presentes, que nunca, nunca — ressaltou — se casará comigo?

Prefiro morrer, seu metido, pensou ela, arqueando as sobrancelhas, enquanto as velhas, e em especial Ona, olhavam para eles de cenho franzido.

— Sim, prometo — respondeu ela, contrariada.

Agora era a vez de ela pegar a argola que Niall lhe estendia com gentileza.

— Neandertal — disse Victoria, esboçando um sorriso e pegando-lhe a mão —, prometa, e diante de todos, que nunca se casará comigo.

— É claro — gargalhou ele ao responder. — Prometo.

— Isso não vale! — protestou Ona, contrariada com a trapaça dos dois.

— Vovó — replicou Niall —, você disse que eu devia dar um presente a Victoria como prova de minha intenção, e que ela tinha que aceitar. Qual parte do trato não cumprimos?

— O beijo — respondeu a anciã, desafiando-o com o olhar. — Ainda falta o beijo. Mas não um beijo qualquer. Queremos um beijo de verdade.

— De língua! — gritou Robert, aplaudindo.

— Sim, sim... de filme! — gritou Bárbara.

Com resignação, e para surpresa de todos, Victoria pegou Niall pelo pescoço e, querendo acabar de uma vez com aquilo, deu-lhe um beijo rápido nos lábios.

— Pronto! — exclamou a seguir. — Cumprido o rito.

No entanto, Niall olhou para Victoria com um brilho especial nos olhos. Seus lábios mostravam um sorriso perigoso, que se acentuou ao perceber que Greg não estava sorrindo. Segurando-a para que não saísse dali e fazendo-a se arrepiar, sussurrou em seu ouvido:

— Lady Doberman, você me beijou como se beija na Espanha. Agora, se me permite, vou beijá-la como se beija na Escócia, e como manda a tradição.

E, puxando-a para si, beijou-a docemente na boca, sem que Victoria pudesse opor resistência, enquanto todos ao redor gritavam e aplaudiam.

— É, a idade traz mesmo sabedoria! — exclamou Robert, gargalhando, ao ver a avó aplaudir, feliz.

— Tem certeza de que Ona não é espanhola? — comentou Bárbara, divertida.

Depois do beijo, que durou mais que o devido, o casal se separou. Durante o resto da noite não se dirigiram a palavra, mas ambos sabiam que aquela música celta e o que haviam sentido com o beijo seria difícil de esquecer.

12

Na segunda-feira chovia a cântaros, e o trabalho foi desumano. Victoria não havia nascido para a labuta no campo e os inúmeros animais, e em especial os bichos.

Na quarta-feira, ela estava tão mal que Ona a aconselhou a ficar na cama. Victoria estava com febre, mas não queria dar esse gostinho a Niall, então se vestiu e foi para a cozinha.

— Por todos os santos, moça! — disse a anciã. — O que está fazendo aqui?

— Vicky! — disse Bárbara, categórica. — Dissemos para você ficar na cama.

— Já estou melhor — retrucou ela, rouca —, não se preocupem.

— Mas, pelo amor de Deus, você está respirando igual ao Darth Vader — debochou Robert.

— Sim, claro, e você é o Chewbacca.

Apesar de se sentir tão mal, Victoria estava afiada.

— Mas, Vicky, você está queimando de febre! — exclamou Bárbara ao pôr a mão na testa da irmã.

— Estão todos tão simpáticos hoje — replicou a doente.

— Tome este leite quentinho — disse Ona, entregando-lhe um copo fumegante — e vá dormir.

— Moça — interveio Tom —, acho que é melhor ir para a cama e suar. Se não se cuidar, pode piorar.

— Chega! — Victoria mal tinha forças para se impor. — Eu disse que estou melhor, e pronto.

Niall, que até esse momento havia tentado não fazer nenhum comentário, achava o mesmo que o resto. A garota estava com uma cara péssima. Com os olhos úmidos, e pelas olheiras, era óbvio que não havia tido uma boa noite.

— Victoria — chamou ele.

— Ah, pelo amor de Deus! — gritou ela, voltando-se. — Você também vai me dar sermão?

— Não. Eu vou diretamente levá-la para a cama — anunciou.

E, sem lhe dar tempo de reagir, jogou-a por cima do ombro.

— Solte-me! — berrou ela, irritada. — Solte-me agora mesmo!

— Muito bem, Skywalker — comentou Robert, divertido. — Leve a princesinha para o trono.

Assim que saiu da cozinha, Victoria sentiu vontade de chorar. Por que todos a tratavam como se fosse idiota? Mas, humilhada e sem forças para lutar, deixou-se levar.

Ao entrar no quarto, Niall a deixou com cuidado no chão.

— Você é um energúmeno! — gritou ela, contrariada. — Por que fez isso?

— Porque você está doente. Hoje está chovendo, e nesse estado você não seria muito útil.

— Maldição! — gritou ela de novo.

Mas o ataque de fúria a fez tossir.

— Pare de querer dar uma de corajosa e enfie-se na cama de uma vez.

— Não estou com vontade — replicou ela caprichosa, e cruzou os braços.

— Essa sua teimosia é insuportável — disse Niall, aproximando-se. — Você tem cinco minutos para tirar essa roupa, pôr o pijama outra vez e ir para a cama.

— Ou o quê? — desafiou ela, soltando fogo pelos olhos.

— Se não fizer isso, serei obrigado a despi-la eu mesmo.

Ao ver o olhar de Niall, e em especial seu sorriso, Victoria ficou sem fôlego.

— Você não faria isso, não é? — perguntou com um fio de voz.

Morrendo de vontade de tomá-la nos braços, Niall aproximou-se mais e, roçando a veia do pescoço de Victoria com seu dedo caloso, respondeu:

— Sim, princesinha. Receio que sim.

Seu tom não dava margem a dúvidas, e fez Victoria se arrepiar.

Com um rápido movimento, ela se afastou dele. Tinha que fazer isso enquanto lhe restasse um pouco de bom senso. Beijá-lo de novo era o que ela mais queria, mas também era o que menos lhe convinha.

— De verdade — disse ela, tirando o pijama debaixo do travesseiro —, às vezes tenho a sensação de estar no Velho Oeste.

— Por quê?

— Por seus modos.

— Acho que você não é a mais indicada para falar de bons modos — replicou o escocês, aproximando-se dela de novo.

— Não sei o que você pretende, Niall — confessou Victoria, dando meia-volta para ficar de frente para ele —, mas não estou disposta a permitir que continue se comportando comigo desse jeito. Sou uma mulher do século XXI, que toma as próprias decisões, e não uma virgem do início do século passado que tem que ser cuidada como se fosse de porcelana.

— Para mim, você é tudo que quiser, menos virgem, tenho certeza.

Victoria apertou os punhos e fechou os olhos, tentando reprimir o desejo que sentia de dar-lhe um soco no meio da cara.

Divertido ao ver o rosto dela passar por todas as cores do arco-íris, Niall deu um passinho para a frente, aproximando-se mais, até ficar colado nela.

— Victoria.

— O que é?

— Abra os olhos e olhe para mim.

Ela obedeceu. Ao vê-lo tão perto e sentir sua mão deslizar com suavidade por suas costas, soltou um suspiro. Estava aterrorizada diante do modo como seu corpo reagia ao senti-lo tão perto.

— Você tem medo de ficar a sós comigo?

— Não — mentiu ela, observando seus lábios carnudos, tão desejáveis.

— Tem certeza?

— É claro que sim — insistiu ela.

Não podia se permitir perder seu porte altivo.

— Agora, se puder fazer a gentileza, saia do quarto para que eu possa tirar a roupa e ir para a cama.

— Hmm — disse Niall, afastando-se apenas um passo dela —, seria uma pena não presenciar esse momento delicioso. Importa-se se eu ficar? Quero ver se você é mesmo Darth Vader.

— Mas que animal! — exclamou ela, aproximando-se de novo. — Saia agora mesmo do quarto, seu pervertido!

— Não lhe cairia mal um pouquinho de senso de humor, como o de sua irmã, princesa — comentou Niall.

E, por fim, abriu a porta para ir trabalhar.

— Vá para a cama e transpire toda essa gripe ou vai perder sua festa na sexta-feira.

— Que festa?

— Halloween — respondeu ele, rindo. — Uma bruxa profissional como você não pode perdê-la, não acha?

Sem acreditar no que havia acabado de ouvir, ela jogou uma almofada na porta, mas o escocês desviou e a fechou rapidamente. Sem poder conter um sorriso, Victoria se despiu. Tudo era tão absurdo às vezes que tinha que sorrir, pensou, antes de adormecer profundamente.

Não madrugar, e especialmente não tomar chuva, fez com que Victoria recuperasse a saúde dois dias depois. Durante esse tempo, ela se distraiu conversando com Tom e Ona, que eram ótimas companhias; e nos momentos de solidão, pegava seu notebook para tentar elaborar novos projetos e resolver alguns assuntos pendentes.

Na sexta-feira, 31 de outubro, todos se preparavam para a tradicional Noite das Bruxas. Em um primeiro momento, Victoria estava reticente a participar daquela festa estúpida, mas, pouco a pouco, a casa foi se enchendo de gente estranha, a maioria fantasiada, e, no fim, ela não teve mais remédio senão juntar-se a eles.

Com a ajuda de Ona e Rous, Bárbara havia se vestido de bruxa, e formava um trio perfeito com as outras duas. Às dez da noite, vários jovens que haviam ido à fazenda acenderam duas fogueiras, enquanto Ona e as amigas tiravam a comida da despensa e as pessoas começavam a beber e a dançar.

Sentada com Tom, Victoria escutava o ancião contar que no dia 31 de outubro se celebrava o festival de Samhain, último dia do velho calendário celta, e todos tinham que se fantasiar, como ditava a tradição. Incrédula, ouviu que os antigos celtas tinham medo da escuridão e do inverno, e nessa noite do ano se fantasiavam para que os fantasmas do passado os confundissem com outros fantasmas. Ela não pôde evitar sorrir quando ouviu que, para afastar os fantasmas de suas casas, os celtas colocavam alimentos do lado de fora.

— Por isso Ona está pondo toda essa comida aí — deduziu.

— Moça, é o que manda a tradição — explicou o ancião.

Momentos depois, enquanto Tom conversava com dois amigos, Victoria, que estava com um chapéu de bruxa ridículo na cabeça, viu que a irmã dançava com um sujeito fantasiado de gato preto. Era Robert; aquele cabelo vermelho não passava despercebido.

— Quer dançar?

Ao se voltar, encontrou Niall, vestido de vampiro, estendendo-lhe a mão.

— Eu não sei dançar essa música — disse ela, olhando-o.

— Eu também não — brincou ele, e a pegou pela mão. — Vamos fazer como os outros, então: dar voltas ao redor da fogueira.

Sem saber por que, Victoria aceitou. E durante as três horas seguintes não parou de rir, dançar e brincar com o escocês, que se revelou um excelente dançarino e uma boa companhia.

— Está se divertindo no Samhain? — perguntou ele depois de beber um gole de cerveja.

— Sim. Mas, na verdade, é a primeira vez que vou a uma festa a fantasia.

— Em sua vida glamorosa nunca foi a nenhuma?

— Nunca — respondeu ela. — Não gosto.

— Pois sua fantasia de bruxa é muito genuína — disse ele com maldade. — Seus olhos escuros e esse cabelo preto são bem demoníacos.

— Não quero me irritar com nada que você diga hoje, Drácula!

— Hmm... adoro quando essa veinha pulsa em seu pescoço — comentou ele, fazendo-a rir.

Nesse momento, aproximou-se um rapaz.

— Quer dançar? — perguntou ele, olhando para Victoria.

— Não, rapaz — respondeu Niall. — Ela não quer.

— Mas claro que quero — interveio Victoria.

E antes que Niall pudesse dizer qualquer coisa, ela foi para as fogueiras e começou a girar e a rir com o rapaz.

Apoiado no tronco de uma árvore, Niall a observava. Não estava acostumado a vê-la rir. Quando a música acabou e viu outro rapaz a pegar pelo braço e começar a dançar com ela, não gostou nem um pouco. Contudo, manteve a compostura e esperou a música acabar para ir buscá-la.

— Ufa — suspirou Victoria. — Estou acabada!

— Quer que pegue uma cerveja para você? — ofereceu ele.

— Não, pode deixar — respondeu, pegando a dele. — Se me der um pouco da sua...

Com o rosto perolado de suor, Victoria bebeu a cerveja. Estava tão sexy que Niall não podia afastar os olhos dela.

— A propósito — disse ela, então —, devo lhe recordar que posso dançar com quem eu quiser. Não sou sua namorada, nem de ninguém.

— Quem é ninguém? — replicou ele. Queria experimentar uma coisa, de modo que lhe entregou a garrafa e disse: — Segure a cerveja um minuto, princesinha, já volto.

Com um sorriso, Victoria pegou a garrafa, mas, quando viu que uma moça de uns vinte e poucos anos caminhava para ele, dava-lhe um beijo no rosto e os dois começavam a dançar, sentiu vontade de dar-lhe com a cerveja na cabeça.

Mas que descarado, pensou ela, contrariada, e de um gole só bebeu o que restava na garrafa.

— Você está escaneando o escocês com o olhar? — perguntou Bárbara, aproximando-se.

— O cretino me pediu para segurar a cerveja e foi dançar com aquela ali... — bufou ela, contrariada.

— Há alguns segundos você estava dançando com outro.

— Venha, vamos balançar o esqueleto — propôs Victoria, que já estava farta de ver Niall sorrindo e dançando com aquela garota.

Aproximaram-se de dois rapazes, que rapidamente as convidaram a entrar na roda.

Victoria respirava com dificuldade devido ao ritmo acelerado da canção, mas tentava sorrir para seu acompanhante. Até que, por fim, a música terminou.

— Nossa, irmãzinha! — exclamou Bárbara, aproximando-se.

— O quê? — perguntou ela, esgotada.

— O olhar laxante que seu *highlander* lhe deu.

— Laxante? — repetiu Victoria, divertida.

— Sim, garota, laxante. Porque quando ele a olha desse jeito, você se caga toda. Meu Deus! Você não viu, senão teria percebido como estava furioso.

— Dança comigo, linda bruxa? — disse Robert então, pegando Bárbara pela mão.

— Ande, vá dançar com Chewbacca — incitou Victoria, fazendo a irmã sorrir.

E então foi até o balde das bebidas. Enfiando a mão entre as pedras de gelo, pegou uma cerveja geladinha. Enquanto passava os olhos pela mesa procurando um abridor, de súbito sentiu alguém lhe tirar a garrafa da mão. Era Niall, que a abriu dando um golpe seco na beira da mesa.

— Obrigada, Drácula.

— De nada, bruxa — respondeu ele.

E, pegando-a pelo braço, saiu andando com ela para a escuridão.

— Aonde está me levando?

— A lugar nenhum.

Mas quando já estavam suficientemente longe dos olhares indiscretos, apoiou-a contra o tronco de uma árvore, pegou-lhe o rosto entre as mãos e a beijou.

De início, Victoria ficou tão surpresa que não sabia como reagir, mas a proximidade de Niall e seu cheiro de homem demoraram pouco para deixá-la louca. Soltando a cerveja, que se derramou no chão, ela levantou as mãos e se apertou contra ele. Começou a brincar com sua língua e sentiu todo seu corpo estremecer de prazer.

Victoria o beijava com tanta paixão que Niall achou que ia perder o fôlego, o arbítrio e o juízo. Antes de fazer uma loucura, dando-lhe um suave e último beijo nos lábios, ele se afastou.

— Por que fez isso? — perguntou Victoria, respirando com dificuldade.

— Precisava beijá-la.

Ele não conseguia parar de olhar para ela.

— Você cria uma tensão enorme, Niall. Por que não se afasta de mim e nunca mais aproxima sua boca e suas mãos de mim? Deus, que tensão!

— Sabe de uma coisa, princesinha? — replicou ele, furioso, afastando-se dela. — A melhor coisa para acabar com a tensão é um bom sexo. Mas receio que uma bruxa como você não precisa de um, e sim de vários.

Victoria estava perplexa.

— Sabe de uma coisa, neandertal? Transar é como jogar truco: se não tiver um bom parceiro, peça a Deus para que pelo menos lhe dê uma boa mão.

Ele a olhou, surpreso diante da rapidez dela em encontrar uma resposta ferina. E, depois de observá-la por mais alguns segundos em silêncio, deu meia-volta e se afastou.

A festa havia acabado para ele.

13

No dia 2 de novembro se celebrava na Escócia o Dia de Finados, uma tradição muito parecida com a espanhola.

Depois do almoço, Victoria olhava com tristeza pela janela, recordando o pai. Que diferente teria sido tudo se ele não tivesse ficado doente! Mas, depois de um tempo, enxugou as lágrimas e decidiu parar de pensar no passado.

Nesse momento, a realidade de sua vida era que estava na Escócia, no meio do mato, cercada de bichos, vivendo como uma humilde fazendeira enquanto esperava a volta de um conde, sentindo algo que não devia por um sujeito musculoso que poderia muito bem protagonizar um anúncio da Coca-Cola Light.

Depois de seu confronto com Niall na Noite das Bruxas, eles não haviam tornado a se dirigir a palavra; mas seus olhares se cruzavam com frequência. Ona os observava em silêncio, feliz, pois tinha certeza de que seu neto havia encontrado sua cara-metade.

No dia 4 de novembro, enquanto voltavam do trabalho para almoçar, Robert, Doug e Set não paravam de conversar na van.

— Vocês vão a Inverate hoje ver o jogo? — perguntou Doug.

— Eu passo — respondeu Robert, que não gostava de futebol.

— A que hora começa? — quis saber Set.

— Às sete e quarenta e cinco — disse Doug, olhando para as mulheres. — Um time espanhol joga hoje no Andfield.

— Caraca! — exclamou Bárbara, levando as mãos à cabeça. — É claro, hoje o Atlético de Madrid joga de novo!

— Sim — assentiu Victoria, comedida, pois não queria demonstrar suas emoções na frente de Niall. — A revanche.

— Nós vamos ver o jogo em um pub em Inverate com uns amigos.

— Podemos ir com vocês? — pediu Bárbara.

— Ei! Aonde você vai sem mim? — pulou Robert ao ouvi-la.

Bárbara não estava disposta a deixar passar um comentário machista.

— Vejamos... O fato de eu ir ver um jogo com minha irmã e alguns amigos não significa...

— Nós levaremos vocês — anunciou Niall.

Às sete e quinze, entravam no Chester, um pub local. Ali, Doug e Set as apresentaram ao grande grupo de amigos, todos homens, enquanto Niall e Robert pediam as bebidas no balcão e observavam as garotas interagindo com os outros.

— O que estamos fazendo aqui se não gostamos de futebol? — perguntou Robert, sorridente.

— Diga-me você, porque eu ainda estou me perguntando isso — respondeu o primo, olhando para Victoria.

O pub estava lotado. A maioria dos presentes torcia pelo Atlético, enquanto um número muito mais reduzido era de torcedores do Liverpool. Nos dez primeiros minutos, o time inglês monopolizou quase por completo o controle da bola.

— Escanteio! — gritou Bárbara, enquanto Victoria bebia sua cerveja, e começou a gritar, como todo o pub e a torcida na tevê: — Kun, Kun, Kun!

— Ai, meu Deus, não quero ver! — berrou Victoria, vendo o jogador do Liverpool, Robbie Keane, correr.

— Fora! — vaiou Set ao ver que depois de Leo Franco meter a mão, tirava a bola da área.

— Mas esse árbitro é cego? — gritou Victoria.

Ninguém que a visse nesse momento pensaria que ela era uma alta executiva de uma agência de publicidade.

— Caralho! Caralho! — Bárbara, estava nervosa. — Que perigo esse Liverpool.

Mas depois de dois minutos, o local inteiro gritou:

— GOOOOOOLLLLLLLLL!

E a maré humana explodiu de novo, como dias antes no pub em Edimburgo. Mas, desta vez, Victoria encarou tudo com um humor muito melhor.

No balcão, ao vê-la, Niall não pôde evitar de sorrir.

— Gol! O Atlético de Madrid fez um GOL! — vociferou Bárbara.

Robert fez de longe o sinal da vitória.

— Seu caipira não gosta muito de futebol, não é? — disse Victoria, vendo que aqueles dois conversavam sem olhar para a tevê.

— Acho que seu *highlander* também não.

E, cobrindo a boca, ambas sorriram e começaram a brindar com suas cervejas junto aos demais torcedores.

— Não consigo entender — disse Robert.

Seu primo e ele as observavam com uma mistura de espanto e diversão. Robert nunca havia conhecido duas mulheres que se divertissem tanto vendo seu time jogar.

— Elas são espanholas, Robert — pontuou Niall. — O que você esperava?

Ao término do primeiro tempo, Victoria e Bárbara foram até eles dando pulinhos, como duas menininhas.

— Oé, oé, oé, oé, oé! — cantavam em uníssono.

— Viu, Robert? — disse Bárbara, abraçando-o. — Viu que time bom temos?

— Ande, venha aqui e me beije — retrucou ele, pegando-a pela cintura.

— Você não gosta de futebol, Niall? — perguntou Victoria.

— Prefiro outras coisas — respondeu ele, fitando-a.

— Como o quê?

— Como acabar com a tensão.

Ao ouvir isso, Victoria não soube se devia rir ou não. Ainda lembrava a vulgaridade que dissera a ele sobre o truco na Noite das Bruxas. Ia responder, mas Bárbara a pegou pela mão e a levou. Estava começando o segundo tempo do jogo.

— Mãe do céu! Mãe do céu! — gritou. — Esses ingleses estão atacando como cossacos.

Victoria mal prestou atenção ao segundo tempo do jogo. Não conseguia tirar da cabeça as palavras de Niall, e seu olhar do outro lado do pub a estava deixando a mil.

Incapaz de continuar olhando para a tevê, ela foi até o escocês e, para surpresa dele, pegou-o pela mão, afastou-o um pouco de Robert, e sem dizer nada jogou-se sobre ele e começou a devorar-lhe a boca com paixão.

— O que está fazendo? — inquiriu Niall, afastando-a levemente.

— O que estou com vontade — sussurrou ela.

— Por quê?

— Porque confio em você.

— Mas eu não confio em você, princesinha — murmurou ele, ardendo de desejo de estar entre as pernas dela.

— Muito bem... É assim que eu gosto — ronronou Victoria, passando a língua pelos lábios dele. — Não confie em mim.

O escocês não estava entendendo nada.

— Há quanto tempo você está sem sexo? — perguntou ele com um sorriso.

— Demais — respondeu ela, suspirando e mordiscando-lhe o lábio inferior.

— Precisa dar um jeito nisso, não acha?

— Sim, acho.

Niall se deixou levar pela paixão do momento e beijou com anseio os lábios tentadores de Victoria. Amparada pela semiescuridão do pub, Victoria se atreveu a descer a mão até encontrar a virilha dele, que ao sentir seu toque endureceu ainda mais.

— Não faça isso comigo — suplicou Niall, apertando-a contra si. — Senão, vai pagar aqui e agora pelo desejo que tenho há dias.

De repente, ouviu-se "GOOOOOOLLLLLLLL!", e dois segundos depois Bárbara chegou muito irritada.

— Merda, Vicky! O jogo acabou e esses malditos ingleses empataram. Que vergonha, pelo amor de Deus!

Ao ver a cara com que aqueles dois olhavam para ela, a jovem se deu conta de sua indiscrição e deu um sorriso bobo.

— Bom, eu, como sempre, interrompendo o melhor momento... — disse antes de sair. — Tchau.

— Niall — chamou Doug. — Niall!

— Caralho! Não podem nos esquecer um tempo? — murmurou Victoria, farta de tanta interrupção.

Ele sorriu. Ter Victoria a sua mercê de repente, sem esperar, havia sido a melhor surpresa. Sem dar ouvidos a Doug, continuou beijando-a. A noite prometia.

— Niall, homem! — insistiu Doug, aproximando-se. — Claire chegou.

— Claire? — repetiu ele, afastando-se um segundo de Victoria. — Quem é Claire?

— Niall! — gritou Set, aproximando-se. — A *stripper* da despedida de solteiro de William está aqui. Perguntou por você. Meu Deus, que gostosa!

— Nossa, que emoção — murmurou Victoria, contrariada, tentando se afastar do escocês.

Mas ele não permitiu.

— Eh... Isso aconteceu antes de eu conhecer você — explicou Niall muito sério, olhando-a nos olhos.

— Primo! Caralho... caralho... — exclamou Robert, aproximando-se também. — Quando lhe disser quem está aqui...

— Pronto. Já chega! — gritou Victoria.

— Por que está brava? — perguntou Niall, olhando-a, enquanto seus três amigos se afastavam.

— Caralho! — gritou ela, afastando-se dele. — Não estou a fim de que metade da Escócia saiba que você e eu... bem... Entende agora por que fiquei brava?

— Mas o que está dizendo? — retrucou ele, incrédulo.

— Ouça, o melhor que podemos fazer é esquecer o que quase aconteceu aqui.

Ela o empurrou para se soltar de seu abraço.

— Fique aqui com essa tal de Claire, eu arranjo alguém que me leve até a fazenda.

Niall estava soltando fogo pelos olhos.

— Senhorita espanhola — bufou —, você é problema meu. Eu a trouxe aqui, e eu a levarei de volta para casa.

— Como quiser, mas não quero ser o motivo de você perder uma noite maravilhosa com essa *stripper* — disse ela, com dignidade, antes de sair andando.

Com o olhar fixo nela, Niall a viu sair do pub sem olhar para trás depois de se despedir dos amigos que lhe haviam sido apresentados nesta noite. Pegando fogo, ele a seguiu, ciente da noite de cão que ia passar.

14

Uma semana depois, Victoria sonhava em voltar para Madrid e dormir um mês seguido sem que ninguém a incomodasse. Tudo doía nela, até a raiz do cabelo. Suas mãos estavam acabadas, e às vezes doíam tanto que não conseguia digitar no notebook quando chegava à fazenda.

Mas o que realmente a matava era a dor nas costas, tão aguda que até a impedia de dormir. Contudo, não contou a ninguém. O trabalho para conseguir o bendito contrato a estava matando, mas ela não queria se dar por vencida, e menos ainda diante de Niall, o machão, que desde a noite do jogo ficara mais grosseiro com ela.

Em muitas madrugadas, quando descia até a cozinha, dolorida, para tomar um ibuprofeno, encontrava Tom, que mal dormia. E, durante as muitas horas de conversa, criara-se uma amizade especial entre eles.

O idoso lhe contou como estava entediado desde que havia tido um infarto e recebido o diagnóstico de insuficiência cardíaca. Seu coração não bombeava bem, e isso lhe provocava cansaço e dificuldades respiratórias. Por isso, tivera que mudar seu estilo de vida em todos os sentidos. Ona e seus netos não o deixavam trabalhar na fazenda, de modo que havia passado de uma pessoa ativa a um velho inútil.

Em um arroubo de sinceridade, Victoria lhe contou como era estressante seu emprego e o que acontecera com Charly. Tom ficou sem palavras. Ela lhe falou de seu trabalho como publicitária, como eram preparadas as campanhas, como escolhiam os slogans e por que precisavam do contrato de Eilean Donan. No entanto, não falou de sua família. Ainda lhe doía pensar como a havia repudiado e tratado durante anos. Ela teria que carregar isso durante toda sua vida, e ainda não estava preparada para contar a ninguém.

Nesses dias, Tom se interessou pelo notebook de Victoria, e ela, feliz, ensinou-lhe a mexer. Em pouco tempo, ele aprendeu a salvar documentos do Word e também a jogar. Isso era coisa que Tom podia fazer sem se cansar, e, embora na fazenda não houvesse ADSL nem nenhum tipo de conexão com a internet, o homem se divertia jogando campo minado e paciência.

Por outro lado, Victoria tinha que morder a língua todos os dias para não discutir com Niall, aquele pentelho: ele examinava criteriosamente qualquer coisa que ela fizesse em busca do menor defeito. Dia após dia, ela escutava seus comentários desagradáveis a respeito de seu trabalho, pois, por mais que se esforçasse para fazer direito, ele chegava e a criticava, com seu aprumo de super-homem.

Contudo, o pior era que ele sempre aparecia no momento mais inoportuno e vergonhoso para Victoria. Um dia, por exemplo, ela caíra rolando como uma almôndega por uma ladeira enquanto fugia de uma vaca; mas o que realmente a tirara do sério fora ver Niall se mijando de rir.

Outro dia desafortunado para Victoria foi quando Stoirm, em um arroubo de carinho, pulara em cima dela e a assustara, fazendo-a perder o equilíbrio. E ela caíra de bunda em uma bosta enorme. Rous e Bárbara a ajudaram a se levantar com dor de barriga de tanto segurar o riso, enquanto Niall a olhava e ria com seus sequazes.

Todos os dias acontecia algo absurdo e inesperado e, por ironia do destino, sempre com ela.

Certa madrugada, a dor nas costas a fez acordar. Olhou o relógio: três e quarenta. Quase gritando, olhou de novo.

Deus, precisava dormir! Desse jeito, voltaria para a Espanha com mais rugas que um shar-pei. Virou-se na cama e tentou dormir, mas, nesse momento, a porta do quarto se abriu bem devagarinho e Victoria viu Rous entrar.

Imóvel, Victoria observava a garota. Depois de se certificar de que estavam dormindo, ela se dirigiu ao pequeno armário. Sem fazer barulho, tocou com cuidado as blusas e calças penduradas ali dentro. A seguir, agachou-se para pegar os sapatos vermelhos de Victoria e, sentando-se em uma velha poltrona, provou-os.

Alheia aos olhos que a observavam, Rous se levantou, tentando manter o equilíbrio. Queria saber como era andar com sapatos como aqueles. Contudo, sua inexperiência a fez torcer o tornozelo, e sem poder evitar caiu no chão, fazendo um barulho atroz.

— O que está fazendo? — gritou Victoria, irritada, pulando da cama.

— Oh... Eu... desculpe, eu... — gaguejou a moça com cara de dor.

— Que foi? — perguntou Bárbara, esfregando os olhos.

— Ela que explique — retrucou Victoria. — Entrou aqui como uma ladra vulgar. O que pretendia? Roubar?

— Não... não, de verdade, eu só... — balbuciou Rous, envergonhada, sem conseguir concatenar duas palavras seguidas.

— Ouça aqui, menina! — disse Victoria ao vê-la ainda no chão. — Esses sapatos são Manolo Blahnik, e valem muito mais dinheiro do que certamente você ganharia em toda sua vida. Se os houver quebrado, juro que...

— Vicky — interrompeu Bárbara ao ver o medo nos olhos de Rous. — Não exagere, coitadinha...

— Coitadinha? — repetiu Victoria, incrédula. — Coitadinhos dos meus Manolos.

Com as mãos trêmulas, Rous tirou os sapatos. A última coisa que queria era quebrá-los. Arrancando-os das mãos dela, Victoria os examinou com atenção para se certificar de que não havia acontecido nada.

— Você está bem? — murmurou Bárbara.

Rous assentiu.

— Eu a proíbo de tocar em minhas coisas outra vez — gritou Victoria.

Os sapatos estavam intactos, mas, ainda assim, tinha que se assegurar.

— Você entendeu? Não quero que torne a pôr suas mãos sujas em minhas roupas.

— Sim... sim... — murmurou a moça, levantando-se, com os olhos marejados.

A seguir, calçou suas galochas e, apesar da dor no tornozelo, saiu do quarto correndo.

— Vicky, por que falou desse jeito com ela? Você não tem pena?

— Essa idiota quase estragou meus Manolos — replicou Victoria, devolvendo os sapatos ao armário. — Como vou ter pena? Pelo amor de Deus!

Sem dizer mais nada, Bárbara se vestiu. Sua irmã às vezes era pior que Cruela Cruel. Em momento algum havia pensado no medo que Rous sentira, só em seus malditos Manolos.

Pouco depois, às quatro e meia da madrugada, Victoria também se vestiu e ambas desceram até a cozinha, onde encontraram Ona em companhia de Rous.

— Olá, moças — cumprimentou a anciã. — Devem estar com uma fome atroz.

— Acertou — assentiu Victoria, trocando um olhar com Rous.

A moça, ao vê-la, baixou os olhos.

— Como passou a noite, Tom? — perguntou Bárbara.

— Muito bem. Hoje dormi direto.

— Isso é magnífico — disse Victoria, que sabia de suas dificuldades para dormir.

— Vamos, vamos — disse a anciã. — Sentem-se e comam. Vocês têm que encher esse corpo ossudo.

— Ossudo? — exclamou Victoria, olhando para Rous, que as observava. — Acho que meu corpo pode ser qualquer coisa, menos ossudo.

Durante toda sua vida, se achara gorda. Quando era menina, por causa de seu rosto redondo e suas bochechas, chamavam-na de roliça no colégio. Ela odiava recordar isso.

— Só de cheirar isto — disse, aspirando o aroma do pão que acabara de sair do forno —, com certeza vou aumentar um número.

— Que exagerada! — retrucou Bárbara. Em seguida, olhou para Rous e perguntou: — Você está bem?

— Ela torceu o tornozelo em um degrau — respondeu Ona por ela. — Está com o pé muito inflamado. Estou lhe dizendo para não ir trabalhar hoje, mas ela insiste em ir. É muito cabeça-dura!

— Em que degrau foi? — inquiriu Victoria com maldade.

— Que diferença faz? — disse Bárbara.

— Vamos, vamos, comam.

Rous, constrangida, não sabia para onde olhar. Desde o primeiro dia que havia visto as espanholas, invejara seu jeito de se vestir. Vê-las era como ver as modelos das revistas. Suas roupas eram bonitas, e tão diferentes do que ela usava que só olhar para elas alegrava seu dia.

— Quando voltar à Espanha, vou ter que fazer uma dieta estrita para perder todas as calorias que estou comendo aqui — murmurou Victoria, pegando um pedaço de pão.

— Moças — falou Ona, apontando para as botas de Victoria e os tênis de Bárbara. — Vão ficar com umas bolhas terríveis nos pés se usarem isso. Rous, você pode subir ao sótão com elas? Talvez nas caixas de lá encontrem roupa decente.

Ao ouvir isso, Victoria parou de mastigar. O que seria roupa decente para Ona? Os andrajos que Rous usava? Ou as breguices que havia lhe emprestado semanas atrás, como o pijama de tomates, por exemplo?

— Eu agradeço, Ona, mas acho que posso me virar com minhas roupas — disse Victoria, recusando o oferecimento e tentando não parecer horrorizada.

— Nem pensar! — insistiu a anciã. — Subam antes que os homens cheguem. Certamente pelo menos encontrarão umas galochas. Daqui a dois dias temos que ir a Dornie, e lá vocês poderão comprar alguma coisa.

Sem poder se recusar, Rous se levantou, e tentando não mancar subiu ao sótão, seguida das garotas. Uma vez ali, Bárbara contemplou, maravilhada, a quantidade de móveis velhos que havia amontoados por todo lado. Tudo estava sujo, empoeirado. O lugar despertou recordações nas irmãs. Quando pequenas, e até o falecimento do pai, nos fins de semana iam para Tomelloso, cidade de Marga. Lá, a avó delas, Lucía, tinha um casarão enorme, cujo sótão, assim como aquele, cheio de pó, era o lugar predileto das duas para brincar.

— De quem é toda esta roupa? — perguntou Bárbara, remexendo em uma caixa.

— Da falecida — respondeu Rous.

Victoria soltou tudo, horrorizada.

— Quem é a falecida? — sussurrou Bárbara.

— A mulher de Robert.

Bárbara e a irmã se olharam, boquiabertas.

— Do que ela morreu? — murmurou Victoria.

— Eu não gosto de falar dos mortos — replicou Rous com voz rouca. — Peguem o que quiserem. Acho que a falecida não vai se importar.

— Ouça, Rous — perguntou Bárbara, ciente da escassez de roupas da moça —, por que você não usa toda esta roupa?

— Não quero nada da falecida. Aqui estão as galochas.

— Tudo bem, vamos pegar emprestadas as galochas até irmos a Dornie — concordou Victoria, franzindo o nariz.

Quem sabia como devia ser a falecida...

Depois de sair do sótão, voltaram à cozinha, onde puseram umas meias grossas que Ona lhes emprestou. Calçaram as botas. Por fim sentiam seus pés aquecidos.

— Que horror de botas! — reclamou Victoria, bem no momento em que a porta se abria e entravam Niall, Robert, Set e Doug.

Ao vê-las ali sentadas, eles se surpreenderam, mas, sem dizer nada, cumprimentaram Ona e se sentaram para tomar o café da manhã. Meia hora depois, sem uma palavra, eles as levaram a um enorme galpão. Ao ver as vacas soltas, Victoria quase gritou; mas reprimiu o impulso ao perceber que Niall a observava à espera de alguma reação de sua parte. Não estava a fim de falar com ele; não tinha forças. Só frio.

Por sua vez, Bárbara ainda não havia reagido diante da notícia de que Robert havia sido casado. Aproximou-se dele quando desceu do carro.

— Hoje você ainda não me dirigiu a palavra — disse ela.

— Talvez seja porque não tenho nada a dizer — respondeu o ruivo, sisudo.

Suas constantes mudanças de humor e a pressa que tinha na maioria das noites de ir embora da fazenda a deixavam desconcertada. Em duas ocasiões Bárbara havia tentado falar com ele, mas fora inútil. Agora percebia que Robert não havia lhe contado nada sobre sua vida.

— Eu gostaria de falar com você — disse ela a seguir.

Precisava saber quem era a falecida.

— Se eu tiver tempo, avisarei — disse ele.

Ao ouvir sua réplica, Bárbara olhou para ele e, dois segundos depois, reagiu.

— Pode deixar. Acho que já não estou mais a fim.

— Ouça — disse ele, enfiando um boné verde na cabeça —, limite-se a ajudar sua irmã. Já tenho problemas demais para que você me arranje outros.

Bárbara estava surpresa, não sabia a que se devia tudo aquilo. Mal havia trocado meia dúzia de palavras com ele nos últimos dois dias.

— Sabe de uma coisa, simpático? — disse ela com um sorriso que o desmontou, enquanto se afastava. — A partir deste momento, você não existe para mim.

Set e Doug, que esperavam com ele na van, começaram a rir, mas Robert os fez calar com um movimento de mão. Nesse exato momento, Niall entrou no carro, trocou um olhar com Victoria, e sem dizer nada arrancou.

Quando a van se afastou, as garotas começaram a trabalhar.

— Não ligue para ele, Bárbara — murmurou Rous. — Ele é louco por você. Mas é tão cabeça-dura que é incapaz de reconhecer.

— Você é um doce, Rous — disse ela, pegando uma vassoura enorme. — Mas homens como esse idiota já me deram muitos problemas. Preciso parar de pensar nele.

— Faz bem — disse Victoria, que não parava de tiritar. — Nossa vida já é bastante complicada, não precisamos partir daqui a algumas semanas com mais problemas ainda.

De repente, sem poder evitar, Rous começou a soluçar. Sentia-se culpada pelo que havia acontecido mais cedo e queria se desculpar. Sua intenção nunca havia sido roubar.

— Ah, pelo amor de Deus! — reclamou Victoria. — Além de estarmos aqui, neste lugar horrível e fedido, ainda temos que ouvir você berrar?

— Vicky, cale a boca! — censurou-a Bárbara, irritada.

— Lamento pelo que aconteceu hoje cedo — desculpou-se Rous, olhando para o chão. — De verdade, eu não pretendia roubar nada, eu só...

— É melhor se calar para não piorar — interrompeu-a Victoria.

Depois de um silêncio constrangedor, foi a moça quem falou:

— Vocês não vão acreditar — confessou Rous, com o rosto molhado de lágrimas —, mas eu nunca tive amigas.

— Não me surpreende — suspirou Victoria, sem piedade. — Com essa aparência, é compreensível.

— Vicky! — gritou Bárbara para fazê-la calar. — Já chega!

— Por quê? — respondeu ela com maldade. — Por acaso é mentira? Olhe para ela! Parece um filhote de cruz-credo!

— Não dê ouvidos a essa idiota — disse Bárbara, passando a mão na cabeça de Rous. — Querida, isso não é possível. Você é uma garota encantadora. Não acredito no que você acabou de contar.

— Ela tem razão. Vocês não conhecem minha vida — gemeu Rous, abrindo a boca como um são bernardo.

— Não conheço, e nem me interessa — interrompeu Victoria, ganhando outro olhar de censura da irmã.

Mas então, tão repentinamente quanto começara a chorar, Rous parou. Enxugou as lágrimas e, afastando-se de Bárbara, pegou uma pá enorme, entrou no galpão e começou a trabalhar.

— Vicky — retrucou Bárbara —, você me deixa abismada. Como pode ver alguém chorar com tanto sofrimento e não sentir nada?

— Eu também tenho problemas e não saio por aí chorando.

— Coitadinha — disse a irmã sem lhe dar ouvidos. — Você ouviu o que ela disse?

— Ouça, Bárbara — respondeu Victoria enquanto observava um grupo de vacas se afastar —, eu tenho tantos problemas, e tanto frio neste exato momento, que não posso pensar em outra coisa que não seja eu, eu, eu, eu e eu.

— Você é uma egocêntrica, acha que é o umbigo do mundo — replicou Bárbara. — Se eu fosse igual, você estaria aqui sozinha recolhendo merda de vaca.

— Aaaiiii! — gritou Victoria, correndo para uma árvore. — Uma vaca! Uma vaca!

E com uma incrível destreza, subiu na árvore enorme.

— Eu diria que são duas — murmurou Bárbara, acariciando as tranquilas ruminantes que passavam ao seu lado.

Com paciência, Bárbara esperou até que Rous tirasse todas as vacas do galpão. Estava triste, e Bárbara queria falar com ela. Mas deixar sua irmã histérica ali fora sozinha não era o mais acertado. Se bem que, às vezes, como nesse momento, ela merecia.

— Vicky — disse, por fim —, as vacas assassinas estão todas pastando ali fora. Vou entrar no galpão.

— Espere!

Victoria, pálida como cera, deu um pulo para descer da árvore.

— Nossa — exclamou Bárbara, franzindo o nariz ao entrar no galpão. — Que fedor.

— Ah, Deus... — suspirou Victoria, jogando-se para trás. — Eu... eu não consigo entrar aí. Morro de nojo!

— E você acha que eu não? Não encha o saco! — disse Bárbara.

E entregando-lhe uma das pás, acrescentou:

— Lamento, princesinha, mas se eu recolho merda, você também.

— Não posso — gemeu a irmã. — Juro que não consigo, sou incapaz...

— Ah, sim, pode sim!

Bárbara a empurrou, sem se dar por vencida.

— Ande, que temos muito a fazer!

Assim que entrou, ouviu-se um "ploft!".

— Diga que não fui eu... — choramingou Victoria.

Mas sim, ela havia pisado em uma bosta de vaca enorme, afundando metade da bota nela.

— Aiii, vou ter um troço! — disse Bárbara, morrendo de rir. — Veja pelo lado bom. Esse pé vai ficar mais quentinho que o outro!

— Vá à merda! — gritou Victoria, olhando seu pé coberto por toda aquela pasta marrom. — Isso não pode estar acontecendo comigo. Quero acordar, por favor! Quero acordar de uma vez!

O cheiro de vacas, fezes e urina era terrível. Contudo, Rous estava acostumada e nem notava o fedor.

— Temos que arejar o galpão — disse. — Trocar o leito sujo e úmido por aquele ali.

— Para quê! — gritou Victoria, cobrindo a boca com a mão, pois o cheiro era realmente nauseabundo. — São vacas! Para elas tanto faz se trocarmos ou não.

— Lamento, mas não — disse Rous, abrindo a portinha dos fundos. — Se não trocarmos o leito todos os dias, os animais podem sofrer putrefação nas patas e pegar centenas de doenças.

— Coitadinhas — sussurrou Bárbara.

— Acho que vou vomitar! — disse Victoria, sentindo engulhos.

— Não se atreva — ordenou a irmã. — Já basta recolher merda de vaca, não vamos limpar seu vômito também.

— Você é desumana! — gritou Victoria.

— E você, uma metida insensível.

Bárbara não podia deixar de rir ao ver a condição patética da irmã.

Meia hora depois, Victoria, com mais nojo que habilidade, enfiava quilos de leito úmido em enormes sacos de lixo cinza. De nada havia adiantado tentar evitar fazer aquilo; Bárbara não lhe permitira.

No meio da manhã, depois que elas lavaram o chão com mangueira, chegou Set com o lanche. Ao vê-lo, Rous mudou de expressão, o que não passou despercebido pelas duas irmãs. Poucos minutos depois, sem olhar para elas nem trocar uma palavra, o rapaz foi embora. Ia voltar para onde estavam os homens. Em silêncio, Rous abriu o saco que Set havia deixado para elas. Pegou um pedaço de pão com um pouco de queijo e começou a comer.

— Preciso lavar as mãos — disse Victoria, olhando para Rous, que comia tranquilamente sentada em cima de uma caixa. — Onde você se lavou?

— Ali, com a mangueira — indicou a moça.

— Mas essa é a mangueira das vacas! — exclamou Victoria. — Eu não vou lavar as mãos com a mesma mangueira com que limpamos o galpão. Que nojo!

— Pois não há outra mangueira — replicou a moça. — A água que sai dela é limpa.

— Vicky — interveio Bárbara, pegando-a pelo braço e levando-a até a mangueira. — Eu vou segurar enquanto você lava as mãos.

— Mas... está gelada! — protestou Victoria, retirando as mãos ao sentir a água fria.

— Hoje você está me dando nos nervos, de uma forma que nem imagina — sibilou Bárbara. — Lave essas malditas mãos de uma vez por todas para que eu também possa lavar as minhas.

Cansada e dolorida, Victoria obedeceu. E, antes que pudesse dizer qualquer coisa, Rous lhe estendeu um guardanapo de papel para que se secasse.

Durante o lanche não conversaram; comeram em silêncio, cada uma pensando em seus próprios problemas.

— Maldição! — protestou Victoria de repente. — Esqueci os cigarros.

— Que azar — murmurou Bárbara, sem olhar para ela.

— Mas eu quero um cigarro — reclamou Victoria. — Preciso de um cigarro.

— Vicky! — gritou Bárbara, assustando Rous.

Ela já não aguentava mais.

— Não há cigarro aqui! Não adianta você ficar reclamando durante meia hora, uma hora ou sete horas. Rous e eu não temos cigarro. E as vacas, duvido que fumem. Portanto, ou você se cala, ou pega erva do chão, enrola em um guardanapo e fuma!

Depois desse ataque de fúria, Bárbara se levantou, mal-humorada, e se afastou. Precisava dar uma volta e esfriar a cabeça. As palavras frias de Robert a estavam torturando, e ela já não aguentava mais as constantes queixas da irmã.

— Set tem cigarro — informou Rous quando ficaram sozinhas. — Se quiser, posso ir até onde estão eles e pedir-lhe um.

— Estão perto daqui? — perguntou Victoria, esperançosa.

— Mais ou menos — respondeu a moça. — Uns três quilômetros.

Victoria ficou perplexa.

— Rous, você está me dizendo que andaria três quilômetros de ida e mais três de volta, com o tornozelo dolorido, só para me trazer um cigarro?

— Sim — assentiu ela, limpando a boca com a manga depois de beber direto da garrafa. — Se para você é importante, eu vou. Quer que eu vá?

De repente, Victoria sentiu vontade de chorar. Aquela moça, a quem ela havia tratado com tanto desprezo, estava disposta a fazer isso por ela.

— Não, Rous — negou Victoria, com um sorriso. — Não precisa.

— Lamento que você e Bárbara estejam brigando.

— Ah, não se preocupe — retrucou Victoria, olhando a irmã, que começava a preparar o leito seco no galpão. — Nossas brigas são constantes. Não é nada.

— É legal ter irmãos — asseverou Rous.

— Ouça — perguntou Victoria, sentando-se ao lado da moça com um sorriso —, o que você está fazendo na casa de Ona e Tom?

— Vivendo em paz.

Victoria estava preparada para ouvir qualquer coisa, mas não isso.

— Não quero entediá-la com minha vida — disse a moça, sem olhar para ela.

Suas palavras, junto com a gentileza anterior, sem que ela soubesse por que, tocaram o duro coração de Victoria. De súbito ela se sentiu malvada, e desagradável. Não estava se portando bem com aquela garota, e tinha que reconhecer.

— Rous — disse, apoiando a mão no ombro dela —, quero me desculpar pela maneira como me comporto com você. Eu sei que às vezes sou uma verdadeira bruxa...

— Eu não a vejo assim — murmurou a moça.

— Acho que você é inocente demais, e também muito frágil, Rous.

— Não acredite em tudo que vê — disse a jovem.

— Você me perdoa, então?

— É claro que sim.

— Sabe, eu adoraria saber de sua vida, de verdade.

— Sério? — disse Rous, olhando para Victoria.

— É claro que sim — respondeu Victoria, fazendo-a sorrir.

— Bom... — começou ela. — Eu vivi em Glaswood até que minha mãe morreu. Eu tinha dez anos, e meu irmão, Johnny, oito. Ainda lembro como mamãe nos levava para o quarto e nos proibia de sair quando meu pai voltava para casa. Agora sei que ela nos trancava para que ele não nos batesse. Mas, quando ela morreu, tudo mudou. Tive que crescer de repente, abandonar a escola, e com dez anos cuidar da casa, de meu irmão e de meu pai. Uma noite, meu pai chegou bêbado. Johnny e ele brigaram, e papai, furioso, empurrou-o contra a parede... O azar foi tanto que a pancada o matou.

Victoria sentiu uma parte de seu coração se partir ao ouvir a história terrível da moça.

— Rous... lamento — sussurrou, comovida. — Deve ter sido horrível.

— Foi — prosseguiu ela com um fio de voz. — Então, peguei a escopeta de caça de meu pai e o matei. Ele mereceu. Juro, Victoria, ele mereceu — soluçou Rous, cobrindo os olhos. — A partir desse momento, todo o mundo se afastou de mim. Levaram-me para um abrigo e fiquei ali durante dois anos. Ninguém queria ficar comigo. Mas, um dia, em uma excursão que fizemos ao castelo de Eilean Donan, Tom e Ona me viram e se interessaram por mim. Com a ajuda de Niall, eles me adotaram. E então eu comecei a ser feliz. No entanto, os rumores do que havia acontecido em minha casa chegaram até aqui, e a partir desse momento nenhuma garota dos arredores quis ser minha amiga. As mães diziam que eu era louca e, apesar do tanto que Ona lutou por mim, nunca acreditaram nela. Meus únicos amigos sempre foram Robert e Niall. Eles me demonstraram carinho de muitas maneiras. Sempre se lembram de meu aniversário e também me dão presentes no Natal.

Victoria estava sem fala. Com apenas dez anos Rous havia tido que viver uma experiência terrível.

— Eu juro que nunca roubaria nada seu — declarou a garota, olhando-a nos olhos. — Se hoje de manhã entrei em seu quarto foi para...

— Não precisa continuar — disse Victoria, cobrindo-lhe a boca e sorrindo. — E, antes que diga mais alguma coisa, quero lhe pedir desculpas de novo pelo que lhe disse hoje de manhã, e ontem, e todos os dias desde que estou aqui. Para mim, isto tudo não está sendo fácil — confessou. — Sou uma mulher da cidade, acostumada a outro tipo de vida e de pessoas. Por favor, perdoe-me.

Com os olhos cheios de lágrimas, Rous assentiu. E esboçando um sorriso, murmurou:

— Sabe de uma coisa? Eu também brigava com meu irmão, Johnny. Ele era muito bonito — recordou. — Parecia-se muito com mamãe. Tinha uns olhos azuis grandes e cheios de vida, e um sorriso divertido.

— Você também é linda — disse Victoria, passando a mão por seu cabelo emaranhado.

— Isso não é verdade — replicou a garota com um sorriso amargo. — Sou feia, eu sei. Tom diz o contrário porque me ama, mas você não precisa mentir para me alegrar. Só de me olhar no espelho toda manhã já sei como sou.

— Rous — disse Victoria, pegando-lhe o queixo. — Não acho que você é feia. O que acontece é que você não sabe tirar proveito de sua beleza. Você tem uns olhos azuis maravilhosos, que poucas vezes mostra.

— Meus olhos são iguais aos de mamãe e Johnny — assentiu ela.

— Perfeito! — exclamou Victoria ao sentir a doçura da moça. — Quantos anos você tem?

— Vinte e cinco, três meses e dois dias.

— Uma idade ideal.

Victoria continuou observando o rosto da moça.

— Seu cabelo precisa de um bom tratamento. Desde quando você não o corta?

— Eu mesma o corto.

— Você sabe o que é uma máscara? Um esfoliante corporal? Creme depilatório?

— Li alguma coisa nas revistas. Mas não vale a pena gastar dinheiro comigo. Para quê?

— Você gosta de Set, não é?

— Como você sabe? — perguntou a garota, estranhando.

Ela nunca havia contado isso a ninguém.

— O amor é como o dinheiro, Rous. Dá para notar! — respondeu Victoria. — Não precisa contar para que as pessoas percebam.

— Sim, gosto dele — assentiu ela, corando. — Mas ele nem sabe que eu existo.

— Ai, Rous, Rous, Rous... Se deixar que eu a ajude e seguir alguns conselhos que vou lhe dar, prometo que Set vai perder o sono.

— Então, é por isso que Niall não dorme? — perguntou Rous.

— Não sei do que você está falando — respondeu Victoria, desconcertada. — Mas se aquele neandertal não dorme, deve ser porque não quer ou porque anda de cama em cama, como o belo beija-flor que é.

Assim que disse isso, Victoria percebeu, por seu tom de voz, que estava contrariada. Praguejando baixinho, teve que reconhecer que se importava com aquele bruto, mesmo que só um pouquinho.

— Acho que você gosta do Niall tanto quanto ele gosta de você — declarou a moça, surpreendendo-a.

— Pois garanto que não há nada que eu possa fazer quanto a isso.

— Tem certeza?

— Absoluta — afirmou Victoria, categórica. — Eu gosto de homens com classe, e Niall não tem nenhuma.

Rous sorriu, pensando no que Victoria havia dito minutos antes com relação a amor e dinheiro.

Bárbara aproximou-se delas e sua raiva evaporou quando viu que Rous e sua irmã estavam conversando, até brincando.

— Perdi alguma coisa? — perguntou.

— Não, irmãzinha — respondeu Victoria, com um sorriso que a deixou ainda mais desconcertada. — Precisamos de sua ajuda. Set e o resto do mundo têm que ver como Rous é linda.

À noite, depois que jantaram todos juntos, Robert desapareceu, como em muitas outras ocasiões. O dia não havia sido fácil, e ele havia dormido muito mal na noite anterior. Isso havia feito que falasse de mau jeito com Bárbara de manhã, e, para seu desespero, ela não olhara para ele nem lhe dirigira a palavra uma única vez depois disso.

O cansaço de um dia duro de trabalho fez com que todos se retirassem cedo para dormir. Nesse momento, Victoria aproveitou para sair à varanda para fumar o último cigarro.

Acendeu-o e se sentou nos degraus da porta de entrada. Olhou ao redor, pensando que ainda não entendia bem como diabos havia ido parar ali. Aquele lugar era um desastre. Não tinha nada a ver com seu glamoroso apartamento em Madrid.

Dando uma tragada, ela recostou a cabeça na balaustrada de madeira e olhou para o céu. Nessa noite a lua estava cheia, e havia muita claridade. Começava a sentir frio, mas estava tão cansada que fechou os olhos. E antes que pudesse perceber adormeceu.

Escondido nas sombras, Niall a observava. Parecia tão tranquila olhando para o céu que ele preferiu curtir a visão, e não começar a discutir com ela. Ele sabia que no momento em que trocassem duas palavras, como sempre acontecia, acabariam jogando coisas um na cabeça do outro.

Com um sorriso, ele viu Stoirm se aproximar e farejar entre as pernas dela, que nem percebeu. Vendo que ela não se mexia, o cachorro subiu dois degraus e se enroscou nas costas dela para dormir.

Divertido pela imagem que ofereciam a garota e o cachorro, Niall se aproximou. A noite estava fria demais, e, se Victoria ficasse muito tempo ali dormindo, poderia congelar. Tinha que a acordar.

Quando chegou perto, com cuidado ele tirou o cigarro dentre os dedos dela e o apagou. Estava realmente adormecida. Agachou-se diante dela, e Stoirm o cumprimentou. Ele retribuiu a saudação passando a mão no lombo e na cabeça dele com carinho. Niall olhava abobado para Victoria, para aquela boca que tanto desejava beijar. Tê-la perto de si causava-lhe uma angústia enorme, que devorava suas entranhas.

Aquela mulher não era para ele, mas, no fundo, desejava-a como a nenhuma outra. Ele jamais havia gostado de mulheres submissas, mas também nunca havia encontrado uma tão melindrosa quanto ela.

Vendo-a ali, tão linda, tão etérea, desejou tocá-la. Morria de vontade de passar os dedos por aquela pele sedosa e enroscar as mãos naquele cabelo preto selvagem. De súbito, ela se mexeu, soltando um leve ronco que o fez sorrir. Quando ela inclinou a cabeça, ele notou, divertido, uma pequena gota de saliva começar a deslizar para a queixo pelo canto da boca de Victoria.

— Princesa — sussurrou ele, abobado pelo momento. — Se eu lhe disser que está babando, tenho certeza de que vai me matar.

Ao ouvir sua voz rouca, Victoria abriu os olhos de uma vez. A poucos centímetros de seu rosto, Niall a observava com um dos seus sorrisos bobos.

— Que foi? — inquiriu ela, tiritando. — Por que está me olhando assim?

— Estava observando uma coisa curiosa.

— O quê?

— Estava vendo sua baba cair lentamente por aqui — disse ele, limpando com a mão o canto já seco da boca de Victoria.

Ao sentir o calor daqueles dedos em sua pele, Victoria nem sequer pôde protestar. Limitou-se a olhar para ele, extasiada com a carícia que ele lhe fazia nos lábios, com uma delicadeza tão grande que a fez tremer.

— Está com frio, não é? — perguntou Niall.

Ela assentiu.

Antes que ela fizesse ou dissesse qualquer coisa, ele tirou sua jaqueta de camurça e a jogou por cima dela.

— Não precisa fazer isso — murmurou Victoria ao vê-lo se agachar de novo. — Está frio demais para esse tipo de cavalheirismo. Não seja bobo, ponha-a de novo.

— Fique tranquila — respondeu ele. — Eu estou acostumado a estas temperaturas, você não.

Eles não conseguiam parar de se olhar; ambos tinham plena consciência do que estava acontecendo. A atração que sentiam um pelo outro era cada vez mais evidente. De súbito, Victoria notou algo se mexer atrás dela e, ao olhar e ver que era Stoirm, levantou-se de um pulo. Mas tropeçou e caiu para a frente, derrubando Niall e caindo em cima dele.

— Ora, princesinha — disse ele, brincalhão, com ela nos braços. — Eu sabia que você me desejava, mas não que fosse tanto a ponto de se jogar em cima de mim.

— Você é bobo?! — disse ela, tentando se levantar.

Mas o escocês não lhe permitiu.

— Solte-me agora mesmo, se não quiser que eu grite.

— Tem certeza de que vai gritar?

— É claro! — afirmou ela, mais rígida que uma vara ao sentir aquele corpo duro e forte colado no seu.

— Eu adoraria fazê-la gritar — sussurrou ele, olhando-a nos olhos —, mas de prazer. Gostaria de tê-la nua em minha cama, só para mim. Eu beijaria todas as partes de seu corpo e faríamos amor tão apaixonadamente que eu ficaria louco ao ouvi-la suplicar por mais.

Victoria não esperava ouvir uma declaração dessas. Abriu a boca para protestar, mas teve que a fechar imediatamente. Não sabia o que dizer; e menos ainda quando sua imaginação e seu corpo começaram a traí-la. Gostava da sensação de estar nos braços de Niall. Poucas vezes havia sentido isso, mesmo quando estava com Charly. O olhar do escocês e seus lábios carnudos eram a coisa mais tentadora que ela já havia visto na vida, para não falar do que ele havia acabado de dizer. Nem em seus melhores momentos, Charly havia sido tão sensual falando, olhando ou beijando.

Atraída como se ele fosse um ímã, Victoria baixou a boca até chegar à dele. Passou a ponta da língua devagar pelos lábios de Niall. Desta vez, foi ele que ficou surpreso. Mas, depois de um segundo, soltou um grunhido de satisfação, enroscou as mãos no cabelo sedoso de Victoria e a beijou com fervor.

O frio deixou de existir. O mundo parou. O desejo que sentiam um pelo outro seria capaz até de degelar o Polo Norte. Deixando-se levar pela paixão, Victoria se levantou levemente para respirar, e nesse momento Niall a agarrou com força pelos quadris e a deixou sentir o epicentro de seu desejo. Ela ficou excitada ao notar como estava duro. Estava havia meses sem sexo e gostava daquele homem.

— Eu adoraria continuar, mas acho que não é o lugar mais adequado — murmurou ele, vendo como a jovem tiritava de frio.

— Tem razão — respondeu Victoria, nervosa. — Se me soltar, vou levantar.

— Não acredito — exclamou ele. — Você acabou de dizer "tem razão"?

— Sim — assentiu ela, sorrindo. — Mas também disse que se me soltar, vou levantar.

— Dê-me outro beijo e a soltarei — murmurou ele com voz rouca.

Sentia-se tão atraída por ele que não pensou duas vezes. Inclinando-se para a frente, deu-lhe um beijo doce, suave e rápido.

Niall cumpriu sua palavra, com a virilha quase explodindo. Curtindo os últimos segundos do contato maravilhoso, ele retirou as mãos dos quadris de Victoria. Sentindo-se liberada, ela se levantou e lhe ofereceu a mão para ele se levantar também. Ele gostou do gesto.

— Tome — disse ela, entregando-lhe a jaqueta. — Ouça o que eu digo, vista-a. Está frio.

— Tudo bem — concordou ele. — Mas só se, então, deixar que eu a aqueça.

— Niall... — suspirou Victoria, olhando-o nos olhos. — Acho que não é uma boa ideia continuarmos com esse jogo.

— Vamos entrar. Um café vai nos fazer bem.

Ele pegou a mão dela e entraram na cozinha, seguidos de Stoirm. Enquanto Victoria se sentava à mesa e o observava, Niall pegou uma cafeteira antiga e começou a jogar pó de café dentro. Nesse momento, o cachorro aproveitou para se enroscar confortavelmente debaixo da mesa, aos pés dela.

Niall sorriu ao ver isso e levou o café ao fogo. Depois, abriu um armário e pegou uma caixa de biscoitos. Só então se sentou ao lado de Victoria.

Durante alguns segundos, ambos ficaram em silêncio. O que havia acontecido momentos antes os deixara meio desconcertados. Por fim, foi Niall quem falou.

— Acho que somos adultos para saber o que fazer — disse, e olhando-a, acrescentou: — A não ser que existam terceiros que possam se ferir.

— A esse respeito, estou tranquila. Eu não tenho ninguém para ferir — respondeu ela, recusando um biscoito. — Mas o motivo principal de minha viagem é outro.

— Você acha que vale a pena o esforço que está fazendo para conseguir um contrato para sua empresa? — perguntou ele.

— Para ser sincera, acho que não — respondeu Victoria, apoiando a cabeça nas mãos para olhar para ele. — Mas preciso conseguir esse contrato. Preciso resolver os problemas que aqueles dois inúteis me criaram.

— Inúteis? Por quê? — inquiriu ele com curiosidade.

— Há alguns meses, por motivos pessoais — explicou Victoria, pensando em Charly —, eu tive que mandar dois dos meus publicitários para cá. Eu havia assinado com o presidente da TAG Veluer um pré-contrato pelo qual minha agência se comprometia a alugar o castelo de Eilean Donan para a gravação de um anúncio publicitário. Mas a questão é que aqueles dois voltaram para Madrid sem o contrato. Pelo visto, não conseguiram entrar em contato com seu chefe, o conde McKenna.

— Puxa, que tragédia! — comentou Niall, pegando os biscoitos. — Lamento.

— Eu lamento mais ainda — retrucou ela, tirando um biscoito dele. — Minha reputação como publicitária está em jogo, e o dono da TAG Veluer ameaçou tirar a conta de nós.

— Que motivos pessoais a impediram vir à Escócia?

— Bem — disse ela, deixando o biscoito mordido em cima da mesa —, é uma história complicada e tediosa.

— Você nunca me deixaria entediado — disse ele, colocando outro pedaço de biscoito na boca. — Acho mais provável que me surpreenda.

— Eu cancelei meu casamento vinte e quatro horas antes.

Niall parou de mastigar de repente. Como um robô, levantou-se, pegou a cafeteira e duas xícaras e voltou à mesa.

— Quer leite? — perguntou.

— Não. Gosto puro.

Em silêncio, Niall encheu as duas xícaras. Estendeu uma a Victoria, que a levou aos lábios e fez uma careta de desagrado.

— Pelo amor de Deus, que coisa nojenta! — reclamou. — Por que fazem café tão fraco? Parece americano: é água pura.

— É o costume — respondeu ele ao ver o gesto infantil de Victoria.

Dando um gole no seu, acrescentou:

— Eu gosto assim.

— Então — disse ela, apontando-lhe o dedo —, você não gostaria do meu café.

— Como é?

— Bem forte.

— Agora entendo por que você fica a mil o dia todo — brincou ele, e ganhou um soco no braço.

Parecia mentira que nesse instante estivessem tão à vontade na companhia um do outro e, em outros, só faltasse a pistola para se matarem.

— Quer me contar o que aconteceu para que você cancelasse seu casamento? — perguntou Niall, cravando seus olhos verdes nela.

— Ah, meu Deus! — exclamou Victoria, levando as mãos à cabeça. — Não quero falar sobre isso. Desculpe, não estou a fim.

— Tudo bem — murmurou ele, surpreso, mas ao mesmo tempo curioso. — Stoirm gosta de você, sabia? — disse, apontando para o cachorro, que dormia placidamente aos pés dela.

— Mas eu não gosto dele — replicou Victoria, olhando para Stoirm e encolhendo os pés.

— Stoirm é muito cabeça-dura — asseverou Niall, enchendo sua xícara de novo.

— Eu também.

— Disso, eu sou testemunha.

— Veja só quem fala!

— Como era o nome? Esse de que você me chama quando tem esses ataques de loucura. Ementhal?

— Neandertal — corrigiu ela, enfeitiçada pelo sorriso dele. — Eu sei, é horrível. Mas princesinha também não fica atrás.

— O neandertal e a princesinha — debochou Niall. — Bom título para um livro.

— Vou dizer a Bárbara — decidiu Victoria. — Ela é escritora.

— E eu vou beijá-la de novo — sussurrou Niall.

Ela estremeceu. A voz rouca dele e o modo como a olhava faziam-na sentir centenas de emoções ao mesmo tempo. Contudo, ela não se permitia desejá-lo.

— Não. Não quero que me beije.

— Por quê? — perguntou ele, aproximando-se. — Seus olhos me dizem o contrário.

Senti-lo tão perto fazia seu coração se acelerar. Todo seu mundo balançava ao notar a virilidade que emanava daquele homem. Ela fechou os olhos um instante e, depois de pensar no que realmente lhe convinha, abriu-os de novo.

— Ouça, Niall, vou ser sincera com você — disse, apesar de morrer de vontade de beijar aqueles lábios carnudos e sensuais. — Minha prioridade é que seu chefe assine o contrato para depois eu poder voltar para minha casa e minha vida.

— Sua vida luxuosa? — inquiriu ele, depreciativamente.

— Exato.

Victoria sentiu, de súbito, uma pontada no coração. Sem dúvida, algo dentro dela estava mudando.

— Quero voltar à vida de que eu gosto. Cada um tem seu lugar no mundo, e o meu não é este.

— Valoriza tanto assim o luxo e o dinheiro?

— Valorizo o viver bem — declarou ela. — Eu trabalhei muito para conseguir o que tenho e não quero perder nada disso.

— Você está me dizendo — replicou ele, contrariado — que nunca abandonaria sua vida maravilhosa de executiva e seus luxos caros por...

— Não, Niall. Eu nunca abandonaria isso tudo — interrompeu Victoria.

Ela não queria escutar o que ele ia dizer.

A seguir, fez-se um silêncio longo e constrangedor. Eles não eram amantes. Nem sequer eram amigos. Mas havia algo entre eles – e isso deixava Niall desconcertado –, e ele não conseguia entender por que dormia pensando nela e acordava com ela na cabeça outra vez. Era ridículo!

— Tem razão — concordou ele por fim, antes de enfiar outro biscoito na boca. — Cada um tem que estar em seu lugar. E já que você foi sincera comigo, acho que também devo ser honesto com você.

Então levantou-se, abriu o armário e guardou os biscoitos. Precisava recuperar seu autocontrole. Escutá-la o machucara, e isso o incomodava. Ela era só mais uma mulher. Nunca havia se deixado ferir por ninguém, e aquela espanhola não seria a primeira.

— O que quer dizer? — inquiriu Victoria.

— Veja — disse ele, do outro lado da cozinha —, tenho que reconhecer que, como mulher, você não é de se jogar fora. Para ser sincero, o que eu realmente desejo é levá-la para a cama.

Ao ouvir Niall dizer isso, a surpresa se estampou no rosto de Victoria.

— Eu não estou à procura de relacionamentos estáveis. Não acredito no amor. Mas acredito na luxúria, no sexo. E você, minha querida princesinha, é o tipo de mulher que qualquer homem procura para isso. Sexo e diversão.

Victoria ficou sem palavras. Do que aquele energúmeno a estava chamando? Ou o que queria lhe dizer, de verdade?

— Honestamente, você não é uma mulher de parar o trânsito — prosseguiu Niall, sentando-se ao seu lado. — Mas tem um corpo aceitável. E, como homem que sou, você entende que não queira desperdiçar nenhuma oportunidade.

E a seguir beijou-a. Foi um beijo selvagem, tórrido, em nada parecido ao doce contato de minutos antes. Ainda incrédula, Victoria o empurrou imediatamente, com brusquidão, livrando-se de seu abraço.

— O que é que você está pensando, seu neandertal?! — gritou ela, levantando-se e fazendo Stoirm acordar. — Como assim, eu tenho "um corpo aceitável"? Quem você pensa que é? Mister Universo?

— Não — respondeu ele, contendo o riso. — Por que está assim? Mulheres como você, que têm tudo, costumam aproveitar oportunidades assim para se divertir.

— Nunca mais ponha suas mãos nojentas em mim — ameaçou ela, pegando uma faca — ou juro que corto suas bolas!

— Hmm — suspirou Niall. — Quero ver essa sua faceta em minha cama. Você deve ser uma gata selvagem...

— Não se aproxime de mim, imbecil, senão juro que vai se arrepender — bufou Victoria caminhando para a porta.

Mas antes de sair, voltou-se.

— Ah, e uma coisa mais. Eu não babo! E se quer tanto uma mulher em sua cama, tenho certeza de que qualquer uma das suas amiguinhas vai adorar diverti-lo.

E, dito isso, saiu furiosa da cozinha, deixando Niall mal-humorado e sozinho com o cachorro.

— Sabe de uma coisa, Stoirm? — disse Niall.

O border collie levantou a cabeça.

— Acho que você e eu vamos passar uns dias longe daqui. Essa espanhola insuportável está me deixando maluco, e isso, meu amigo, eu não posso permitir.

15

Victoria se alegrou ao saber que Niall havia partido da fazenda. No entanto, esse sentimento foi se transformando pouco a pouco à medida que passavam as horas. Por mais estranho que pudesse parecer, sentia muito sua falta.

À noite, depois de jantar, enquanto Bárbara e Robert conversavam com Ona na cozinha, Victoria pediu licença e foi para o quarto. Não estava a fim de ver o grude daqueles dois.

Ao passar na frente do banheiro, a porta se abriu e Tom apareceu.

— Por que essa cara tão triste? — perguntou o ancião.

— Estou esgotada.

— Quer conversar um pouquinho?

— Na verdade, não seria nada mal.

Precisava falar com alguém de coisas que não fossem receitas de cozinha, arame farpado e bolhas nas mãos. E, especialmente, precisava parar de pensar em Niall.

— Belo roupão — comentou Victoria ao ver que era Pierre Cardin.

— Niall me deu de presente em meu aniversário — contou Tom. — Eu sempre disse que era luxuoso demais para um velho como eu.

— Que bobagem — retrucou ela, sorrindo e ajeitando-lhe os travesseiros na cama. — Desta vez, e sem que sirva de precedente, vou admitir que seu neto teve um gosto excepcional.

— Meu neto tem um gosto excepcional para tudo, inclusive para mulheres.

— Ah, sim... — replicou ela, franzindo o cenho. — Ele e seu harém...

— Niall sempre foi muito cobiçado pelas mulheres dos arredores, desde que era jovem — declarou o homem. — Seu porte e o poder de seu olhar causam estragos nas festas.

— Isso é amor de avô — brincou Victoria, fazendo-o sorrir. — Espero que não se ofenda, Tom, mas seu neto é o ser mais prepotente, mandão e exigente que já vi. Nós dois não nos bicamos.

— Ora — brincou ele, coçando a orelha —, onde será que já ouvi isso?

— Não me espantaria que tenha sido daquela boca enorme dele — disse Victoria, aproximando a poltrona vermelha da cama. — Nós não combinamos em absoluto. Imagino que já tenha percebido isso.

Tom sorriu. Aquela moça era engraçada. Mas mais engraçado era Niall, que, apesar de não demonstrar seus sentimentos, era incapaz de disfarçar a fascinação que sentia por ela cada vez que a olhava. O velho já havia notado, e Ona lhe confirmara. Ainda lembrava a expressão do neto quando entrara em seu dormitório para se despedir. Embora não lhe contasse os motivos de sua partida, Tom sabia muito bem quais eram.

Todas as manhãs, da janela, ou quando descia para a cozinha, o velho os observava. E suas suspeitas se confirmaram ao ver a fingida indiferença que Victoria demonstrava pela partida de Niall. Sem dúvida, havia algo mais entre eles. Isso, ninguém podia negar.

Desde o início, Tom notara a forte personalidade da espanhola. Todas as manhãs, Ona e ele riam quando a viam partir para o campo, de van, vestida de forma inadequada. Isso, além do terror que ela sentia dos animais, surpreendia-os tanto quanto o fato de ela aguentar o ritmo que os rapazes lhe impunham.

— Como foi o dia hoje? — perguntou o velho.

— Horroroso! — respondeu Victoria, sentando-se diante dele. — Sinceramente, Tom, não sei como você aguentou esse ritmo durante tantos anos.

— Onde os rapazes a puseram hoje? — inquiriu ele, divertido.

— Para consertar a cerca da área sul — explicou ela, mostrando-lhe as palmas de suas mãos. — Viu minhas mãos? Estão um horror! Vou precisar de quilos e quilos de hidratação. Que hidratação, que nada! Vou precisar esfoliar, revitalizar e estimulá-las antes de hidratar.

— Você é engraçada, moça!

Victoria sorriu. Isso era novidade.

— Você acha que sou engraçada?

— Acho você tão diferente de tudo ao meu redor que seus comentários me fazem sorrir — admitiu ele com sinceridade. — Não mude nunca. Esse frescor é muito atraente e, se não se empenhasse em ser tão resmungona, as pessoas gostariam de você ainda mais.

— Ah, não... não — negou ela, afastando o cabelo do rosto. — Não quero agradar aos outros. Não. Não.

— Niall me disse que você tem medo de vacas.

— Mas que linguarudo! — murmurou ela, contrariada. — Tudo bem, eu confesso. Odeio vacas! Esses bichos fedidos só sabem sujar e sujar, blegh!

— Acho que está subestimando a inteligência dos animais, moça. As vacas são seres gentis e, de certo modo, doces. Você conhece Geraldine?

— Não, quem é? Alguma vizinha?

Morrendo de rir com a pergunta dela, Tom respondeu:

— Geraldine é minha vaca favorita.

— Pelo amor de Deus, Tom! Você tem uma vaca favorita?

— Sim. Minha Geraldine tem vinte anos.

— As vacas vivem tanto assim? — exclamou Victoria, incrédula.

— Elas podem chegar aos trinta, mas o normal é que aos sete, depois de umas cinco ou seis crias, sejam sacrificadas. Mas, escute, minha Geraldine é diferente.

— Não acredito. — Como uma vaca podia ser diferente? Para ela, eram todas iguais. — Está me dizendo que seu bicho de estimação é uma vaca, como se fosse um gato?

— Ona não me deixa trazê-la para cá. Ela me mataria!

— Normal. Eu também o mataria — confessou Victoria, toda arrepiada. — Uma vaca é uma vaca, por mais que você queira que seja algo especial.

— Você diz isso porque ainda não conhece Geraldine, que, aliás, está prenhe de novo. Estou preocupado. Falta pouco para o parto.

— Você está preocupado... com uma vaca?

— Com minha vaca — esclareceu Tom, dando-lhe um tapinha suave na cabeça. — Geraldine insiste em ser mãe, apesar de já ter dado mais de dez crias. E o parto pode não acabar bem.

Ao ver que Victoria o olhava como se ele estivesse louco, Tom decidiu debochar da garota.

— Minha Geraldine é teimosa como uma mula. Igual a você!

— Nunca na vida fui comparada a uma vaca — reconheceu ela, rindo. — Já me disseram que sou a reencarnação do demônio, ou que sou...

— Quem disse uma barbaridade dessas?

— As pessoas, Tom... as pessoas...

— Que ninguém a chame de nada disso na minha frente — exclamou ele, levantando o dedo — ou vai ter que se ver comigo.

— Fique tranquilo — disse ela —, eu sei me defender sozinha.

— Acho muito bom, moça. Mas, agora, você tem a mim.

Ao ouvir isso, Victoria sentiu uma profunda emoção. Sem ao menos conhecê-la, aquele ancião queria ser seu cavalheiro andante. Isso a fez se sentir bem.

— Você é muito bom — disse, pegando-lhe a mão. — Quando eu voltar ao meu país, vou sentir saudade sua.

— Espanha! — disse ele, surpreendendo-a. — Em sua homenagem e recordação, se o bezerro sobreviver, vou chamá-lo de Espanha.

— Não pode ser! — exclamou ela, divertida. — Isso é maldade.

— Ah, sim — concordou Tom. — Eu lhe daria o nome de Victoria, mas conhecendo-a como a conheço, tenho certeza de que você me cortaria o pescoço.

— Rá! Como sabe?

Nesse instante, a porta se abriu.

— Ona, dá para acreditar que Tom quer pôr o nome de Espanha no bezerro de Geraldine?

— É um nome magnífico! — confessou a mulher, aproximando-se. — Adorei. Vai sempre nos fazer recordar você.

— Espanha é você: força e bravura — afirmou Tom com um sorriso.

— Sabem de uma coisa? — disse Victoria. — Agora entendo de quem o netinho de vocês herdou esse caráter tão meticuloso.

E a seguir os três caíram na gargalhada. Chamar um bezerro de Espanha para recordá-la era a coisa mais rocambolesca que Victoria jamais poderia imaginar.

16

Quatro dias de trabalho duro sem notícias de Niall ameaçavam enlouquecer Victoria. Tom e Ona tentavam alegrá-la, mas ela sentia um profundo pesar no coração que a fazia constantemente ter vontade de chorar. O que estava acontecendo? Por que se descobria pensando em Niall como uma adolescente se ele só lhe havia dito coisas vulgares, como que não queria nada mais que sexo e diversão com ela?

Nesse dia, Robert decidiu ficar com as garotas para ajudá-las a consertar a cerca no prado. Mas era só uma desculpa, pois a única coisa que queria era ficar ao lado de Bárbara.

Victoria se sentia muito constrangida na companhia dos dois, e em várias ocasiões se viu observando-os com certa inveja. Algo desconhecido até então para ela, chamado "ciúme", havia batido em sua porta com brusquidão. Ela tentava odiar Niall com todas as suas forças, mas não conseguia. Gostando ou não da dureza de suas palavras, elas fizeram Victoria começar a refletir.

Por que ela não conseguia sorrir como Bárbara? Por que a irmã era capaz de se adaptar a tudo, e ela a nada? Essas perguntas martelavam sua cabeça sem parar. De repente, cada sorriso que recebia de Ona, de Tom, de Rous ou de qualquer um dos que viviam ali a emocionava. Seria verdade esse negócio de que a Escócia muda as pessoas?

Contudo, o desespero que sentia nessa manhã a estava dominando. Ver a irmã rir como uma tonta e Robert corresponder com piscadinhas cúmplices fez Victoria descontar na pessoa com quem tinha mais confiança.

— Você foi para a cama com ele, não foi? — perguntou a Bárbara.

— Não. Mas não por falta de vontade — retrucou Bárbara, olhando espantada para a irmã. — Por que essa pergunta, agora?

— Você é uma mentirosa! — berrou Victoria.

— Ei, Vicky. O que há com você?

— O que há é que quero voltar para casa — respondeu ela, furiosa. — Isso é o que há! Meu cabelo está desidratado e com pontas duplas. Os poros do meu rosto estão grandes como um buraco de metrô. Minhas unhas estão quebradas, meu corpo precisa de um spa e, se eu continuar comendo desse jeito, vou voltar para Madrid como uma baleia. Quer que eu continue?

— Que exagerada, pelo amor de Deus!

— Não sou exagerada — gemeu Victoria, ciente de que sua mentira não colava. — Sou realista.

— Tem certeza de que é isso que a incomoda? — murmurou Bárbara, levantando as sobrancelhas.

Ela sabia por que a irmã estava tão tensa. Era por causa de Niall. Contudo, não estava disposta a dizer nada até que aquela cabeça-dura a procurasse para conversar.

— Vou menstruar — justificou Victoria. — Só isso.

— Bem, então, acalme-se. Não precisa se estressar com tudo. Relaxe, curta o dia lindo que está fazendo hoje.

Victoria quase gritou. Como curtir o dia lindo? E, farta dos sorrisinhos de Robert e Bárbara para ela, gritou:

— Parece que você gosta de sofrer: primeiro João, e agora esse idiota! Não percebe que ele a está usando para se divertir? Como pode ser tão tonta?

Bárbara a olhou, furiosa.

— Você é uma víbora malvada, ruim demais. Como pode falar de João em uma hora dessas?

Ao ouvi-las discutir e gesticular, Robert se aproximou. Pegou uma garrafa de água e bebeu direto do gargalo.

— Veja só o Chewbacca — comentou Victoria com malícia. — Acha que está protagonizando um maldito anúncio da Coca-Cola Light.

— Lamento dizer, querida irmãzinha, que cada vez que vejo esse que você chama de Chewbacca minhas pernas tremem.

— Quem é que tem um péssimo gosto agora, hein?

— Já chega! — replicou Bárbara, contrariada. — Você sabe muito bem o que quero dizer — prosseguiu Bárbara em espanhol, para que os outros não as entendessem. — Você está nervosa porque seu neandertal foi embora, não é?

— Como?! — gritou ela, incapaz de ser sincera. — Você é louca!

— Ouça, eu não pretendo falar sobre isso. Se quiser alguma coisa, sabe onde me encontrar.

— Dispenso — respondeu Victoria, pegando mais arame.

— Acho muito bom, mas faça-me um favor: pare de fazer essa cara de doberman cada vez que vê Robert perto de mim. A partir de agora, abstenha-se de seus comentários nefastos e mordazes, se não quiser que eu me comporte como você. Pare de observar minha vida enquanto estraga a sua.

— Por que está dizendo isso?

— Vicky, eu não a suporto quando fica assim! — gritou Bárbara, exasperada. — Por acaso acha que eu não percebo que está mal há dias? Por que diabos está com essa roupa? — disse, dando um puxão na camisa de Niall. — Até pouco tempo atrás, segundo você, era um pano de chão. Ora, pelo amor de Deus!

— Bárbara, eu só estou falando porque quando voltarmos à...

— Quando voltarmos para casa — sentenciou Bárbara —, vai ser problema meu, não seu.

— Tudo bem — Victoria não queria dar o braço a torcer. — Espero não ter que a consolar e dizer: "Eu avisei".

— Fique tranquila — rosnou Bárbara, ciente de que Robert estava perto. — Não vou precisar de nenhum consolo, e menos ainda do seu. A mesma confiança que você tem em mim vai ser a que terei em você.

— O que há com vocês? — perguntou ele.

— Estou com vontade de dar um soco em alguém — respondeu Victoria.

— Isso é fácil — disse Robert. E, erguendo a mão, acrescentou: — Aperte a mão assim, mire no ponto que quiser acertar e solte um soco com todas as suas forças.

— Obrigada pela aula, Bruce Lee — debochou Victoria, diante da seriedade da irmã.

— Venha cá — pediu Bárbara, pegando Robert pela mão. — Vamos, preciso de um pouco de ar fresco, antes que eu ponha em prática essa técnica que você acabou de explicar.

Ainda mais furiosa que momentos antes, Victoria os seguiu com o olhar enquanto eles desapareciam pela colina.

Dava para cortar com uma faca a tensão entre as duas irmãs. Não se olharam nem se dirigiram a palavra durante o resto da manhã. Quando a van passou para levá-las de volta para a casa principal, Victoria estava com um humor de cão, e Bárbara não muito mais contente que ela.

Nesse dia, a jornada de trabalho acabou mais cedo que o habitual. Domingo era aniversário de Tom, e as mulheres queriam ir a Dornie fazer compras. Isso, de certo modo, alegrou-as, mas não tanto quanto a Rous, que estava histérica porque Victoria havia prometido lhe comprar várias coisas que a ajudariam com seu plano para conquistar Set.

— Você pode levar este caldo para Tom? — perguntou Ona a Victoria. — Sairei mais tranquila para fazer compras sabendo que ele comeu alguma coisa.

— Sim. Sim, claro — assentiu ela, pegando o prato e a colher.

Saiu da cozinha e subiu a escada iluminada pela luz da tarde, até o quarto de Tom. Nos dois últimos dias ele se sentia mais cansado que o habitual, por isso não havia descido à cozinha para ficar com os outros. Preferia ficar sozinho no quarto, para pensar, como ele dizia.

Depois de bater na porta Victoria entrou, e foi recebida com um dos sorrisos carinhosos de Tom.

— Vim lhe trazer um caldinho — anunciou ela, sorrindo também. — E você vai tomar tudo, porque, senão, Ona vai brigar comigo.

— Então, está resolvido — disse ele, passando suas mãos envelhecidas pelos cabelos brancos.

Como seu pulso não era muito firme, Victoria foi lhe dando o caldo pouco a pouco. Ela nunca havia gostado de cuidar de doentes, mas Tom era diferente.

— Moça, isto aqui não acaba nunca? — reclamou ele, sentindo sua garganta arder.

— Mais três colheradas — disse Victoria, em pé —, e prometo que acaba.

Sem reclamar, o ancião continuou comendo. E, quando terminou, o sorriso de satisfação que ela lhe dedicou recompensou seu esforço.

— Muito bem. Agora, Ona e eu ficaremos felizes por você.

— Você seria uma enfermeira maravilhosa.

— Credo! Acho que você está enganado, Tom. Não gosto de cuidar de doentes. Não tenho paciência.

— Não tive essa sensação.

— Só cuidei de um doente na vida — acrescentou ela. — Meu pai.

Tom pôde ver a tristeza no olhar de Victoria, apesar de ela tentar disfarçar.

— Imagino que seu pai tenha morrido — disse ele, dando uns tapinhas no colchão para que ela se sentasse ao seu lado.

Victoria obedeceu. Ela não se deu conta, mas nesse mesmo instante a porta do quarto se abriu. A pessoa que entrou levou o dedo indicador aos lábios para pedir a Tom que não dissesse nada. O ancião assentiu.

— Ele faleceu quando eu tinha dezesseis anos.

— De que morreu?

— É...

Victoria hesitou, constrangida.

— Entendo — disse Tom, intuindo a resposta. — Ouça, moça — disse, pegando-lhe o queixo para que ela olhasse para ele. — Para o doente, não é fácil aceitar a doença, mas quando, infelizmente, tem que viver com isso, não pode fazer nada além de tentar aproveitar a companhia dos seus cada segundo de vida. E, embora nos conheçamos há pouco tempo, tenho certeza de que seu pai foi feliz até o final.

— Sim — assentiu ela, sem poder dizer mais nada.

Ela adorava o pai.

— Não conheço sua mãe, mas só de ver suas duas filhas maravilhosas posso ter uma ideia de como ela é.

— Você se surpreenderia — disse Victoria, sorrindo ao pensar nela. — Ela é alegre e animada como Bárbara, nada a ver comigo.

— Você é alegre.

— Não minta — retrucou ela com tristeza. — Eu sou sem graça e chata.

— Não, moça, não é. Sua mãe deve ter muito orgulho de vocês, não é?

— De Bárbara, sim, mas de mim, acho que não. Mas, também, eu não mereço. Eu...

— Por são Fergus! Como pode dizer isso? Os pais sempre têm orgulho dos filhos, e, embora às vezes eles nos decepcionem, nunca deixam de ser nossos filhos.

Depois de um momento de silêncio, Tom prosseguiu:

— Ona e eu adorávamos nossas filhas. Mas, infelizmente, o destino as roubou de nós cedo demais.

— As mães de Niall e de Robert? — perguntou Victoria, intrigada.

— Sim, moça, Isolda e Isabella — respondeu o ancião, sorrindo ao recordá-las.

— Isolda... — murmurou Victoria. — Que nome romântico!

— Minha mãe se chamava Isolda também — declarou Tom.

— Acho um nome lindo.

— Isolda era romântica, como o nome, e se apaixonou cedo demais por um rapaz que eu achava que não servia para ela. Isso fez com que ficássemos brigados por um tempo. Mas quando Niall nasceu, e Isolda e seu marido vieram para cá para mostrá-lo, tudo se resolveu, pois percebemos quanto nos amávamos e quanto havíamos sentido falta um do outro. Graças a isso, pude ver que estava enganado a respeito do pai de Niall, que era um rapaz excelente. Um ano depois Isabella se casou, e, quando Robert nasceu, a felicidade foi completa. Contudo, em uma noite de chuva, quando voltavam de uma festa em Edimburgo, bateram o carro e os quatro morreram na hora.

— Que horror, Tom!

— Sim, moça. Foi terrível. E mais ainda quando quase perdemos a custódia de Niall.

— Por quê?

O velho fechou os olhos. Havia se deixado levar pelas recordações e quase pisara na bola. De modo que decidiu se concentrar em suas palavras.

— Coisas de família que com o passar dos anos se ajeitaram — respondeu, como se não tivesse importância. — Mas, graças a Deus, minhas filhas nos ajudaram lá do céu, e tanto Robert quanto Niall cresceram felizes ao nosso lado. Assim como a mãe de cada um, eles foram e são nossa maior alegria. E tenho certeza de que sua mãe pensa o mesmo de você.

— Tom, eu não sou a mulher que você pensa.

— Ah, não? — exclamou o ancião. — Você é um espectro?

— Não — retrucou Victoria, esboçando um sorriso —, mas com o resto do mundo não tenho a facilidade que tenho para me comunicar com você. Nem mesmo com minha mãe.

— Não acredito — replicou ele. E cravando os olhos nela, perguntou: — Seus pais lhe ensinaram os valores da vida?

— Sim — assentiu ela, pesarosa —, é claro que sim.

— Então?

A pergunta a pegou de surpresa. Como explicar sua atitude perante sua família e o resto do mundo durante todos aqueles anos?

— Quando papai morreu, minha mãe ficou arrasada. Durante alguns anos, apesar dos meus esforços, fomos afundando em dívidas. Mamãe se entregou à bebida, e eu não soube ajudá-la.

— Sinto muito por isso, moça — murmurou Tom, apertando-lhe a mão.

— Eu estava tão farta da miséria, dos gritos e das bebedeiras de mamãe que decidi me afastar delas. Deixei minha família para trás e me transformei em outra pessoa.

— Isso é impossível — asseverou o ancião. — Ninguém deixa de ser como é.

— Sim, Tom. Eu deixei — afirmou Victoria, olhando-o nos olhos. — Em meu empenho de apagar meu passado, abandonei nas costas de minha irmã uma mãe bêbada e centenas de dívidas. Construí uma vida na qual não havia espaço para o coração e os sentimentos. Passei de Victoria, uma moça de periferia, a Victoria Villacieros Zúñiga, chefe do departamento de publicidade da RCH. Uma mulher fria e impiedosa a quem todos respeitam por medo, mas de quem ninguém gosta. Até julguei ter encontrado uma nova família, que me encheu de luxos e de pretensos amigos, mas que, afora isso, nada mais tinha a oferecer. Mas, sabe de uma coisa, Tom? Quando achei que tinha tudo, um dia antes de meu casamento, descobri que a única coisa verdadeira que eu tinha, apesar de tê-la rejeitado, era minha família.

— Você deve ter orgulho delas, moça.

— Sim. E gostaria que mamãe soubesse quanto a amo.

— Algo me diz que ela sabe. Não se preocupe.

— Mas eu preciso — disse Victoria, suspirando, aliviada por poder soltar aquela carga. — Preciso que ela saiba que a adoro e que tenho orgulho de ela ser como é. Por nada neste mundo eu gostaria que ela fosse o que durante muito tempo desejei.

— O que você desejou?

— Desejei que minha mãe não fosse... que não fosse ela, e que outra mulher, rica, estilosa, houvesse me dado à luz — sussurrou Victoria, cobrindo o rosto com as mãos. — Meu Deus, Tom, sou uma pessoa horrível! Admitir tudo isto me faz ver em que tipo de mulher me transformei. Bárbara tem razão: sou uma víbora malvada que destrói tudo que toca.

— Não se torture, moça — aconselhou Tom, abraçando-a. — Bárbara a adora.

— E eu a ela — confessou, recordando a discussão daquela manhã. — Mas, às vezes, eu me comporto de uma forma tão cruel com Bárbara que no fim ela vai acabar me odiando. Eu gostaria de ter a espontaneidade dela, de ser capaz de dizer o que realmente desejo.

— Você precisa vencer essas barreiras, Victoria, ou, do contrário, nunca será feliz.

— Eu sei — admitiu ela, enxugando as lágrimas. — Acho que as barreiras que usei durante anos para que ninguém me machucasse agora se voltaram contra mim.

— Sabe de uma coisa, Vicky? — disse uma voz atrás dela. — Eu sou especialista em saltar barreiras.

Era Bárbara, que, escondida nas sombras, com o coração apertado, havia escutado a conversa.

— Bárbara, eu... — tentou dizer Victoria, mas a emoção não lhe permitiu.

— Embora suas barreiras sejam mais altas que a Torre Picasso, vou pulá-las. E sabe por quê? Porque você é parte de mim, e apesar de às vezes querer estrangulá-la por ser uma chata esnobe e resmungona... eu a amo. E especialmente porque não vou conseguir ser feliz se você não estiver ao meu lado e não for feliz também. Ficou claro?

Abalada, Victoria assentiu, e se fundiu em um abraço carinhoso com a irmã, que expressava tudo que ela mesma não era capaz de comunicar com palavras.

Por sua vez, o ancião, também emocionado, enxugou as lágrimas com a pontinha do lençol.

— Tom — murmurou Victoria ao vê-lo. — Ai, pelo amor de Deus, não chore! Essa é a última coisa que eu quero — disse, abraçando-o com ternura.

— Ora — disse Bárbara, tentando fazê-lo sorrir. — Não dizem que os *highlanders* não choram? — E juntando-se ao abraço, acrescentou: — Mas que decepção, Tom. Um *highlander* como você chorando por mimimi de mulheres.

— Não sou eu chorando, moça — assentiu ele, feliz, abraçando-as. — É meu coração.

17

Com energia renovada, Victoria dirigia a van azul, feliz ao lado de Bárbara. O que havia acontecido no quarto de Tom derrubara grande parte das barreiras que existiam entre elas.

Ao desviar para pegar o caminho para Dornie, ficaram boquiabertas ao divisar, ao longe, o castelo de Eilean Donan. A majestade daquela estrutura de pedra era impressionante. Prometeram voltar outro dia para visitá-lo com tranquilidade. Inclusive, Victoria comentou que seria bom conhecê-lo antes que o conde chegasse. Nesse momento, sem que ela percebesse, Ona e Rous se olharam com cumplicidade.

Durante o trajeto, a mulher foi lhes contando curiosidades dos arredores, e logo chegaram a Dornie, uma cidade pitoresca das Highlands banhada pelo lago Duich. Suas casinhas eram baixas, e a maioria branca com telhado de ardósia preta. Ao reconhecer Ona, as pessoas a cumprimentavam com gentileza e, em muitos casos, ela se dirigia a eles em gaélico, língua que, em geral, os mais velhos usavam.

— Que lugar lindo — comentou Bárbara, olhando para a irmã. — Mãe do céu, que legal! Ver o castelo de Eilean Donan daqui é mágico.

— Parece de conto de fadas — assentiu Victoria.

Maravilhada com as sensações que aquele lugar lhe transmitia, Victoria notou, de súbito, que seu novo celular estava tocando em sua calça.

— Nossa — quase gritou, tirando-o do bolso. — Aqui há sinal!

Os toques constantes do aparelho indicaram em poucos segundos que tinha quinze ligações perdidas.

— Que requisitada! — comentou Bárbara. — A propósito, vamos aproveitar para ligar para mamãe.

— Você acredita que as quinze ligações são de Charly? — reclamou Victoria.

— Esse engomadinho é um pé no saco. Quando vai deixá-la em paz?

— Não sei — respondeu Victoria, olhando para Ona, que continuava conversando com um morador. — Ele disse que...

— Quem é Charly? — inquiriu Rous, curiosa.

— Meu ex — respondeu Victoria.

— Ele disse? — exclamou Bárbara. — Como assim "ele disse"?

— Você tem um ex? — perguntou Rous.

— Quando "ele disse"? — perguntou Bárbara.

— Pelo amor de Deus, parem! — gritou Victoria, sentindo-se acossada.

— Vou cumprimentar Gemma — disse Rous, escapando rapidamente.

Então, voltando-se para a irmã, Victoria confessou:

— Na noite em que voltamos para Edimburgo, quando você foi jantar com Robert, ele me ligou no hotel.

— E como ele sabia onde você estava?

— Bárbara — explicou Victoria —, para saber onde estou, Charly só precisava ligar para a agência.

— Puta que o pariu! — bufou a irmã.

— Ele disse o de sempre. Que me amava, que precisava de outra chance, o mesmo de sempre. Mas fique tranquila — acrescentou, pegando as mãos dela. — A última coisa que eu faria na vida seria voltar com aquele engomadinho. De modo que não se preocupe, ok?

— Tudo bem — assentiu Bárbara, satisfeita. — Mas prometa, Vicky.

— Eu prometo.

— Tudo bem — disse Bárbara. — Agora fico mais tranquila.

— Vamos ligar para mamãe?

— Legal! Quero saber como está Óscar.

Victoria digitou o número da mãe. Ela ficaria louca ao ouvir a voz delas. Mas depois de mais de quinze toques, Victoria se deu por vencida.

— Que estranho — disse Bárbara, olhando o relógio. — Se aqui são quatro e dez da tarde, na Espanha são cinco e dez. É hora da novela, e ela não a perde por nada no mundo.

— Vou ligar para Víctor.

— Ponha no viva-voz — pediu Bárbara. — Assim, falaremos as duas.

Então, Victoria digitou o número do amigo, que atendeu no terceiro toque.

— Que coisa boa! Como você está, linda?

— Estamos, você quer dizer — corrigiu Bárbara. — Como está meu cabeleireiro preferido?

— Olá, Víctor — cumprimentou Victoria —, estamos bem.

— Pelo amor de Deus, digam que vocês voltam amanhã mesmo — gritou ele, querendo vê-las. — Estou com uma saudade imensa. Madrid sem vocês não tem graça nem glamour.

— Natural — debochou Bárbara. — A graça quem lhe dá sou eu, e o glamour, Victoria, não é?

— Boa menina, ganhou um petisco — brincou Víctor. — Agora, sério. Quando vocês voltam?

— Quando o maldito conde aparecer — disse Victoria. — Ouça, você sabe onde está mamãe?

— Imagino que... em casa. — Víctor parecia incomodado. — É hora da novela dela.

— Sim, mas ela não atendeu o telefone.

— Que estranho! — retrucou ele, nervoso. — Não sei... Não faço ideia... Afe! Não, não sei.

— Você está mentindo, velhaco! — disse Bárbara. — Eu conheço esse tom de voz. É o tom da traição. Aconteceu alguma coisa? Estão todos bem?

— Claro que estamos todos bem. Só vou dizer que minha Diane Lane está bem. Muito, muito bem.

As irmãs se entreolharam.

— Eu disse! — exclamou Victoria, apontando o dedo para a irmã.

— Então, é verdade? — perguntou Bárbara surpresa. — Mamãe está com um enrosco?!

— Eu não chamaria assim — respondeu Víctor. — Ah, aliás, Óscar mandou um oi.

— Ai, meu fofinho — gemeu Bárbara. — Dê-lhe beijinhos e diga que penso muito nele.

— Mas mamãe está bem, não é? — insistiu Victoria.

— Sim, fique tranquila. — O tom de Víctor não dava margem a dúvidas. — Aqui está tudo perfeito. E vocês? Como vão esses *highlanders*?

— Meu Deus, Víctor! — murmurou Bárbara. — Eu conheci um monumento andante de cabelo vermelho que você ia adorar. Ele é agradável, bonito, divertido, gosta de mim, e eu dele...

— Caraca! — disse ele. — No fim, vocês vão conseguir me fazer ir para a Escócia. E você, Vicky? Algum *highlander* para você?

— Não, não tenho tempo — respondeu ela.

— Que mentira! — disse a irmã. — Diga que sim, que você gosta de alguém daqui. O que acontece é que, você sabe como Vicky é. Estranha... estranha...

— Bom — despediu-se Victoria ao ver que Ona olhava para elas. — Temos que desligar. Se vir mamãe, diga-lhe que ligamos e que estamos bem, ok?

— Dê muitos beijos no meu fofinho — despediu-se Bárbara —, e beijinhos para você também.

— Tudo bem — disse Víctor. — Divirtam-se, e não façam nada que eu não faria.

Ona se despediu de seus amigos, e as irmãs, maravilhadas com o lugar, seguiram-na até a "loja de Dornie", o típico estabelecimento de vila onde se podia comprar desde uma lata de feijão até um secador de cabelos.

— Não estou encontrando nada do que procuro — reclamou Victoria.

— Vicky, acho que você não vai encontrar o creme Christian Dior com lipossomas ativos. Mas compre este — disse Bárbara, mostrando-lhe um pote. — Talvez você se surpreenda.

— Nem louca! Isso é de uma marca qualquer — retrucou ela, pegando-o.

— Estamos em uma cidade de montanha, não na loja El Corte Inglés, da rua Serrano. Você acha que aqui as pessoas compram algo de grife? — inquiriu Bárbara, apontando ao redor.

Seguindo o dedo da irmã, Victoria observou o grupo de pessoas que havia na loja. Era gente humilde, do campo. Com certeza ninguém conhecia nem Christian Dior nem El Corte Inglés.

— Você acha que este creme é bom? — perguntou.

— Imagino que sim. Por que não seria? — Bárbara o abriu. — O cheiro é muito bom, e parece creme, mesmo...

Victoria só pôde sorrir.

— Tem razão. Vou deixar a frescura para outra hora. Mas que fique registrado que vou comprar o creme sem marca porque não há outro.

— Essa é minha Vicky — disse Bárbara, esboçando um sorriso.

Meia hora de árduo trabalho deu seu frutos, e ao sair da loja estavam carregadas de cremes para rosto e mãos, condicionador de cabelo, balões, faixas de cabelo coloridas, tesouras, tiras de cera depilatória, desodorante, sombra, rímel, dois livros, duas escovas redondas, elásticos de cabelo, grampos coloridos, três pares de meias-calças de trama fechada e quatro pares de meias grossas.

— Mãe do céu! — exclamou Rous, nervosa. — Vocês compraram metade da loja.

— Mas não compramos nada... — replicou Victoria, olhando para Ona. — Há outra loja em Dornie? Preciso comprar algumas peças de roupa.

— Bem... — A anciã suspirou, e a seguir murmurou: — Espere. Acho que a neta de Bridget mexe com roupa. Quer que eu pergunte?

— Sim, por favor — pediu Victoria, esperançosa.

Dez minutos depois, estavam na casa de Rachel, neta de Bridget, que era atacadista de roupas e calçados. De olhos arregalados, Ona e Rous observavam as espanholas, em especial Victoria, escolherem roupa como especialistas.

— Vamos levar isto — disse Victoria, com um sorriso triunfal, ao terminar sua seleção.

A volta à fazenda foi tão alegre quanto a ida. A cidadezinha de Dornie havia deixado Victoria maravilhada, em especial as pessoas, que a trataram com uma gentileza à qual ela não estava acostumada.

Duas horas depois, o que no início havia deixado Rous surpresa, estava se transformando em um verdadeiro pesadelo. Enfiada no banheiro com as duas irmãs, ela tentou algumas vezes fugir dali, farta de se sentir uma cobaia.

— Fique quieta — ordenou Victoria, olhando-a com a pinça na mão.

— Mas machuca — reclamou a moça.

— Rous — Bárbara estava farta de suas queixas —, se você parasse de se mexer, já teríamos acabado. — E, olhando para a irmã, disse em espanhol: — Devíamos ter comprado um cortador de grama. Que peluda!

Victoria não pôde evitar sorrir. Rous tinha uma quantidade imensa de pelos. Mas o mais difícil era tentar segurá-la para que ficasse quieta.

— Não me arranquem mais pelos — rogou ela, tentando se soltar. — Não quero! Dói.

— Ouça, Rous!

O grito de Victoria a deixou paralisada.

— Nunca ouviu dizer que para ficar bonita temos que sofrer?

— Sim — respondeu a moça, quase chorando. — Mas é que minhas sobrancelhas estão doendo muito. Machuca. Isso é desumano.

— O que é desumano — apontou Victoria — é que uma moça como você, com vinte e cinco anos, tenha as sobrancelhas de Groucho Marx.

— Rous — prosseguiu Bárbara. — Sabemos que incomoda, mas é só a primeira vez. — Indicou o suave arco que havia sobre seus olhos. — Vê minhas sobrancelhas ou as de Vicky? Gosta?

A moça assentiu.

— Então, o que estamos tentando fazer é deixar suas sobrancelhas finas e bonitas como estas e, acredite, falta pouco. Confie em mim, ok?

Sem poder dizer nada, Rous permitiu que Victoria prosseguisse, implacável com sua tarefa, enquanto Bárbara conversava para distraí-la.

Acabada a depilação das sobrancelhas, foi a vez de Bárbara. Anos atrás, ela havia feito curso de cabeleireira com Víctor, de modo que, depois de decidir o corte com a irmã, pegou a tesoura nova e pôs mãos à obra. O cabelo de Rous era duro e grosso, mas, quando terminou com ela, o resultado foi espetacular.

— Mãe do céu, Rous! — murmurou Victoria, incrédula. — Só de afinar as sobrancelhas e mudar o cabelo você já parece outra.

— Já posso me olhar? — pediu a moça, irritada.

— O que fazemos? Deixamos ou não? — brincou Bárbara.

— Ainda falta depilar as pernas — disse Victoria. Mas acrescentou com um sorriso: — Vamos fazer uma coisa, Rous. Vamos deixar você olhar e, se gostar, você nos deixa terminar nosso trabalho. O que acha?

— Tudo bem — grunhiu ela, louca para fugir do banheiro.

Não aguentava mais.

— Tudo bem — assentiu Bárbara. — Vamos, levante-se e olhe-se no espelho.

Decidida, a moça se levantou do vaso sanitário, e ao ver sua imagem, sua expressão hostil foi se transformando pouco a pouco em admiração. Aquela garota que a olhava do espelho era ela, e estava linda. Sem saber o que dizer, ela levantou as mãos para tocar o cabelo. Estava macio, não seco e crespo como de costume. E seus olhos. Santo Deus, que olhos! Agora estavam grandes e expressivos, e não escondidos e apagados.

— E então? — perguntou Victoria, curtindo a emoção evidente da moça. — Valeu a pena todo o sofrimento?

— Ah, sim — sussurrou Rous, quase sem voz.

Estava muito emocionada. Era como um sonho que se tornava realidade.

— Amanhã, para a festa, ficará melhor — disse Bárbara, tocando-lhe o cabelo.

— Mas... mas... está perfeito — murmurou a moça.

— Então, Rous — perguntou Victoria, disposta a prosseguir —, continuamos ou não?

Sem hesitar, a garota se sentou de novo no vaso sanitário. Tinha um brilho tão especial no olhar que as irmãs não puderam evitar de rir.

— Façam tudo que tiverem que fazer, por favor! — pediu.

Meia hora depois, porém, ela estava profundamente arrependida de ter dito isso. A cera para arrancar seus pelos longos e grossos das pernas a fazia uivar de dor. Era como se a estivessem matando. Em duas ocasiões inclusive, Ona e Tom, assustados com os gritos, tentaram entrar no banheiro, mas Victoria e Bárbara não deixaram. Queriam surpreendê-los.

À noite, enquanto os velhos conversavam sentados em suas grandes poltronas, Victoria e Bárbara entraram na sala, esgotadas, mas satisfeitas.

— Por fim! — exclamou Ona ao vê-las. — Estávamos preocupados. Por que demoraram tanto?

— Ufa — Bárbara soltou um suspiro, cansada —, foi extenuante.

— Mais que extenuante — pontuou Victoria.

— Onde está Rous? — perguntou Tom, angustiado. — O que fizeram com minha menina?

— Tom — disse Victoria, sentando-se —, acho que hoje à tarde sua menina se transformou em uma mulher.

E a seguir chamou-a:

— Rous, pode entrar.

Com timidez, olhando para o chão, Rous entrou na sala. A mudança era espetacular: não tinha nada a ver com a moça selvagem e mal vestida que na noite anterior havia se sentado com eles. Seu cabelo, seus olhos e até sua roupa a faziam diferente. Diante deles, uma nova Rous se erguia, nervosa e orgulhosa com sua nova aparência.

— O que... vocês acham?

A expressão de incredulidade de Ona e de Tom ao vê-la fez com que Bárbara e Victoria se entreolhassem. Era como se tivessem visto um fantasma.

— Por todos os santos — murmurou Ona, levando as mãos à boca. — Você está lindíssima!

— Alguém me abane! — exclamou Tom, levantando-se. — É você mesmo, Rous?

— Sim — respondeu ela com timidez. — Sou eu.

— Olhe para mim, moça — pediu o ancião.

Ele estava estupefato, tanto que teve que passar a mão pelo rosto dela para se certificar de que aquela era sua menina.

— Você está linda, minha querida — disse ele, abraçando-a enquanto Rous chorava. — Mãe do céu! Você é uma verdadeira beleza, e nós não sabíamos. Quase não a reconheci.

— Eu também não — murmurou ela, soluçando.

— Ona — declarou Tom ao ver as lágrimas da esposa —, agora você vai ter mais trabalho. Acho que vai ter que afastar as moscas que vão chover em cima desta menina. — E voltando o olhar para Rous, confessou: — Quero que saiba que para mim você sempre foi linda. A mais bonita de todas! Mas, agora, essa beleza também poderá ser apreciada pelos outros.

— Minha menina... minha menina... — sussurrou Ona, abraçando-a. — Acho que, a partir de agora, vai partir vários corações.

— Devo tudo a elas — disse Rous, abraçando aqueles dois velhos que tanto amor e carinho lhe haviam dado. — O mérito é delas.

— Bem — disse Victoria, limpando a garganta, pois não queria chorar. — Nós só polimos sua beleza. Mas a matéria-prima para ser linda é sua.

— Vocês são uma bênção do céu, moças — disse Tom, de coração. — Só posso lhes agradecer por serem como são e agradecer a meus netos por tê-las trazido a nossa casa.

— Tom — murmurou Bárbara, sorridente —, por mais que você se empenhe, não vou chorar.

— Que foi? — perguntou o ancião. — Espanholas não choram?

— Não — respondeu Victoria com ironia. — Só *highlanders*.

A cumplicidade que existia entre eles fazia com que as garotas se sentissem em casa. Ona, com um sorriso enorme, alegrava-se com a alegria geral, e em especial com a vitalidade do marido.

— Vicky, Bárbara — disse a anciã, tomando-lhes as mãos. — Obrigada. Obrigada por tudo que vocês fazem. Vocês trouxeram vida a esta casa, e eu nunca me esquecerei disso.

— Ona! Você se lembrou dos nossos nomes — murmurou Victoria, emocionada.

— Sim, querida, sim — assentiu Ona com um sorriso. — E pode ter certeza de que nunca vou esquecer.

— Ora, ora — brincou Bárbara, engolindo as lágrimas. — No fim, vamos acabar todos chorando como Madalenas arrependidas.

— Eu, não — retrucou Tom, divertido. — *Highlanders* não choram.

18

A manhã de domingo foi agitada e trabalhosa. Era aniversário de Tom, e à tarde comemorariam com uma grande festa para familiares e amigos.

Rous, que ainda se surpreendia quando se olhava no espelho, ajudava Ona na cozinha, enquanto Victoria e Bárbara retiravam alguns móveis da sala para que houvesse mais espaço.

Tom estava proibido de descer à sala de jantar, e como Bárbara havia lhe dado de presente seu MP3 e Victoria seu notebook, ele se distraiu na cama escutando música e jogando campo minado.

Às quatro da tarde, as mulheres subiram para seus respectivos quartos para se arrumar. Em uma hora chegariam os convidados. Com carinho, Victoria e Bárbara arrumaram Rous. Queriam que ela ficasse tão linda que deixasse todos sem palavras ao vê-la.

Bárbara alisou-lhe o cabelo e Victoria a maquiou. Rous tinha uns olhos incríveis, e com maquiagem ganhavam muito mais. Ao acabar de maquiá-la, foram para o dormitório, onde Rous quis pôr o jeans novo, parecido com os delas, uma camiseta azul-clara e umas botas novas, de salto não muito alto, pois não queria cair. O resultado final foi espetacular.

Vestindo simples jeans e camisetas coloridas, Victoria e Bárbara foram receber os vizinhos e amigos de Tom, que já começavam a chegar. Todos cumprimentaram o velho com carinho e, ao ver Rous, encheram-na de elogios. A moça estava realmente linda.

Os amigos de Tom eram muito animados. A maioria se conhecia desde sempre, e existiam entre eles laços muito fortes, como de uma grande família. Meia hora depois, muitos dos presentes estavam dançando, enquanto outros tocavam músicas típicas da terra em suas gaitas, fazendo Victoria se arrepiar.

— Não acredito! — gritou Robert de repente, aproximando-se com um grato sorriso. — Quem é essa beleza, e por que não é casada comigo?

— Não seja bobo, Robert — retrucou Rous, que corou ao ser elogiada.

— Minha querida, você está... — murmurou ele, abraçando-a com carinho. — Está linda.

A moça se sentia em glória. Nunca havia sido tão elogiada nem tão feliz. Mesmo assim, estava nervosa. Não havia visto Set, e queria que ele a visse. Poucos segundos depois, deixando Victoria, Bárbara e Robert, ela saiu de braços dados com Tom para buscar bebidas.

— Muito obrigado às duas — agradeceu Robert. — Vocês conseguiram fazê-la sorrir como nunca.

— Foi um prazer — respondeu Victoria.

— Robert — perguntou Bárbara —, sabe se Set vem?

— Viemos juntos. Ele está ali.

O rapaz estava fumando um cigarro e conversando com Doug perto da janela. Estava bonito, de barba feita e arrumado. No início, quando Rous passou perto dele acompanhada de Tom, Set não a reconheceu, mas a olhou. Contudo, ao ouvir sua risada, olhou-a com estranheza por alguns instantes, e então apagou imediatamente o cigarro e se aproximou dela sem perda de tempo. Nesse momento, Rous olhou para as irmãs e sorriu com cumplicidade.

— Ele mordeu a isca — exclamou Victoria. — Como um peixinho.

— Deu certo — acrescentou Bárbara ao ver Set olhar para Rous de olhos arregalados.

— Agora vocês são casamenteiras? — perguntou Robert ao ouvi-las.

Com um sorriso, Victoria se afastou dos pombinhos e foi ajudar Ona a encher a mesa de comida deliciosa. Logo, o barulho de um motor e uns latidos chamaram sua atenção.

Pilotando uma moto potente, Niall parou na entrada, onde Stoirm, feliz por voltar, cumprimentava todo mundo com suas lambidas meladas. Contudo, ao ver Victoria, que nesse exato momento havia ido até a porta, parou e se sentou.

— Olá, cachorro — cumprimentou ela com um sorriso.

No tempo que passara ali, os animais haviam lhe demonstrado que podia confiar neles; especialmente Stoirm. Apesar de ainda ter medo dele, pouco a pouco estava conseguindo superar.

— Ora, ora... — murmurou Bárbara, aproximando-se da irmã, que olhava lívida para fora. — Seu neandertal voltou com companhia feminina. Que bonita... e, especialmente, que novinha!

— Por mim, ele pode voltar com um faisão — rosnou Victoria com acidez, enquanto sua irmã batia uma foto.

Tentar manter o controle naquele momento não era fácil para ela. Fazia dias que sentia falta da companhia dele, que ansiava sua volta. Mas ver aquela ruiva de não mais de vinte e cinco anos cumprimentando todo mundo com alegria a fez desanimar.

Segundos depois, Niall estava diante delas dando um abraço em Robert. A seguir, olhou para Bárbara com um sorriso sarcástico.

— Cuidado, Bárbara, há um bicho ao seu lado — disse.

E, depois de olhar Victoria de cima a baixo com a mesma expressão sarcástica, afastou-se.

— Não diga nada — bufou ela, dirigindo-se a Bárbara.

— Não pretendia dizer.

— Ele não merece morrer? — grunhiu Victoria, ferida.

— Merece morrer! — confirmou Bárbara. — Venha, vamos afogar as mágoas no álcool.

Duas horas depois, a festa estava em seu apogeu. Niall e Victoria não haviam se falado ainda. Só se olhavam, ou melhor, desafiavam-se com o olhar. Todos os convidados comiam, riam e dançavam, inclusive Tom, que em duas ocasiões tirou Victoria para dançar. Ela aceitou, feliz.

De onde estava, Niall curtia ver o avô e a garota juntos. O velho estava feliz, e isso o alegrava como poucas coisas no mundo. Niall adorava o avô e sabia que ele o adorava também. Por isso, não estranhou que em duas ocasiões ele se aproximasse e insistisse para que falasse com Victoria. Contudo, Niall era cabeça-dura demais para isso, e preferiu dançar com todas as mulheres que se aproximavam, inclusive com a ruiva.

Morrendo de ciúme, Victoria passou o olhar lentamente pelo corpo de Niall. Ele havia cortado o cabelo e estava ainda mais bonito. Suas costas largas e sua bundinha dura faziam dele um homem muito desejável. Era o típico macho alfa cheio de testosterona que ela sempre odiara. Com uma calça Levi's e uma jaqueta marrom de camurça, Niall podia competir com qualquer um dos modelos com que ela estava acostumada a lidar em Madrid.

Sou uma tonta, uma imbecil por não conseguir parar de pensar em você, seu neandertal, pensou ela, olhando-o do outro lado da sala, enquanto ele parecia se divertir.

Por fim, farta dessa situação, Victoria se encheu de coragem e decidiu ir ao encontro dele. Mas, nesse instante, viu-o brindar com a ruiva e fugiu espavorida para a cozinha. Precisava se acalmar.

— A coisa vai pegar fogo — cantarolou Bárbara ao ver a irmã desaparecer.

— Por quê? — perguntou Robert, levantando sua cerveja em um brinde geral.

— Você está cego? Acha que minha irmã gostou de ver seu priminho voltar depois de vários dias de ausência com essa... com essa vadia?

— Que vadia? — interessou-se Robert.

— A de cabelo vermelho — respondeu ela. — Essa que agora está flertando com o de camisa xadrez.

De súbito, sobressaltou-se.

— Santo Deus! Viu o que a sem-vergonha fez?

— O que ela fez? — murmurou Robert, puxando-a para si.

Adorava Bárbara. Suas expressões, seu ânimo, sua ingenuidade. Ela era uma caixinha de surpresas da qual jamais se cansava. Tinha que falar com ela e lhe contar seu segredo; mas nunca encontrava o momento certo e, quando o fazia, não tinha coragem de lhe confessar o que o roía por dentro.

— Acabou de beijar o rapaz da camisa xadrez! — respondeu Bárbara. — Que vadia!

— Normal — assentiu Robert, beijando Bárbara. — É o marido dela. Acho que ela tem direito, não acha?

Ao ver a expressão de surpresa da jovem, caiu na gargalhada.

— Essa suposta vadia é nossa prima. Certamente Niall a encontrou no caminho e a trouxe até aqui.

— Ah, meu Deus! — murmurou Bárbara, olhando ao redor. — Tenho que falar com Victoria com urgência.

Com passo decidido, Victoria chegou à cozinha, onde Ona e outras mulheres conversavam enquanto secavam pratos e copos. Sem parar para pensar no que diriam, pegou um copo e, pondo nele duas pedrinhas de gelo, tirou a garrafa de uísque de Tom do armário, e deixando todas de boca aberta, abriu-a, serviu-se um pouco e bebeu de um gole só.

— Victoria, minha querida! — disse Ona, assustada, pois nunca a havia visto assim. — Aconteceu alguma coisa?

— Caraca! — exclamou Victoria ao sentir o uísque lhe queimar a garganta. — Não se preocupe. Preciso me acalmar, ou sou capaz de matar alguém.

De novo, sem parar para pensar, serviu-se de outra dose e a bebeu também de um gole só.

— Aaaiii, caraca! — exclamou de novo.

— Por todos os santos, Victoria! — censurou-a Ona. — Largue essa garrafa.

— Só mais um — disse ela com um fio de voz.

— Mas, moça, o que foi que...

— Aaahhhh, Deuussss! — gritou desta vez.

Depois de largar o copo e dar um beijo em Ona, esboçou um sorriso dirigido a todas as presentes e saiu da cozinha.

— Talvez no país dela bebam assim — disse uma das mulheres.

— Por todos os santos! — disse outra, pegando a garrafa. — Se eu beber meio copo desse uísque, vão ter que me enterrar amanhã.

Com estranheza, Ona seguiu Victoria com o olhar. Depois de sair da cozinha, a moça dirigira-se a Tom, que a segurara ao ver seus olhos vítreos. Só quando a idosa viu Niall rir com sua sobrinha, a linda da família, entendeu o que estava acontecendo e voltou para as amigas com um sorriso divertido no rosto.

— Você está bem? — perguntou Tom ao ver que a moça estava meio alterada.

— Ah, sim... Perfeitamente! Vamos dançar!

— Vicky — interrompeu-os Bárbara. — Tenho que falar com você.

— Moça, o que você bebeu? — inquiriu Tom.

— Um pouquinho de uísque desse que você guarda no armário. Bem, na verdade, foram três copinhos de nada — declarou Victoria. E olhando para a irmã, inquiriu: — Bárbara, o que você quer?

— Três copinhos? — exclamou o ancião, incrédulo por ela ainda estar em pé. — Por todos os santos, moça!

— Vicky, eu soube que... — começou Bárbara.

Mas, de súbito, um homem a pegou pela mão e a levou para dançar.

— Fique tranquilo, grandalhão — disse Victoria olhando para Tom. — Estou acostumada a beber uísque. Se bem que esse é meio forte.

— Olá, Victoria — cumprimentou uma voz atrás dela ao mesmo tempo que alguém tocava seu ombro.

Ao se voltar, ainda se segurando em Tom, deu de cara com alguém que lhe pareceu familiar; mas não conseguia recordar seu nome.

— Olá — cumprimentou ela efusivamente, dando-lhe dois beijinhos. — Seu rosto me é familiar, mas, desculpe, não lembro seu nome.

— É Greg — disse Tom —, o médico.

— Ah, sim! — disse ela ao reconhecê-lo. — Mãe do céu, mãe do céu, o doutor gato. Quer dançar?

— Acho que seria bom você tomar um ar — disse Tom, procurando Niall. Seu neto tinha que cuidar dela.

— Eu a levarei — ofereceu Greg, pegando-a pela cintura. — É seu aniversário, e seus convidados o esperam.

Do outro lado da sala, Niall falava com Robert, que lhe contava o que havia acontecido durante sua ausência. E ao ver Greg se aproximar de Victoria e pegá-la pela cintura, sentiu um enorme desejo de afastá-lo dela a socos. No entanto, em vez disso, furioso por seus pensamentos primitivos, voltou-se para tomar outra cerveja e tentou se distrair observando Rous e sua mudança espetacular. Imediatamente se sentiu contagiado pela alegria da moça. Era incrível o que as irmãs haviam conseguido fazer com ela. Havia passado de um patinho feio a um lindo cisne.

— Não quero tomar ar! — protestou Victoria. — Por que não dançamos?

Divertido com a situação, Greg parou alguns passos mais à frente. Havia pensado em visitá-la em algumas ocasiões, mas o olhar de Niall no dia da festa de O'Brien deixara claro que a garota não estava livre.

— Vicky... — disse Bárbara, aproximando-se. — O que você bebeu?

— Nada. Só três copinhos do uísque de Tom.

— Aquele que ele guarda no armário? — perguntou Greg, recordando que aquela bebida era mais forte que álcool puro.

— Mãe do céu, Vicky! Como você... — exclamou Bárbara. — Se você pudesse se ver, odiaria a si mesma. Por que fez isso?

— Porque senti uma vontade enorme de arrancar os dentes daquela ruiva. Caralho, Bárbara! Ela me fez sentir velha, feia e decrépita.

— Vicky, como você é tonta! — censurou-a a irmã com doçura. — Essa garota é...

— Acho que é melhor eu a levar para fora — interrompeu Greg, segurando o riso. — Você pode trazer um pouco de água gelada?

— É claro — respondeu Bárbara, indo imediatamente para a cozinha.

— Ei, Greg. Sabia que você é muito bonito? — disse Victoria, rindo, pondo um dedo no rosto dele. — Mas bonito mesmo, e sexy também. Já pensou em ser modelo?

— Não, obrigado, eu gosto de minha vida de médico rural — retrucou ele com humor, tirando-a da sala disfarçadamente.

— Você é casado?

— Não — respondeu ele, já ali fora. — O casamento nunca me atraiu.

— Faz bem.

Sentaram-se nos degraus.

— Eu quase casei, mas, sabe de uma coisa? Peguei o filho da mãe do meu noivo fazendo *ménage* com minha teoricamente melhor amiga e um amigo dele. Dá para acreditar?

— Sinto muito — murmurou Greg, incrédulo.

— Não... não... não lamente. Foi a melhor coisa que podia acontecer. Eu juro! — asseverou Victoria, sorrindo ao sentir o ar fresco no rosto.

— E suas mãos? — perguntou ele, para mudar de assunto.

— Graças a você, muito bem — disse ela, mostrando-as.

Na sala, a felicidade de Rous não conseguia consolar Niall, e ele decidiu acabar com aquele jogo absurdo com Victoria e falar com ela. Rous não parava de elogiá-la, de dizer como era maravilhosa e como havia se comportado bem com ela durante sua ausência.

Mas onde havia se metido?

Sentiu um frio no estômago quando, depois de percorrer a sala, não a encontrou. E seu coração se acelerou ao pensar que podia estar com Greg.

Sentada nos degraus, Victoria fumava um cigarro, ciente de que havia bebido demais.

— Você está bem? — perguntou Greg, divertido pelos comentários dela.

— Nossa — exclamou Victoria, soltando o cabelo. — Acho que faz séculos que não me sinto tão bem. Ei, posso lhe perguntar uma coisa?

— É claro. Diga.

— Você me acha desejável? Ou me acha enrugada e velha?

— Acho que você é uma mulher muito atraente, muito desejável.

— E meus seios? E minha bunda? — disse, levantando-se, desajeitada. — Acha que preciso de plástica?

— Victoria — disse Greg, divertido —, você não precisa de nenhuma plástica. Você está bem do jeito que é. Você é perfeita.

— Obrigada... muito obrigada — disse ela com um sorriso bobo. — Ouvir isso levanta meu moral.

Então, sentou-se nos degraus, aproximou-se dele e deu-lhe um beijo leve nos lábios.

— Gostou?

— Claro que gostei — afirmou Greg, a poucos centímetros de sua boca.

Aquela mulher o deixava desconcertado. Primeiro lhe perguntava se a achava desejável, depois, se achava que seus seios e sua bunda eram bonitos, e agora o beijava.

— Ouça, Victoria — sussurrou o médico. — Desse jeito, não sei até que ponto vou conseguir controlar meu apetite. É melhor você parar antes que nós dois nos arrependamos.

Nesse exato momento apareceu Bárbara, seguida por Niall; ficaram sem fala ao ver a cena.

— Gostaria de me beijar outra vez? — perguntou Victoria, sem notar que não estavam sozinhos.

— Outra vez? — exclamou a irmã, fazendo com que se afastassem e olhassem para ela.

Os olhos claros de Niall observaram primeiro Victoria e depois Greg, que, ao sentir seu olhar furioso, se apressou a se levantar.

— Não é o que parece, Niall, ela precisava tomar ar, e...

— Suma da minha frente!

— Ora! — exclamou Victoria. — Veja quem chegou. O playboy da família! O *bon vivant*. O neto mimado que sai de férias e deixa os avós cuidando de tudo. Você é um EGOÍSTA! Quando o conde voltar, vou lhe contar tudo.

— Vicky! — censurou-a Bárbara.

— Não vejo a hora de você contar tudo ao conde — debochou Niall, olhando para Greg, que não entendia nada.

— Ai, Deus! — murmurou Victoria, segurando-se no médico. — Acho que vou vomitar.

Dito e feito. Tudo que tinha no estômago saiu por sua boca, e Victoria sentia que o pouco glamour que lhe restava desaparecia junto.

Bárbara foi até a irmã com um copo de água.

— Enxágue um pouco a boca, Vicky — disse, afastando-lhe o cabelo do rosto. — E, por favor, feche essa sua boquinha de ouro.

— Ah, Deus... Que nojo! — sussurrou Victoria, humilhada.

— Tome este chiclete de frutas — disse Bárbara. — Vai ser bom.

Envergonhada, Victoria olhou para Niall de soslaio.

— O que esse imbecil está olhando? — gemeu em espanhol.

— Não sei, Vicky. Mas por que você beijou Greg?

— Não sei — confessou ela, mascando o chiclete.

Niall as observava, imóvel. Não sabia do que estavam falando, mas entendera que Victoria o chamara de imbecil. Se algo havia aprendido nesse tempo que passara com ela era a variedade de insultos que o idioma espanhol podia oferecer.

— Já está melhor, não é? — perguntou o médico ao ver a cor voltar às faces de Victoria.

— Sim, Greg — assentiu ela, envergonhada. — Obrigada.

— Princesinha — ironizou Niall ao vê-la nesse estado. — Acho que você precisa mais que tomar ar.

E com os olhos apertados, acrescentou, olhando para Greg:

— Não precisamos mais de sua ajuda, pode ir.

— Fale por você! — gritou Victoria, incrédula. — O que está fazendo aqui, em vez de estar enfiando a língua na garganta da sua ruivinha?

— Vicky, cale a boca — disse Bárbara, envergonhada.

— Vou buscar uma cerveja — disse Greg.

— Bárbara — pediu Niall, sem parar de olhar para Victoria —, você poderia nos deixar um pouco a sós?

— Nem pense em me deixar com esse troglodita! — disse Victoria com raiva. — Juro que se ele se aproximar de mim, sou capaz de qualquer coisa.

— Acho que não é uma boa ideia, Niall — disse Bárbara.

— Sim, sim, é boa ideia — insistiu o escocês, sem se dar por vencido.

— Dois minutos — disse Bárbara —, nem mais um segundo.

Uma vez sozinhos, o silêncio tomou conta dos dois. Por fim, foi Niall quem começou.

— O que você está fazendo?

— O que *você* está fazendo? — replicou ela, dando um passo à frente. — Primeiro me beija e depois diz que sou a típica mulher que só serve para passar o tempo.

— Aquilo foi um erro — reconheceu ele, aproximando-se. — Eu estava esperando o momento apropriado para ficar a sós com você e me desculpar por minhas palavras absurdas.

— Ah, sim... claro — disse ela, afastando o cabelo do rosto. — Por isso agora voltou com aquela menina. O que você pretende? Humilhar-me? Quer que os veja se pegando na minha frente? Ah... mas não! Já me humilharam uma vez, e garanto que não vou permitir que aconteça de novo.

Niall estava desconcertado. Por que quereria humilhá-la? E, especialmente, quem a havia humilhado no passado?

— Está com ciúme? — perguntou ele, sorrindo, sem poder evitar. — Está com ciúme de Lorna?

— Meu Deus — murmurou Victoria, envergonhada. — Eu sou patética! O que estou fazendo?

E dando meia-volta para evitar olhar para ele, saiu andando em direção às árvores. Queria se afastar dele; esse comportamento não era próprio dela. Mas, antes de chegar ao bosque, sentiu Niall a pegar pela cintura.

— Solte-me, se não quiser que eu lhe dê um tapa! — sibilou ela, irada como uma pantera.

— Nossa... Que medo! — debochou ele.

Ela continuou se afastando.

— É bom ter mesmo! — berrou ela.

— Aonde vai? É noite, e seu estado não é o mais indicado para andar na escuridão. Venha, vamos voltar para casa.

— Que casa? Sua casa! — gritou ela, jogando-lhe uma pedra.

Ele se esquivou.

— Volte para sua... menina ruiva e deixe-me em paz, ok?

Victoria saiu correndo por entre as árvores. Mal via um palmo à frente, e as lágrimas que deslizavam por seu rosto dificultavam ainda mais a tarefa. Mas precisava fugir dele.

— Victoria, venha aqui!

— Deixe-me em paz.

— Droga, mulher! Quer parar?

— Não.

— Venha aqui, sua ferinha — ordenou ele, pegando-a pelos braços.

Mas, com um movimento rápido, ela o acertou com força no estômago, fazendo com que a soltasse.

— Você é louca? — gritou ele, irritado. — Venha aqui!

— Nem morta!

Pegando-a de novo pelos braços, Niall conseguiu fazê-la parar. Mas, quando Victoria se voltou para ele, deu-lhe um pontapé na canela, e os dois caíram no chão.

— Que droga! Você é pior que uma gata — exclamou Niall.

Com um movimento ágil, sentou-se em cima dela e a segurou pelos pulsos para imobilizá-la.

— Chega, fique quieta.

— Acabei de engolir o chiclete! — gritou ela. — Solte-me!

Surpreso pela força da moça, o escocês levou sua boca até a dela e a beijou. Ao sentir aqueles lábios doces, Victoria abriu os seus, convidando-o a entrar e explorar à vontade. Ela o desejava. Queria fazer amor com ele. Precisava sentir-se desejada.

— Não me beije — suspirou ela, envergonhada. — Acabei de... e devo estar com um gosto horrível.

— Adoro seu sabor — murmurou Niall, olhando-a. — Senti sua falta.

— Rá! Permita-me rir — disse Victoria com ironia, ansiosa para que ele continuasse a beijá-la com ardor. — Foi por isso que me chamou de bicho assim que me viu e trouxe aquela ruiva, não é?

— Essa mulher é minha prima, Lorna, sua cabeça-dura — replicou ele.

E riu ao ver a cara de desconcerto dela.

— Essa ruiva em cuja garganta, segundo você, eu tinha que enfiar a língua, é minha prima. E se a chamei de bicho foi porque queria ver essa sua veinha do pescoço pulsar. Senti tanta falta disso!

Que a terra me engula... Quem mandou ser boca-dura?, pensou Victoria, horrorizada diante do papel ridículo que havia feito.

— Princesinha — prosseguiu Niall —, você não tem nada agradável para me dizer?

— Não me chame de princesinha. Odeio.

— Tudo bem — assentiu ele pacientemente. — Não tem nada a me dizer?

— Solte minhas mãos que eu falo!

O escocês gargalhou.

— Seus olhos me dizem que isso não seria uma boa ideia. Devo confiar em você?

— Experimente.

Com cuidado, Niall diminuiu a pressão que exercia sobre as mãos dela, até que as soltou por completo. Mas continuou sentado em cima dela.

— Estou esperando — sussurrou, roçando-lhe os lábios. — Estou esperando há muito tempo, querida.

Incapaz de conter seu desejo, Victoria pegou o rosto de Niall entre as mãos e o puxou para si. E então beijou-o. Olhando para ele, passou a língua úmida e quente ao redor dos lábios dele, a seguir a introduziu em sua boca, provocando-o, e por fim mordeu com delicadeza seu lábio inferior, tentador e apetitoso.

— Eu também senti sua falta — declarou ela, para incredulidade dele.

Excitado pela sensualidade dela, ele sentiu a tentação de arrancar-lhe a calça e fazer amor com ela ali mesmo.

— Sabe qual é a melhor coisa deste momento? — perguntou Niall, duro como uma pedra.

— Não, o quê? — inquiriu ela, extasiada, sentindo-se arder por dentro.

— A expectativa, princesinha — respondeu ele.

— Então, deixe-me dizer que as expectativas que tenho são magníficas — disse Victoria antes de beijá-lo de novo.

Nesse exato momento, ouviram passos e Bárbara e Robert chamando-os.

— Você e eu temos uma conversa pendente, não esqueça — sussurrou Niall.

Em seguida, beijou-a com ardor e gritou:

— Bárbara! Robert! Estamos aqui.

19

Durante os dois dias seguintes, Victoria fez todo o possível para se esconder de Niall. Estava envergonhada pelo que havia acontecido e nervosa pelo que intuía que podia acontecer. Ela o desejava tanto – e mais ainda depois de suas últimas palavras –, que tinha medo de encontrá-lo e se jogar em cima dele.

O escocês, contrariado, precisava falar com ela e esclarecer de uma maldita vez todo aquele jogo que estava se voltando contra ele. Mas Ona havia se entrincheirado na porta do quarto de Victoria e não lhe permitia entrar.

No segundo dia, à tarde, enquanto os homens ajudavam O'Brien a consertar o celeiro dele, entediada e cansada do teatrinho da irmã, Bárbara propôs a Ona que fossem fazer compras em Dornie. Certamente, as encomendas que haviam feito da última vez que tinham ido à cidade estariam lá. Ao ouvir isso, Rous começou a aplaudir, emocionada, visto que a maioria das coisas era para ela. Uma hora depois, as quatro estavam a caminho da cidade vizinha na van azul.

Ao sair da loja de Dornie, ouviram uma voz atrás delas que fez Ona se arrepiar.

— *Yayita*! *Yayita* Ona!

A velha se voltou e viu Lexie, sua bisnetinha de cinco anos. Nas últimas semanas, sentira falta de vê-la correr pela fazenda.

— Minha querida, que está fazendo aqui? — perguntou Ona, abraçando-a.

— Vou ao aniversário de Sarah — respondeu a menina.

A seguir, olhou para as duas desconhecidas.

— Quem são elas, *Yayita*?

— Umas amigas — respondeu Rous.

Nesse instante, Lexie pareceu reconhecer a moça.

— Tia Rous, você está linda! — exclamou, pulando em seus braços.

Não havia a menor dúvida de que a menina pertencia à família. Tinha o mesmo cabelo vermelho de Robert e os lábios carnudos de Tom.

— Olá — cumprimentou Bárbara. — E você, quem é?

— Lexie — disse a menina, cautelosa —, e ela é minha *Yayita* — acrescentou, apontando para Ona.

— É sua neta? — perguntou Victoria, surpresa.

— Sim — afirmou a anciã, piscando para elas. — É filha de Patrick.

Uma mulher de meia-idade se juntou ao grupo.

— Boa tarde — cumprimentou.

— Olá, Joana — retribuiu Ona. — Lexie disse que vocês vão a um aniversário.

— Sim, isso mesmo — assentiu a mulher. E dirigindo-se à menina: — Vamos, Lexie, ou vamos nos atrasar.

— Quando posso voltar à fazenda? — A menina não queria ir embora. — Quero ficar com *yayo* e os animais.

— Não se preocupe, meu amor — sussurrou Ona, beijando-a. — Com certeza seu pai logo a levará de novo.

— Que bom! Yupi! — gritou a menina.

E depois de dar um beijo em cada uma, foi embora, brincando, segurando a mão de Joana.

— Que gracinha — comentou Bárbara, sorrindo. — Uma graça de menina.

— Quem é Patrick? — perguntou Victoria.

— É um rapaz de quem gostamos muito em casa — mentiu Ona, fazendo Rous sorrir. — Ah... ali está Amanda, vou cumprimentá-la — disse a anciã, dando o assunto por encerrado.

Quando os homens voltaram à fazenda, estranharam não encontrar Ona na cozinha, e decidiram subir para ver Tom. O velho estava emocionado, escutando música no MP3 que Bárbara lhe dera de aniversário e jogando no notebook de Victoria.

— Caramba, vovô, que moderno! — exclamou Robert ao entrar no quarto.

— Vovô — acrescentou Niall, divertido —, você é um homem do século vinte e um.

Tom nunca teria imaginado que, na sua idade, as novas tecnologias poderiam atraí-lo tanto. Mas desde que Victoria e Bárbara haviam chegado à casa com todo seu arsenal digital, o velho havia rejuvenescido dez anos. Antes passava o dia inteiro abobado, ao passo que agora estava sempre jogando no notebook ou com os fones de ouvido nas orelhas.

— Adoro esta música espanhola — confessou, tirando os fones.

— Vovô — disse Niall, passando a mão pelo cabelo do velho com carinho —, você está virando um especialista em informática.

— Pena que não temos conexão ADSL.

Seu comentário os deixou de boca aberta.

— Mas você sabe o que é isso? — inquiriu Robert, divertido.

— Pelo que Victoria me explicou, é parecido com o telefone, com a diferença de que mostra o mundo em imagens — explicou o ancião. — Ela disse que com essa coisa dá para ver filmes, documentários, jogos, e dá até para jogar ou falar com outras pessoas, mesmo que estejam na Austrália. Que maravilha!

— Vou ter que falar com Victoria — debochou Niall. — Ela está criando um monstro.

— A propósito, Niall, seria muito caro arranjar uma dessas linhas ADSL? — perguntou o ancião.

— Por todos os santos, vovô! — exclamou ele. — Está falando sério?

— É claro — assentiu Tom. — Eu gostaria de poder falar com Victoria e Bárbara quando elas voltassem para a Espanha. Elas têm esse tipo de linha em casa.

— Falando nas mulheres — interveio Robert —, onde estão?

— Foram fazer compras em Dornie. Acho que iam comprar um aparelho parecido com o forno, mas para esquentar o leite.

— Um micro-ondas? — arriscou Niall.

— Sim, sim, isso, e mais algumas coisas.

— Estou bobo — murmurou Robert, olhando para o primo.

— Não acredito — disse Niall. — Faz anos que tento trazer um para a fazenda, e Ona sempre me ameaça dizendo que esse traste não entra na casa dela. E agora, em menos de um mês, essas espanholas enfiam um na cozinha.

— Coisas de mulheres, Niall — comentou o avô. — Se não quiser sair escaldado, aconselho que não se meta nisso.

Nesse instante, o barulho de um motor estranho e os latidos de Stoirm fizeram Robert e Niall se aproximar da janela. Um carro vermelho estava chegando.

— Quem é? — perguntou Tom com curiosidade.

— Não sei.

Niall saiu do quarto seguido de Robert. Na varanda, observou o veículo que se aproximava. Não o reconheceu, mas, quando o motor foi desligado e saiu de dentro um moreno, vestindo roupas caras e sobretudo azul até os pés, um estranho pressentimento o deixou em alerta.

— Olá, boa tarde — cumprimentou o homem em um inglês perfeito.

— Boa tarde — respondeu Niall, sem se mexer. — Pois não, amigo?

— Estou procurando a fazenda dos Buttler... — respondeu o homem, nervoso, olhando um papel, enquanto o cachorro rosnava para ele. — De Tom Buttler.

— Stoirm — chamou Niall. — Venha aqui.

Sem tirar os olhos do estranho, o animal obedeceu.

— O que quer com Tom Buttler? — inquiriu Robert.

— Disseram-me que duas espanholas estão hospedadas com ele. Victoria e Bárbara Villacieros — informou o homem.

— Acho que ouvi algo a respeito — comentou Robert, olhando para o primo.

— O que quer com elas? — perguntou Niall.

— É um assunto pessoal. — O homem parecia constrangido. — Procuro minha noiva, Victoria. Temos uns assuntos pendentes que não podem ser adiados.

Ao ouvir isso, Niall ficou sem fala. Noivo? Ele se lembrava de ela ter dito que era solteira e sem compromisso. Ia dizer algo quando a porta da fazenda se abriu e Tom saiu.

— Boa tarde, cavalheiro — cumprimentou ele com sua voz potente. — Ouvi dizer que está procurando meu bom amigo Tom Buttler. É isso mesmo?

Robert e Niall se olharam e, a seguir, dirigiram o olhar ao avô.

— Isso mesmo, senhor.

— Com quem tenho o prazer de falar?

— Desculpe — disse o homem, e tirando sua impoluta luva de couro, acrescentou: — Meu nome é Carlos Montefinos de Jerez, mas pode me chamar de Charly.

— Charly — repetiu Tom, dando-se conta de que aquele era o bronco que havia brincado com os sentimentos de Victoria.

Niall e Robert o observavam em silêncio.

— Sim, senhor. Charly.

— Vovô, você devia voltar para a cama — disse Niall, confuso. — Está frio. Eu cuido disso.

— Ah, não se preocupe — tranquilizou-o o velho, sem afastar o olhar do estranho. E dando-lhe umas palmadinhas nas costas, afirmou: — Acho que errou o caminho, amigo Charly.

Niall e Robert se olharam de novo. O que o avô deles estava fazendo?

— Sério? — disse Charly com estranheza, pegando um mapa. — Disseram-me que a fazenda de Tom Buttler ficava por aqui.

— Pois lhe informaram mal. Eu sou Tom Bucker. Acho que por isso o erro. Meu amigo Tom Buttler se mudou há menos de um mês e, agora que estou pensando, duas moças muito bonitas foram com ele.

— Maldição! — grunhiu Charly, contrariado. — Saberia me dizer como encontro essa fazenda?

— É claro — disse Tom, pegando o mapa. — A fazenda de meu amigo Tom Buttler fica aqui — revelou, apontando no papel.

— Em Durham? — exclamou Charly. — Mas isso fica...

— Lamento, rapaz — interrompeu Tom, dando-lhe mais tapinhas nas costas —, mas acho que quem lhe deu a informação estava se divertindo à sua custa.

A expressão de desconcerto de Charly era igual à de Niall e Robert, que, sem abrir a boca, observavam e escutavam os disparates de Tom, que mentia como um velhaco.

— A propósito, rapaz — acrescentou o ancião. — Quer entrar e tomar alguma coisa? Hoje está frio. Temos uísque e café.

— Não, obrigado — respondeu ele. — Estou com pressa.

Prefiro morrer a entrar nessa pocilga, pensou Charly.

— Acho que você devia parar em alguma cidade para dormir, e amanhã seguir para Edimburgo — advertiu Tom, andando em direção aos netos. — Parece que vamos ter um vendaval hoje à noite.

O espanhol assentiu de má vontade e, entrando de novo no carro, despediu-se de mau humor e desapareceu em poucos segundos pelo mesmo lugar por onde havia chegado.

Sem poder acreditar ainda no monte de mentiras que o avô havia dito, seus netos o seguiram até a cozinha, onde Tom serviu três cafés enquanto se sentavam à mesa.

— Vovô — confessou Robert—, você é meu ídolo. Quando eu crescer, quero ser como você.

— Você mandou aquele idiota para a outra ponta da Escócia... — disse Niall, que não parecia tão tranquilo quanto o primo. — Por quê?

— Para que um idiota como você tenha tempo de conquistar o que um idiota como aquele perdeu — respondeu o ancião com aprumo. — Fique esperto, Niall. E isto serve para você também, Robert. Ou vocês vão permitir que aquelas lindas mulheres escapem?

E, sem acrescentar mais nada, Tom foi para seu quarto, pôs de novo os fones de ouvido e começou a assobiar ao ritmo da música.

À noite, quando Ona e as garotas chegaram à fazenda, encontraram Niall e Robert sentados nos degraus da varanda.

Ao vê-los, Victoria praguejou em silêncio. Não queria falar com Niall; antes, precisava entender seus sentimentos. De modo que passou por ele o mais rápido que pôde e fugiu para seu quarto. Ali, tirou a roupa, pôs o pijama quentinho de tomates-cereja e se deitou imediatamente.

Os dois homens ajudaram a levar as sacolas para a cozinha de Ona. Depois, mal-humorado, Niall pegou sua moto e foi embora.

Por sua vez, Robert pegou Bárbara pela mão e, depois de beijá-la com doçura, surpreendeu-a convidando-a para beber alguma coisa em Keppoch.

20

Na manhã seguinte, a uns trinta quilômetros da fazenda, em uma casinha na cidade de Keppoch, Bárbara se espreguiçava na cama, nua e satisfeita pela maravilhosa noite de sexo que havia tido com Robert.

Encolhida entre as mantas, sentiu o corpo quente do escocês contra o seu. *Hmmm, adoro você*, pensou, acariciando as coxas dele com lentidão enquanto ele ainda dormia. Tocou seu membro com curiosidade e teve que sorrir ao sentir que, mesmo dormindo, aquele brinquedo maravilhoso lhe dava atenção. Beijou o pescoço de Robert, que reagiu abraçando-a. Ela se aconchegou.

Não sabia a hora, mas, de fato, não se importava. Só sabia que estava cansada e feliz. Dando meia-volta, apoiou a cabeça no travesseiro de novo e fechou os olhos. Mas algo chamou sua atenção, e abriu-os de novo.

Incrédula, ela viu diante de si uma menina, sentada em uma cadeira. De onde a conhecia?

Ao ver que Bárbara olhava para ela, a menina sorriu, mostrando a falta de alguns dentes.

— Olá — disse. — Eu sou Lexie.

Bárbara olhou para ela com estranheza.

— Olá, Lexie — respondeu, afastando o cabelo emaranhado do rosto.

Lexie? A menina que na tarde anterior haviam encontrado em Dornie?, pensou, esfregando os olhos.

— Por que você está dormindo com meu papai?

A mente de Bárbara demorou alguns minutos para assimilar o que a menininha havia dito.

— Seu papai? Estou dormindo com seu papai? — gritou Bárbara, quase tendo um troço.

E voltando-se para Robert, que continuava inconsciente, começou a lhe dar tapas, até que ele acordou, sobressaltado.

— Bárbara — murmurou, meio adormecido. — Que foi? Está machucando minha coxa.

— Olá, papai — disse a menina. — Ela vai ser minha mamãe?

— Papai? — murmurou Bárbara, arqueando uma sobrancelha. — Essa menina o está chamando de papai.

— Sim. — Robert se sentou, já totalmente acordado. — É Lexie, minha filha — explicou.

Depois, voltou-se para a menina:

— Meu amor, Joana sabe que você está aqui?

— Sim, papai. Como vimos seu carro, ela me deixou vir acordá-lo.

Bárbara olhava para Robert boquiaberta. Não sabia nem o que dizer, nem o que fazer. Também não podia se levantar, posto que estava nua e não queria escandalizar a menina.

— Lexie, meu amor — disse ele ao perceber o desconforto de Bárbara —, você pode esperar em seu quarto até que levantemos? Prometo que só vai demorar cinco minutos.

— Mas, papai — protestou a menina —, é que sozinha eu fico entediada.

— Lexie Ann — insistiu Robert, endurecendo o tom —, quer sair do quarto, por favor?

Depois de suspirar com graça, a menina desceu da cadeira dando um salto. Mas, antes de sair, olhou para Bárbara.

— Você é muito linda.

— Obrigada, Lexie. Você é linda — disse Bárbara, abrindo um enorme sorriso.

Depois, a menina desapareceu. Imediatamente Bárbara pulou da cama e, depois de pegar suas coisas à velocidade de um raio, começou a se vestir.

— Bárbara, olhe para mim — pediu Robert, também saindo da cama.

— Não, não vou olhar — retrucou ela, pondo a roupa de qualquer jeito. Queria sair dali quanto antes. — Porque, se eu olhar, juro que lhe quebro a cara.

— Escute, por favor — insistiu ele, pegando-a pelos braços. — Lembra que ontem à noite eu queria lhe dizer uma coisa, mas, com pressa de chegar à cama, você não me deixou falar?

— Ah, não me venha com essa — replicou ela, mal-humorada. — Eu o conheço há dias, e nunca — gritou Bárbara —, nem uma única vez o ouvi mencionar o nome de Lexie, nem você nem ninguém de sua maldita família. Inclusive, ontem, em Dornie, nós a encontramos, e Ona e Rous disfarçaram. Por quê? Vocês são todos uns mentirosos.

— Por favor, dê-me um segundo — rogou Robert, tentando abraçá-la.

Mas ela o afastou com um tapa.

— Não. Não vou lhe dar nem um segundo. Acho que você teve muitos segundos para me contar esse pequeno detalhe, mentiroso!

— Tem razão, eu lhe devo centenas de explicações, mas ouça-me — ordenou ele, imobilizando-a contra a parede. — Se não lhe falei antes de Lexie foi porque nunca pensei em me apaixonar por você a ponto de lhe contar minha vida.

— Não quero escutar agora! — gritou Bárbara — Solte-me!

— Donna, a mãe de Lexie, foi o maior erro de minha vida, mas minha filha sempre foi uma bênção — começou Robert. — Donna era uma inglesa que conheci há seis anos no festival de Edimburgo. Ela era maluca, mas era isso que me atraía nela. Poucos meses depois, ela se mudou para cá, veio morar comigo, e, apesar dos rumores de que ela flertava com outros homens, eu estava tão cego que me casei com ela quando engravidou. Quando Lexie nasceu, achei que Donna ia mudar, mas tudo piorou. Ela não queria saber da menina, e sua vida louca começou a ser meu pior pesadelo. Ela teve um caso com meu primo Greg, e na noite em que Niall e eu descobrimos... ela pegou o carro de Greg para tentar fugir, saiu da estrada e bateu em uma árvore. Morreu no acidente.

— Não quero escutar nada — sibilou Bárbara.

— Desde então, eu nunca mais mencionei o nome dela, até hoje. E minha família passou a chamá-la de a falecida. Isso é tudo.

Bárbara não queria escutá-lo. Já havia cedido centenas de vezes com João, e ela sempre acabara sofrendo.

— Por que está me contando isso agora? — gritou.

— Porque amo você — disse ele.

Isso a confundiu ainda mais.

— Maldição, Robert. Como pôde me esconder que tinha uma filha? Que mais está me escondendo?

— Mais nada — afirmou ele, sentando-se na cama, derrotado.

— Não acredito.

Bárbara nunca havia suportado mentira, e a tivera que enfrentar muitas vezes.

— Já não acredito em você.

Robert a entendia. Desde o começo devia ter sido sincero a respeito de Lexie; mas ele nunca pensou em se envolver tanto com aquela espanhola. Agora, porém, já era tarde, havia se apaixonado por ela.

— Como chego até a fazenda? — inquiriu Bárbara, pegando sua bolsa com raiva.

— Se esperar dez minutos, eu mesmo a levo.

— Não! — gritou ela, abrindo a porta do quarto. — Prefiro ir sozinha.

E saiu do quarto feito uma fera. Não sabia onde estava, mas tinha certeza de que conseguiria chegar à fazenda. Pondo o gorro azul de lã, ela pegou sua jaqueta de náilon e foi rapidamente para a porta de entrada. Mas, quando a abriu, sentiu alguém puxar sua bolsa. Ao se voltar, ficou petrificada. Era Lexie.

— Por que vai embora? — perguntou a menina.

— Estou com pressa.

— Ficou brava com meu papai por minha culpa, não foi? — murmurou a menina, fazendo biquinho.

— Ah, não, meu amor — respondeu Bárbara, fechando a porta de novo.

E agachando-se para ficar da altura dela, prosseguiu:

— Você não tem culpa de nada. É que seu pai e eu somos adultos, e os adultos ficam bravos toda hora.

— Então, por que você vai embora? — murmurou a menininha. — Não quer ser minha mamãe?

— Querida, eu... — retrucou Bárbara, aflita.

— Lexie — falou Robert atrás dela —, Bárbara vai embora porque papai não se comportou bem com ela. Eu fiz uma coisa que não devia ter feito, e tenho certeza de que vou me arrepender pelo resto da vida.

— Então, peça desculpas — disse a menina, olhando para ele. — Você sempre me disse que quando alguém faz algo errado, a primeira coisa que tem que fazer é pedir desculpas.

— Lexie, venha aqui, meu amor — sussurrou Robert.

— Bárbara — disse a menina, olhando-a nos olhos e tirando-lhe o gorro. — Por que não perdoa meu papai? Ele é o melhor do mundo, e é muito divertido. Ele sabe brincar de Barbie e conta umas histórias muito bonitas. E sabe o que é melhor? Faz um café da manhã muito gostoso.

— Lexie, meu amor, venha aqui e cale-se — pediu Robert com delicadeza.

Ele conhecia os anseios da filha, e o principal era encontrar uma mãe.

— Mas, papai — protestou a menina —, você sempre disse que quando trouxesse uma garota para casa, era porque ela seria especial.

A doçura e o abatimento na expressão de Robert ao chamar a filha fizeram o coração de Bárbara começar a bater mais forte. Aquele sujeito meio bronco, de cabelo vermelho e mais mentiroso que Pinóquio havia roubado seu coração, e nada mais voltaria a ser como antes. Aqueles dois precisavam dela tanto quanto ela, deles. Era inútil ir embora. Não queria ir. Queria ficar e sentir o sorriso de Robert aquecer seu coração cada vez que olhava para ela, e também se deixar amar por Lexie. Então se levantou e, pegando a mãozinha da menina, disse, olhando para Robert com um sorriso tímido:

— É verdade que você faz um café da manhã muito gostoso, e também sabe brincar de Barbie?

O escocês não sabia se ria ou chorava. Só podia olhar para aquela mulher que desde que aparecera em sua vida alegrara seu coração.

— Lexie — disse ele, então, com o coração quase explodindo —, vá até a mesa da cozinha e ponha mais um jogo de talheres. Bárbara vai ficar para tomar o café da manhã.

— Que bom! — gritou a menininha, emocionada, e saiu correndo para a cozinha.

Robert se aproximou lentamente de Bárbara e pegou-lhe a mão.

Ao vê-la sorrir, sorriu também.

— Tenho mais uma coisa para lhe dizer — disse, colando sua testa na dela. — Eu a amo com toda minha alma, senhorita espanhola, e farei tudo que esteja ao meu alcance para que você nunca queira se afastar de mim.

Emocionada, quase chorando, Bárbara o beijou com amor. Ele era o homem que ela sempre havia procurado, e Bárbara sabia perdoar.

— Primeiro, vamos ao que interessa — disse ela, fazendo-o sorrir. — Prove que sabe fazer o café da manhã mais gostoso do mundo e que sabe brincar com a Barbie, e depois conversamos.

21

Naquela manhã, ignorando totalmente que Charly havia estado na fazenda no dia anterior, Victoria acordou com a cabeça explodindo. Parecia que um trólebus havia passado por cima dela. Com cuidado, sentou-se na cama e sorriu ao ver seu pijama de flanela de tomatinhos-cereja. Era tão quentinho!

A seguir, olhou para a cama da irmã e viu que estava feita. Não podia acreditar que já tivesse se levantado, então pensou que devia ter passado a noite fora.

Foi devagar até a janela e, depois de abrir a cortina, deixou o sol de novembro entrar. Ao olhar para baixo, viu que a moto de Niall não estava. Teria partido de novo?

Desconcertada, fechou os olhos. Levando a mão aos lábios, recordou como haviam se beijado dias atrás. "Adoro seu sabor", dissera ele com sua voz sensual. Victoria estremeceu ao recordar.

Mais desperta, decidiu tomar banho. Estava com cheiro de cigarro, e não gostava disso. Pegou umas toalhas limpas e entrou no banheiro.

Enquanto curtia o chuveiro, ouviu a porta do banheiro se abrir. *Maldição, parece que aqui ninguém conhece o significado da palavra "privacidade"*, pensou.

— Está ocupado! — gritou para avisar.

— É só um segundo, Victoria — disse Rous. — Se eu segurar mais um pouco, vou mijar na calça.

— Rous, pelo amor de Deus! — censurou Victoria. — Você tem que começar a ter um vocabulário um pouco mais refinado.

— Tudo bem, tudo bem... — assentiu a moça.

— Feche a porta quando sair — pediu Victoria, enquanto lavava o cabelo atrás da cortina.

— Tudo bem.

Dois minutos depois, Rous saiu e fechou a porta.

Quando terminou, Victoria saiu do chuveiro com cuidado, morrendo de frio. O aquecimento daquele lugar não era igual ao de sua casa em Madrid. Enrolou-se rapidamente no roupão; apesar disso, começou a tiritar. Nesse instante, a porta tornou a se abrir.

— Ui, desculpe — murmurou Tom, fechando-a de novo.

— Que foi, Tom? — perguntou ela.

— Preciso tirar água do joelho, moça.

É impossível tomar um banho tranquilo nesta casa, pensou Victoria, suspirando. Quando saiu do banheiro, morrendo de frio, encontrou o velho apoiado na parede, esperando.

— Ande, entre — disse ela, deixando o banheiro livre. — Vou me vestir em meu quarto.

— Obrigado, moça — disse ele, e passou por ela como uma flecha.

Segundos depois, Victoria não pôde evitar sorrir ao ouvir Tom, no banheiro, deixar escapar um suspiro de alívio.

Depois de se vestir, decidiu descer à cozinha. Cedo ou tarde teria que enfrentar Niall. Contudo, ficou surpresa, e de certo modo contrariada, ao ver que ele não estava lá.

Ona trabalhava na cozinha, como todos os dias, e sorriu ao vê-la.

— Bom dia, Victoria. Está melhor?

— Sim, mas meio envergonhada, Ona. Eu devia ter falado com Niall, não é?

— Ah, querida — respondeu a anciã. — Quando somos jovens, fazemos muitas bobagens por amor.

— Por amor? — surpreendeu-se ela. — Não creio que seja isso.

— Venha aqui, minha querida — disse a mulher, sentando-se ao lado dela em uma velha poltrona. — Desde o primeiro momento em que Niall me explicou por que ia trazer umas garotas para casa, eu soube que havia alguém especial. Cá entre nós — acrescentou, fazendo-a sorrir —, esse meu neto é tão galante, cabeça-dura e bom rapaz quanto meu Tom. Os olhares de vocês, e suas discussões, fazem-me recordar minha juventude. Por todos os santos, Victoria! Eu sou velha, mas não tonta.

— Quem se atreve a dizer que você é velha? — perguntou Tom, entrando na cozinha com o notebook debaixo do braço. — Para mim, você sempre será a mocinha que subia nas árvores para me atirar pedras quando me via passar.

— Você jogava pedras nele? — interessou-se Victoria. — Por quê?

— Ah... Ona sempre foi muito ciumenta — respondeu Tom, jocoso, dando um beijo carinhoso na testa da mulher.

— E você sempre foi um mulherengo — retrucou ela com um sorriso. — Dá para acreditar que este sem-vergonha paquerava todas as moças, menos eu?

— Bem — justificou-se Tom —, naquela época eu tinha vinte e três anos e ela, quinze. Era normal que eu gostasse de mulheres com mais curvas. Não acha, Victoria?

— Nisso, Ona — respondeu ela, divertida —, tenho que dar razão a ele. Acho que você era nova demais para ele.

— Era tão bonita quanto agora — disse o velho.

— Você é um adulador — sussurrou Ona, dando-lhe um beijo no rosto.

— Sabe, Victoria? A primeira vez que a vi, ela estava brava, mas, depois de beijá-la com o olhar, soube que um dia seria minha mulher.

Ao ouvir isso, Victoria pensou em Niall e sorriu.

— Quando fiz dezoito anos — prosseguiu Ona, abrindo a caixa do micro-ondas —, lembro que meus pais fizeram uma grande festa e convidaram todo mundo. A filhinha deles já era uma mulher. Foi um acontecimento! À noite, a prima de Tom me levou até os estábulos. Ali, vários trabalhadores de meu pai estavam fazendo uma festinha particular. Nunca esquecerei como Tom me olhou. Ah, Santo Deus! — riu ela ao recordar. — Eu ficava tão nervosa de ver que ele me seguia com o olhar que mal conseguia andar. Mas o mais engraçado foi quando as idosas me fizeram dançar com Jimmy O'Hara.

Victoria sorriu. Ona estava se referindo ao mesmo ritual pelo qual Niall e ela passaram.

— Mas meu Tom não permitiu. Com um empurrão, afastou o pobre Jimmy e, olhando-me nos olhos, disse que dançaria comigo aquela música linda.

— Ora, ora! Ficou com ciúme? — perguntou Victoria.

— Sim — assentiu Tom, com cara de inocente. — Ela era minha mulher. Por que eu permitiria que Jimmy pusesse suas mãozinhas em minha propriedade?

— Tom, pelo amor de Deus! — reclamou Victoria. — Parece que está falando de um cavalo quando diz "minha propriedade".

— Antes se falava assim, querida — esclareceu Ona. — E sabe de uma coisa? — disse, abraçando-o. — Este moço bonito também é de minha propriedade.

— Que história linda — exclamou Victoria, com um sorriso.

Aquilo que uns meses antes lhe teria parecido uma bobagem, nesse momento, sentada na cozinha com os dois idosos, fazia com que se sentisse a mulher mais feliz do mundo.

Um pouco depois, tendo lido as instruções do micro-ondas e ficado sem palavras devido à rapidez e à limpeza do aparelho, Ona abraçou Victoria, agradecida pelo presente.

— Agora, querida, é a vez de Niall e você. Teçam uma linda história, para que no futuro possam contá-la a seus netos.

— Bem, duvido — retrucou Victoria. — Não creio que entre Niall e eu possa haver mais que uma amizade. Além do mais, lamento dizer, mas não gosto de crianças.

— Vai gostar — afirmou Tom com um sorriso divertido.

E ligando o notebook, acrescentou:

— Victoria, pode explicar mais uma vez a este velho bobo como se joga gamão?

— Posso explicar quantas vezes quiser, bonitão — respondeu ela, recordando que sua mãe usava essa palavra.

Sentou-se com prazer ao lado do velho.

Nesse dia, Victoria almoçou com Rous, Ona e Tom, e depois saiu para fumar um cigarro. Antes de se retirar para fazer a sesta, Tom insistira para que ela vestisse um casacão dele. E, embora ficasse enorme nela, Victoria aceitou com um sorriso.

Como o dia estava lindo, ela decidiu fazer um passeio pelos arredores. Subiu uma pequena colina, e diante dela surgiu um vale maravilhoso, salpicado de várias tonalidades. As colinas distantes eram forradas de um castanho acobreado impressionante, e as copas das árvores alternavam entre o bronze e o dourado. Aquele lugar não tinha nada a ver com a agitação de Madrid: carros, gente, congestionamentos... Ali tudo era diferente.

Victoria pensou na mãe. Quem seria seu amigo misterioso?

Olhou para o casarão e imaginou Margarita ali, e sorriu ao pensar como Ona e ela se dariam bem; e quanto Tom riria com as histórias divertidas que ela contava. Se um dia voltasse à Escócia, voltaria com ela. Tinha certeza de que rapidinho, "*en un pispás*", como dizia ela, faria uma *paella* enorme para todos.

Agasalhada com o casacão de Tom, ela se agachou sem fazer barulho para observar dois esquilos vermelhos que juntavam alimentos para passar o frio inverno.

Que bonitinhos, são iguaizinhos ao Tico e o Teco, pensou Victoria.

— Olá — cumprimentou-a Niall, que apareceu de repente. — Ona me disse que você estava por aqui.

— Ssshhh — disse ela. — Você vai assustar Tico e Teco.

O escocês se aproximou. Gostava de senti-la perto. Agachou-se sem fazer barulho e ficou também olhando os animais trabalhando.

— Eu nunca vi esquilos de verdade; só quando era pequena, no zoológico de Madrid — explicou Victoria, emocionada. — O mais incrível de tudo é que eles se mexem exatamente igual ao Tico e Teco.

— Você quer dizer que Tico e Teco se mexem igual aos esquilos de verdade — retrucou Niall.

Morria de vontade de dizer que havia conhecido Charly e de confessar o que sentia por ela.

— Bem, sim. Tem razão — assentiu Victoria, sorrindo. — Sabe de uma coisa? Minha irmã e eu tínhamos um videogame do Tico e Teco para o Nintendo. Era muito divertido. Eu o comprei uma vez no Natal, e Víctor, Bárbara e eu passávamos o tempo livre jogando.

— Quem é Víctor? — perguntou ele, franzindo o cenho.

— O melhor irmão do mundo.

— Mas você não disse que eram só vocês duas?

— Sim.

Victoria se levantou com cuidado para não assustar os roedores.

— Bárbara, Víctor e eu somos irmãos de coração. Em casa, ele é da família; inclusive, ele é quem cuida de mamãe enquanto nós estamos aqui. Tenho certeza de que você ia gostar dele se o conhecesse.

— Eu adoraria conhecê-lo.

Haviam começado a andar por um caminho cercado de altos carvalhos.

— Assim como adoraria saber mais sobre você. Você sabe disso, não é? — completou ele.

— Não — exclamou Victoria —, sou muito entediante, eu garanto.

— Permita-me dizer que duvido — respondeu ele com um sorriso.

Caminharam em silêncio durante um tempo. Victoria estava tão nervosa que mal conseguia falar, enquanto Niall a observava com curiosidade e sorria ao vê-la se surpreender a cada passo, como se fosse a primeira vez que adentrava a natureza.

— Venha — disse ele, pegando-lhe a mão. — Quero lhe mostrar uma coisa.

— Aonde vamos? — Mas ele já a havia levado até o lugar onde sua motocicleta estava estacionada. — Eu não subo nesse negócio. Tenho pavor de moto.

— Ouça, senhorita espanhola — disse ele, inclinando a cabeça. — Confia em mim?

— Hmmm — murmurou ela, divertida. — Acha que eu devo confiar?

— Acho que sim — retrucou ele, enquanto punha o capacete nela, sem que Victoria protestasse.

— Você não vai pôr capacete? — inquiriu Victoria.

— Só tenho um — explicou Niall, fechando a jaqueta. — E não vou discutir: é o único que tenho, e é para você.

— Discutir, você e eu, desde quando? — brincou ela.

O escocês sorriu, feliz, e, subindo na moto, fez com que ela montasse atrás dele. Ligou o motor, sentindo que Victoria se segurava com força em sua cintura. Senti-la tão perto era tudo de que necessitava.

Depois de circular durante um tempo por estradas solitárias, por fim Niall parou a motocicleta.

— Vou lhe mostrar algo que só se vê nesta época do ano.

— O quê?

— Você vai ver.

Subiram uma pequena colina, de mãos dadas, até que Victoria lhe deu um puxão.

— O que é isso? — perguntou ela ao divisar cervos enormes, com grandes galhadas.

— Sshhh — sussurrou ele, pondo um dedo sobre os lábios dela. — Você disse que confiava em mim. Siga-me.

Tremendo de medo, ela o seguiu até uma grande rocha. Uma vez ali, Niall a ajudou a subir e foi atrás dela. Logo estavam ocultos entre a vegetação.

— Está vendo os cervos? — disse ele. Victoria assentiu. — Estão brigando com a galhada pelo amor de uma fêmea.

— Por que acha isso? — protestou ela.

— Porque é época de acasalamento — respondeu Niall, morrendo de vontade de beijá-la. — Preste atenção.

Em silêncio, escutaram o som dos golpes secos e devastadores das galhadas se chocando, além de estranhos bramidos que enchiam o ar.

— Aaahhh... coitadinho — sussurrou Victoria, com dó. — É igualzinho ao Bambi já adulto. Veja, está angustiado, com certeza se perdeu.

— Bambi? Tico e Teco? Você assiste muito à Disney — disse Niall, gargalhando. — Desculpe, princesinha, mas não pude evitar. O barulho que o suposto Bambi faz chama-se "berro". O outono é a época do cio dos cervos, e você pode não acreditar, mas é o jeito deles de dizer: "Ei, boneca, eu sou o mais bonito e mais forte!".

— Caraca! — exclamou ela, franzindo o nariz ao ver os cervos brigando. — Ai, ai, ai, vão quebrar os chifres!

— Calma, é normal — afirmou Niall, observando os cervos. — Só um dos dois sairá vencedor.

— Não quero olhar. — Victoria fechou os olhos. — Estou ficando aflita. Ai, ai, ai, vão se arrancar os olhos!

— Ora, vamos — debochou Niall, pulando da pedra. — Vou lhe mostrar coisas que você não vai ver nem em Madrid nem em seu mundo Disney.

Passearam de mãos dadas. Victoria estava nervosa, apesar de sua calma aparente. Estar no meio do bosque, perto de um monte de bichos desconhecidos, de mãos dadas com Niall, não era a coisa mais tranquilizadora do mundo. Se bem que, no fundo, estava gostando.

Enquanto contava as curiosidades do lugar, ele a levou até o alto de uma colina, de onde Victoria pôde observar pássaros de várias cores, formas e tamanhos. Como um especialista no assunto, ele os foi apontando e falando dos tetrazes, dos cruza-bicos... E, incrédula, Victoria pôde admirar o voo de duas águias-reais.

— Santo Deus, são lindas! — exclamou ela, olhando as silhuetas no céu.

As águias faziam uma dança elíptica que a deixou embasbacada. Mas Niall não olhava para elas. Só tinha olhos para Victoria.

— Estou apaixonado por você — disse ele de repente. — Antes que diga qualquer coisa, sei que isso não estava em seus planos, mas quero que saiba que também não estava nos meus.

A declaração pegou Victoria tão de surpresa que ela ficou olhando para ele de boca aberta, até que Niall pôs a mão no queixo dela e a fechou.

— Eu queria que você soubesse, porque sinto uma necessidade inesgotável de estar com você o tempo todo — continuou ele. — Cada vez que a vejo quero beijá-la, e o pior de tudo é que não suporto ver nenhum homem além de mim se aproximar de você.

Como viu que ela não dizia nada, o escocês decidiu continuar falando:

— Eu adoraria conhecê-la, saber de você e de sua vida, e que você esquecesse todas as bobagens que eu disse na noite que parti, porque, para mim, você não é diversão e sexo; para mim, você é algo mais — sussurrou, perdendo-se no olhar de Victoria. — Cada vez que penso que não a verei mais quando você voltar à Espanha não aguento, e por isso, minha querida, gostaria que você me desse a oportunidade de fazê-la se apaixonar por mim e lhe contar quem sou. E também lhe pedir perdão por...

Mas não pôde continuar. Sem poder acreditar que uma coisa tão de filme estivesse acontecendo com ela, Victoria deu um passo à frente e o beijou.

O escocês sentiu uma profunda emoção. A mulher que mais desejava no mundo o estava beijando. Com delicadeza, ainda beijando-a, ele subiu a mão até o rosto de Victoria e o acariciou, para depois enroscar seus dedos naquele cabelo escuro e roçar suas têmporas.

Victoria se sentia arrastada pela paixão; sentia todo seu corpo arder de desejo e luxúria. Sem poder se conter, ela baixou as mãos devagar, até pousá-las no traseiro dele.

Santo Deus, é de aço!, pensou, sentindo que ele fazia o mesmo.

Então, quase explodindo, Niall se afastou por alguns segundos para olhar para Victoria e declarou, com voz rouca:

— Eu a desejo tanto que, se continuarmos assim, vamos fazer amor aqui e agora.

Com um suspiro, ela passou a língua pelos lábios para lhe mostrar que concordava. Mas, de repente, de rabo de olho notou que algo se mexia a sua direita e soltou um berro.

— Ahhhh! Vacas peludas!

Sem dar tempo a Niall para reagir, ela saiu correndo, espavorida, ladeira abaixo; mas perdeu o equilíbrio e começou a rolar como uma almôndega. Enquanto corria atrás dela pela encosta, o escocês observava, impotente, Victoria rolar e rolar a grande velocidade, batendo em tudo que encontrava no caminho, até chegar embaixo. Assustado pelo que podia ter acontecido com ela, ele se agachou ao seu lado. Victoria parecia tonta e machucada.

— Por todos os santos! — exclamou ele ao ver sangue escorrer pela testa dela. — Por que você fez uma coisa dessas?

— Corra! — gritou ela. — Corra, as vacas vêm vindo!

Ela tentou se levantar, mas Niall a segurou.

— Se você se mexer — rosnou ele, sério —, juro que quem vai matá-la sou eu.

— Eu odeio vacas escocesas! — gritou Victoria. E sentiu que ele a pegava no colo. — O que está fazendo? Solte-me!

— De jeito nenhum — negou Niall, dirigindo-se para a moto. — Você bateu a cabeça, e vou levá-la ao médico agora mesmo.

— Ah, meu Deus! Que vontade de voltar à civilização.

— Nem que você estivesse no Polo Norte! — murmurou Niall, enquanto caminhava com passo firme com Victoria nos braços.

— Você não entende! — protestou ela, levantando a cabeça para olhar para ele. — Estou farta de não ter privacidade no banheiro, de estar o tempo todo cercada de bichos. Quero tomar um banho longo e relaxante em minha linda banheira, com essência de rosas. Quero deitar em meu sofá confortável, ver um filme novo e tomar um chá Earl Grey no Starbucks.

— Não se preocupe. Logo tudo isto acabará.

— Maldito conde! Maldito contrato e maldito castelo — gemeu ela, horrorizada ao ver o sangue. — Esta é a primeira vez na vida que um contrato me custa sangue, suor e lágrimas.

Quando chegaram à moto, Niall a deixou no chão com cuidado.

— Está tonta?

— Não — disse ela. E, retirando o lenço que ele havia posto na testa dela, berrou: — Ai, meu Deus, quanto sangue!

— Fique tranquila, linda — sussurrou o escocês ao vê-la tremer. — Não foi nada, você vai ver.

— Por que me chamou de linda?

— Porque você é linda — respondeu ele com um sorriso doce. — Você é um encanto, e estou louco por você.

— Vou ficar desfigurada! — gritou ela de novo ao se ver no espelho retrovisor.

— Também não é para tanto — retrucou Niall.

E, levantando o queixo de Victoria, deu-lhe um breve beijo nos lábios que a fez calar.

— Você é a mulher mais linda que eu já conheci na vida, e dois pontos na testa não vão estragá-la.

— Acha mesmo? — perguntou Victoria, fazendo um biquinho que o enterneceu.

— Tenho certeza — asseverou ele, e tornou a beijá-la. — Agora, vou sentá-la diante de mim na moto, e você vai ficar bem quietinha colada em meu peito para que eu possa pilotar. Antes que perceba, estaremos no consultório do médico, ok?

— Tudo bem — assentiu ela. Mas antes que ele pudesse arrancar, voltou à carga: — Niall, qual é seu signo?

— Por que quer saber isso agora?

— Diga! — gritou ela, surpreendendo-o.

— Touro — respondeu o escocês, ligando o motor.

— Ai, meu Deus! Não pode ser — murmurou Victoria ao pensar no que dona Antonia lhe havia dito em Madrid.

Quando entraram no consultório médico, as duas enfermeiras rapidamente avisaram Greg, que, ao vê-los, apressou-se a pegar Victoria pelo braço.

— Espere aqui, Niall.

— Vou entrar com ela.

Não estava disposto a deixá-la sozinha com ele.

— Se quiser que eu a atenda, vai ter que esperar aqui — replicou Greg, decidido. — Este é meu território, Niall, aqui quem manda sou eu.

— Vocês dois são idiotas? — protestou Victoria, brava. — Façam o favor de parar de berrar como os parentes de Bambi e cuidar de mim de uma vez. Quem está sangrando sou eu.

Olhando desconcertado para o médico depois das palavras de Victoria, Niall a soltou, embora contrariado.

— Ei, escocês — chamou Victoria. E depois de beijá-lo, sussurrou: — Não vá embora sem mim, ok?

— É claro que não — garantiu ele. — Não vou sair daqui.

Quinze minutos depois, Robert e Bárbara chegavam à clínica.

— O que aconteceu? — perguntou ela, assustada.

— Calma — murmurou Niall. — Sua irmã está bem. Mas acho que vai ter que levar uns pontos na testa.

— Pontos no rosto? — disse Bárbara, alarmada. — Ah, meu Deus! Não quero nem imaginar o que ela deve estar pensando.

— Entre lá — disse Niall. — Greg, aquele idiota, não me deixou entrar, mas a você com certeza não vai proibir.

Niall estava certo. Sem opor resistência, o médico a deixou entrar.

Ao ver como o primo estava nervoso, Robert decidiu levá-lo para fora. Lexie, que esperava no carro, desceu correndo ao ver Niall, e se jogou nos braços dele.

— Olá, tio — disse. — Você viu a namorada de papai? Não é linda? O nome dela é Bárbara. E sabe de uma coisa? — acrescentou a menina, baixando a voz.

— Não, meu amor, diga — pediu Niall depois de lhe dar um beijo.

— Ontem à noite ela dormiu com papai, e estavam sem roupa na cama.

— Lexie! — censurou-a Robert.

— O que está dizendo? — Niall riu. E, olhando para o primo, perguntou: — Namorada de papai?

— Lexie, querida, espere no carro, tenho que falar com o titio.

Uma vez a sós, Robert se preocupou com o sangue que seu primo tinha na camiseta.

— O que aconteceu?

— Estávamos nas colinas, vendo a paisagem — começou Niall —, e eu ia lhe revelar nosso segredo, quando ela viu umas vacas se aproximando e, sem me dar tempo para segurá-la, saiu correndo colina abaixo. Imagine como desceu! Não ria, senão lhe quebro a cara.

— Tudo bem — disse Robert, tentando se conter. — É verdade, não é engraçado — acrescentou.

Mas, na realidade, era.

— Caralho! — Niall começou a rir, sem poder evitar.

— Sinto muito... — disse Robert, chorando de rir —, mas se não rir, vou explodir!

Depois de um bom tempo gargalhando, quando conseguiram parar, Niall perguntou:

— O que Lexie quis dizer sobre Bárbara?

— O que você ouviu.

— Você está louco? — disse Niall, apontando para a menina, que esperava no carro. — O que vai dizer a Lexie quando ela decidir voltar a seu país?

— Não sei — respondeu Robert, cabisbaixo. — Eu segui o conselho do Tom, e só espero que ela decida ficar.

— Pare com isso, primo! Bárbara sabe a verdade? — perguntou Niall, angustiado, pensando que nesse momento ela estava sozinha com a irmã.

— Não, cara, fique tranquilo — negou Robert, preocupado. — Depois de ver a reação dela ao saber da existência de Lexie, eu preferi lhe contar esse detalhe outra hora. E você? O que me diz? Pensou no que Tom nos disse ontem?

— Claro que pensei — admitiu Niall, preocupado. — Acabei de dizer que eu ia lhe contar a verdade quando aquela maluca se jogou colina abaixo.

— E como acha que a ferinha espanhola vai reagir quando souber quem é você de verdade?

— Não sei — declarou o escocês, confuso. — Na verdade, tenho medo do que ela possa fazer.

— A brincadeira nos fugiu do controle — disse Robert. — Temos que reconhecer que passamos de caçadores a caça.

Absortos em sua conversa, eles não notaram que Bárbara, meio enjoada por ver sangue, saía do consultório acompanhada de uma das enfermeiras e de Greg.

— Estou bem, sério — afirmou.

— Já volto — anunciou o médico, indo para a rua para falar com Robert e Niall.

Bárbara ficou sozinha na recepção com a enfermeira.

— Quer um copinho de água? — perguntou a mulher, gentil.

— Não — respondeu Bárbara —, não precisa.

— Você veio sozinha?

— Não. Estou com eles — respondeu, apontando para Robert e Niall, que nesse momento conversavam com Greg.

— Quer que eu avise os McKenna? Assim você não fica sozinha enquanto sua irmã não sai.

— Os McKenna? — repetiu Bárbara, com estranheza.

— Sim, eles. Os McKenna — insistiu a enfermeira, meio desconcertada.

— O sobrenome deles é McKenna?

— Senhorita — disse a mulher, esboçando um sorriso —, o homem que trouxe sua irmã é o conde Colum Niall McKenna; o ruivo é o senhor Robert Patrick Mckenna; e nosso médico é Greg Anthony Wells McKenna.

Bárbara estava sem palavras e sentia o sangue ferver em suas veias. Mal podia respirar. Aqueles três sem-vergonha haviam mentido desde o início para elas, e ninguém as advertira a esse respeito.

— Senhorita — disse a enfermeira —, você está bem?

— Sim — assentiu ela, ciente da gravidade do que havia acabado de saber. — Agora aceito aquele copo de água.

— Espere aqui — disse a enfermeira. — Já trago.

Com os olhos cravados neles, Bárbara observou aqueles três farsantes conversando. O que podia fazer? Essa notícia seria como um balde de água fria para a irmã, agora que estava começando a se abrir e a confiar nas pessoas.

— Tome, beba devagar. Se precisar de mais alguma coisa, estarei ali mesmo — acrescentou a enfermeira, apontando para o balcão.

— Está melhor? — perguntou Greg, entrando de novo na clínica.

— Sim — assentiu Bárbara, quase lhe jogando o copo na cabeça.

Quando ficou sozinha, viu que o casacão de Tom, que sua irmã devia estar usando antes, começava a vibrar. O celular de Victoria! Depressa, pegou-o e, quando viu o nome de Charly na tela, decidiu atender à ligação, em um ataque de mau humor.

— Alô!

— Bichinho de pelúcia? — disse ele.

— Não, rapaz — respondeu Bárbara, mal-humorada. — É sua víbora preferida.

— Bárbara — sibilou ele com amargura. — O que está fazendo com o celular de Victoria?

— E o que você está fazendo ligando para minha irmã, imbecil?

— Ouça, não tenho que falar com você. Passe para ela.

— Rá! — debochou Bárbara. — Vá esperando, convencido.

— Você é insuportavelmente vulgar!

— Veja quem fala, o palhaço da cidade! — disse ela, irritada. — Quer fazer o favor de deixá-la em paz? Ela não precisa de você. — E em um arroubo de maldade, acrescentou: — Além do mais, Victoria conheceu outra pessoa muito melhor que você para ela, portanto, esqueça-a, porque ela já o esqueceu!

— Não pode ser! — gritou Charly, enfurecido.

— Mas é, imbecil. E agora, se fizer o favor de parar de ligar, todos nós lhe agradeceremos muito.

— Peça a ela para me ligar — bufou ele, irritado —, e diga que estou em Ed...

Mas Bárbara já havia desligado. Odiava aquele homem mais do que ele poderia imaginar. Com mão firme, bebeu a água. E quando deixou o copo em cima de uma mesinha na recepção, viu que Robert e Niall estavam entrando.

— Que foi? — perguntou Niall. Ainda estava nervoso. — Victoria está bem?

— Diga-me você, senhor conde Colum Niall McKenna — respondeu Bárbara, deixando-os de boca aberta. — Ou você, senhor Robert Patrick McKenna.

Era óbvio que ela estava muito brava. Niall e Robert se entreolharam, desconcertados, sem saber o que dizer.

— Quer dizer, então, que mais uma mentira — prosseguiu ela, olhando para Robert. — Ou talvez vai me dizer que não encontrou o momento apropriado para me contar que esse idiota é o conde, e que tanto você quanto ele e Greg são os três McKenna?

— Eu... — murmurou Robert, mexendo no cabelo. — Ouça, meu amor, eu juro que...

— Não jure — sibilou Bárbara, encarando-o —, senão, juro que o mato!

Robert e Niall se olharam. A situação ficaria muito pior quando a outra fera descobrisse.

— Escute, Bárbara, é tudo culpa minha — disse Niall, sentando-se ao seu lado. — Eu fiz Robert e os outros prometerem que não diriam nada até que eu contasse tudo pessoalmente a Victoria.

— E como acha que ela vai se sentir quando souber? Acha que ela vai aceitar com facilidade? Caralho! — gritou, levantando-se. — Justo agora que parecia que as coisas podiam dar certo para ela, vem você e dá uma dessas. Mãe do céu, isso vai acabar com ela — acrescentou, exasperada. — Ela não tornará a confiar em ninguém, e tudo graças a você e ao imbecil do Charly.

Nesse momento, Robert e Niall se entreolharam de novo. Deviam lhe dizer que aquele idiota estivera na fazenda?

— Escute — prosseguiu Niall, tentando acalmá-la —, sei que não agi bem envolvendo vocês em um jogo desse tipo, mas agora não podemos fazer nada. Só lhe peço uma coisa: deixe que eu explique tudo a Victoria, por favor... Gosto muito dela.

— Até parece! — gritou Bárbara.

— Por favor, não grite. Se sua irmã a ouvir, vai ficar mais nervosa — intercedeu Robert pegando-a pela cintura.

— Você, calado! E afaste essas suas mãozinhas de mim, se não quiser levar um chute no saco — sibilou, aproximando seu rosto do dele. — Mentiroso! Quando pretendia parar de mentir para mim?

Incapaz de responder, ele olhava para ela. Onde estava aquela mulher doce que ele conhecia? Quem estava a sua frente era outra fera espanhola como aquela que estava prestes a sair pela porta do consultório.

— Pode não acreditar, mas estávamos falando disso agora mesmo — disse Niall.

— Ah, claro. Ah, perdão... senhor conde! — debochou Bárbara. — E acha que vou acreditar.

— Eu juro, meu amor! — exclamou Robert, angustiado. — Estávamos falando de lhes contar a verdade, mas, de repente, você descobriu e...

— Ah, meu Deus, dai-me paciência, porque se não me der, juro que hoje mato alguém — bufou ela.

— Bárbara, por favor — insistiu Niall. — Deixe que...

— Olhe aqui, condinho — disse ela, apontando-lhe o dedo —, assim que minha irmã sair por essa porta e eu vir a cara de susto pelo que vocês fizeram com ela, vamos embora! — E andando de um lado para outro: — Não vou permitir que outro idiota como o ex dela a engane. Nem, é claro, que ela continue sofrendo o horror de ficar aqui com vocês, sendo que sei que ela quer voltar para a Espanha para descansar desta maldita viagem. Caralho! — Bateu o pé no chão. — Ela está levando pontos no rosto. Nada menos que no rosto! Ai, meu Deus, não quero nem pensar em como vai sair.

E se afastou de Robert trêmula. Não queria nem olhar para ele nem falar com ele. Ele a enganara de novo.

Nesse instante, abriu-se a porta, e Victoria, com um grande curativo na testa, apareceu com Greg.

— Tudo bem? — perguntou Bárbara.

— Perfeito — respondeu o médico, entregando um papel a Victoria. — Daqui a cinco dias, ou uma semana, venha tirar os pontos, ok? E lembre-se de que amanhã vai parecer que levou uma surra, portanto, nada de trabalho no campo — advertiu, olhando para Niall.

— Não se preocupe — respondeu ele muito sério. — Isso acabou.

— É claro que acabou — ratificou Bárbara.

— Muito bem — despediu-se Greg. — Tenho outros pacientes. Tenham um bom-dia, e já sabe, Victoria: qualquer coisa, ligue para mim.

— Tudo bem. Obrigada.

Quando os quatro ficaram a sós, Robert, sofrendo pela atitude de Bárbara, tornou a se aproximar dela. Precisava que ela o escutasse. Mas ela lhe deu as costas.

— Diga que você está bem, Vicky — disse Bárbara, abraçando a irmã. — Dói?

— Não, não dói. E sim, estou bem — assegurou ela, dando um beijo na irmã. — E que ideia foi essa de entrar, sabendo que fica enjoada quando vê sangue?

— Não sei, foi instintivo — reconheceu Bárbara, muito séria.

— Que foi? — perguntou Victoria, olhando-a fixamente. — Aconteceu alguma coisa com você.

Sem poder suportar nem mais um segundo, Robert pegou Bárbara pela mão e a levou para a rua, deixando Victoria surpresa.

— Solte-me, seu animal! — gritou Bárbara.

— Não — sibilou ele, irritado. — Não vou soltá-la até que me escute.

— Não vou escutar — replicou ela, com as mãos na cintura. — Não quero escutar.

Victoria os observava e, enquanto isso, Niall olhava para ela. Como explicar à mulher que amava que tudo, exceto seu amor, era falso? Aturdido por seus pensamentos, ele não se deu conta de que Victoria olhava para ele, até que ela falou:

— Niall, está mais tranquilo?

Ele suspirou, com o coração apertado:

— Agora que vejo e sei que você está bem, sim, estou mais tranquilo. Mas, ouça, Victoria, eu...

— Sabe de uma coisa? — disse ela, aproximando-se. — Eu ficaria um pouco melhor se você me desse um beijo aqui. — E indicou seus lábios.

Sem poder resistir a seu pedido, Niall a beijou. Foi de leve, mas o suficiente para que ambos voltassem a sentir a paixão.

— Nunca mais faça o que fez hoje.

Niall a abraçou e aspirou seu perfume, aquele aroma que o fizera passar tantas noites em claro.

— A partir de agora, você tem que me prometer que antes de fazer algo tão imprudente vai pensar duas vezes.

— Ok... tudo bem... — concordou Victoria, deixando-se abraçar.

Essa sensação era nova para ela. Charly odiava demonstrações de afeto, tanto na intimidade quanto em público. E ela tinha que reconhecer que gostava de se sentir abraçada em plena luz do dia, com tanto carinho, por aquele homenzarrão.

— O que há com eles? — perguntou ela ao ver a irmã e Robert.

— Acho que estão discutindo — respondeu Niall, confuso.

— Não me diga? — debochou ela, fitando-o. — Eu não havia notado.

Afastando-se dele, Victoria foi em direção a Robert e Bárbara, que tanto discutiam quanto se beijavam, e tornavam a discutir.

— Ei — disse, parando em frente a eles. — Qual é o problema?

Bárbara ficou em silêncio, mal-humorada. Não tinha coragem de contar a verdade à irmã, e menos ainda ao vê-la feliz.

— Seja o que for — afirmou Victoria —, com certeza tem conserto.

— Não — replicou Bárbara. — Não tem conserto. Garanto que não.

— Caralho! — murmurou Robert ao intuir o que ela ia fazer.

Ouvindo isso, Niall fechou os olhos. Os doces momentos que haviam vivido horas antes iam desaparecer em questão de segundos.

— Escute, Victoria — disse Niall —, tenho que falar com você, e é urgente.

— Nem pensar! — protestou Bárbara, empurrando-o. — Não quero que você fale com ele.

— Mãe do céu! — grunhiu Victoria, nervosa. — Vocês estão me assustando. Que diabos está acontecendo aqui?

Nesse exato momento, Greg saiu pela porta com a maleta na mão, e ao ver que ainda estavam ali, aproximou-se.

— Acabei de receber uma ligação de Doug... — disse, pesaroso. — Tom...

— Não! — sussurrou Niall, correndo para sua moto e partindo frenético.

— O que aconteceu? — perguntou Victoria, assustada. — Que foi?

— Robert, temos que ir para a fazenda — disse Greg, pegando-o pelos ombros.

— Robert — murmurou Bárbara, tocando-lhe o rosto. — Meu bem, que foi?

Diferentemente de Niall, Robert ficara paralisado ao ouvir as palavras de Greg. Aquilo só podia significar uma coisa: Tom havia morrido.

22

A morte de Tom pegara todos tão de surpresa que nenhum deles estava conseguindo assimilá-la.

Depois de deixar Lexie com Joana, Robert, Bárbara e Victoria chegaram à fazenda, onde os soluços de Rous e o mutismo de Ona, abraçando Niall, partiram o coração de todos.

Tom havia morrido de um infarto fulminante enquanto descansava. Passara do sono dos vivos ao sono eterno sem perceber, e isso foi a única coisa que reconfortou a todos.

As horas passavam lentamente, e o esgotamento começou a se fazer notar. Uma das vezes que Victoria saiu para fumar um cigarro, encontrou Niall sozinho, de olhos fundos, pensativo. Sem hesitar, sentou-se ao lado dele, mas não conseguia falar. Só o abraçou e o ninou como a uma criança, enquanto ele chorava e dividia seus sentimentos com ela.

Tom passou sua última noite na fazenda acompanhado por seus familiares e amigos. Victoria e Bárbara não conheciam ninguém, mas as pessoas as trataram com tanto carinho que se sentiram quase da família.

Apesar de sua tristeza e dor, quando notou o curativo na cabeça de Victoria, Ona rapidamente se preocupou. Em várias ocasiões, Niall tentou fazer que ambas descansassem, mas foi impossível. As duas eram tão teimosas que só deram o braço a torcer quando Bárbara mostrou seu gênio espanhol, coisa que Niall e Robert agradeceram com um sorriso.

Deitadas as duas no quarto de Niall, Victoria não conseguia dormir. Sua cabeça doía horrores, mas a dor pela perda de Tom não a deixava descansar. Mal conseguia se mexer, e queria que Ona dormisse. Teria um dia duro pela frente.

— Sabe, Victoria? — disse a velha com voz suave. — Quando Tom e eu viemos para esta casa, passamos nossa primeira noite juntos neste quarto. Lembro o medo que eu tinha de nossa noite de núpcias. Eu tinha ouvido minha mãe e suas amigas falarem tanto do que acontecia que estava aterrorizada. Mas Tom foi tão atencioso, tão carinhoso e tão compreensivo comigo que naquela primeira noite não aconteceu nada entre nós. Na manhã seguinte, quando ele se levantou para alimentar o gado, deixou-me uma flor no criado-mudo com um bilhete que dizia: "Quando você sorri, fico feliz".

— Que lindo, Ona — sussurrou Victoria, enquanto as lágrimas corriam por suas faces.

— Sim, meu bem — assentiu a anciã, voltando-se para ela. — Naquela época, minha família tinha dinheiro, diferentemente da de Tom, que sempre havia sido um rapaz trabalhador, mas humilde. Alguém que não servia para mim. Contudo, quando todos ficaram sabendo do nosso amor, mandaram-me escolher entre minha família e meu coração. Foi uma época dura para nós dois, pois eu estava acostumada a certos luxos que, assim que me casasse, não poderíamos nos permitir. Mas Tom, uma vez mais, com seu carinho e seu amor, conseguiu fazer com que eu não sentisse falta das coisas materiais e começasse a aproveitar coisas simples como um sorriso, uma carícia, um beijo ou uma flor. E sabe de uma coisa? Nunca em todos os anos que fomos casados eu me arrependi de minha decisão. Se vivesse mais mil vezes, eu me casaria mil vezes com Tom. Por isso quero que você aproveite sua vida — prosseguiu ela, com um fio de voz. — Não existe nada mais bonito no mundo que se sentir parte de alguém, e que alguém se sinta parte de você.

— Ona — Victoria soluçou —, por que está me dizendo isso?

— Porque a vida é mais curta do que parece, minha querida, e a única coisa que perdura é a família, os amigos, e especialmente o amor — murmurou a anciã, tomando-lhe as mãos. — Não tenha medo de se apaixonar. Um alguém especial pode aparecer quando você menos espera, e ser quem você menos imagina.

— Está se referindo a Niall, não é?

— Sim, minha querida — assentiu ela com um sorriso triste. — Desde a primeira vez que Tom a viu, ele me disse: "Essa espanhola é a alma gêmea de Niall".

Ambas sorriram.

— Ele achava isso, e eu também. Vi vocês se buscando com o olhar quando pensavam que ninguém os via. Vejo que se falam com o corpo, e fui testemunha de como o coração de vocês bate no mesmo ritmo, mesmo estando a quilômetros de distância.

— Que coisas mais lindas está dizendo, Ona — disse Victoria, passando com doçura a mão no rosto enrugado da anciã. — Sabe de uma coisa? Logo depois de me conhecer, Niall me disse que havia me beijado com o olhar. Naquele momento, eu não entendi, mas agora... agora, sim.

— Isso confirma que meu neto é como o avô dele — declarou Ona. — Pode ser cabeça-dura e às vezes até meio resmungão, mas tem um coração nobre. E isso, nos tempos de hoje, não é fácil de encontrar, meu bem. Quando ele olha para você, quando sorri, mesmo quando discutem, é com tanta paixão que sinto que é uma pena que não se deem uma oportunidade.

— Não é fácil. Muitas coisas nos separam — confessou Victoria.

— Eu só quero que você saiba que tanto Niall quanto Robert são bons rapazes e que nunca as decepcionarão, apesar de que em alguns momentos vocês possam pensar que sim. Eles são feitos do mesmo material que o avô, e esse material, meu bem, não é fácil de encontrar.

— Levarei isso em conta, Ona, eu prometo — assentiu Victoria, engolindo o nó de emoções que oprimia sua garganta.

Abraçou a velha, que chorava por causa daquela coisa difícil chamada "AMOR".

23

Dois dias depois do enterro de Tom, a quietude era tanta na fazenda que às vezes ficava até difícil respirar. Victoria e Bárbara assumiram o funcionamento da casa, esquecendo condes e contratos, e se preocupando somente com que todos se recuperassem e retomassem a vida quanto antes.

Rous voltou a ser a mesma garota esquiva e fechada de antes. Ona mal falava, só trabalhava sem sentido de sol a sol, preocupando-se com Geraldine, a vaca, e tentando não pensar no que havia perdido. Mas como não pensar em Tom? Tudo naquela fazenda era dele. Sua casa, suas terras, e até sua vaca.

Robert, arrasado pela perda do avô e pelo frio distanciamento de Bárbara, levou Lexie a uma das pequenas casas anexas à fazenda. Precisava tê-la por perto e saber o tempo todo que estava bem.

Por sua vez, Niall, mais calado que o habitual, estava enlouquecendo enquanto estabelecia as prioridades em sua cabeça, e tentava pensar como o avô teria resolvido o problema que se avizinhava com a espanhola.

Certa tarde, Victoria viu Set rondando a fazenda. A atitude do rapaz indicava que estava à procura de Rous, mas a moça estava tão triste que não queria sair.

— Você também acha que Set veio atrás de Rous? — perguntou a Bárbara, sentada ao seu lado, nos degraus da entrada.

— Pelo jeito que olha para todos os lados, eu diria que sim.

— Quando vai tirar os pontos da testa? — disse Bárbara, mudando de assunto.

— Daqui a dois dias.

Ela já não usava o grande curativo que Greg havia posto no início, só um pequeno, que cobria a ferida e nada mais.

— E você, quando vai me contar o que aconteceu com Robert?

— Prefiro não falar desse assunto — respondeu Bárbara.

Mais além, não muito longe delas, Ona conversava com Robert e Niall.

— É por causa da filha dele, não é? — disse Victoria, vendo a menina correndo com Stoirm.

— Em parte, sim.

— O mais curioso é como todos guardaram bem o segredo, não acha?

Se você soubesse..., pensou Bárbara, resignada, sabendo que logo tudo aquilo seria esclarecido.

— Sim, Vicky — concordou. — Aqui eles sabem guardar segredos muito bem...

— Quem sou eu para lhe dizer isso — disse Victoria —, mas minha intuição me diz que Robert é um excelente homem. — Sua irmã a olhou com o cenho franzido. — Eu sei, sei que nunca falei bem dele, mas nesse tempo que estamos aqui eu me dei conta de muitas coisas, e acho que estava enganada a respeito dele.

— Você está com febre — debochou Bárbara.

— Não, tonta. Sério — insistiu Victoria. — Conhecer essas pessoas me deu o que pensar. Acho que andei equivocada durante muito mais tempo do que eu imaginava.

— Não duvido — asseverou Bárbara, ciente da cegueira da irmã.

— Sabe de uma coisa? Acho que este lugar, e especialmente as pessoas, é o mais verdadeiro que conheceremos na vida.

— Ah, meu Deus! — exclamou Bárbara, quase explodindo. — Lamento, mas não posso concordar com você. Acho que este lugar é mais falso que uma bolsa Prada de camelô.

— Por que está dizendo isso? — perguntou Victoria com estranheza, apagando o cigarro que estava fumando.

— Vejamos, Vicky... — Bárbara fazia o possível para morder a língua. — Realmente conhecemos essas pessoas? Já parou para pensar o que sei eu de Robert, ou você de Niall?

— Tudo bem, entendi. Entendo que Robert foi um grande mentiroso por esconder coisas tão importantes como sua viuvez e a existência de Lexie. Mas também acho que você tem que olhar o fundo da pessoa, e o fundo de Robert, embora tenha sido difícil de encontrar para mim, é excelente.

— Ele é um anjinho caído do céu... — debochou Bárbara com amargura.

— Não entendo o que aconteceu entre vocês, mas, seja o que for, com certeza pode ser resolvido. Não pode ser tão terrível — afirmou Victoria olhando para a irmã.

Então, notou que Bárbara estava com os olhos marejados.

— Ah, sua boba, por que está chorando?

— Porque sinto raiva por todas as coisas ruins acontecerem com você.

— Talvez minha sorte comece a mudar.

— Duvido — disse Bárbara, vendo Ona levar as mãos à cabeça.

— Do que será que eles estão falando? — inquiriu Victoria. — Ona parece brava.

— Ah, Vicky — murmurou Bárbara —, não sei, mas acho que logo saberemos.

Cansada de correr com Stoirm, Lexie se aproximou das garotas, e sem hesitar, pulou no colo de Bárbara, que a acolheu com um sorriso.

— Você vem jantar hoje na cabaninha? — perguntou a menina.

— Não, querida — respondeu Bárbara com tristeza. — Não posso.

— Está brava com papai, não é?

— Um pouquinho — admitiu ela, incomodada ao ver Victoria as observando.

— Papai me contou que vocês discutiram e que ele já perdoou você. Por que não o perdoa também?

— Isso é o cúmulo! — Bárbara deu um pulo e se levantou. — Seu pai é... é... — E ordenou à menina: — Lexie, fique aqui sentada, vou falar com o idiota do seu pai.

Soltando fogo pelas ventas, Bárbara foi até Robert e, sem se importar com a presença dos outros dois, começou a discutir com ele. Diante da situação, Ona e Niall decidiram ir conversar em outro lugar.

Victoria observava a irmã, incrédula. O que estava acontecendo com ela? Por que estava discutindo com Robert? Fazia alguns dias que ela intuía que alguma coisa havia acontecido, mas não sabia o quê. A situação já era constrangedora e ficou mais ainda quando ela viu Lexie chorando e não sabia o que fazer. Devia abraçá-la, conversar com ela, talvez? Victoria estava acostumada a se dirigir a centenas de pessoas influentes em reuniões de trabalho, mas, em um momento como esse, não sabia o que dizer a uma menina de cinco anos.

— Adorei sua camiseta rosa — disse por fim, vendo a estampa da Hello Kitty.

Perfeito, pensou imediatamente, pois se havia algo que conhecia era a bendita gatinha. Cinco anos atrás, ela havia sido responsável por criar uma das maiores campanhas publicitárias daquela personagem infantil, e para isso tivera que conhecer a Hello Kitty como se fosse sua própria irmã.

No entanto, a menina não respondeu. De fato, nem sequer a olhou.

— Sabe de uma coisa? — insistiu Victoria, enquanto Stoirm se sentava ao lado de Lexie. — Por causa do meu trabalho, eu sei muitas coisas sobre a Hello Kitty. Você sabia que a criadora dela é uma japonesa chamada Ikuko Shimizu? Ela a criou para a empresa Sanrio.

A criança continuava não prestando atenção, mas ela prosseguiu:

— Mas quem a lançou à fama foi Yuko Yamaguchi, uma mulher muito esperta que decidiu que a Hello Kitty não devia ser nem sensual nem violenta. Pois bem, a Hello Kitty se transformou em símbolo da cultura *Kawaii,* ou fofinha, no Japão e no resto da Ásia, e em 1983, os Estados Unidos a nomearam embaixadora da Unicef. Em 2004, a delegação da União Europeia no Japão a escolheu como protagonista para promover o euro. A propósito, a licença dela está avaliada em um bilhão de dólares. Que absurdo, meu Deus! — exclamou Victoria.

Olhando para a menina, viu que ela havia parado de chorar, mas a olhava sem entender nada.

— Sabia que a Kitty tem uma irmãzinha gêmea chamada Mimmy?

— A Mimmy é linda — afirmou a menina.

Até que enfim, pensou Victoria, respirando aliviada.

— Você sabe quem é o Tippy? — perguntou Lexie.

— Claro que sim — assentiu Victoria. — Tippy é um ursinho carinhoso com um coração enorme que é apaixonado por Kitty e morre de vontade de namorá-la.

— Eu também gosto muito do Tiny Chum — disse Lexie, apontando para a camiseta.

— Ah, sim, aí está ele — disse Victoria. — Esse ursinho é um grande amigo de Kitty e de Mimmy, não é?

— Sim — sorriu a menina —, e gosta de ser tratado como se fosse o irmãozinho delas.

— E a Tracy. Você conhece a Tracy? — perguntou Victoria ao ver a personagem nas maria-chiquinhas.

— Sim — assentiu a menina de novo, levando a mão às maria-chiquinhas. — Tracy é a melhor amiga de todos. Ela adora brincar e fazer seus amigos rirem.

— Nossa, Lexie — comentou Victoria —, estou vendo que você entende tudo do mundo da Hello Kitty.

— Papai e tio Niall compram as histórias para mim — respondeu ela, arrastando o bumbum para se aproximar de Victoria. — E à noite, antes de dormir, papai lê para mim.

— Que maravilha.

Victoria suspirou ao ver de repente a criança se levantar e ameaçar sentar-se em seu colo.

— Estou com frio. Posso sentar no seu colo? — perguntou, observando-a com seus enormes olhos azuis.

NÃO, pensou Victoria.

— Está bem — murmurou, contrariada. — Se não há outro jeito, pode sentar.

Sem detectar o desconforto de Victoria, Lexie se sentou sobre as pernas dela e, recostando seu corpo no dela, aconchegou-se em seu colo. Era uma sensação nova para Victoria. Fazia mais de vinte anos que não punha a mão em uma criança menor de dezoito anos. E, apesar do desagrado inicial, começou a gostar da ternura que o corpinho de Lexie lhe transmitia, de modo que abriu o enorme casacão herdado de Tom e a cobriu com ele.

Com cautela, Stoirm se aproximou de Victoria e, ao ver que ela não o enxotava, enroscou-se a seus pés.

Inacreditável, mas tudo bem, pensou, sorrindo.

Um bom tempo depois, quando Robert e Bárbara voltaram, Lexie e Victoria estavam conversando de uma forma alegre e descontraída. Sem acreditar no que via, Bárbara notou que a menina estava aconchegada em cima de sua irmã, algo que nunca na vida ela teria imaginado.

— Não acredito no que meus olhos estão vendo — murmurou ela ao ver a cena.

— Por quê? — inquiriu Robert, um pouco mais tranquilo depois de ter esclarecido as coisas com Bárbara.

Fora difícil fazê-la entender; por fim havia conseguido, e agora caminhava de mãos dadas com Bárbara com a intenção de nunca mais soltá-la.

— Até pouco tempo atrás, minha irmã, crianças e cães eram incompatíveis.

— Você usou a palavra certa: "eram"! — disse ele, dando-lhe um beijo na testa.

— Olá, papai — disse Lexie, tirando a mãozinha de baixo do casaco. — Sabia que Vicky conhece todos os amigos da Hello Kitty?

— É mesmo? — perguntou Robert. — Tem certeza?

— Sim, papai — assentiu a menina, deixando os braços de Victoria para ir aos de seu pai. — E sabe o que é mais legal?

— Diga — disse ele, divertido.

— A Hello Kitty está fazendo sua criadora ganhar um dinheirão. Não é fantástico?

— Sério? — exclamou Robert, surpreso.

— Ah... se Vicky está dizendo — disse Bárbara, dando uma piscadinha para a irmã —, não tenha a menor dúvida.

No dia seguinte, na hora do almoço, enquanto Lexie e Victoria conversavam com Ona e Rous na cozinha sobre seus conhecimentos do mundo da Hello Kitty, a porta se abriu e apareceram Set e Doug.

— Boa tarde, rapazes — cumprimentou a mulher.

— Boa tarde, Ona — responderam os dois em uníssono.

— Olá, Rous — disse Set, dirigindo-se à moça.

Mas ela baixou o olhar para o chão e saiu apressada da cozinha.

— Ona — disse Doug à anciã —, acabei de ir ver Geraldine e vi que o abdome dela está em forma de pera. Eu acho que ela está na fase prodrômica.

— O que isso quer dizer? — perguntou Victoria, curiosa.

— Que nossa Geraldine vai ter seu novilho em questão de horas — explicou Ona, observando com tristeza a saída de Rous.

Victoria não queria ver mais dor nos olhos da anciã, de modo que saiu da cozinha e alcançou a moça na escada.

— Que foi? Por que foi embora?

Como Rous não olhava para ela, Victoria levantou-lhe o queixo.

— Responda, por favor. Que foi?

— Estou péssima — murmurou com os olhos cheios de lágrimas. — Não quero que...

— Se é pela perda de Tom — interrompeu Victoria —, todos estamos péssimos.

— Eu sei — assentiu Rous, enxugando as lágrimas.

— Você, melhor que ninguém, devia saber o que Tom pensaria se visse o que está fazendo. Tenho certeza de que diria: "Rous, nós só vivemos uma vez, agarre-se à vida".

— Victoria, não quero que Ona fique sozinha — disse, começando a chorar. — Eu sempre estive com Tom e ela. Eles me trataram como a uma filha, e seria horrível se agora que ela precisa de mim eu começasse a sair com Set. Você não entende?

— É claro que entendo — respondeu Victoria. — E tenho certeza de que se Ona a ouvisse, ficaria muito zangada. Pelo amor de Deus, Rous! Ela nunca vai ficar sozinha, porque sempre terá seu amor, e de todos que a amam.

— Sim, mas...

— Nada de mas — disse Victoria. — Ela quer ver você feliz, não chorosa e amargurada. Rous, as pessoas que amamos, e isso você sabe melhor que ninguém, infelizmente morrem, e, embora agora você pense que o mundo parou, só o que parou foi sua vida. O mundo continua girando. Portanto, faça um favor a todos nós, inclusive a Ona e Tom: suba ao seu quarto, fique bonita e volte para a cozinha antes que Set vá embora.

— Por quê? — sussurrou a moça, ainda chorando.

— Primeiro, porque estou lhe pedindo — disse Victoria, muito séria. — Segundo, porque Ona está esperando que você lhe dê netinhos para ela mimar. E terceiro, porque Set está louco para que você olhe para ele e lhe dê a mínima esperança.

— Você acha que Ona não vai ficar triste?

— É claro que não. Tenho certeza disso, Rous.

— Tudo bem — assentiu a garota, e correu escada acima. — Não demoro.

— Ei, ponha minha jaqueta azul Versace, essa de que você tanto gosta — disse Victoria. — E fique tranquila: não vou permitir que Set vá embora antes de você voltar.

Então, Victoria soltou um suspiro e se voltou para descer a escada. De repente, Ona surgiu das sombras com um sorriso radiante.

— Obrigada — disse a anciã, apertando-a em seus braços. — Obrigada, minha querida, por ser como você é, e por nos amar tanto.

Ambas ficaram abraçadas durante alguns segundos em silêncio, até que ouviram o motor de um carro.

— Victoria — disse Ona, desfazendo o abraço —, eu ficaria muito feliz de mimar mais netinhos além dos filhos de Rous.

Com um sorriso, Victoria olhou pelo vidro da porta e viu Robert e Bárbara se beijando.

— Sabe, Ona? Se minha irmã e Robert não se matarem antes, acho que vão encher sua casa de netinhos — declarou, fazendo a velha rir.

Nesse momento, Niall entrou na casa, bonito como sempre. Aproximando-se, deu um beijo no rosto da avó. A seguir, pegou a mão de Victoria e a olhou daquele jeito que a fazia levitar.

— Pegue um agasalho e venha comigo.

— Aonde? — perguntou ela, vestindo o casacão de Tom.

— Você vai ver.

— Niall, meu querido — disse Ona com um sorriso —, Doug acabou de dizer que Geraldine entrou na primeira fase do parto.

— Não se preocupe, vovó — tranquilizou-a com um sorriso. — Estou com o walkie-talkie. Assim que me chamarem, estarei aqui.

Sem dizer mais nada, saíram. Stoirm corria ao redor deles.

— De quem é esse carro? — perguntou Victoria ao ver uma SUV preta.

— Entre e espere por mim — disse Niall. — Prometo responder a todas as suas perguntas.

Com um sorriso, Victoria entrou no veículo e observou enquanto Niall conversava com Robert e Bárbara. Devia estar lhe dando instruções sobre Geraldine. Quando por fim ele entrou no carro e ligou o motor, Victoria se despediu acenando para a irmã, que lhe deu uma piscadinha e sorriu.

Depois de alguns minutos rodando pela estrada, surgiu diante deles o castelo de Eilean Donan, iluminado pelas suaves luzes do entardecer.

Niall parou o veículo no meio-fio. A paisagem merecia alguns segundos de gozo.

— É incrível — murmurou Victoria. — Não me surpreende que meu cliente queira que seu anúncio seja gravado aqui.

— Por que está pensando em trabalho agora? — perguntou ele, sisudo.

— Não sei. Talvez porque este castelo, e em especial seu maldito conde, são os responsáveis por eu estar aqui.

— Vamos justamente para lá — anunciou ele. — Vamos ver de perto do que é que seu cliente necessita.

— Demais! Fantástico! — exclamou Victoria, fazendo Niall rir.

Poucos minutos depois, Niall cumprimentou um empregado na entrada e deixou a SUV no estacionamento do castelo.

— Minha nossa — disse Victoria, enquanto atravessavam a pé a ponte de pedra. — Quantas vezes já vi esta ponte e este castelo nos filmes! Nunca pensei que um dia eu estaria aqui.

— O primeiro assentamento que houve aqui foi no século VI — disse Niall com orgulho. — Acredita-se que seu nome provém de um bispo irlandês chamado Donan, que chegou à Escócia por volta do ano 580 de nossa era.

— Que legal! — murmurou Victoria, olhando para o espetacular edifício de pedra e anos.

— Em 1220, por ordem de Alexandre II da Escócia, foi construído um castelo sobre as ruínas do antigo forte dos pictos. Com o passar dos séculos, esse castelo foi adotando diferentes formas, até se transformar no que é hoje.

Victoria escutava boquiaberta o que Niall lhe contava. Chegaram à frente do castelo.

— É majestoso — murmurou ela, tocando a pedra escura e fria do edifício.

— Espere um segundo aqui — disse ele.

Eram cinco e cinco, e os empregados do castelo estavam indo para casa. Niall voltou para Victoria depois de falar com eles.

— Que foi? — perguntou Victoria ao ver que olhavam para ela sorrindo. Sentia-se observada por eles desde que a haviam visto entrar.

— O horário de visitas acabou — explicou Niall, pegando-a pela mão. Deu-lhe uma piscadinha e sorriu. — Mas para alguma coisa serve ser o braço-direito do conde, não acha?

— Não vai se meter em confusão, não é?

— Fique tranquila — disse ele, beijando-a. — Aqui, o conde e eu somos a mesma pessoa.

Depois de passar pela porta ogival, onde um escudo incrustado na pedra presidia a entrada, Victoria perguntou:

— Qual é o horário de visitas?

— Normalmente, das dez da manhã às cinco da tarde, exceto em julho e agosto, que é das nove às seis. Mas agora, princesa — acrescentou ele, fazendo uma reverência —, o castelo inteiro está a sua disposição.

— Ótimo! — gritou Victoria. — Agora, só falta o conde aparecer.

— Fique tranquila, ele vai aparecer — garantiu Niall com um sorriso.

Quando chegaram à primeira sala, Victoria contemplou com curiosidade uma exposição sobre a história do castelo; passaram depois para outro aposento, de decoração pesada, com umas grandes janelas góticas e umas mesas e cadeiras de carvalho espetaculares.

Durante um bom tempo, percorreram o castelo. Victoria observava com atenção e escutava todas as explicações que Niall ia lhe dando. Incrédula, viu uma mecha de cabelo do príncipe Carlos Eduardo Stuart, considerado por muitos quase um objeto de culto. Maravilhada, examinou também as enormes prateleiras de livros, as lareiras incríveis, e até riu quando Niall, aproximando-se de um dos quadros, brincou dizendo que o personagem ali representado era antepassado dele.

— Por que você acha que este homem não pode ser meu tataravô? — inquiriu ele.

— Ora — debochou ela —, é como se eu lhe dissesse que minha tataravó foi Minnie Mouse. Você acreditaria?

— Nossa, agora que você está dizendo, claro que sim! — respondeu ele, divertido. — Você conhece perfeitamente o mundo Disney, ambas são morenas, de olhos grandes, mandonas e arrogantes. Por que não?

— Ora, cale-se, seu tonto! — pediu ela, sorrindo e dando-lhe um tapa no braço.

Ao chegar à cozinha, Victoria morreu de rir quando Niall acionou uma gravação que reproduzia os sons dos ratos; a seguir, foram para uma cozinha dos anos 1930, e dali, para um salão enorme de cujas paredes pendiam vistosas tapeçarias com as cores do clã McKenna.

— Que lugar lindo! Tudo nele destila história, e especialmente romantismo — disse Victoria, sentando-se em uma das cadeiras. — Não me surpreende que seu chefe pense duas vezes antes de alugar o castelo. Seria terrível que, pouco a pouco, tudo isto fosse sendo destruído. Há muita gente pouco civilizada, na verdade, e isto tem tanta magia que é uma pena que se perca. Se fosse meu, eu não permitiria que ninguém entrasse.

— Fico feliz de ouvir isso — assentiu Niall, satisfeito.

Essas palavras lhe haviam dito muito mais do que ela acreditava.

— Sabia que no ano de 2007 os leitores da revista *Scotland* elegeram este castelo como um dos ícones da Escócia?

— Sério? Não, não sabia, mas isso estará em minhas anotações — disse Victoria, interessada. — Mas o que me chamou a atenção foram os monitores de computador que vi por aí.

— São para as pessoas com mobilidade reduzida — explicou ele, apoiado no batente da porta. — Devido aos lances de escadas, algumas partes do castelo são de difícil acesso para eles; por isso pusemos os monitores. Não queremos que ninguém fique sem ver ou conhecer a história de nosso castelo.

— Uma das noites que falei com Tom, ele me disse que em 1719 um destacamento espanhol de quarenta e seis soldados que apoiava a causa jacobita tomou o castelo e construiu um arsenal enquanto esperavam armamento e um canhão espanhol.

— É isso mesmo. Mas a notícia chegou aos ouvidos dos ingleses, e eles mandaram três fragatas, que bombardearam o castelo durante três dias, sem êxito, graças a seus muros de quatro metros e meio de espessura. No fim, o capitão de um dos navios enviou à terra vários homens, que conseguiram derrotar seus compatriotas espanhóis.

Nesse momento, surgiu um rapaz ruivo na porta, indicando a Niall que estava indo embora.

— Até amanhã, Glen — despediu-se Niall.

— Todos vão embora?

— Sim — assentiu Niall, agachando-se para ficar à altura dela. — Menos dois guardas. Não precisa ter medo.

— Sabe de uma coisa? — disse Victoria, impressionada. — É estranho pensar que, entre estes muros, sangue espanhol como o meu lutou contra sangue escocês como o seu.

— Então, algo nos une, não acha? — disse Niall, dando-lhe um beijo fugaz. — Quem sabe se algum daqueles espanhóis não era antepassado seu, que não pôde descansar no túmulo até trazer para cá, de novo, mais sangue espanhol?

— Ah, meu Deus — exclamou ela. — Você acredita nessas histórias?

— A Escócia está cheia de histórias e lendas fantásticas — disse ele. — Aqui temos muito respeito pelas lendas. Venha, siga-me.

Sem perguntar, Victoria se deixou guiar por uma escada estreita, até que chegaram a uma porta de madeira escura. Niall tirou uma chave do bolso, abriu a porta e acendeu a luz.

Então, Victoria se viu diante de um quarto maravilhoso, tão luxuoso ou mais que o de um hotel caríssimo. As paredes e o chão eram de pedra e madeira, como no resto do castelo. À direita, um sofá bege com almofadas marrons ocupava um espaço em frente à enorme lareira que aquecia o aposento. Do outro lado do quarto havia uma linda e enorme cama em ferro fundido que fez o pulso dela acelerar.

— O que achou? — perguntou Niall, divertido.

— De quem é isto?

— Este é um dos aposentos privados do castelo — respondeu ele, convidando-a a entrar para fechar a porta em seguida. — A entrada de turistas é proibida aqui.

— Acho que não devíamos estar aqui — murmurou Victoria, apoiando-se na porta. Sua cabeça não parava de tentar lembrar que roupa íntima havia vestido de manhã. — Se seu chefe souber, pode demiti-lo. Vamos embora!

Com um sorriso sedutor, Niall apoiou as mãos na porta, dos dois lados da cabeça de Victoria. E deixando-se cair sobre ela, beijou-a com doçura.

— Fique tranquila, querida — sussurrou, fazendo os pelos de Victoria se arrepiarem —, o conde e eu nos damos muito bem. Tenho certeza de que ele não vai se importar se eu usar este quarto.

Para Victoria, tudo isso parecia uma loucura, mas tê-lo tão perto era tentador demais para insistir. Seu tom de voz, seu olhar, seu corpo e seu cheiro a dominavam. Era impossível resistir àquele homem cheio de testosterona que a olhava com ardor.

— Você está assustada — disse ele, roçando com os lábios as têmporas dela. — Vejo isso em seus olhos cada vez que olho para você. De que tem tanto medo?

— De você. Tenho medo de você porque está conseguindo de mim o que ninguém nunca conseguiu.

— Hmm, gostei de ouvir isso — admitiu Niall, afastando-se um pouco —, mas eu a trouxe aqui para conversar e para realizar alguns dos seus desejos.

Aturdida, e quase sem escutar o que ele dizia, Victoria observou os fortes músculos dos braços de Niall. *Meu Deus... Desejo tirar sua roupa, e que você tire a minha, e que faça amor comigo de uma vez por todas*, pensou, olhando-o com desejo.

Contudo, concentrando-se, ela se obrigou a não pensar em como Niall se comportaria, nu, em cima dela naquela cama enorme.

— Realizar meus desejos? — repetiu. — Que desejos?

— Arranjar-lhe uma banheira quente é impossível neste lugar, mas posso lhe oferecer assistir a qualquer um destes três filmes novos — disse, pegando alguns DVDs — sentada neste sofá confortável sem que ninguém a incomode.

— Um filme novo! — exclamou Victoria, emocionada.

— Tudo isso regado a... — Niall pegou algo em uma geladeirinha — Coca-Cola Zero.

Ao ver o refrigerante, Victoria quase se jogou sobre ele.

— Ai, meu Deus! — gritou ao tê-lo em suas mãos. — Que saudade senti disto!

— Também posso lhe oferecer pipoca, sanduíches de presunto e queijo, e...

— E? — gritou Victoria, emocionada como uma criança.

— Uma fantástica xícara quentinha de chá Earl Grey, recém-trazido do Starbucks mais próximo.

— Meu Deus! — exclamou ela, incrédula. — De verdade você me trouxe um Earl Grey?

Divertido, Niall pegou duas garrafas térmicas e um par de copos do Starbucks. Depois de tirar o casacão, ela se sentou, emocionada, e suspirou ao sentir o cheiro do chá que ele lhe servia.

— Eu troco um delicioso chá preto com toques de essência de tangerina do Sri Lanka por um dos seus beijos espanhóis — sussurrou Niall, sentando-se ao lado dela.

Enroscando os dedos no cabelo dele, Victoria inclinou-lhe a cabeça e o beijou com paixão, o que fez o escocês se excitar em questão de segundos.

— Se vai me beijar assim sempre — disse ele, sorrindo —, prometo que monto uma franquia do Starbucks onde você quiser.

Victoria sorriu, soltou a xícara e o pegou suavemente pelos ombros para puxá-lo de novo para si. Gostava demais daquele homem para não perder o bom senso. Já não se importava se estava com sua melhor calcinha de La Perla ou com as de algodão de cintura alta de Ona. Não aguentava mais. Desejava Niall, e imediatamente.

— Eeeei, princesinha — sussurrou Niall, afastando-se um pouco, para decepção dela. — Estamos aqui para realizar seus desejos, não os meus.

— Neste momento, neandertal — disse ela, roçando-lhe os lábios —, você é meu maior desejo.

— Uau... — Ele soltou um suspiro, tentando conter seu apetite selvagem. — Garanto que estou usando todo meu autocontrole para não me jogar em cima de você, arrancar sua roupa e fazer as coisas que há semanas desejo fazer.

— Não se contenha — sugeriu Victoria ao sentir a ereção dele —, porque eu não vou conter o louco apetite que tenho de você. Não mais.

— Espere um instante — pediu Niall ao vê-la tão excitada. — Acho que antes devemos conversar. Eu tenho coisas para lhe contar que...

— Pelo amor de Deus, Niall! — grunhiu ela, sentindo seu sangue se transformar em fogo e seu coração bater a mil. — Quer fazer o favor de se calar e fazer amor comigo? Eu o desejo, droga, e não quero esperar mais.

O escocês sentia que sua calça ia explodir.

— Às suas ordens, Lady Doberman — disse, pegando-a pela mão para que se levantasse.

Aos tropeços, chegou à cama com Victoria pendurada em seu pescoço.

— Sente-se — ordenou ela, olhando-o nos olhos.

Obediente como um cordeirinho, Niall se sentou na beira da cama e ela se sentou sobre ele. Durante alguns segundos, sentiu Victoria apertar suas coxas contra as dele, fazendo que sua ereção endurecesse de tal maneira que o simples fato de respirar já doía. Cada vez que ela tomava as rédeas nos momentos íntimos, o escocês ficava paralisado; mas a boca ardente de Victoria roçando seu pescoço o fez reagir. Segurando-lhe as mãos, ele se levantou com ela no colo e com um rápido movimento deitou-a de costas na cama.

— Ssshh, princesinha — sussurrou ele, devorando-a com o olhar. — Eu desejo este momento, com certeza, desde antes que você. Então, por favor, feche os olhos, relaxe e deixe-me curtir isso com que tantas vezes sonhei.

Ai, meu Deus, acho que vou gritar, pensou ela, deixando-se levar.

Com um sorriso sensual, Victoria arqueou as costas para permitir que Niall tirasse seu suéter Moschino, que ele deixou cair do lado da cama.

Graças a Deus estou com o conjuntinho preto de La Perla, congratulou-se em silêncio ao ver Niall a olhando fascinado.

Com a respiração entrecortada, ele baixou a boca e, depois de abrir com os dentes o fecho frontal do sutiã, soltou-o. Os seios dela ficaram livres diante dele, o que fez Niall sentir a boca seca.

— Que maestria abrindo sutiãs! — exclamou Victoria.

— Nesta vida, eu aprendi de tudo, pequena — debochou ele, morrendo de vontade de chupar aqueles mamilos duros e escuros.

Mas que fanfarrão, pensou ela, e em um arroubo de raiva virou-se com rapidez para ficar de novo em cima dele.

— Que maestria para me deixar à sua mercê — disse o escocês com um sorriso.

— Nesta vida, eu aprendi de tudo, pequeno — replicou Victoria, dando o troco.

Ambos soltavam fagulhas. Eram amantes e rivais ao mesmo tempo. Então, Niall, com sua hombridade ferida, levantou-se da cama com ela no colo e, apoiando-a no encosto de uma poltrona, fez com que ficasse sentada com as pernas ao redor dele.

— Agora você é minha. Minha e de mais ninguém.

Ao ouvir isso e sentir a força de Niall, Victoria começou a arfar. Sentir seu olhar sensual, a dura ereção contra seu corpo e o deleite com que ele acariciava seus mamilos era a coisa mais excitante que ela já havia sentido. Sorrindo, Victoria buscou a boca de Niall e deu-lhe um beijo selvagem e ávido, enquanto subia lentamente a camiseta dele pelas costelas até tirá-la pela cabeça.

Ambos já estavam nus da cintura para cima. Enquanto Niall baixava a cabeça e brincava com os mamilos de Victoria, fazendo-a estremecer, ela notou pela primeira vez o bracelete preto tatuado que ele tinha em volta do braço direito.

Que sexy, meu Deus!, pensou ao tocá-lo.

Aquilo a excitou ainda mais. Baixou as mãos e abriu o botão da Levi's dele. Então, Niall, segurando-lhe as mãos, subiu a boca para beijá-la enquanto pressionava sua ereção contra ela, fazendo-a gemer.

Victoria não aguentava mais, desejava que ele a penetrasse de uma vez, e quase gritou ao sentir que ele enfiava a mão pela frente de sua calça e roçava com os dedos seu sexo úmido. Então, com um movimento rápido, Niall abaixou as calças e a calcinha dela, deixando-a completamente nua e exposta diante dele.

— Você é mais bonita do que eu imaginava — sussurrou ele com voz rouca de luxúria.

— Solte minhas mãos e me ponha no chão, se não quiser que eu comece a gritar! — reclamou ela.

— Desde que seja de prazer... — disse ele, obedecendo. — Grite quanto quiser, minha querida.

— Você vai gritar? — perguntou ela, divertida.

— Hmm, não sei, diga você.

— Vai gritar — sentenciou Victoria.

E enquanto levava uma das mãos à virilha dele para pegar seu pênis duro e grosso, notando que ele se retesava, lentamente, com a outra mão e a ajuda dos dentes, ela lhe abaixava a calça e a cueca Calvin Klein.

Estando já ambos nus, no chão, Victoria percorreu com sua língua quente e úmida o interior das coxas do escocês, e, quando chegou ao membro duro, brincou alguns segundos com ele com um sorriso malvado no rosto.

— Você está me matando — murmurou Niall, que não teve alternativa a não ser pegá-la entre seus braços. — Venha aqui, ferinha!

Com dois passos, ele a levou até a linda cama com dossel. Depois de depositá-la com delicadeza no colchão, deitou-se em cima dela. Então, esticando o braço, pegou um preservativo em sua carteira. Abriu-o com os dentes e colocou-o com rapidez.

— Estou com tanto tesão que lamento dizer, mas acho que não vai durar muito, querida.

— Desculpa... desculpa! — suspirou ela, fazendo-o rir.

— Mas prometo que as próximas cem vezes serão infinitamente melhores — sussurrou ele, penetrando-a.

— Só cem? — arfou Victoria ao sentir o calor dele a inundando.

Niall sorriu. Segurando-a pela bunda, imediatamente começou a afundar mais e mais dentro dela, investindo ritmicamente. Victoria recebia extasiada suas deliciosas estocadas.

— Minha querida... — murmurou ele ao ouvi-la gemer.

Enlouquecido, ele continuava investindo com paixão, até que a ouviu gritar e sentiu seus músculos se retesarem ao redor dele ao atingir o clímax. Notando que ela se entregava, Niall a penetrou profundamente mais duas vezes, até que, sem poder se conter, afundou a cabeça no pescoço de Victoria e gritou.

Essa noite foi longa e prazerosa para ambos, pois depois dessa primeira vez, houve mais cinco, até que, esgotados, renderam-se ao sono abraçados e felizes.

24

Na manhã seguinte, acordaram com um barulho mecânico e contínuo. Ainda estavam abraçados quando Niall estendeu o braço para pegar seu walkie-talkie.

Ah, meu Deus, adoro estar em seus braços, pensou Victoria, sonolenta.

Quando dormia com Charly, já desde a primeira vez cada um acordava em seu lado da cama. Ambos precisavam de espaço. Contudo, com Niall era diferente: ela gostava de sentir seu corpo, seu calor e sua proximidade. Isso a fez sorrir.

— Minha querida — disse ele, de súbito, pulando da cama. — Prometo que isto se repetirá tantas vezes quanto quiser. Trarei chá do Starbucks, piratearei os filmes mais recentes e comprarei pipoca, mas, agora, levante-se, por favor — sussurrou enquanto pegava suas calças. — Robert ligou: Geraldine está em trabalho de parto.

Ouvir o nome da vaca fez Victoria se mexer imediatamente. Era a vaca de Tom, e todos ansiavam que desta vez o novilho conseguisse sobreviver.

Sem mal falar, devido à pressa, em menos de quinze minutos estavam na SUV a caminho da fazenda. Ao chegar, encontraram Bárbara, que imediatamente buscou respostas no olhar de Niall. No entanto, logo intuiu que ele não havia contado a verdade a sua irmã.

— Maldição! — murmurou ao vê-lo passar ao seu lado.

Niall parou e se voltou para ela.

— Fique tranquila, cunhada — disse ele, dando-lhe um beijo no rosto. — Eu tentei dizer a ela ontem, mas essa paixão espanhola de vocês não me permitiu. — Bárbara não pôde evitar sorrir. — Não se preocupe, assim que se resolva o parto de Geraldine, prometo que a levarei de novo e lhe direi. De hoje não passa.

— Você me deu sua palavra — advertiu-o Bárbara ao vê-lo correr para o estábulo.

— Palavra de quê? — perguntou a irmã ao se aproximar.

— Ei! Ora, ora, Vicky... — debochou Bárbara ao vê-la. — Hoje sua pele está mais firme e radiante. Tem alguma coisa para me contar?

— Nada de especial — respondeu Victoria, e saiu correndo atrás de Niall —, só que estou feliz.

— Olá, tia Vicky — cumprimentou Lexie de súbito, aproximando-se dela.

Tia Vicky?, pensou Victoria; mas como queria presenciar o parto de Geraldine, deu-lhe apenas um sorriso e seguiu Niall.

Ela nunca havia visto ao vivo nada parecido. Ao chegar ao estábulo, encontrou Ona, Set, Robert e Niall, que se olhavam com cara de preocupação.

— O que está acontecendo? — inquiriu.

— Chamaram o veterinário — disse Niall, arregaçando as mangas —, mas ele vem de Aberdeen, e fica muito longe.

— E vocês não sabem o que fazer? — perguntou Victoria, incrédula. — Imagino que estão acostumados a essas coisas.

— Sim, minha querida — assentiu Ona, preocupada. — O que acontece é que acabamos de ver que o novilho está de lado.

— Ona, vamos — disse Robert, pegando-a pelo braço. — Agora que Niall e Victoria estão aqui, vamos tomar o café da manhã. Não comemos há horas, e acho que todos precisamos disso.

A velha foi de má vontade, mas só foi com Robert e Set depois de se convencer de que não podiam fazer nada até que o veterinário chegasse.

Niall e Victoria ficaram com Geraldine durante mais de uma hora. Não podiam fazer nada, mas também não podiam ir embora e deixá-la sozinha.

— Cliver já está aqui — anunciou Doug, entrando junto com um jovem veterinário.

— Olá, Cliver — cumprimentou Niall, estendendo-lhe a mão. — Acho que o novilho está com problemas.

— Não se preocupe. — O rapaz começou a pegar seu instrumental na maleta. — Desta vez, Tom vai nos ajudar e tudo vai dar certo.

Foi uma árdua tarefa, e em muitos momentos pensaram que Geraldine não aguentaria. Contudo, de repente, a pequena cabeça peluda surgiu e o parto terminou com êxito.

Com a felicidade estampada no rosto, Niall abraçou Victoria, que ainda estava abalada pelo que havia acabado de presenciar. Não podia afastar os olhos do novilho recém-nascido.

— Ainda estou tremendo — confessou quando Niall a beijou com doçura.

— Eu também, mas de emoção. A pequena Espanha vai viver — disse com os olhos úmidos. — Com certeza vovô está aplaudindo de felicidade.

— Vão chamá-la mesmo de Espanha?

— É claro! Vovô disse que o novilho devia se chamar Espanha ou Victoria — explicou ele, e caiu na gargalhada.

— Nem pense em chamá-lo de Victoria — protestou ela. — Só me faltava agora ter nome de vaca.

— Não, querida — corrigiu Niall, rindo ainda. — De qualquer maneira, a vaca é que teria seu nome.

— Ande, vá — disse Victoria ao ver que Ona não parava de olhar para eles na casa. — Diga a sua avó que tudo deu certo.

Depois de lhe dar um beijo rápido, ele saiu correndo como uma criança. Ao ouvir a boa notícia, Ona levou as mãos à boca, emocionada, e abraçou o neto. Juntaram-se à alegria coletiva Robert e Set, enquanto Lexie e Bárbara se aproximavam, acompanhadas de Stoirm.

Tom, você conseguiu; sua pequena Espanha já está aqui, pensou Victoria, emocionada, olhando para o bezerro.

— Senhorita — disse o veterinário, dirigindo-se a ela —, poderia fazer a gentileza de pegar este papel?

— Sim, sim, claro — disse Victoria, aproximando-se.

— Tome. — E lhe entregou vários documentos. — A via rosa é de vocês. Preciso que o conde McKenna assine a amarela e me devolva.

— Não se preocupe — retrucou ela —, assim que o conde chegar de viagem, nós entregaremos isto para que assine e lhe mandaremos pelo correio.

Ouvindo isso, o veterinário a olhou com estranheza.

— Por que vão me mandar pelo correio se o conde está aí? — perguntou o jovem.

— Não entendi — disse Victoria, ainda sorrindo.

— Desculpe — insistiu ele. — Talvez eu é que não tenha entendido. Achei que tivesse dito que o conde estava viajando.

— Isso mesmo — assentiu Victoria.

Aí, sim, que o veterinário ficou confuso de verdade.

— Mas o conde está aí! — disse, apontando para o grupo que ria. — Conde Colum Niall McKenna.

De repente, Victoria sentiu seu sangue gelar nas veias. Mas tentou manter a compostura diante do veterinário.

— Não se preocupe — murmurou, começando a se dirigir à varanda da casa grande, onde estavam todos. — O conde vai assinar agora mesmo.

Enquanto caminhava para eles, sentia seu coração bater com força. Havia sido enganada como uma boba, e caíra de novo na armadilha.

Eu o odeio, Niall McKenna... Pela segunda vez na vida fui usada, e não vou perdoá-lo por isso, pensou, tentando conter as lágrimas.

Depois de se soltar do abraço de Robert, Bárbara voltou a vista para a irmã e seu sorriso se congelou no ato ao vê-la se aproximar. Seu olhar frio como gelo disse-lhe que ela havia descoberto tudo.

— Conde Colum Niall McKenna! — gritou Victoria, parando a poucos metros de todos eles.

Niall fechou os olhos com força ao ouvir a voz de Victoria e respirou fundo antes de se voltar para ela.

O calor de seu olhar havia desaparecido por completo, e agora ele só via raiva e desilusão naqueles olhos negros.

— Escute, Victoria, deixe-me exp...

— Não! — gritou ela, jogando nele o papel amarelo. — Não quero escutar. Assine este maldito documento para que o veterinário conclua seu trabalho, e esqueça-me a partir deste exato instante, maldito filho da puta!

— Venha, Vicky — murmurou Bárbara, pegando-a pelo braço.

Mas sua irmã também a rejeitou.

— Vocês se divertiram, não é? — gritou, olhando para todos. — Riram da minha cara durante estas últimas semanas. Maldito bando de mentirosos. Por um momento acreditei que vocês se importavam comigo e que eram a coisa mais genuína que já conheci na vida.

Séria, Ona não tirava os olhos dela. Não podia dizer nada, sabia que a moça estava decepcionada com todos, e ela fazia parte da trama.

— Preciso de um carro para voltar para Edimburgo já! — gritou Victoria, andando para a casa.

Ao passar por Niall, ele se interpôs em seu caminho.

— Saia do caminho, conde.

— Por favor, meu amor, preciso que me escute. — O escocês tentava se explicar, desesperado pelo jeito como os acontecimentos haviam se precipitado. — Ontem à noite, eu tentei lhe dizer a verdade em várias ocasiões, mas...

— Ontem à noite, você me usou — rosnou ela.

— Não é verdade, e você sabe.

Victoria o fulminou com o olhar e, sem responder, desviou dele para entrar na casa. No entanto, antes de fechar a porta, vociferou, sem se voltar:

— Quero um carro para voltar para Edimburgo daqui a dez minutos, Niall, e não pretendo repetir!

Quando a porta de entrada se fechou, todos se entreolharam, confusos. A seu modo, cada um deles se sentia participante daquela trama, e todos tinham sua parte de culpa por não ter esclarecido as coisas e ter deixado que a mentira continuasse dia após dia.

Com o coração apertado, Bárbara sentiu que havia falhado com a irmã; mas já nada podia ser feito. Victoria descobrira por um estranho, e sabia que isso a havia magoado.

— Niall — chamou Bárbara.

— O quê?

— Eu avisei — sussurrou ela, entrando na casa.

Quando Bárbara entrou no quarto, encontrou Victoria guardando seus poucos pertences na mala Versace.

— Vicky, eu...

— Cale-se! Não quero escutá-la. Você é tão falsa quanto todos eles — gritou. — Você é a pior! Sendo minha irmã, pelo menos *você* devia ter sido sincera comigo.

— Tem razão — sussurrou ela, sentando-se na cama. — E juro que eu tentei. Tentei centenas de vezes, mas...

— Desde quando você sabe?

— Descobri naquela tarde na clínica — respondeu Bárbara, e começou a chorar. — Fiquei com muita raiva quando soube e queria lhe contar, mas então, Tom morreu e eu me deixei levar por meus sentimentos. Além do mais, Niall me fez prometer que deixaria que ele lhe contasse.

— Ah, sim, claro. Você vai e dá mais tempo a esse idiota para continuar rindo de mim, não é? — gritou Victoria, jogando seus caríssimos Manolos vermelhos na mala. — Obrigada, irmãzinha. Obrigada por nada.

— Vicky, por favor! Eu entendo que esteja com raiva, mas... você mesma disse que aqui sua vida estava mudando... até me animou a continuar meu relacionamento com Robert porque, no fundo, ele lhe parecia excepcional.

Victoria levou as mãos à cabeça e fechou os olhos. A irmã tinha razão. Seu coração havia gritado que aquela gente, quando sorria para ela, era de verdade. Mas ela não queria pensar nisso, de modo que continuou fazendo a mala.

— Acho que já é hora de voltar à realidade — afirmou, sentando-se ao lado da irmã, que discretamente pegou o pijama de tomates-cereja e o colocou na mala. — Fique se é o que deseja, mas...

Nesse momento, a porta se abriu, e Ona e Rous entraram no quarto.

— Podemos entrar? — perguntou a anciã.

— É claro — retrucou Victoria, endurecendo o tom. — A casa é sua.

Com o notebook de Tom nas mãos, Ona se aproximou de Victoria. Via-se em seu rosto a dor e a tristeza pelo que havia acontecido, mas a raiva de Victoria a impedia de reagir.

— Leve isto — disse a anciã, entregando-lhe o computador. — Aqui ninguém vai usá-lo, e é uma pena que se desperdice algo tão valioso.

— Tudo bem — disse Victoria, e o jogou de mau jeito na mala.

— Trouxe a jaqueta que você me emprestou — sussurrou Rous —, e queria lhe dizer que vou sentir muito sua falta.

— Ok, tudo bem... — respondeu ela friamente.

Depois de um silêncio sepulcral, Ona e Rous decidiram sair. Mas a anciã ainda tinha algo a dizer.

— Victoria, quero que saiba que eu a entendo — murmurou. — Entendo que pense que todos aqui a enganamos e tramamos um jogo absurdo que no fim se voltou contra nós. Eu não gostei disso desde o começo, e muito menos no fim, mas Niall...

— Não quero ouvir falar de Niall — interrompeu Victoria.

— Tudo bem — concordou a anciã. — Só me permita dizer mais uma coisa. Nunca duvide da veracidade dos sentimentos que Tom tinha por você.

Ouvindo isso, Victoria desabou.

— Ona — sussurrou com um fio de voz, enquanto ia até ela. — Obrigada pelos lindos momentos. — E pegando as mãos da velha e de Rous, acrescentou: — Jamais os esquecerei.

E, dito isso, Victoria deu meia-volta, e depois que as duas mulheres saíram do quarto, correu para os braços da irmã e chorou amargamente durante longos minutos.

25

A viagem de volta a Edimburgo na SUV de Niall foi um inferno. Victoria tornou a buscar dentro de si seu eu maldoso e conseguiu recuperar seu ar de superioridade e seu olhar de advertência, que não passaram despercebidos a ninguém. Robert e Niall não abriram a boca; limitaram-se a levar as garotas para Edimburgo. Cada um ia pensando em seus próprios problemas e, apesar das inúmeras ocasiões em que Victoria viu Niall olhar pelo retrovisor buscando seus olhos, ela o evitou todas as vezes.

Ao chegar ao hotel, sem esperar que lhe abrissem a porta, Victoria desceu do carro. E tirando a mala das mãos de Niall, saiu andando.

— Quer fazer o favor de se acalmar e me deixar explicar? — disse ele, detendo-a.

— Não torne a pôr suas mãos nojentas em mim, entendeu?

— Victoria, por favor — rogou Niall, desesperado. — Dê-me a oportunidade de explicar por que fiz isso.

— Não me interessa.

— Por todos os santos! — berrou, segurando-a pelo cotovelo. — Eu a amo! Será que não percebeu ainda?

Ouvir isso não foi fácil para ela. Durante uma fração de segundo, seu coração começou a bater forte e ela desejou beijar aqueles lábios de que tanto gostava. No entanto, bloqueando esse pensamento, Victoria conseguiu esquecer as maravilhosas palavras de Niall e se soltou com um puxão.

— Pois eu não sinto nada por você. Não o amo.

— Até parece! — gritou ele. — Você está mentindo... Eu sei que está.

Nesse momento, Victoria desejou ter a agilidade mental de Bárbara para poder soltar uma palavra ferina que acabasse com ele; mas, de súbito, alguém a chamou e seus olhos não podiam acreditar no que viam.

— Victoria! — chamou Charly de novo, aproximando-se.

— E esse imbecil, de onde saiu agora? — exclamou Bárbara.

Robert e Niall trocaram um olhar de reconhecimento, o que não passou em absoluto despercebido para Bárbara.

— Se puserem um polígrafo em vocês dois, vão fazê-lo explodir — provocou.

— Charly? — disse Victoria, que parecia ter acabado de ver um fantasma. — O que está fazendo aqui?

Impecavelmente trajado, o madrilense parou diante deles vestindo um caríssimo terno cinza Elio Berhanyer, sapatos italianos reluzentes e uma camisa Ralph Lauren. Ao chegar a Victoria, abraçou-a, deixando-a muda diante de sua demonstração pública de afeto. Niall fez um grande esforço para se conter e não sair no tapa com aquele sujeito.

— Pelo amor de Deus, meu bichinho de pelúcia — exclamou Charly. — Que aparência é essa?!

— Não tem nada melhor para dizer? — bufou ela.

— Estou procurando você há cerca de uma semana pela Escócia inteira, meu bichinho de pelúcia. Você está bem? — perguntou ele.

Charly não se deu conta de que aqueles dois de jeans puídos, blusas de lã e botas de montanhista sujas eram os mesmos que dias antes o haviam mandado de volta a Edimburgo.

Victoria queria gritar que não, que estava péssima, arrasada e humilhada. Contudo, decidiu utilizar suas armas de mulher, olhou-o nos olhos e disse em voz alta, para se assegurar de que Niall o ouvisse:

— Agora que você está aqui, estou melhor. — E dirigindo-se a Bárbara, que os olhava de boca aberta, acrescentou: — Decida esta noite o que vai fazer. Amanhã às nove da manhã a espero aqui. Se precisar de alguma coisa, estarei na suíte de Charly.

Sem dizer mais nada nem sequer olhar para Niall, encaminhou-se com passo alegre aos elevadores.

— Que diabos está fazendo aí parado?! — sibilou Robert. — Faça alguma coisa antes que ela vá embora.

— Não — respondeu Niall, sisudo. — De minha parte, eu já disse tudo que pensava. Hoje já é tarde, mas amanhã volto para a fazenda: Ona precisa de mim.

Estava furioso e desesperado, e assim se dirigiu ao fundo do vestíbulo, onde cumprimentou alguns funcionários, abriu uma porta e desapareceu.

— Ei, você, destruidor de polígrafos! — exclamou Bárbara, dirigindo-se a Robert. — Quero que me conte agora mesmo como Niall e você conhecem esse imbecil engomadinho.

— Só se você me prometer que não vai embora amanhã — retrucou ele, pegando-a pela cintura.

— Conte-me — disse ela — e, dependendo do que disser, eu tomarei minha decisão.

Uma vez sozinha com Charly no elevador, Victoria se livrou dele com um empurrão brusco. Ele a olhou como se fosse louca.

— Que caralho está fazendo aqui? — grunhiu ela.

— Desde quando você usa esse vocabulário tão vulgar, pelucinha?

— Desde que não tenho nada a ver com você — respondeu ela, já pensando onde ia passar a noite.

— Na agência me disseram onde você estava — comentou o engomadinho, aproximando-se dela. — Tentei localizá-la, mas foi impossível. Faz mais de uma semana que cheguei à Escócia. Aluguei um carro, e com a ajuda do GPS, fui até um vilarejo chamado Dornie, cheio de gente vulgar, onde me...

— Dornie não é um vilarejo — interrompeu ela, contrariada, e o empurrou de novo. — E as pessoas são encantadoras, gentis e muito carinhosas.

Charly lhe relatou sua viagem, então, e surpreendeu Victoria ao lhe contar que estivera na fazenda, e que lá, um tal de Tom Bucker, e não Buttler, havia dito que a mulher que estava procurando havia partido para Durham. Contendo o riso, ela escutou as peripécias pelas quais seu ex havia tido que passar quando furara um pneu do carro e tivera que esperar o guincho; e que, apesar de tudo, não encontrara o tal de Tom Buttler.

Já na suíte de Charly, Victoria disse que precisava tomar um banho e se trancou no banheiro. Dali, de seu celular ligou para a recepção e reservou outra suíte no nome de Carlos Montefinos de Jerez. Depois, tomou banho, e antes de sair ligou para o aeroporto para saber dos horários dos voos para a Espanha. Quando terminou, saiu do banheiro vestida.

— Acho que precisamos conversar — disse Charly, então, tentando pegá-la pela cintura.

— Ou você tira as mãos de cima de mim, ou juro que lhe dou um pontapé na bunda — bufou ela, fazendo-o se afastar.

— Não acredito! — lamentou ele. — Faz um mês que está com sua irmã e já fala como ela. O que aconteceu com você?

— Vejamos, Charly — respondeu Victoria, parando em frente a ele com as mãos na cintura e deixando-o de novo surpreso. — Acho que as coisas entre nós estão bem claras. Não haverá reconciliação. Não quero nada com você. Podemos ser só amigos, fui clara?

Incrédulo diante do modo como ela se comportava, Charly se sentou na cama. Enquanto isso, Victoria, morrendo de sede, abriu o frigobar e pegou uma cerveja, sorrindo de satisfação. A seguir, apoiou a tampa da garrafa na borda da geladeira e, com um golpe certeiro, abriu-a.

— Mas... mas, meu bichinho de pelúcia, onde você aprendeu essas maneiras de caminhoneiro?

Victoria bebeu um gole e se apoiou na parede para olhar para ele.

Como podia ter se apaixonado por aquele sujeito tão ridículo? Qualquer comparação com Niall era impensável. Era como comparar George Clooney com o Bozo, pensou ela, rindo.

— Pegue um copo, pelo menos — insistiu Charly, observando-a enquanto se sentava. — Que ideia é essa de beber da garrafa?

— Eu gosto — respondeu ela, percebendo que era verdade.

— Isso é ridículo! — exclamou ele.

— Agora é minha vez de perguntar, ok, Charly?

— Ok.

— Que ideia foi aquela de fazer um *ménage* no dia anterior ao nosso casamento, a menos de dez metros de mim?

O homem ficou pasmo ao ouvir isso. Durante os anos que haviam passado juntos, ele sempre havia tomado as rédeas da relação. No início, porque Victoria estava impressionada com ele, e no final porque ela havia se acostumado a agradá-lo. Nunca houve discussões entre eles. Nunca houve paixão. Só conformismo, conformismo e mais conformismo.

— Não sabe o que dizer, não é? — disse Victoria, levantando-se.

E então, deixou a cerveja em cima da mesa, pegou sua mala e se dirigiu à porta.

— Aonde você vai?

— Vou dormir; amanhã volto para a Espanha. Esta conversa acabou há muito tempo, Charly, e, para o seu bem — disse ela, olhando para a virilha dele —, espero que você nunca mais tente retomá-la.

Ao sair pela porta, Victoria se sentiu tão segura de si como nunca antes. Desceu à recepção e, depois de pegar a chave de seu novo quarto, subiu de novo, entrou e se sentou na frente da tevê. Não conseguia dormir. Só podia esperar que as horas passassem para ir embora dali.

Às cinco para as nove da manhã, Victoria já esperava no vestíbulo do hotel. Charly tinha dado um jeito de estar também ali a essa hora; ao que parecia, voltariam juntos para a Espanha.

Ao ver Bárbara entrar de mãos dadas com Robert, Victoria soube imediatamente que a irmã ia ficar na Escócia. De modo que pediu a Charly que levasse sua mala para o táxi enquanto se despedia dela.

Séria, Bárbara observou a irmã se aproximar escondida atrás de seus enormes óculos Prada. Robert intuiu que elas precisavam conversar a sós, beijou a namorada e se afastou dali sem se despedir de Victoria.

— Vicky — murmurou Bárbara, pegando-lhe as mãos —, eu...

— Você não precisa dizer nada, sua tonta — disse Victoria, tentando parecer feliz. — Se eu tivesse conhecido um *highlander* como o seu, talvez ficasse também.

— Isso não é verdade. Niall é um homem maravilhoso, e apesar...

— Não quero falar de Niall, por favor — pediu Victoria, sentindo uma pontada no coração.

— Mas...

— Não, Bárbara.

— Tudo bem — concordou Bárbara, deixando para lá. — Diga a mamãe que voltarei para casa daqui a algumas semanas, mas só para pegar minhas coisas.

— Acho que é uma ideia excelente — afirmou Victoria.

— Sério?

— É claro que sim. A Escócia é um lugar mágico, e tenho certeza de que aqui você vai concluir esse livro para o qual veio fazer anotações, não acha?

— Meu Deus, não fiz anotação nenhuma! — comentou Bárbara.

— A partir de agora, você vai ter todo o tempo do mundo.

Bárbara não pôde responder, e se limitou a abraçá-la. A dor que sentia ao ver Victoria arrasada a estava matando. Não estaria sendo egoísta?

— Vicky — disse Bárbara, separando-se dela. — Se me esperar quinze minutos, vou com você para a Espanha.

— Você está louca? — sussurrou Victoria, pegando o rosto da irmã entre as mãos. — Ouça, sua chata, vou embora, mas não pense que vai se livrar tão facilmente de mim. Portanto, pode ir dizendo ao Chewbacca que contrate conexão ADSL para que possamos trocar e-mails e falar pelo Skype, entendeu?

— Tudo bem — concordou Bárbara.

— E não se preocupe com mamãe. Assim que eu disser que você está namorando um homem rico que, além de bonito, é louco por você, ela vai ficar feliz. Mas, minha querida — acrescentou Victoria, rindo —, prepare-se, porque quando mamãe vier visitá-la, com certeza vai fazer uma *paella* enorme para todos esses escoceses.

— Vou ficar com saudade, sua metida de merda — disse Bárbara com carinho.

— E eu de você também, Barbiloca — respondeu Victoria, abraçando-a —, especialmente quando estiver em um spa, fazendo chocolaterapia para perder todos os quilos a mais que estou levando como excesso de bagagem.

E, dizendo isso, Victoria deu um último beijo na irmã e se afastou. Não podia ficar nem mais um minuto ali. Depois de entrar no táxi com Charly, acenou com a mão para se despedir de Bárbara e, quando o veículo arrancou, ela começou a chorar.

Vendo a angústia de Victoria, estranhamente Charly não fez nenhum comentário desagradável e passou o braço pelos ombros dela para lhe oferecer consolo.

— Vou sujar seu casaco de rímel — murmurou ela, soluçando.

— Não faz mal. Depois eu compro outro.

Ainda soluçando por causa da triste despedida, Bárbara voltou ao interior do vestíbulo e não se surpreendeu quando viu Niall com Robert olhando pelo vidro.

— Preciso de um telefone — gemeu. — Tenho que ligar para minha mãe.

— Venha comigo, meu amor — disse Robert, deixando o primo sozinho.

Niall ainda estava com o coração apertado depois de ver Victoria partir recostada no ombro daquele idiota.

26

O som do telefone a estava deixando louca. Fazia apenas dois dias que chegara a Madrid, e o maldito não havia parado nem um segundo de tocar. Victoria cobriu a cabeça com o travesseiro e tentou esquecer aquele apito tormentoso. A única coisa que desejava era pensar em Niall, em seus olhos, em sua boca, em seu sorriso sensual. Fazia apenas quarenta e oito horas que não o via e ainda não conseguia entender como continuaria vivendo sem ele.

Sem aguentar mais o barulho impertinente, ela se levantou da cama, dirigiu-se à sala e, com um puxão, conseguiu arrancar da parede o cabo do telefone. Depois que o silêncio invadiu seu apartamento, sentiu-se muito melhor. Queria dormir, precisava dormir. Victoria voltou ao seu quarto elegante, e assim que apoiou o rosto em seu travesseiro Tempur, o barulho voltou.

— Maldição! De onde vem? — vociferou, levantando-se novamente da cama.

Desta vez, o som provinha da porta de entrada. Furiosa, ela abriu, sem se importar com sua aparência. E viu que ali estavam sua mãe, Víctor e o porteiro.

— Pela Virgem da Tupperware — exclamou seu amigo ao vê-la. — O que você está vestindo?

— Um pijama de tomates-cereja — Victoria quase gritou.

Nesse momento, o porteiro aproveitou para sair de fininho.

— E qual é a de vocês? Não são capazes de respeitar o sono dos outros?

— São seis e meia da tarde — respondeu Víctor, de má vontade. — Estávamos preocupados e, ao ver que você não atendia ao telefone, não tivemos alternativa a não ser vir para cá.

— Mamãe — disse Victoria —, eu falei com você quando cheguei e disse que estava bem. Acho que mereço um pouco de paz.

— Meu tesouro — murmurou Margarita ao ver a aparência de sua filha —, estávamos preocupados com você, entenda.

— Pois façam o favor de não se preocuparem tanto comigo e tentem respeitar minha privacidade — gritou ela, ainda na porta.

— É que nós a amamos muito, senão... — replicou Víctor, que parecia irritado. — Minha filha, dá vontade de mandá-la à merda com passagem só de ida. Vai nos convidar a entrar ou pretende continuar latindo enquanto ficamos aqui na porta?

— Quero dormir — bufou Victoria, incrédula. — Poderiam fazer a gentileza de ir embora?

Margarita não podia dizer nada. Só observava as grandes manchas escuras que sua filha tinha debaixo dos olhos e seu rosto inchado. Isso, além dos cabelos de louca e do enorme pijama de tomates – cereja, segundo ela –, deixavam claro que Victoria não estava bem.

— Tesouro — insistiu Margarita. — Bárbara nos ligou. Ela está preocupada com você, e só queríamos...

— Mamãe! Eu estou bem, não está vendo?

— Sim, está fantástica — retrucou Víctor. — Vamos embora, Marga — acrescentou, pegando a mulher pelo braço. — Vamos deixar a diva dos tomates-cereja.

A princípio, Marga resistiu.

— Adeus! — gritou Victoria, batendo a porta.

Mas depois de dar dois passos em direção ao dormitório, sentiu uma pressão no coração que a fez voltar atrás, abrir a porta e se jogar chorando nos braços da mãe e do amigo.

Duas horas depois, Víctor havia descido até o Vips em busca de comida e se surpreendido ao receber uma ligação de Victoria pedindo-lhe cerveja. Enquanto isso, Marga preparava alguma coisa para comer na imensa cozinha da filha.

— Você está muito linda — disse Víctor, já sentado ao lado da amiga. — Acho que o ar da montanha lhe fez bem. E está mais magra.

— Impossível! — contrariou Victoria — Comi como uma vaca lá.

Ao pronunciar a palavra "vaca", ela começou a chorar de novo. Tudo a fazia lembrar aquilo de que sentia tanta saudade. Então, Víctor teve que pegar outro lenço de papel da caixa azul.

— Pelo amor de Deus, Vicky, você vai desidratar. Vamos, tente continuar falando sem chorar, ok?

— Lá nada era *light* ou de baixas calorias — explicou ela, segurando as lágrimas. — Tenho certeza de que vou estourar a balança.

Enquanto ela falava da Escócia, não podia evitar alternar entre o choro e os olhares de encanto – o que não passou despercebido nem a Víctor nem a Margarita.

— Vicky — disse de súbito o amigo —, eu a apoiarei, seja qual for a decisão que tomar, mas acho que talvez deva pensar um pouco melhor no que deixou lá e no que tem aqui.

— Aqui eu tenho tudo, Víctor. Meu trabalho, minha família, meus amigos. Lá, por enquanto, além de uma irmã apaixonada, tenho pouca coisa mais.

— Nossa Barbiloca está tão apaixonada assim? — perguntou Víctor.

— Como diria ela, completamente fodida — respondeu Victoria, sorrindo ao recordá-la. — Em nenhum momento, ela mencionou João de novo; e acho que o caipira dela apagou qualquer sentimento que ela ainda pudesse ter por ele.

— Nossa, esse João, um sem-vergonha — comentou Marga, entrando na sala de jantar com um caldinho. — Apareceu lá em casa para saber onde estava Bárbara.

— Você perdeu — disse Víctor. — Eu estava lá, e posso garantir que aquele machão foi embora com o rabo entre as pernas.

— Foi mesmo — falou Margarita. — Soltei a língua. Disse tudo que pensava, e ele não apareceu mais.

— Eu teria gostado de estar presente — reconheceu Victoria. — Também teria lhe dito umas coisinhas.

Olhando para a filha, Margarita sentiu desejos de niná-la em seus braços, mas ainda existia uma pequena barreira entre ambas que ela era incapaz de superar. A frieza que Victoria às vezes demonstrava a fazia pôr o pé no freio em muitos sentidos, por medo de aborrecê-la ou de sentir sua rejeição.

— Tesouro — disse, pegando a mão de Victoria —, você sabe que estou aqui para qualquer coisa de que precisar, não é?

— Sim, mamãe. Eu sei — assentiu ela.

— Se precisar falar de Niall, você sabe que...

— Não, mamãe — retrucou Victoria, retirando a mão da de sua mãe. — Nem quero, nem preciso falar dessa pessoa. Quero esquecê-lo, e pronto.

— Vicky — censurou-a Víctor, dando-lhe um empurrão —, às vezes você é mais áspera que uma pedra-pomes.

É verdade, pensou ela.

Víctor e sua mãe faziam todo o possível para ajudá-la e, em retribuição, ela continuava como sempre, em seu estilo víbora malvada.

— Mamãe, obrigada, mas eu prefiro não falar disso — corrigiu-se, e tentou sorrir. — Quanto a Bárbara, ela está feliz, e daqui a alguns dias vem, mas com a intenção de voltar a Escócia. — Então, ela viu o queixo da mãe começar a tremer, e se apressou a acrescentar: — Mas não chore, mamãe, porque quando conhecer Robert e a pequena Lexie, você vai ser a mulher mais feliz do mundo.

— Querida — disse Víctor —, com o dinheiro que ele tem, como é que não vamos gostar dele?

— Na vida nem tudo é dinheiro e luxo, seu tolo — sentenciou Margarita.

— Isso é verdade, mamãe — disse Victoria com tristeza. — Isso é muito verdade.

Às dez da noite, depois de prometer que voltariam no dia seguinte, Víctor e Margarita foram embora.

Assim que fechou a porta, a primeira coisa que Victoria fez foi encher a banheira. Por fim ia tomar seu maravilhoso e esperado banho relaxante com óleos essenciais. Pegou uma cerveja geladinha em sua geladeira moderna. Depois, tirou a roupa e se olhou no espelho.

— Bem, chegou o momento temido — murmurou, enquanto tirava a balança de um canto.

E subiu nela depois de soltar um suspiro. Olhou para a frente, esperando ouvir a voz odiada que normalmente lhe indicava que havia engordado. "Você perdeu dois quilos, oitocentos e trinta gramas", anunciou a voz da balança.

— Não acredito — sussurrou ela, descendo e subindo imediatamente. — Com certeza não me pesei direito.

"Você perdeu dois quilos, oitocentos e trinta gramas", repetiu a voz. Victoria, surpresa, pegou a cerveja, bebeu um gole e sorriu.

Depois do entusiasmo com a balança, ela entrou em sua banheira moderna e luxuosa, onde durante uma meia hora curtiu um banho incrível. No entanto, passado esse tempo, começou a se sentir estranha e angustiada. Faltava alguma coisa. E com lágrimas nos olhos rapidamente soube do que se tratava.

Faltava a agitação daquela casa. A falta de privacidade. Os comentários nada femininos de Rous, os latidos de Stoirm, as doces palavras de Ona e... especialmente, faltava Niall.

Fechou os olhos e tentou conter as lágrimas. Não queria chorar mais, mas era impossível. Não conseguia tirar da cabeça a noite que havia passado com ele no castelo. Sua mente voava sem parar para o momento em que Niall havia lhe mostrado os filmes pirateados, as garrafas térmicas com o chá do Starbucks... O momento em que haviam se beijado pela primeira vez... Ah, seus beijos, aqueles beijos ardentes com sabor de vida dos quais ela tanto gostava e tanta falta sentia.

Despertando de seu devaneio, ela se levantou na banheira, tomou uma chuveirada rápida e, depois de pôr o roupão, foi descalça até a sala. Uma vez ali, sentou-se em seu sofá confortável e ligou a tevê com a intenção de ver algum filme que a distraísse de suas dolorosas recordações.

Mas até a televisão a fazia lembrar Niall, já que em um dos canais estava passando *Coração valente. Ah, meu Deus... um* highlander, pensou, e começou a chorar como uma boba vendo as paisagens escocesas.

Decidiu mudar de canal, e no seguinte estava passando um documentário sobre animais; apareceram uns cervos, e ela chorou de novo. Pegou o controle remoto e pulou para outro canal, onde ficou durante alguns segundos vendo uma senhora fazendo uma torta de maçã que lhe fez recordar Ona. Mudou de novo e, incrédula, viu no programa "Bricomanía" um sujeito consertando o cercado de uma fazenda.

Isso é um complô, pensou.

Contudo, quando mudou pela última vez de canal e viu o ator escocês Gerald Butler falando sobre *PS: Eu te amo*, Victoria desabou e, depois de jogar o controle remoto na parede, tornou a chorar como uma idiota.

À uma da madrugada, farta de ficar virando na cama e do fato de que tudo a fazia pensar em Niall, ela se vestiu e desceu até a garagem. Pegou seu carro e dirigiu até a casa da mãe. Às duas e dez da madrugada, apertou o interfone.

— Mamãe, abra. Sou eu.

Margarita, assustada, desceu de camisola em busca da filha. Encontrou-a na portaria se desmanchando em lágrimas. Abraçou-a, e subiram para o apartamento, onde Óscar as recebeu com carinho.

Passados os primeiros momentos de desconcerto, tremendo até os cílios, Margarita tentou se acalmar. Depois de fazer um café, voltou para junto da filha na sala de jantar, onde a encontrou sentada no chão com Óscar.

— Tesouro, por que não se senta na poltrona? Vai pegar um resfriado.

— Óscar é um encanto de cachorro, não é? — sussurrou Victoria, acariciando-lhe a cabeça.

— É um amor — concordou Margarita.

— Mamãe, eu a amo muito — disse Victoria com um fio de voz — e quero lhe dizer que sinto muito por tudo que aconteceu, e que... e que estou apaixonada por Niall e não sei o que fazer para poder viver sem ele.

Margarita havia ficado sem fala. Sua filha Victoria a havia procurado no meio da noite em busca de apoio, carinho e ajuda. Depois de alguns instantes sem conseguir reagir, ela se agachou ao lado da filha, abraçou-a e deu graças a Deus por Victoria, sua Vicky, ter voltado.

Às cinco da manhã, depois de passar horas conversando como costumavam fazer anos atrás, Victoria parecia mais tranquila. Conversar com a mãe a enchera daquela paz de que Tom lhe havia falado. Quando Margarita a acompanhou até o quarto de sua infância e lhe deu um beijo na testa, com ternura, antes de apagar a luz, ela se sentiu acolhida e protegida, como quando era pequena. Essa sensação e o cansaço acumulado fizeram-na dormir tranquilamente.

Margarita saiu do quarto preocupada e entrou no seu, onde o homem que havia cuidado dela no último mês a esperava acordado, ciente de que não devia fazer o menor ruído. A visita inesperada de Victoria e a conversa posterior das duas era mais importante que qualquer outra coisa.

— Ela está melhor?

— Está com o coração partido — sussurrou Margarita —, e isso, só o tempo cura.

— Quer que eu vá embora?

— Lamento — disse ela, olhando para ele constrangida —, mas acho que seria melhor.

— Não se preocupe, querida, eu entendo.

Com cuidado, ambos percorreram o corredor sem fazer barulho até a porta de entrada.

— Agora que Victoria voltou — disse Margarita —, tenho que falar com ela. A última coisa que quero neste mundo é que ela pense que eu também a estou enganando.

— Fique tranquila, querida. Tudo vai se resolver.

Margarita se despediu dele e fechou a porta. Então, seus olhos encontraram os de Óscar.

— Não me olhe assim, sem-vergonha — disse, caminhando para a cama. — Eu sei que tenho que falar com ela.

Na manhã seguinte, quando Victoria acordou, a primeira coisa que viu foi sua boneca Nancy comissária na prateleira em frente à cama. Com um sorriso, recordou o que havia acontecido na noite anterior. Por fim havia superado a barreira para chegar até sua mãe, e ficou feliz. Coberta até as orelhas, percorreu com o olhar aquele quarto que durante anos havia sido seu refúgio. Agora era antiquado, com aqueles edredons floridos combinando com as cortinas.

Durante um bom tempo, enquanto escutava a mãe cantarolando uma *copla* espanhola pela casa, Victoria observou uma a uma todas as recordações de sua infância, até que chegou à foto da comunhão dela e da irmã.

Ai, meu Deus! Parecemos a noiva do Chucky, pensou, cobrindo o rosto com o lençol.

Nesse momento, seus olhos detectaram algo. Sentando-se na cama, ela leu, incrédula, o bordado no lençol: "AC Santo Mauro".

Não pode ser, pensou.

Era impossível que no dia em que estivera no hotel, sua mãe tivesse levado também um jogo de lençóis. Levantando-se, ela tirou o edredom da cama de Bárbara e quase soltou um berro quando viu que havia outro jogo igual ali.

— Mamãe! — gritou, sem entender nada, sentando-se em sua cama.

A porta se abriu e apareceu Margarita com um avental branco e um espanador na mão, seguida por Óscar, que, ao ver Victoria acordada, foi cumprimentá-la.

— Bom dia, meu amor — disse a mulher, dando-lhe um beijo. — Não me diga que cantei alto demais e a acordei.

— Não, mamãe.

— Filha, você sabe que eu adoro a Rádio Olé, e cada vez que tocam Piquer fico louca.

— Mamãe... — perguntou Victoria, apontando para o bordado do lençol —, como é que você tem lençóis do hotel Santo Mauro?

Ouvindo isso, Margarita deixou o espanador cair no chão.

— Pelo amor de Deus, mamãe! — exclamou Victoria, levantando-se. — Você não deu para roubar agora, não?

— Ah, não, filha, não é isso — disse ela, pegando o espanador. — É que...

— Mas, mamãe — Victoria quase gritou ao reparar nela —, até em seu avental está escrito "Hotel Santo Mauro".

— E no espanador também — acrescentou Margarita, com cara de boba.

— Mamãe! — gritou Victoria de novo. — O que está acontecendo aqui?

Margarita se sentou na cama, porque suas pernas tremiam, e deu uma palmada ao seu lado no colchão para que a filha se sentasse também.

— Preciso falar com você — começou. — Eu queria esperar um pouco mais, até que você estivesse melhor, mas acho que vai ser impossível. Portanto, aí vai. — Margarita olhou para Victoria um instante antes de prosseguir: — Eu conheci um homem, e é ele quem me dá todas essas coisas do hotel Santo Mauro.

— Ai, meu Deus! — sussurrou Victoria, assustada. — Pelo amor de Deus, mamãe, não vá me dizer que você se apaixonou por um homem do Leste Europeu que está na Espanha ilegalmente e que rouba hotéis?!

Margarita pestanejou e, sem poder evitar, começou a rir.

— Mas que imaginação, Vicky!

— Imaginação? — repetiu ela, incrédula. — Mamãe, estes lençóis são do hotel da família de Charly, aliás, meu ex, e sabe por que eu sei? Porque eu mesma contratei a fábrica que os confecciona, e também porque dormi lá muitas vezes. Mas o que eu não sei — exclamou, fazendo Margarita parar de rir — é como estes jogos de lençóis, as toalhas que com certeza você tem no banheiro e sabe Deus quantas coisas mais chegaram aqui!

— Tudo bem, filha, mas relaxe, porque a veia do seu pescoço vai explodir.

— À merda a veia, mamãe! — bufou Victoria. — Como tudo isso chegou aqui? Não entendo.

— Eu estava lhe contando quando você começou a viajar pelo Leste Europeu, roubos e sei lá mais o quê — replicou a mulher com veemência.

— Mamãe, por favor...

— Vicky, quem me dá estes lençóis maravilhosos e todo o resto não é nenhum delinquente, porque eu nunca ficaria com uma má pessoa, e...

— Mamãe, desembuche de uma vez! — gritou Victoria.

— É Juan. Pronto, falei! — E suspirou.

— Juan? Que Juan? — perguntou a filha, sem entender.

— Juan Montefinos de Jerez Almendros Martínez.

O primeiro impulso de Victoria foi gritar. O que sua mãe estava fazendo com seu ex-sogro? Mas, ao ver como ela a olhava, a única coisa que pôde fazer foi rir como uma louca.

Por sua vez, Margarita a olhava desconcertada. Esperava gritos e até desgosto da parte da filha... tudo menos o que estava acontecendo.

— Ai, mamãe! — exclamou Victoria, acalmando-se. — Então, esse seu companheiro misterioso que Víctor não queria dizer quem era... é Juan?

— Sim, filha, é Juan — disse ela, categórica. — Um homem que me ama do jeito que sou. Não se envergonha de meu passado nem de mim, e tem plena confiança de que aquilo que aconteceu uma vez não tornará a acontecer.

Victoria estava em choque. Nunca na vida teria pensado em seu ex-sogro como futuro companheiro de sua mãe. Mas a vida era assim, caprichosa, e se dava a sua mãe uma segunda chance, quem era ela para criticar?

— Mamãe, desde quando estão juntos?

— Acho que nos apaixonamos quando você nos apresentou no salão do hotel Santo Mauro — respondeu Margarita. — Dois dias depois ele me ligou. Queria me convidar para almoçar com o pretexto de falar sobre você, mas eu disse não. Não queria nada com um homem casado.

— Mas, mamãe, Juan é divorciado da mãe de Charly.

— Mas isso eu não sabia, filha. E achava que ele era o pai daquele estúpido.

— Então, o que aconteceu para que no fim ficassem juntos?

— Ah, filha — sorriu Margarita ao recordar. — Um dia, quando eu saía do Mercadona carregada como uma mula, um carro parou ao meu lado. Como você pode imaginar, era ele. Ele me trouxe até em casa, e no caminho contou-me que era divorciado havia mais de dez anos da insuportável fofinha da sua ex-sogra. E foi aí que soube também que o imbecil do seu ex não é filho dele.

— Que estranho Charly não ter me dito nada na viagem — disse Victoria.

— É que nem ele nem a fina da mãe dele sabem. Juan e eu queríamos contar primeiro a vocês, e depois ao resto do mundo. Mas Víctor, o sem-vergonha, acabou sabendo, e ainda não sei como.

Victoria podia imaginar. Com certeza havia sido o amigo e vizinho da irmã que lhe havia contado.

— Juan gosta muito de você, Vicky — disse Margarita, tomando-lhe as mãos. — E nunca entendeu o que você viu no convencido do filho da ex-mulher dele para querer se casar com ele.

— Pensando bem, mamãe, eu também não.

— Tesouro, vou lhe dizer uma coisa, e espero que você não fique chateada.

— Diga, mamãe.

— Acho que a viagem à Escócia a fez mudar mais do que você acredita. Vejo isso em seus olhos, e seu coração grita isso também. Se você ama Niall e acha que ele é um bom homem, precisa perdoá-lo, porque, do contrário, vai passar o resto da vida se perguntando o que teria acontecido se tiuvesse escolhido esse caminho.

— Ah... mamãe — exclamou Victoria. — Não é fácil.

— Tesouro, não pense que eu digo isso porque o rapaz é um conde, nem nada parecido. Você sabe que para mim isso não vale nada. Eu só quero que você seja feliz, e fico arrasada de vê-la com o coração partido.

— Mamãe — disse Victoria, com tristeza —, neste momento da vida, tenho certeza de três coisas. Primeira, que fico feliz por vê-la feliz. Segundo, que minha irmã encontrou um bom homem; e terceiro, que eu não sabia o que era amor até que partiram meu coração.

Margarita a abraçou com ternura, e por dentro pedia a sua Virgem, a Virgem das Vinhas, que intercedesse pelo coração da filha.

27

Alguns dias de reflexão levaram Victoria à certeza de que o contrato com Eilean Donan estava totalmente perdido. Em sua cabeça, não existia a possibilidade de ligar para Niall para negociar. Sabia que os associados da RCH Publicidade, depois que Victoria rompera seu compromisso com Charly e acabara mal com Beth, não a olhavam com os mesmos olhos de antes.

No início, isso a havia incomodado, mas agora, neste momento, não lhe importava em absoluto. Havia decidido sair da empresa, e em sua cabeça começava a forjar a ideia de montar a sua própria companhia.

Sentada na poltrona de sua sala ampla, com Michael Bublé tocando ao fundo, Victoria tentava redigir sua carta de demissão em frente ao notebook. Não permitiria que a mandassem embora, e era isso que fariam os associados assim que ela lhes informasse que não trazia consigo o contrato do castelo.

De repente, notou que no desktop do notebook havia duas pastas que ela não conhecia. Uma se chamava "Fotos Bárbara" e a outra, "Pasta do Tom".

Ao ler isso, seu coração parou.

Abriu a pasta de Tom com lágrimas nos olhos, e viu que, além de vários exames que ele devia ter feito, havia uma carta para ela. Ficou desconcertada. Levantou-se para acender um cigarro e tentar se acalmar, até que por fim se armou de coragem e abriu o arquivo.

> Olá, Victoria:
>
> Graças ao fato de você ter me ensinado a mexer neste negócio, resolvi escrever esta carta, que, pode acreditar, é a primeira que escrevo na vida.
>
> Espero que quando você descobrir a trapaça de meu neto saiba nos perdoar e compreender que Niall fez isso para lhe dar uma lição de humildade. O que meu garoto não sabia era que a vida é muito caprichosa e que já havia se apaixonado por você; e por isso ele a trouxe a nossa casa. Sua casa.
>
> Você e sua irmã foram uma lufada de ar fresco de que tanto eu quanto minha amada Ona, minha querida filha Rous e meus queridos netos Robert e Niall precisávamos. Em meu coração ficaram momentos divertidos, como quando você bebeu três copos de uísque em meu aniversário, ou quando você corria e Stoirm a perseguia; ou o fato de a cada manhã você sair com roupa estranha para trabalhar no campo. Ah, moça, você é tão engraçada!
>
> Não esqueça que deve saldar as contas com sua família. Família é tudo nesta vida, nunca esqueça. E desejo de coração que se um dia Niall e você se permitirem uma oportunidade de ser felizes, sejam como Ona e eu somos.
>
> Com amor, Tom
>
> P.S.: Tomara que um dia vocês tenham uma Isolda e que eu a possa ver.

Victoria começou a chorar.

Aquilo era a coisa mais bonita e emocionante que já lhe haviam escrito na vida. Abriu a pasta de fotos de Bárbara e riu, fungando, ao ver as imagens que a irmã havia guardado ali. A sequência começava na maldita tarde em que o carro as havia deixado na mão perto daquele lago. Havia também fotos divertidas da festa de aniversário de Tom, nas quais via Ona, feliz em sua cozinha, cercada por suas amigas. Mas, quando viu uma foto de Niall em sua moto, Victoria levou as mãos à boca e desabou de novo.

Uma hora depois, suspirando devido aos sentimentos contraditórios que tinha, acendeu outro cigarro e, fechando o notebook, tentou esquecer e se concentrou na correspondência acumulada durante o tempo que havia estado fora. Além de cartas do banco, tinha doze convites para jantares e inaugurações. Muitos dos eventos já haviam acontecido, mas havia três que ainda não.

Preciso sair e me divertir. Vou ligar para Víctor, tenho certeza de que ele adorará ir a essa festa, pensou, com um sorriso triste, ao ver a convite da balada Pachá.

Ligou para ele de imediato e combinaram que Víctor passaria para pegá-la às nove para jantarem antes de ir à festa.

Tendo desligado, e decidida a mudar sua vida, Victoria não pensou duas vezes e ligou para a agência. Do outro lado ouviu a voz de sua secretária.

— Olá, Susana.

— Bom dia, senhorita Villacieros — cumprimentou a moça, engasgando ao reconhecê-la. Seu pior pesadelo havia voltado. — Como foi de viagem?

Victoria evitou responder a essa pergunta e se sentiu péssima ao notar a frieza com que a moça falava com ela.

— Preciso que você convoque uma reunião urgente com os associados para amanhã às 9h30.

— Agora mesmo farei isso — assentiu Susana. — Mais alguma coisa?

— Como vão as coisas por aí? — perguntou, surpreendendo-a.

— Bem, senhorita. Nenhuma mudança. A senhora está bem?

Estou um caco, pensou Victoria.

— Cheguei há dois dias da Escócia. Mas não diga nada, certo?

— Não se preocupe, senhorita Villacieros.

— Bem, obrigada, Susana — respondeu Victoria com um sorriso.

— Senhorita Villacieros... Está tudo bem? — perguntou a garota, ciente de que era a primeira vez que ouvia sua chefe falar normalmente com ela, e especialmente agradecer-lhe por alguma coisa.

— Por que pergunta?

— Ah, por nada — mentiu Susana, e imediatamente soube que devia ter ficado calada.

— Tudo bem — disse Victoria ao notar o nervosismo dela. — Não se preocupe. Mas eu gostaria de falar com você amanhã cedo, está bem?

— Está bem, senhorita Villacieros — sussurrou a moça. — Até amanhã.

Ela sabia o que Victoria ia lhe dizer. Ainda lembrava a conversa que haviam tido da última vez.

Susana desligou, deixando Victoria com o telefone na orelha. Não havia gostado nem um pouco de perceber o medo com que a garota falava com ela. Fechou seu celular contrariada.

À noite, quando Víctor, lindíssimo, chegou para pegá-la, ela o esperava usando um vestido Roberto Cavalli. Pegaram o carro dela e foram jantar no Sparring, um restaurante de cozinha criativa onde, segundo haviam ouvido, serviam um salmão delicioso.

Sentados a uma linda mesa cor de pistache, com música relaxante de fundo, Víctor olhava ao redor como uma criança de sapatos novos.

— Mamãe me contou sobre Juan — disse Victoria de repente.

— Ah, meu Deus! — murmurou ele, e bebeu seu Martini. — Espero que tenha se comportado, segurado essa sua língua viperina e não tenha sido grossa demais com ela.

— Por que está dizendo isso? — disse Victoria, chateada.

— Ora, Vicky. Acho que não preciso repetir o que eu imagino que saiu dessa sua linda boquinha de grife. O estranho é que Marga não tenha me ligado para me contar as pérolas que você deve ter soltado.

— Ouça aqui, seu idiota — disse ela, olhando para ele. — Saiba que se mamãe não ligou para você, é porque não precisou. Além do mais, ela é bem grandinha para decidir com quem quer ficar e com quem não.

— Vicky... é você mesma?

— Claro que sou eu. Que tipo de pessoa acha que eu sou?

— Posso ser sincero?

— É claro!

— Nem pensar — negou Víctor. — Depois, não quero que faça um escândalo. Eu a conheço, sei muito bem como você é.

— Víctor, pelo amor de Deus — sussurrou ela, aproximando-se. — Quero que seja sincero comigo. Não quero que só me diga coisas bonitas. Preciso que me diga também o que faço de errado e as pessoas não gostam.

— Ai, minha Santinha! O que puseram na sua bebida?

Ouvindo isso, Victoria não pôde evitar rir.

— Ande, seu chato. Se eu disse que não vou ficar com raiva, é porque não vou.

— Tudo bem. Foi você que pediu — advertiu Víctor. E, depois de beber o Martini de um gole só, disse: — Acho que você é a pessoa mais exigente, com menos senso de humor e mais resmungona que já conheci na vida, mas não sei por que estranha razão eu a adoro. Contudo, mesmo que você me odeie, tenho que lhe dizer uma coisa: Marga merece ser feliz, e se o príncipe encantado dela é seu ex-sogro, cheio de milhões, melhor ainda. E agora sorria e diga que me adora também

— Eu adoro você.

Víctor ficou de boca aberta.

— Ai, meu Deus! — gritou ele, pegando seu celular. — Pode repetir, para que eu possa gravar? Faz tantos anos que não ouço isso que estou emocionado.

— Você é um palhaço, sabia? — disse ela, morrendo de rir.

Vê-la sorrir assim aqueceu o coração do amigo. Fazia tanto tempo que a via séria, com aquele terrível ar de superioridade, que quase caiu da cadeira.

— O que está olhando? — inquiriu Victoria.

— Nossa, Vicky. Você tem até molares... Eu vi quando você riu.

— Caralho, Víctor, o que deu em você?

— Já sei! Você não é Vicky, é minha Barbiloca disfarçada, não é? — Vendo-a rir de novo, acrescentou: — Esse linguajar de caminhoneiro não é próprio de uma garota *cool* como você.

— Acho que gosto mais de mim assim que como era há um mês.

— Não me surpreende. Antes você era um verdadeiro tédio, com tanta classe e tanto glamour.

— Eu era tão chata assim mesmo?

— Afe! Dava até sono. Marga tem razão, a Escócia a fez mudar.

— Mas você não disse antes que mamãe não ligou para você? — perguntou ela, divertida.

— Era mentira — admitiu Víctor, mostrando-lhe a língua. — Mas eu queria dizer tudo que disse e que você não ficasse brava comigo. Acho que fiquei até mais leve!

— Odeio pensar na pessoa que eu havia me tornado.

— O que fizeram com você na Escócia para que tenha se transformado desse jeito?

— Um *lifting* de sentimentos — disse ela, fitando-o.

— Caralho, que profundo!

— Sim. Lá eu encontrei pessoas muito diferentes daquelas com quem estava acostumada a lidar, que me mostraram como fui estúpida e o que realmente importa na vida. A propósito, vou sair da RCH. Estou pensando em montar minha própria agência de publicidade.

— Isso é magnífico, Vicky! Você vale muito, tenho certeza de que vai ser bem-sucedida.

— Cansei de trabalhar para os outros, decidi trabalhar para mim. — E fitando-o, perguntou: — Posso contar com você como cabeleireiro e maquiador para possíveis trabalhos?

Víctor quase engasgou de susto.

— Você acabou de me propor que trabalhemos juntos?

— Sim. Quero que você seja meu sócio. O que acha?

— Mas eu sou só um simples cabeleireiro de periferia!

— Você é um *hair stylist* excepcional. Muitos desses vaidosos conhecidos gostariam de ter a classe que você tem.

— Ai, meu Deus! Vou ter um troço!

— Veja, minha carteira de clientes é invejável, e eu sei que pelo menos quinze das melhores marcas europeias adorarão trabalhar comigo, mesmo fora da RCH. Afinal de contas, o que eles contratam são minhas ideias e minha criatividade.

— Um uísque duplo! — pediu Víctor ao garçom, com a boca seca.

— Pensei em montar uma agência pequena para que possamos dar ao cliente o melhor tratamento pelo melhor preço. O que você acha?

— Pelo amor de Deus, Vicky! Não consigo nem falar, vai me dar uma caganeira.

Emocionados, continuaram conversando sobre a futura empresa, até que Víctor perguntou:

— E seu *highlander*? Não vai dar uma chance a ele?

— Ah, Niall, Niall... — murmurou Victoria ao pensar nele. — Estou tão apaixonada por ele que seria capaz de atravessar o canal da Mancha a nado. Mas, às vezes, sinto que a vida dele e a minha nunca se encaixariam. Por isso, acho que o melhor é que cada um siga seu caminho.

— Ouça, sócia — sussurrou Víctor, aproximando-se —, vou lhe dar um conselho de amigo. Se eu tivesse encontrado o cara da Coca-Cola Light, superatraente, com senso de humor, corpo bonito, amigo dos meus amigos, que é louco por mim, e que por seu sorriso imagino que é um excelente amante, e ainda por cima rico, não pensaria nem trinta segundos! Agora você me pergunta: "Por que, Víctor?".

— Por que, Víctor?

— Porque, como se diz, só se vive uma vez, e porque o coração tem razões que a razão desconhece.

Terminado o jantar, pegaram um táxi até a balada Pachá, onde o ambiente à meia-noite era fervilhante e divertido. Deixaram seus casacos na chapelaria, foram até o balcão e pediram bebidas.

— Dois Cosmopolitans, por favor — pediu Víctor.

Então, observou a amiga de cima a baixo e disse:

— Esse seu vestido vai causar estragos esta noite. O gato ali não tira os olhos de você!

Victoria olhou discretamente para o lugar que o amigo indicava e sorriu ao ver o homem que a observava. Era um verdadeiro grã-fino, no sentido estrito da palavra.

— Que horror, pelo amor de Deus!

— Mas é seu tipo — retrucou Víctor.

— Não mais — negou ela. — Agora, gosto de homens-homens.

— Victoria! — disse, então, uma voz atrás dela.

Ao se voltar, encontrou a sofisticada Beth, acompanhada pelos dois garotos a quem ela costumava se referir como curingas.

— Que horror — sussurrou Víctor. — A sanguessuga recauchutada!

— Olá, Beth — cumprimentou Victoria.

— Quando você voltou?

— Charly não lhe contou? — perguntou Victoria com estranheza.

— Não. O que ele deveria me contar?

— Ele foi me buscar em Edimburgo e voltamos juntos no avião.

— Eu não sabia — respondeu Beth contrariada.

E não disse que tanto Charly quanto muitos dos seus até então amigos a haviam excluído de suas festas e de suas glamorosas agendas depois que fora descoberta no hotel naquela situação nada decorosa.

— Está com seus "curingas", Beth? Não tem mais ninguém?

— E você? — contra-atacou Beth, irada. — Veio com esse cabeleireiro maricas?

— Pronto... Já falou a recauchutada! — comentou Víctor. — Tenha cuidado, velha lesada, que quem brinca com fogo se queima.

— Víctor é um grande amigo, e eu não classifico as pessoas por suas inclinações sexuais — replicou Victoria. — Porque, se assim fosse, teria que classificá-la como papa-anjo, chupadora de pau e de boceta das agências de publicidade. Acha que é uma boa classificação?

— Vicky! — censurou-a Víctor. — Olhe esse linguajar, minha querida!

— Você é vulgar! — gritou Beth. — Tão vulgar quanto sua mãe e sua irmã. Que pena... todos os anos que eu dediquei a criar um estilo para você não serviram de nada. Seu berço grosseiro de periferia foi mais forte que a elegância e os bons modos.

— Puta que pariu! — pulou Víctor, arregaçando as mangas da camisa. — Afaste-se, Vicky, que vou arrancar os implantes da boca dessa velha um a um.

— Ah, não, Víctor, não se preocupe! — exclamou Victoria, segurando-o.

— Não me preocupar?! — gritou ele ao ver que Beth sorria.

— Não. Porque os implantes dela quem vai arrancar sou eu.

E, dizendo isso, Victoria deu um soco de direita no rosto de Beth que a fez cair em cima de seus "curingas" assustados, que se afastaram, deixando-a aterrissar de bunda no chão.

— Eu lhe devia essa — disse Victoria.

— Minha Virgem do Perpétuo Socorro! — berrou Víctor. — Vicky, onde você aprendeu a fazer isso?

— Caralho, que soco! — murmurou ela, incrédula, alongando a mão dolorida.

— Vou prestar queixa! — gritou Beth ao ver que todos a olhavam. — Vou acabar com sua vida! Eu juro!

— Ouça, velha louca — sibilou Victoria, aproximando-se. — A partir deste instante, não quero que você se aproxime de mim nunca mais na vida. Não quero que o nome de minha mãe ou de minha irmã ocupe nem um único centímetro de sua boca nojenta nunca mais, e, se tiver colhões, preste queixa. Minha mãe vai adorar arrancar de você alguns euros com as fotos que temos em casa nos porta-retratos.

E dando meia-volta, com um sorriso, Victoria pegou o braço do amigo.

— Vamos, sócio?

— Claro, Tyson — assentiu ele.

E ao passar por Beth, ele não pôde evitar dizer:

— Eu avisei, recauchutada. Quem brinca com fogo, cedo ou tarde se queima.

28

Vestindo um terninho escuro Armani, Victoria estacionou seu carro em sua vaga reservada. Com a maleta em uma das mãos e o celular na outra, encaminhou-se para a entrada da agência.

— Bom dia, senhorita Villacieros — cumprimentou o vigia, ficando em posição de sentido ao vê-la.

— Bom dia — respondeu ela com um sorriso enquanto entrava no elevador.

O glamoroso edifício da RCH Publicidade de que ela tanto havia gostado no passado havia se transformado, de súbito, em um lugar fechado, sem ar e sem sol.

Quando as portas do elevador se abriram de novo, apareceu diante dela o pequeno corredor que tantas vezes ela havia percorrido durante aqueles anos. Ela olhou e o achou estranho. Teriam trocado o carpete?

Enquanto se dirigia a sua sala, cruzou com dois funcionários, que viraram a cabeça fingindo não a ver. Sempre haviam feito isso?

Quando chegou diante de sua sala, Susana, cuja gravidez já se notava bastante, levantou-se e correu para lhe abrir a porta. Sempre a abria?

— Bom dia, Susana.

— Bom dia, senhorita Villacieros — cumprimentou a moça, pegando uma caderneta e começando a recitar como as crianças de um jogral. — A reunião convocada para as 9h30 foi retardada para as 9h45; o motivo é que o senhor Martínez chegará um pouco mais tarde. Ao meio-dia virá vê-la a senhora Clark, responsável pela revista *Elle* na Espanha.

— Sem problemas, Susana — disse ela, sentando-se em sua cadeira.

Como um autômato, sua secretária saiu da sala e, em menos de dois segundos entrou de novo para deixar vários documentos em cima da mesa. O que estava acontecendo? Por que estava tão acelerada? Seguindo-a com o olhar, Victoria a viu sair outra vez e em poucos minutos voltar com uma xícara de café.

— Aqui está, senhorita Villacieros. Puro, duplo e sem açúcar.

— Susana, eu gostaria de falar com você. Pode se sentar um instante?

Ouvindo isso, o rosto da garota mudou de cor. Sentando-se, enfiou a mão no bolso de trás da calça de gestante e deixou um papel em cima da mesa.

— O que é isso? — perguntou Victoria.

— Minha carta de demissão.

— Carta de demissão? Por quê?

— A senhora me disse que eu poderia trabalhar aqui só até que voltasse da Escócia, lembra?

Victoria se levantou, fechou a porta da sala e se sentou de novo; mas, desta vez, na cadeira ao lado da de sua secretária.

— Ouça, Susana. Eu me lembro perfeitamente do que disse, por isso, a primeira coisa que vou fazer é rasgar esta carta absurda — anunciou Victoria, surpreendendo-a. — Não vou dispensá-la, e menos ainda pelo fato de estar grávida.

— Obrigada — disse a garota, fechando os olhos. — Obrigada, do fundo do coração. A senhora não sabe o favor que está me fazendo.

— A segunda coisa que quero fazer — prosseguiu Victoria — é lhe pedir que me chame pelo nome. Chega disso de "senhorita Villacieros". A partir de agora, sou Victoria, só Victoria, entendeu?

— Sim, senhorita Villacieros.

— Como? — perguntou Victoria, sorrindo.

— Ah... perdão, Victoria.

— E terceiro — disse, pegando-lhe as mãos —, quero lhe pedir desculpas pelo mal que lhe fiz com meus maus modos e minha má atitude.

Susana estava tão atônita que não conseguia falar.

— Ah... não, não se preocupe, senhorita... Victoria.

— Infelizmente, tenho que me preocupar, sim — retrucou ela, reparando pela primeira vez na carinha de boneca de Susana. — Eu fui uma chefe péssima e, antes de deixar de sê-lo, quero ouvir você dizer que me perdoa. Por favor.

— É claro que eu... que a perdoo — disse a garota.

— Susana, só espero que quando eu sair desta empresa...

— Sair da empresa? — interrompeu Susana. — Por quê? Você é uma publicitária excepcional. Acho que a RCH não vai querer que...

— É sobre isso que eu queria falar — disse Victoria. — Vou montar minha própria agência de publicidade, e gostaria de saber se você quer trabalhar comigo.

Susana não hesitou nem um segundo.

— Ah, Deus! É claro que sim!

— Por enquanto, só posso lhe oferecer o mesmo salário que você tem aqui, mas, se a empresa andar bem, prometo aumentá-lo. Mas, por enquanto, peço que seja discreta.

— Sou um túmulo, chefe — afirmou Susana.

Ambas intuíam que aquilo ia funcionar.

Aquela moça de apenas vinte e cinco anos havia acabado de dar uma lição em sua chefe. O importante era o futuro, não devia esquecer.

Dez minutos depois, Victoria chamou Chema e Luis, a quem também devia desculpas.

Assim que entrou na sala, Chema começou a suar, nervoso, ao passo que Luis, com um sorriso altivo parecido com o de Victoria meses atrás, desafiou-a com o olhar. No entanto, o divertido foi ver a cara deles quando ela se levantou da cadeira, pediu desculpas por seu comportamento e fez a eles a mesma proposta profissional que fizera a Susana. Ambos aceitaram de olhos fechados. Victoria era uma chefe dura, mas eles intuíam que a relação entre eles não seria mais a mesma: a chefe havia mudado.

Quando os dois saíram da sala, Victoria viu Luis lançar um olhar furtivo a Susana.

Ora, ora..., pensou satisfeita. Ao que parecia, o bonitão da agência estava interessado em sua jovem secretária.

Às 9h40, com passo firme e segura de sua decisão, Victoria entrou na sala de reuniões. Todos já a esperavam. Poucos minutos depois, as vozes ecoavam por todo o andar. Os associados ficaram coléricos quando ela informou que havia voltado da Escócia sem o contrato.

Sentada com tranquilidade em uma das cadeiras de couro preto, Victoria escutava os associados cuspirem queixas e censuras; até que Susana entrou na sala de reunião.

— Isto acabou de chegar, a seus cuidados — sussurrou a moça, entregando-lhe um envelope marrom.

— Obrigada — disse Victoria.

Enquanto os associados continuavam discutindo sobre o que fazer com o cliente, Victoria abriu o envelope e abafou um grito ao ver que tinha nas mãos o contrato de Eilean Donan: Niall o havia assinado.

Com o coração a mil, ela se levantou no meio da reunião. Não queria mais ouvir gritos.

— Podem me escutar um instante? — pediu, fazendo-os calar.

— Que diabos você quer agora? — gritou um dos associados.

Victoria lhe dirigiu um olhar assassino.

— Entregar-lhes minha carta de demissão — replicou, jogando-a de maus modos em cima da mesa. — Adeus, senhores, espero que dê tudo certo para vocês.

E, ignorando as vozes, voltou para sua sala. Nervosa, tirou todos os papéis do envelope em busca de algum bilhete de Niall, mas não encontrou nada. Só o contrato assinado, nada mais.

Pegou o telefone e digitou o número do celular de Bárbara. Com sorte estariam em Keppoch. Depois de dois toques, Victoria ouviu a voz de uma menina.

— Lexie, é você?

— Sim, sou eu.

— Olá, querida, é tia Vicky — disse, e sorriu ao ouvir a voz da menina.

— Olá, tia Vicky. Quando você vem?

— Não sei, querida. Você sabe de Barb...?

— Vicky, ah, meu Deus! — gritou a irmã, tirando o celular da criança. — Vicky, é você mesmo?

— Sim, sua ridícula, sou eu. Tudo bem?

— Por que não me ligou antes?

— Estava resolvendo uns assuntos pendentes — disse e, respirando fundo, perguntou: — Bárbara, como está meu *highlander*?

— Se eu dissesse feio e gordo, estaria mentindo — brincou ela —, mas se dissesse contente e gentil, também estaria mentindo. Caralho, Vicky, como diabos você queria que estivesse?

— Eu o amo, e não quero viver sem ele.

— Então, você já está mexendo essa bunda, pegando um avião e vindo para cá? Ai, meu Deus, que alegria!

— Mas, escute, não diga nada nem a Niall nem a seu caipira. Eu gostaria de dar um pouquinho do seu próprio veneno ao meu *highlander* antes de lhe dizer quanto o amo. Mas preciso de sua ajuda, de Ona e de Rous.

— Como você é pentelha, Vicky — replicou a irmã com um sorriso. — Quer complicar as coisas ainda mais?

— Não se preocupe — respondeu ela, segura de si. — Vou descomplicar para sempre.

29

Faltavam três dias para o fim do ano quando Victoria chegou a Edimburgo. O *rush* de adrenalina que sentiu ao aterrissar quase a fez gritar. Bárbara, Ona e Rous sabiam que ela estava voltando, mas ninguém mais. Victoria queria que

Niall sentisse na carne o que era ser enganado. Com sua artilharia pesada, voltou com energia renovada.

— Ah, Deus! — exclamou Víctor. — Que frio faz aqui!

— Não seja bebezão — disse Victoria. — Se acha frio aqui, o que vai ser de você quando formos às Highlands?

— Meu Deus! — sussurrou ele. — O que se tem que fazer para arranjar namorado...

— Vicky — disse Margarita —, estou preocupada com Óscar.

— Fique tranquila, meu amor — acalmou-a Juan. — Tenho certeza de que já vão trazê-lo.

— Ele se comporta tão bem... — reclamou Margarita —, não entendo por que não pôde viajar conosco na cabine. Coitadinho. Será que está bem?

— Mamãe, não se preocupe, já vão trazê-lo.

— Ai, meu Deus, se eles perderam Óscar, sua irmã vai nos matar! — murmurou Marga, preocupada. — E juro que eu os assassino também.

Victoria e Juan trocaram um olhar cúmplice. Sua mãe e ele estavam encantados um com o outro, e quando Victoria lhes pedira que a acompanhassem a Edimburgo, ele não pensara duas vezes.

— Aí vem ele — anunciou Víctor ao ver Óscar com uma das comissárias. — Vejam, que bonitinho. Está até mais bonito...

— Coisinha linda! — gritou Marga, correndo para o animal, que ao vê-la começou a pular de alegria.

— Victoria — disse Juan —, muito obrigado por me fazer sentir parte da família ao me convidar a acompanhar vocês nesta viagem.

— Para mim, você sempre foi minha família, e quero que saiba que se vocês estão felizes, eu estou superfeliz! Além do mais, quero que Niall saiba que eu também tenho uma família que me apoia e que é capaz de mentir tão maravilhosamente bem quanto a dele.

— Vejam quem está aqui! — anunciou Marga, aproximando-se com o cachorro.

— Olá, mastodonte — disse Juan, acariciando o animal.

Óscar, encantado, lambeu todos. Ele também estava contente por vê-los.

— Olá, bonitão — cumprimentou Victoria com carinho.

— Estamos todos aqui, não? — comentou Marga feliz.

— Quase todos! — disse Victoria, pegando-a pelo braço. — Venha, mamãe, vamos para o hotel.

Quando chegaram ao Glasshouse, a garota da recepção olhou para Victoria. De onde a conhecia? Mas quando viu sua irmã aparecer, identificou-a imediatamente. A espanhola!

— Óscar! — gritou Bárbara, correndo para eles.

— Que linda! — disse Víctor. — Os outros que se danem.

— Não seja pentelho — censurou Victoria.

Com a felicidade estampada no rosto, Victoria observava enquanto a irmã abraçava a mãe, Juan e Víctor, enquanto Óscar pulava ao lado dela e a lambia onde podia. Receber Juan na família foi uma grande tranquilidade para Bárbara. Agora que não estava tão perto da mãe, o fato de saber que ela o tinha ao seu lado lhe dava tranquilidade.

Finalizados os abraços e beijos, a garota da recepção entregou-lhes as chaves de seus respetivos quartos. Depois de deixar Juan e Margarita no quarto deles, Bárbara acompanhou Víctor e Victoria ao que eles iam dividir.

— Pela Virgem da Tupperware! — exclamou Víctor. — Que quarto alucinante!

— Bárbara — sussurrou Victoria —, você está bem?

— Ah, sim. Agora que vocês estão aqui, sim — assentiu Bárbara sem olhar para Victoria, brincando com Óscar.

Mas quando Victoria viu que a mochila da irmã estava ao lado de sua bagagem, soube que estava mentindo. Havia acontecido alguma coisa e ela não queria contar.

Pegando Óscar pela coleira, disse:

— Dá um tempo! — E, voltando-se para Bárbara, perguntou: — Você vai me contar o que aconteceu, ou vou ter que usar a força bruta?

— Cuidado com o Tyson! — advertiu Víctor.

— Caralho, Vicky! — disse Bárbara. — Robert e eu discutimos.

— Por minha causa, não foi?

— Ah, meu Deus... — suspirou Víctor. — Lá vem drama...

— Vicky — disse Bárbara —, quando Ona comentou na cozinha que você chegava hoje da Espanha e que ia se casar com Charly, o imbecil me mandou escolher você ou ele.

— Que ousado, o caipira! — exclamou Víctor.

— E, claro, eu escolhi você — gemeu Bárbara. — Hoje de manhã ele me acordou. Minha mochila estava pronta, e sem nem deixar que eu me despedisse de Lexie, ele me fez entrar no carro, trouxe-me até aqui e foi embora sem dizer nada. O animal me expulsou de casa! — gritou Bárbara. — Jamais vou perdoá-lo por isso.

— É assim que eu gosto — disse Víctor —, dignidade acima de tudo!

Victoria não queria sorrir, mas já havia vivido isso antes com a irmã.

— Mas por que você não lhe disse a verdade? — sussurrou Victoria, aproximando-se. — Não quero que vocês tenham problemas por minha causa.

— Sabe de uma coisa? — murmurou Bárbara, enxugando as lágrimas. — Robert não tem direito de me fazer escolher entre minha família e ele. Eu nunca o fiz escolher entre Niall e eu, porque entendo que Niall é família dele, e a mim ele encontrou na rua.

— Literalmente — disse Víctor.

— Por que não fecha a matraca?! — gritou Bárbara.

— Impossível. Diante de comentários como esses, não posso — respondeu ele.

— Gente, paz, por favor — pediu Victoria.

— Ande, Barbiloca — disse Víctor —, dê-me um abraço, que eu a amo muito.

— Eu o amo também, seu bobo — confessou Bárbara, abraçando-o. — A propósito, Vicky, Ona e Rous mandaram milhões de beijos.

— Quero muito vê-las — comentou Victoria. — E Niall... Como está ele?

— Minha nossa, Vicky! — exclamou Bárbara, soltando Víctor. — Quando ele ouviu Ona dizer que você chegava hoje porque ia usar as instalações do castelo para se casar, Deus! Você devia ter visto a cara dele: era o demônio em pessoa. Deu um soco na mesa e foi embora. Depois, foi quando o estúpido do primo discutiu comigo. É um cabeça-dura! — lamentou Bárbara.

— Cada panela com sua tampa... — sussurrou Víctor, fazendo-as sorrir.

— Não se preocupe, nós conhecemos Robert — disse Victoria. — Com certeza daqui a pouco ele virá buscá-la ou vai ligar.

Nesse momento, bateram na porta. Eram sua mãe e Juan.

— Crianças, o que acham de irmos jantar? — disse Margarita.

— Excelente ideia — disse Víctor. — Tanto estresse me dá uma fome atroz.

Dez minutos depois, deixando Óscar tranquilo no quarto, os cinco saíram do hotel sem saber que Niall, sisudo, os observava através dos vidros escuros de sua sala. Ver Victoria de novo havia feito seu coração bater forte, e ele tivera que usar todo seu aprumo para não sair correndo atrás dela.

Fazia várias semanas que não a via, mas lhe parecia uma eternidade. Em mais de uma ocasião sentira-se tentado a ir buscá-la na Espanha, mas não a queria pressionar; queria que ela o perdoasse por si mesma. E esse havia sido o motivo pelo qual mandara o contrato de Eilean Donan assinado. Se havia algo que importava a Niall naquele momento era ela; única e exclusivamente ela.

Por isso, para ele foi um duro golpe saber que ela voltava à Escócia para se casar e, ainda por cima, em seu próprio castelo. Como ela podia se casar com outro se seus olhos diziam que amava Niall?

No dia em que Victoria partira, Niall não havia visto com clareza o rosto de Charly, mas vira o dela. E a felicidade que viu em seu olhar o deixou arrasado. Ele só a havia visto tão radiante em uma ocasião: na noite que passaram juntos no castelo. Vê-la agarrada àquele sujeito, e tão feliz, fez com que pensasse em sua situação. Talvez Victoria fosse mais feliz com o engomadinho. Reconhecer isso doía, mas ele amava aquela mulher, e acima de tudo queria que ela fosse feliz. E se nessa felicidade não havia lugar para ele, só podia se afastar e deixar o caminho livre para quem realmente a pudesse oferecer a ela.

À noite, consumido pelas recordações, Niall estava escutando as notícias sentado na poltrona de sua sala quando a porta se abriu e se fechou rapidamente.

— Caralho! — gritou Robert, sentando-se em frente a ele. — Maldito dia em que essa espanhola cabeça-dura cruzou meu caminho. Quem me dera poder voltar no tempo para o momento exato em que olhei para ela.

— Se pudesse, o que você faria? — perguntou Niall, desligando a tevê.

— Sei bem o que eu faria: olharia para ela de novo — respondeu Robert, desesperado.

— Então, qual é o problema?

— Acho que desta vez passei dos limites.

— O que aconteceu?

— Ontem, quando você saiu, mal-humorado, ao saber da volta de Victoria — começou a explicar —, Bárbara me disse que queria vir a Edimburgo para ver a família. Quando voltamos para casa, tivemos uma discussão terrível e, em um momento de raiva, eu a mandei escolher entre sua família e eu.

— Como?

— Sim, cara, sou um imbecil — admitiu Robert, batendo a cabeça na mesa. — Ontem à noite não conseguia dormir, furioso, porque ela disse que a família dela vinha em primeiro lugar. Eu me levantei, enfiei as coisas dela na mochila, acordei-a e, sem deixar que se despedisse de Lexie, trouxe-a a Edimburgo e fui embora, deixando-a sozinha.

— Droga, Robert! — exclamou Niall, incrédulo. — Como você foi fazer uma coisa dessas?

— Não sei... Eu me senti tão mal quando vi você...

— Você é um completo idiota — disse o primo, levantando-se. — Apesar do que aconteceu, Bárbara o perdoou e nunca o mandou escolher entre ela e eu.

— Eu sei, eu sei... — murmurou Robert, apoiando a cabeça nas mãos.

Niall abriu seu frigobar para pegar duas cervejas, e, depois de abri-las com golpes certeiros, passou uma para o primo.

— O que posso fazer? Preciso fazer alguma coisa para tê-la de volta.

— Fácil: fale com ela.

— Você devia ter visto o olhar dela quando a deixei: dava medo.

— E o que você esperava? Que ela aplaudisse? Droga, Robert, você a expulsou de sua casa! Já ligou para ela?

— O celular está desligado.

Depois de um incômodo silêncio, Niall acrescentou:

— Hoje vi Bárbara e a família saindo para jantar.

— Viu todos? Todos?

— Sim, todos — assentiu, olhando-o nos olhos. — Minha princesa estava linda.

— E?

— Acabei de falar com Steven. Amanhã vou para o México. Saio às quatro da tarde de Aberdeen. Não quero estar aqui quando ela se casar com outro. Eu não aguentaria.

— Primo, você nunca se rende. Por que está desistindo desta vez?

Niall bebeu um gole de cerveja e, olhando para Robert com um sorriso triste, respondeu:

— Porque pelo menos um dos dois merece ser feliz.

30

Victoria havia visto o sol nascer pela janela do hotel enquanto fumava um cigarro. Sempre havia gostado de comprar postais de amanheceres, mas, desta vez, tinha diante de si, e grátis, um dos mais bonitos que já havia visto na vida.

Desde que chegara a Edimburgo estava nervosa. Precisava ver Niall e ler em seus olhos que havia sentido sua falta tanto quanto ela a dele. Sorrindo, observava Óscar. O cachorro dormia tranquilo aos pés de Bárbara, que, abraçada a Víctor, dormia também como uma pedra. Na noite anterior haviam se deitado muito tarde depois de beberam demais.

De repente, umas batidas na porta chamaram sua atenção. Fechou o roupão e foi abrir. E ficou sem fala: no corredor estava Robert, com uma aparência desastrosa.

— Olá, Victoria.

— Ora... veja quem está aqui...

— Ora... — replicou ele com despeito — se não é a noiva do ano.

— Tem alguma objeção ao meu casamento, Robert?

— Por mim, pode se casar com quem quiser.

Victoria não pôde evitar de sorrir.

— Como está seu primo, o conde?

— Fantástico, graças a você. E seu futuro marido?

— Maravilhoso e feliz.

Depois de um silêncio constrangedor, foi Victoria quem falou:

— O que você quer?

— Você sabe — respondeu ele tentando entrar.

Mas ela o interceptou.

— Aonde pensa que vai?

— Tenho que falar com sua irmã.

— Talvez ela não queira falar com você.

— Sabe, Victoria? — berrou Robert, jogando-a subitamente sobre o ombro. — Não me interessa se ela quer ou não.

— Solte-me, idiota!

Foi difícil reprimir o riso.

— Solte-me agora mesmo!

Uma vez no quarto, Robert ficou sem fala ao ver Bárbara dormindo nos braços daquele sujeito.

— Maldição! — exclamou. — Quem é esse sujeito e por que ela está na cama com ele?

Tanto Bárbara quanto Víctor acordaram sobressaltados, mas enquanto ele ficou paralisado ao ver aquele gigante de cabelo vermelho e olhos arregalados voar para a cama e pegá-lo pelo pescoço, Bárbara levantou-se e se trancou no banheiro com Óscar.

— Robert, pelo amor de Deus — gritou Victoria, jogando-se em cima dele. — Solte-o!

— Socorro! — gritou Víctor. — Ele vai me matar! Ele vai me matar!

O soco que Robert deu em Víctor o fez ver estrelas.

— Bárbara, saia daí imediatamente! — ordenou Robert, ainda brigando com Víctor.

— Maldição, solte-o! Você ficou maluco? — gritou Victoria, dando-lhe socos, que Robert parecia não sentir. — Solte-o! Quem você pensa que é?

— Não interessa — berrou Robert. — Ele estava abraçando minha mulher.

— Eu sou gay, muito gay! — confessou Víctor, tentando respirar. — Juro que sou a rainha dos gays.

Victoria olhava incrédula ao redor e, pegando um abajur, gritou de novo:

— Se não o soltar, quebro isto em sua cabeça.

— Bárbara! — gritou Robert, sem escutá-la. — Quero falar com você!

— Ahhhhh, estou sufocando — berrou Víctor, cada vez mais vermelho.

— Maldição, Robert! — vociferou Victoria. — Solte Víctor, você vai matá-lo!

— Víctor? — sussurrou Robert. E diminuindo a pressão, perguntou: — Você é Víctor?

— Sim — disse o homem, tentando respirar e à beira do infarto.

— Claro que é Víctor, e você quase o matou, energúmeno — gritou Victoria, ajudando o amigo a se levantar.

Horrorizado pelo que havia acabado de fazer, Robert suspirou.

— Sinto muito. Desculpe. Caralho, desculpe! Por um momento achei que você havia ido para a cama com minha mulher.

— Desculpas aceitas — murmurou Víctor em inglês.

— Nunca vou esquecer isso, amigo — disse Robert, envergonhado.

— Ande, Chewbacca, vá falar com sua mulher — disse Victoria.

Depois de dar dois tapinhas nas costas de Víctor, Robert foi até o banheiro, mas encontrou a porta do reservado trancada.

— Bárbara, meu amor, abra. Preciso falar com você.

— Vá esperando! — provocou ela. — Eu não preciso falar com você.

— Meu amor, por favor. Desculpe — insistiu Robert bufando.

— De jeito nenhum! Para mim, você não existe.

— Bárbara, abra a porta de uma vez por todas! — berrou ele, perdendo a paciência.

— Vá embora, Robert!

— Vocês dois continuam iguais... — comentou Victoria, entrando no banheiro com Víctor. — Bárbara, pelo amor de Deus, saia daí.

— Já disse que não.

— Maldição! — gritou Robert. — Se não sair, vou ter que derrubar a porta.

— Ah, Deus — exclamou Víctor. — Ele não seria capaz!

— Por essa espanhola, sou capaz de qualquer coisa — sussurrou Robert, fazendo-os rir.

— Pois sinto lhe dizer que esta espanhola está farta de você — gritou Bárbara —, que não pretende voltar para você e que quando minha família voltar para a Espanha, vou com eles.

Ouvindo isso, Robert sentiu seu coração se partir. Apoiando a testa na porta do reservado, declarou, sem se importar que Victoria e o amigo escutassem:

— Meu amor, perdoe-me. Preciso que você entenda que Niall é como um irmão para mim e vê-lo sofrer tanto dia a dia está me matando. Sei que isso não justifica minha maneira de me comportar. Sei que pode parecer bobo e meio romântico o que vou dizer — e olhou para Victoria —, mas quando eu soube que a princesa dele estava voltando para a Escócia para se casar com outro, no castelo dele, juro que senti a dor dele em meu próprio coração. E não pude suportar sua alegria com a notícia, Bárbara.

— Que cena, meu Deus! — murmurou Víctor, segurando as mãos de Victoria, emocionada.

— Escute, meu amor — prosseguiu Robert, apoiando-se na porta. — Eu não devia ter lhe pedido que escolhesse entre sua família e eu. Fui um egoísta. Não pensei no fato de Victoria ser sua irmã, e que você sente por ela o mesmo amor que eu sinto por Niall. Depois de me comportar como um idiota, me dei conta de que, se ela estiver feliz com seu futuro casamento, é normal que você esteja também. E que eu, como alguém que ama você, ficarei feliz por ela também.

Como Bárbara não abria a porta, Robert se voltou para os outros.

— Eu lhes peço desculpas por meu comportamento rude — disse. — Não sei o que me deu, mas...

— Fique tranquilo, amigo — replicou Víctor, batendo sua mão na dele. — Agora sei quem ensinou Vicky a dar esses socos.

— Robert, você sempre esteve desculpado — soluçou Victoria. E enxugando as lágrimas, chamou: — Bárbara, deixe de ser idiota e saia de uma vez.

— Não estou a fim — retrucou ela com voz entrecortada.

— Mas que cabeça-dura, pelo amor de Deus! — murmurou a irmã.

— Ouça, Barbiloca — gritou Víctor. — Se você não sair daí em cinco minutos, juro que pego o ruivo inteirinho para mim.

Robert sorriu. E, voltando-se de novo para a porta, chamou:

— Bárbara, por favor.

— Vamos deixá-los sozinhos — propôs Victoria, pegando a mão de Víctor.

Fecharam a porta do banheiro, e Víctor, que estava com um rolo de papel higiênico na mão, cortou um pedaço e o estendeu a sua amiga, que estava deitada na cama chorando. Passados os primeiros momentos, quando ela parou de soluçar, ele a fitou.

— Pelo amor de Deus, Vicky. Você chora igual a um palhaço.

— Você é um idiota, sabia?

— Sim. Mas você me ama.

— Nunca duvide disso — assentiu ela, abraçando-o.

— Diga-me uma coisa — disse ele. — O que vocês têm que eu não tenho para encontrar um homem assim?

E então, ambos riram gostoso. Estavam enxugando as lágrimas quando ouviram um estrondo procedente do banheiro e a porta se abriu de supetão.

— Pelo amor de Deus, Victoria! Que história é essa de que não vai se casar? — vociferou Robert.

— Meu Deus — murmurou Víctor —, que homem!

— Vicky, eu contei a verdade a ele — disse Bárbara com um sorriso apaixonado.

Victoria já havia imaginado.

— Robert — disse —, como posso me casar com outro se eu amo Niall?

Ele a fitou, confuso.

— Por que vocês são tão complicadas? — perguntou.

— É o que eu me pergunto a vida inteira — concordou Víctor.

— Só quero que ele veja como dói ser enganado.

— Que horas são? — gritou Robert, levando as mãos à cabeça.

— Que foi? — perguntou Victoria.

— Dez e vinte — respondeu Víctor.

Robert tirou seu celular do bolso e digitou o número de Niall. Infelizmente, estava desligado ou sem sinal.

— Maldição! — gritou, olhando para Victoria. — Niall está indo embora da Escócia.

— Como?! — exclamou ela.

— Quando?! — disse Bárbara.

— Niall não queria estar aqui quando você se casasse — explicou Robert. — Ontem à noite, ligou para Steven, seu piloto: vai para o México às quatro da tarde.

— Ah, meu Deus! — exclamou Victoria, pálida como cera.

— Meu Deus, que romântico! — gritou Víctor. — Melhor que *Uma linda mulher*.

— Temos que localizá-lo de qualquer jeito — disse Bárbara, olhando para Robert.

— Vou ligar para Steven e dizer que invente um defeito no avião.

— Olá, gente! Bom dia — cumprimentou Margarita, entrando no quarto.

— Marga! — exclamou Víctor em espanhol. — Meu Deus, você não sabe o que perdeu!

— Que foi? — perguntou a mulher, e olhou para Victoria. — Tesouro, que foi?

— Mamãe, não temos tempo de explicar muita coisa — falou Bárbara. — Niall acha que Victoria vai se casar com Charly e está saindo do país.

— Bendito seja Deus! — gritou a mulher. — Não podemos permitir que isso aconteça!

— É claro que não! — disse Víctor, cortando mais papel higiênico.

— O que aconteceu com seu rosto? — exclamou Marga ao ver o rosto inchado e vermelho de Víctor.

— Bem — respondeu ele olhando para Robert —, digamos que dei de cara em um armário embutido.

— Droga! — praguejou Victoria. — Tenho que encontrar Niall antes que ele saia do país. Pelo amor de Deus, como ele vai embora e permitir que eu me case com Charly?

Ao dizer isso, todos olharam para ela.

— Devo recordar que você sozinha armou toda esta confusão, linda — apontou Víctor.

— Vá à merda! — respondeu ela.

— Bem atrás de você, para não me perder — replicou o amigo.

— Ei! — gritou Bárbara. — Não comecem!

— Calma, gente — disse Margarita, dando um beijo carinhoso na filha. — Quando Juan chegar, vocês vão ver como resolveremos isso tudo.

— Bárbara — interveio Víctor, apontando para Robert—, acho que seu caipira, além de estar surtando diante desta cena, não está entendendo nada do que estamos falando. Veja a cara de espanto com que olha para nós. Ai, minha Santinha!

E era verdade. Robert, que não entendia nada, olhava-os desconcertados.

— Mamãe — falou —, este grandalhão de barba malfeita e cara de poucos amigos é Robert.

— Meu Deus, que homem enorme! — exclamou Marga, observando-o.

— Com razão Bárbara não quer voltar para Madrid — refletiu Víctor. E olhando para a amiga com malícia, perguntou: — O resto é todo grande assim também?

— Víctor! — berraram a mãe e as filhas ao mesmo tempo.

— Nossa, quanta decência reunida! — gargalhou Víctor.

Marga se aproximou de Robert, que estava tentando entender o que diziam. Pelos olhares, sabia que estavam falando dele, e ficou inquieto.

— Olá, Robert — cumprimentou a mulher, e começou a falar bem devagar: — Pra-zer-em-co-nhe-cê-lo.

— Mamãe! — protestou Victoria —, por que está falando assim com ele?

— Para que me entenda — respondeu ela.

Com um sorriso, Bárbara pegou Robert pela mão e disse em inglês:

— Meu amor, esta é minha mãe.

— Eu imaginei — retrucou ele. — Vocês são muito parecidas.

— O que ele disse? — perguntou Marga.

— Diz que é um prazer e que somos muito parecidas.

— Ah, que galante — comentou Margarita. — Venha, bonitão, abaixe-se para que lhe dê um beijo.

— O que ela disse? — quis saber Robert.

— Para você se abaixar para ela lhe dar um beijo.

Com um enorme sorriso, Robert se inclinou e abraçou Margarita, que, ao sentir o calor de seu corpão enorme, entendeu perfeitamente o que a filha havia visto nele.

Nesse momento, Juan entrou também no quarto.

— Juan — disse Bárbara —, você fala inglês, não é?

— Sim.

— Este é Robert, meu namorado. — E voltou-se para ele: — Meu amor, este é Juan, namorado de minha mãe.

— Prazer em conhecê-lo — disse Robert.

— Igualmente, rapaz — respondeu Juan, cumprimentando-o.

— Muito bem! — exclamou Víctor. — Tudo isto é muito agradável, mas se não nos mexermos, o namorado desta aqui vai escapar. — E, olhando para Victoria, acrescentou: — Vamos ao plano B!

Na fazenda, enquanto Ona e Rous preparavam uma torta de carne, observaram, inquietas, Niall voltar de um passeio. Havia chegado de Edimburgo de manhã, com o mesmo humor. Ambas, felizes com o plano de Victoria, tentavam disfarçar o sorriso, mas o coração de Ona se consumia vendo o neto sofrer.

Silencioso e pouco comunicativo, Niall entrou na casa. Passou por seu quarto e voltou para a cozinha.

— Como você está bonito hoje, querido — observou a avó.

— Para que essa mala? — perguntou Rous.

— Ona — respondeu Niall —, vou para o México.

— Quando, filho?

— Daqui a pouco vou para Aberdeen.

Ouvindo isso, as duas se entreolharam, surpresas. Ele não podia ir embora! Victoria havia organizado tudo para estar com ele dali a alguns dias. O que podiam fazer? Tinham que avisar Victoria. Mas não havia como fazer isso, visto que não tinham telefone.

— Por que vai viajar? — perguntou Rous.

— Como assim, vai viajar? — inquiriu a avó. — Quando decidiu isso?

— Ontem à noite — respondeu ele, pegando um pedaço de pão. — Tenho alguns amigos para visitar e acho que este é um bom momento para isso.

— Não — replicou Rous. — Não é.

— Concordo com ela.

Niall, estranhando o fato de Rous participar de uma conversa, fitou-a.

— Por quê?

— Bem... é que... — gaguejou ela.

— Daqui a dois dias é Ano-Novo — intercedeu a anciã, abandonando a torta —, e não quero me privar de sua companhia.

Nesse momento, ouviram o ruído de um motor, e com alívio Rous e Ona viram que era o carro de Robert.

— Seu primo sabe que você vai viajar?

— Sim.

Ao olhar pela janela, Niall sorriu ao ver aqueles dois voltando juntos. *Pelo menos alguma coisa deu certo em toda essa confusão*, pensou com tristeza.

— Bom dia a todos — cumprimentou Bárbara com um sorriso radiante.

— Bom dia, amores — respondeu Ona, sorridente. E, pegando Bárbara pelo braço, disse: — Venha. Quero lhe mostrar o que comprei outro dia em Dornie.

— Ona — riu Robert—, você está se tornando uma consumidora compulsiva.

— Ah, cale-se! — censurou a anciã.

— Vou com vocês — disse Rous, levantando-se.

Depois de beijar Robert e pegar um pedaço de pão recém-saído do forno, Bárbara saiu da cozinha. Quando as três ficaram sozinhas, Ona e Rous começaram a falar.

— Ah, meu Deus, Bárbara! — sussurrou a moça, quase chorando.

— Estamos com um problema — disse Ona. — O cabeça-dura do meu neto acabou de me dizer que vai viajar daqui a pouco para o México. Que vamos fazer? Temos que avisar Victoria, ela é a única pessoa que pode impedi-lo.

— Fiquem calmas — sorriu Bárbara. — Não se preocupem. Graças a Deus, Robert nos contou hoje de manhã no hotel e, como o plano A falhou, passamos para o plano B.

E lhes contou em que consistia esse plano.

— Então, Victoria já está a par de tudo? — perguntou Rous.

— Sim. Não se preocupem.

— Ah, graças a Deus — suspirou a anciã.

— A propósito, teremos que fazer bastante comida. Neste fim de ano, vamos fazer uma grande festa aqui — sorriu Bárbara, pensando em sua família.

— Magnífico! — exclamaram Rous e Ona, emocionadas.

— Shhh — disse Bárbara. — Vamos voltar antes que Niall descubra. E não se preocupem com nada do que acontecer a partir de agora, ok?

Elas assentiram, e as três voltaram para a cozinha, onde Robert e Niall estavam conversando sobre a viagem. Bárbara pegou outro pedaço de pão e se sentou ao lado de Robert.

— Então, quando você vai voltar? — perguntou Robert.

— Não sei.

— Vai viajar? — interessou-se Bárbara.

— Ele vai para o México. Dá para acreditar? — disse Ona.

— E vai perder o casamento de minha irmã?

Niall a olhou nos olhos, sem entender a diversão que via neles.

— Acho que eu não preciso estar aqui para que ela se case, não é?

— Você é quem sabe — replicou Bárbara, pegando mais pão. — Ela gostaria de poder lhe apresentar Charly. E ontem ela provou o vestido de noiva, e parece uma princesa de verdade.

Niall ficou repentinamente tenso. Com segundas intenções, Robert deu um pontapé na namorada por baixo da mesa. Bárbara olhou para ele.

— Por que você me chutou, seu bruto?

— Esse comentário é desnecessário, querida — sussurrou Robert.

— O quê? Da princesa? — disse ela, e olhou para Niall, que estava prestes a pular no pescoço dela. — Veja que curioso, Niall: o futuro marido de minha irmã também a chama de "princesa".

— Chega! — exclamou ele, furioso. — Que tal mudarmos de assunto?

Nesse momento, a porta da cozinha se abriu e Set entrou, preocupado.

— Temos um problema.

— Que foi? — inquiriu Niall, levantando-se.

— Encontramos o cercado das vacas forçado — informou Set. — Alguém cortou o arame para levar os animais. Acho que roubaram umas cinquenta cabeças.

— Cinquenta? — disse Bárbara, levantando-se.

— Maldição! — Robert parecia furioso. — Quando eu pegar esses ladrões, vão se ver comigo.

— Ah, meu Deus, que desgosto! — lamentou Ona.

Niall olhou seu relógio e viu que era uma e meia.

— Não se preocupe, Niall — disse Robert. — Vá para Aberdeen, nós cuidaremos disso.

— Tem certeza? — perguntou ele, contrariado.

— É claro que sim — afirmou Robert, levantando-se. — Mas, em troca, você tem que me prometer que voltará logo, ok?

— Pode deixar — assentiu Niall, sorrindo, e o abraçou.

Depois de se despedir de Ona, Set e Rous, voltou-se para Bárbara, que parecia divertida com sua partida. Niall podia ver isso nos olhos dela, e ficou incomodado.

— Bárbara, dê os parabéns a sua irmã por mim, e diga que lhe desejo a maior felicidade do mundo.

— Direi — concordou ela, dando-lhe um beijo. — Tenho certeza de que ela lhe deseja o mesmo.

Então, a porta da cozinha se abriu de novo precipitadamente. Era Doug.

— Acabei de avisar a polícia. Vi movimentos estranhos perto do lago Lochy. Acho que nossas vacas estão ali.

— Como? — gritou Niall, colérico.

— A polícia está vindo? — perguntou Bárbara, tentando não rir.

— Sim, já estão a caminho, e disseram para que não nos aproximemos do lago Lochy enquanto eles não avisarem — disse Doug.

— Maldição! — bufou Niall. — Acho que é melhor eu não viajar agora.

— Ah, sim, vá! — estimulou a anciã. — Aqui você não pode fazer nada além de esperar. E parece que vai chover, de modo que é melhor você ir quanto antes.

— Vovó, pelo amor de Deus! — replicou ele. — Não posso permitir que roubem nossas vacas.

— É claro que não — admitiu Doug —, por isso chamei a polícia.

— Eles são profissionais, vão pegá-los — disse Rous.

— Não se preocupe, Niall, a polícia já está a caminho — disse Robert, pegando a mala de seu primo. — Vamos, eu o acompanho até o carro.

— E pelo amor de Deus, Niall, não passe perto do lago — disse Ona de propósito.

Contrariado, Niall seguiu Robert, que, depois de deixar a mala na traseira da SUV, se aproximou dele.

— Ouça — murmurou —, com relação a Victoria...

— É melhor não dizer nada — sibilou Niall.

E depois de lhe dar um abraço, entrou no carro, mal-humorado, e foi embora.

Ao ver a SUV desaparecer de sua vista, Robert voltou com um enorme sorriso para junto dos outros.

— Ótimo! — exclamou satisfeito. — Ele caiu direitinho!

— Eu disse! — aplaudiu Bárbara, fazendo todos gritarem de júbilo.

Se havia algo que todos eles sabiam era que Niall nunca partiria sabendo que alguma coisa estava acontecendo em suas terras.

31

Victoria estava uma pilha de nervos, esperando perto do nevado lago Lochy.

Por meio do hotel, Robert havia alugado para ela um conversível muito parecido com o da outra vez. Quando Victoria chegara ao lago, com a ajuda de Doug, Víctor, sua mãe e Juan, atolara o carro na neve e no lodo. A seguir, tirara uma tesoura de sua *nécessaire* e cortara a capota. *O seguro paga*, pensara.

Então, os quatro lhe desejaram boa sorte e foram embora, deixando-a sozinha. O plano B consistia em deixar Niall preocupado e proibi-lo de ir ao lago, garantindo, assim, que ele fosse para lá imediatamente buscar suas vacas.

Sentada no capô do carro, Victoria olhava ao redor. Aquele lugar era um dos mais bonitos que ela já havia visto. Como não havia notado na primeira vez que estivera ali?

Voltaram a sua memória as palavras de sua vizinha Antonia, a "pitonisa": "Uma viagem ao passado vai mudar sua vida. Deixe-se amar e não tenha medo do futuro, porque vai lhe trazer mais coisas boas do que você pensa".

Sorrindo ao recordar aquele dia, ela olhou para o barro e afundou nele sua linda botinha Gucci, até que o frio a fez estremecer. Nunca teria imaginado que, depois de cancelar o casamento com Charly, sua vida mudaria tão radicalmente em menos de seis meses; e menos ainda em um lugar como aquele.

Na Espanha, Susana, Chema e Luis curtiam felizes férias de fim de ano depois de deixar seus empregos na RCH. Esperavam com tranquilidade que a papelada que Victoria havia protocolado para a nova empresa se formalizasse e pudessem começar a trabalhar. Luis seria seu braço-direito na Espanha, enquanto ela, se tudo desse certo, a dirigiria da Escócia.

Ela passara de uma executiva agressiva de cidade, noiva de um metrossexual com mais banca que dinheiro, a uma mulher simples, apaixonada por um cabeça-dura escocês com mais dinheiro que banca, e que, impressionantemente, também era conde.

Nesse instante começou a garoar. Victoria suspirou, olhando para o céu. Bom, ia chover... mas por algum motivo estava na Escócia. *Adeus, penteado*, pensou, resignada. Dez minutos depois, estava encharcada e morrendo de frio debaixo de uma chuva torrencial.

No entanto, os verdadeiros tremores começaram quando ela ouviu o ruído de um motor. *Niall*, pensou. E, certificando-se de que tinha tudo que necessitava na calça, sentou-se tranquilamente no capô de novo.

Obviamente, Niall havia feito ouvidos moucos às recomendações de sua família. Ele tentara ir diretamente para o aeroporto, mas, quando chegara às imediações, desviara para procurar suas vacas. A chuva não lhe permitia ver com clareza, de modo que, ao vislumbrar um vulto próximo à margem do lago, acelerou até chegar a ele e logo freou em seco.

— Caralho, caralho! — murmurou Victoria, vendo-se salpicada de neve e barro.

Durante alguns segundos, prendendo a respiração, ela pôde ver a expressão de incredulidade de Niall. No entanto, ao ouvi-lo desligar o motor, de certo modo relaxou. O limpador de para-brisa do veículo continuava ligado, enquanto ele a observava boquiaberto de dentro da SUV.

Ao vê-la ali sentada, em cima do capô de um carro sem capota, encharcada, com lama até as orelhas, soltou um impropério. Então, abriu a porta do veículo e desceu.

— O que está fazendo aqui? — perguntou, sentindo falta de ar.

Com um pulo, Victoria desceu do capô, e apesar de seus saltos afundarem no barro, não caiu. Depois de afastar o cabelo molhado que caía sobre seu rosto, ela pegou um envelope acolchoado marrom dentro do veículo, de onde tirou o contrato de aluguel do castelo.

É agora ou nunca.

— Estou aqui para dizer que te amo — revelou ela, com os olhos brilhantes. — Fui uma idiota durante muito tempo, mas, graças a você, a esta terra e a sua gente, percebi o que realmente importa na vida.

Ai, meu Deus. Ele não diz nada, mau sinal... mau sinal, pensou, horrorizada, vendo que ele só a olhava.

— Niall, de nada adianta ter uma conta bancária bem gorda nem os melhores vestidos, se não tivermos ao lado alguém que nos ame de verdade. — E enquanto rasgava o contrato encharcado, acrescentou lentamente: — Eu me apaixonei por você, não pelo conde Colum Niall Mckenna, e juro por Versace — disse, sem conseguir fazê-lo sorrir — que se você fosse um simples mecânico, ou um fazendeiro, ou se tivesse que viver com você debaixo da ponte, eu aceitaria. Porque o amo e não posso mais viver sem você.

Sem conseguir responder, Niall olhava para ela, extasiado. O que fez Victoria começar a ficar nervosa. Vê-lo a sua frente, sentir sua masculinidade e não ter sido beijada ainda não era um bom sinal. Então, queimando seu último cartucho, deu um passo à frente e tirou do bolso de trás de sua calça jeans uma caixa encharcada.

— Tome, abra, por favor — pediu, estendendo a mão.

Chovia a cântaros, mas nenhum dos dois parecia notar.

Niall a escutava imóvel como uma estátua, mas seu coração batia em ritmo acelerado. Sem dizer nem uma palavra, depois de olhar para ela intensamente durante alguns segundos, esticou a mão e pegou a caixa. Seguindo suas instruções, abriu-a e, quando viu o que continha, sorriu.

Ele sorriu, sim... sim... bom sinal, pensou Victoria.

Dentro da caixinha encontrou duas argolas de Coca-Cola, iguais às que ambos haviam trocado na festa de O'Brien, depois da dança celta. Era um sonho transformado em realidade. Ela havia voltado para lhe entregar seu coração.

Sem aguentar nem mais um segundo, Niall a puxou para si e a beijou como só ele sabia beijá-la.

Por fim... Obrigada, meu Deus, pensou Victoria.

— Meu amor, senti tanta saudade — sussurrou Niall, com a voz rouca por causa da emoção. — Estava ficando louco pensando que você ia se casar com outro.

— E por que ia viajar?

— Porque a amo tanto — respondeu, afastando-lhe o cabelo molhado do rosto — que a única coisa que desejo e sempre desejei é que você seja feliz.

— Acha mesmo que sou tão víbora a ponto de me casar com outro homem em seu castelo?

— Veja, princesinha — disse ele, sentindo-se o homem mais feliz do mundo —, vindo de você, nada me surpreenderia, porque você é a mulher mais desconcertante que já conheci e que conhecerei na vida.

— Sabe de uma coisa, neandertal? Gosto que me chame assim — sussurrou ela, roçando seus lábios nos dele.

— Como? — perguntou Niall, faminto dela. — Lady Doberman? Ferinha? Senhorita? Princesinha?

— Como quiser, palhaço — concedeu ela.

Depois de um tempo se beijando apaixonadamente, Victoria declarou:

— Quando o vi tão calado, pensei que você ia dar meia-volta e me largar aqui.

— Eu nunca faria isso — retrucou ele, buscando de novo sua boca. — Achei que ia ficar louco sem você, e agora que está aqui... Santo Deus, mulher! Vou levá-la ao meu castelo, ao meu quarto, à minha cama, e vou curti-la você nem sabe quanto.

E pegando-a no colo, abriu a porta da SUV e a sentou no banco do passageiro, fazendo-a rir.

— Nossa! Isto está ficando interessante! — exclamou Victoria, feliz.

Quando ia fechar a porta, Niall se lembrou repentinamente de algo. E pegando-lhe a mão perguntou enquanto punha uma argola de Coca-Cola no dedo dela:

— Meu amor, quer se casar comigo?

Ao ver a argola na mão dele, ela respondeu, emocionada:

— Sim. Sim, quero, e prometo amá-lo e discutir com você todos os dias de minha vida, até que a morte nos separe.

Com os olhos flamejantes, Victoria pegou a outra argola.

— E você, Niall, quer se casar comigo? — perguntou, pondo-a no dedo dele.

Com um sorriso que dizia tudo, ele a olhou e, depois de beijá-la com doçura, respondeu:

— Sim. Sim, quero, e prometo amá-la e desafiá-la todos os dias de minha vida, até que a morte nos separe.

Epílogo

Seis meses depois, no dia 18 de junho, ao meio-dia e meia, o sol escocês brilhava alegre para comemorar um casamento.

Eilean Donan, enfeitado para a ocasião, estava maravilhoso. Os convidados se reuniam na pequena capela do castelo para compartilhar a alegria dos noivos.

Os dois, elegantíssimos, haviam acabado de trocar alianças e pronunciar seus votos matrimoniais, emocionados. Então, o pároco concluiu:

— Pelo poder que me outorga a Santa Madre Igreja, eu os declaro marido e mulher. Pode beijar a noiva.

— Finalmente você é minha esposa.

— Não duvide e beije-me.

Sem esperar nem mais um segundo, o noivo, nervoso, curvou-se sobre sua linda mulher, que, para deleite de todos, acolheu-o com paixão, enquanto Lexie, que carregava a cestinha e estava linda com seu vestido rosa de tule, cobria os olhos diante do beijo tórrido.

A saída da capela foi triunfal. Todo mundo jogou arroz para cumprimentar os noivos.

— Estão lindíssimos — comentou Bárbara, sorridente, olhando-os de longe com carinho.

— Você é que está linda, espanhola — retrucou Robert, e a abraçou, fazendo--a rir.

— Ai, meu Deus — disse Víctor ao seu lado, emocionado ao ver o casal feliz entre as pessoas. — Como a noiva está linda e elegante!

— O terno é Christian Lacroix — disse Victoria, ao lado de Víctor.

Ela mesma o havia escolhido. Havia mudado muito, mas não tanto a ponto de não continuar adorando roupa cara.

— Mas esse cara aí não faz relógios? — inquiriu Bárbara.

— Venham — exclamou Juan, que fugira da multidão e chegara a suas novas filhas. — Vamos bater uma foto de família.

— Meu amor! — Victoria chamou Niall, que cumprimentava alguns amigos. — Vamos bater uma foto.

— *Come here*, Niall! — gritou Marga, que também se aproximara, deslumbrante com seu vestido de noiva francês. Pegou o braço de Juan e perguntou: — Falei direito?

Seu marido sorriu.

— Minha linda, desde quando você fala inglês? — perguntou dona Antonia.

A mulher havia ido à Escócia com outros vizinhos para o casamento, mas decidira deixar as cinzas de Jesús em casa, para não correr o risco de perdê-las.

— Estou tendo aulas — explicou Margarita. E segurando Robert, acrescentou: — Quero poder falar com meus futuros genros para que me entendam. Robert também está aprendendo espanhol, não é?

— *Ah, sí* — disse ele, sem saber que mais dizer.

— Que bom! — aplaudiu dona Antonia. — Que maravilha.

— Diga algo em espanhol, meu amor — pediu Bárbara.

— *"Gilipollas", "Eh, tú, cabrón", "Mierda"...* — disse Robert, soltando uma gargalhada.

— Pelo amor de Deus! — bufou a vizinha. — O que você ensinou a este homem?

— Ah, meu Deus! — exclamou Margarita, olhando para a filha. — Bárbara, você é uma sem-vergonha!

— Agora que você descobriu? — perguntou Víctor, morrendo de rir e posicionando-os para a foto.

Bateram centenas de fotografias, até que, por fim, Ona incitou a noiva a jogar o buquê.

— Vou jogar o buquê! — anunciou a noiva em espanhol, olhando para as filhas. — Ei, vocês! Vejam se pegam, para parar de viver em pecado.

— Eu adoro pecar — murmurou Victoria, dando uma piscadinha para Niall.

— Ande, mamãe — incitou Bárbara. — Jogue!

— Diane Lane! — gritou Víctor. — Jogue para mim, que já arrumei namorado.

— A propósito, quem é esse bonitão musculoso? — disse Bárbara, referindo-se a um nórdico enorme que não se afastava de Víctor.

— Meu namorado, Olaf — respondeu ele, sorrindo ao ver como o fitavam. — É viking! Não é um gato?

— Nossa — assobiou Victoria ao vê-lo. — Minha nossa!

Depois de dizer isso, olhou para Niall, que levantou uma sobrancelha e esboçou um sorriso.

— Meninas! — gritou Marga de novo para as filhas. — Peguem firme o buquê, que estou vendo muitas desesperadas para pegar, e os namorados de vocês são muito bonitos.

— Mamãe, pelo amor de Deus! — gritaram Bárbara e Victoria em uníssono, envergonhadas.

— Diane Lane! — gargalhou Víctor. — Não adianta, esses ruivos são muito espertos e somos minoria.

— Cale-se, seu... viking! — ordenou Marga, dando uma piscadinha.

— O que sua mãe disse? — perguntou Robert a Bárbara, curioso.

— Pela cara delas — falou Niall, gargalhando —, é melhor nem saber.

— Exato, meu amor! — disse Victoria, jogando-lhe um beijo.

Decidida, Margarita jogou o buquê, que caiu direto nas mãos de Rous. A moça riu, enquanto os homens davam tapinhas sonoros nas costas de Set, encorajando-o.

Divertidos, os noivos entraram no salão do castelo seguidos pelos convidados. Niall e Victoria ficaram um pouco para trás.

— Esse vestido de seda que está usando fica ótimo em você — comentou Niall, puxando-a para si. — Tanto que estou até com ciúme.

— Como diria minha irmã, estou mais gostosa que chocolate, e ainda por cima não engordo — retrucou ela em tom de brincadeira. Beijou-o e acrescentou: — Obrigada, meu amor. Você está lindíssimo.

— Tanto quanto o viking? — perguntou ele, surpreendendo-a.

Victoria sabia que ele a havia ouvido rir com Víctor, e achou divertido.

— O viking é um gato — sussurrou, roçando-lhe os lábios —, mas você é sexy, atraente, e gosto muito, muito mais de você.

— Não me convenceu — murmurou Niall.

— E como posso convencê-lo? — perguntou ela, suspirando e mordiscando seu lábio inferior.

— Só conheço um jeito — disse ele, jogando-a sobre o ombro.

— Niall, ponha-me no chão! — pediu ela, morrendo de rir. — Meu amor, estamos no casamento de minha mãe.

— Não me interessa — retrucou ele, sem se alterar. — Minha sogra vai entender.

E enquanto subiam pela estreita escada do castelo, Victoria sorriu ao ver para onde ele a levava. Depois de abrir a porta, fechá-la de novo e trancá-la, Niall a deixou com cuidado em cima da enorme cama com dossel. E olhando-a com um olhar perigoso, disse com voz rouca enquanto tirava o paletó:

— Venha aqui, meu amor, e convença-me.

Leia também

MEGAN MAXWELL
DESEJO CONCEDIDO
primeiro volume de Guerreiras,
a série mais esperada pelas fãs da autora
essência

MEGAN MAXWELL
FÚRIA DOMADA
segundo volume da série Guerreiras
essência

MEGAN MAXWELL
SEMPRE A ENCONTRAREI
terceiro volume da série Guerreiras
essência

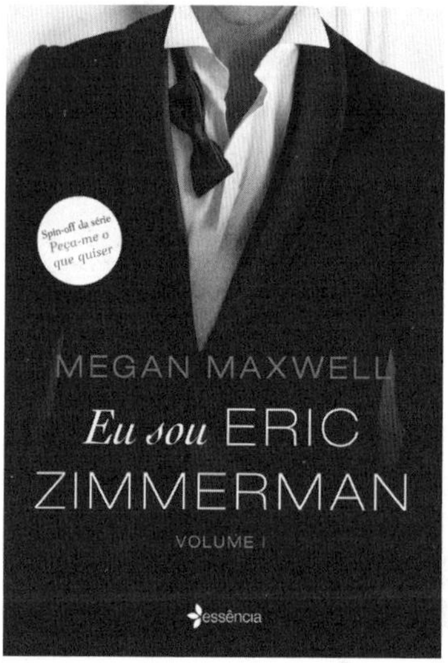
Spin-off da série
Peça-me o
que quiser
MEGAN MAXWELL
Eu sou ERIC
ZIMMERMAN
VOLUME I
essência

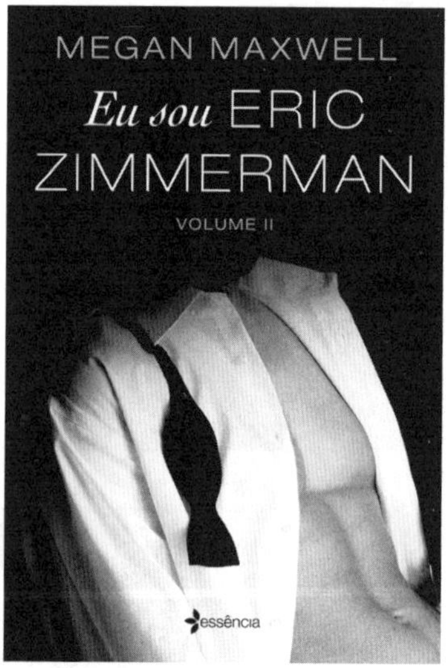
MEGAN MAXWELL
Eu sou ERIC
ZIMMERMAN
VOLUME II
essência

MEGAN MAXWELL
Adivinhe quem sou
essência

MEGAN MAXWELL
Adivinhe quem sou esta noite
essência

MEGAN MAXWELL
Pela lente do amor
essência

MEGAN MAXWELL
Você se lembra de mim?
essência

MEGAN MAXWELL
PASSE a NOITE COMIGO
essência

Acreditamos nos livros

Este livro foi composto em Dante MT Std
e impresso pela Gráfica Santa Marta para a
Editora Planeta do Brasil em outubro de 2019.